LA MAISON ENTRE LES MONDES

DU MÊME AUTEUR
aux Éditions du Rocher

La Prêtresse d'Avalon.
La Princesse du dragon.

MARION ZIMMER BRADLEY

LA MAISON ENTRE LES MONDES

Traduit de l'anglais (États-Unis)
par Monique Lebailly

ÉDITIONS DU
ROCHER
Jean-Paul Bertrand

ISBN 2 268 04362 2

DÉDICACE

À Poul Anderson, extraordinaire écrivain de science-fiction et de *fantasy*, poète et traducteur des sagas scandinaves, qui m'a initiée à nombre de ses légendes favorites et m'a fait connaître les Alfar – en m'informant que ces Elfes du nord de l'Europe étaient dans le domaine public et n'appartenaient à aucun écrivain en particulier, mais bien à la communauté littéraire tout entière.

En hommage admiratif.

Marion Zimmer Bradley

dans une espèce de vêtement couvert de longs poils foncés, rêches, mal plantés.

Les cavaliers tentaient de maîtriser leurs montures effrayées qui se cabraient. Ils se postèrent vite devant les femmes – la « Reine des Fées » et la rousse humaine – en s'évertuant à dégager leurs armes étranges de leurs ceintures. L'un d'eux s'interposa entre la « Reine » et l'essaim qui les attaquait en brandissant une dague en verre qui s'embrasa d'une lumière verte scintillante. Mais l'un des petits assaillants difformes, d'un coup de pied, la lui arracha des mains, lui porta un coup de machette, et le grand être tomba en se tordant de douleur, frappé en plein cœur. L'une des vilaines créatures s'écria, d'une voix stridente : « Quelle chance, frères ! C'est la Dame... Kerridis en personne ! Belle chasse ! »

L'escorte se battait avec une férocité que Fenton, frappé de paralysie, derrière les rochers, trouvait effarante ; mais c'était sans espoir. Il devait y avoir des centaines de ces vilaines choses sinistres. L'un après l'autre, les cavaliers essayaient désespérément de protéger les femmes, certains en faisant un rempart de leur corps, et l'un après l'autre, ils furent mis en pièces. Fenton était écœuré, révolté, par le sang, les cris d'agonie de ces voix hautes et douces qui évoquaient des oiseaux en train de mourir, et surtout par le silence des formes sombres et grouillantes. Tout le flanc de la montagne en était noirci.

La Dame avait ramassé vivement la dague en verre, à la luminescence verte, et elle combattait, désespérément, au centre d'un cercle de créatures poilues et difformes. Mais l'une d'elles se précipita et la lui arracha, alors elle recula avec une expression d'horreur. Fenton ne voyait plus la jolie rousse. Avait-elle été abattue, mise en pièces ? Cette idée lui donna la nausée ; il lutta contre l'envie de vomir. *S'il s'agit d'un rêve, il est sacrément réaliste...*

La femme continuait à reculer, poussée par ses ennemis vers la paroi de la montagne, et Fenton comprit, à l'expression de son fin visage, qu'elle avait mortellement peur de les *toucher* ou, pire encore, d'être touchée par eux. Derrière Fenton, les créatures poilues, armées de machettes, taillaient en pièces le reste des vaincus ; Fenton, qui les regardait faire, le cœur au bord des lèvres, avait du mal à en croire ses yeux. Ils débitaient en morceaux les chevaux qui hennissaient – et se fourraient la chair dégoulinante de sang dans la bouche, en la poussant de leur poing. Fenton sentit son corps se révulser de nausée. Il s'accrocha à la roche et ferma fort les yeux.

Oh, mon Dieu, c'est trop. Laissez-moi me réveiller, laissez-moi me réveiller...

Une terrible nausée lui tordait les entrailles ; comment peut-on ressentir une telle douleur dans un rêve ? Mais il ne vomissait pas. *Comment le pourrais-je ? Mon corps n'est pas là...*

Cependant *quelque chose* était là, dans cette dimension, quelque chose qui éprouvait nausée et douleur... et soudain sa paralysie se dissipa.

Si je suis vraiment ici, dans ce monde – si ce n'est pas un rêve – peut-être devrais-je essayer de les secourir...

Les hommes et les bêtes chevalines agonisants poussaient d'horribles cris. Fenton se retourna, sortit de derrière les rochers, sachant à peine ce qu'il pourrait faire. Où était la femme rousse ? Il finit par la voir, immobilisée par une demi-douzaine de créatures poilues. Maintenant que certains restaient sans bouger assez longtemps pour que Fenton les distingue bien, il les aimait encore moins. Des crocs sortaient de leur bouche, et leurs visages étaient blancs comme la mort sous leurs cheveux noirs embroussaillés. Beaucoup étaient maintenant couverts de sang, qui barbouillait leurs museaux, dégoulinait de leurs mains.

La femme qu'il prenait pour la Reine était toujours encerclée par les créatures dégoûtantes – cercle qui se resserrait – et elle reculait dès qu'ils s'approchaient. Elle ramassa une machette – arrachée à l'un d'entre eux par un membre de son escorte – mais la laissa rapidement retomber et secoua ses mains effilées, comme si l'arme les avait brûlées. Fenton eut cette étrange pensée, follement hors de propos : *Bien sûr, les vieux contes disent toujours que le peuple des Fées ne peut pas toucher le fer froid...*

La fin était proche. Mais, chose curieuse, les assaillants semblaient avoir aussi peur de la Dame qu'elle avait peur d'eux. Cependant, aucun n'avait encore porté la main sur elle. Un monstre se précipita comme une flèche et posa une grosse griffe, d'une blancheur d'os, sur sa robe pour l'attirer à lui. Pour la première fois, elle cria, plus d'horreur et de dégoût que de douleur. Elle l'esquiva et soudain Fenton vit ce qu'ils faisaient. Ils utilisaient la peur qu'elle avait de les toucher pour la faire avancer. Elle l'avait compris et restait ferme.

Puis une demi-douzaine de ces étranges créatures la saisirent. Elle cria à nouveau, de douleur et d'horreur ; l'un d'eux la tira par la main et Fenton vit les doigts délicats noircir, comme si ce contact les avait littéralement brûlés. Ils la tiraient, la poussaient, et l'entraînaient vers l'entrée d'une sombre caverne en ignorant ses cris de douleur.

Derrière elle, la femme rousse avait réussi à se libérer et se défendait, armée de la machette qu'elle tenait sans douleur ni gêne. Elle se battait comme un démon, dessinait des arcs de cercle qui sifflaient dans l'air, frappait les créatures trapues, les faisait reculer. Mais ils étaient beaucoup trop nombreux. En une ruée finale, ils lui arrachèrent la machette et la plaquèrent au sol sautant tous dessus. Son cri de douleur, désespérément humain, emplit Fenton de rage et de résolution ; il courut vers eux, sans savoir s'ils pouvaient le voir, sans même être certain d'ariver à les toucher. Mais trop tard. Ils la relevèrent de force, la saisirent par les pieds et les jambes – aucun d'eux ne faisait plus d'un mètre vingt – et l'entraînèrent, vers l'ouverture de la caverne. Ils l'y poussèrent sans ménagement ; elle se débattait et criait, alors l'un d'eux lui porta un effroyable coup de machette avec le manche. Sa tête s'affaissa. Une douzaine d'entre eux la ramassèrent sans cérémonie, et la portèrent comme une bûche au-dessus de leur tête. Ils entrèrent en courant avec le corps inconscient – ou mort – dans la caverne.

Fenton ne put jamais expliquer ce qu'il fit ensuite. Peut-être, à un niveau très profond, avait-il honte d'être resté neutre pendant que toute l'escorte, hommes et bêtes, était mise en pièces et mangée vivante. Peut-être croyait-il encore à demi qu'il s'agissait d'un cauchemar et que les lois de ce monde ne le concernaient pas. Après tout, si c'était un rêve, ce qu'il faisait importait peu ; mais il voulait savoir ce qui arriverait ensuite.

Fenton s'arrêta pour réfléchir. La plupart des choses velues avaient disparu dans l'une, ou plusieurs, des grottes qui s'ouvraient au flanc de la montagne ; les restes sanglants de l'escorte jonchaient toujours la route. Fenton se pencha pour ramasser une des armes qui émettaient une lueur verte… Les créatures velues les avaient abandonnées sur le champ de bataille comme s'ils avaient peur d'y toucher, et se souvenant qu'ils avaient désarmé la femme d'un coup de pied, il comprit que c'était bien le cas. Il la serra. L'arme avait l'air bien réelle entre ses doigts ; il avait eu un peu peur que sa main passe *au travers*. Mais apparemment, pour lui, elle était *réelle* dans cette dimension, comme les arbres et les rochers.

Tenant à la main la dague, Fenton entra en courant dans la sombre caverne.

3

Une fois à l'intérieur, il s'arrêta. Bien obligé. Il ne voyait littéralement pas sa main qui brandissait l'arme. Dans la caverne, il faisait noir, un noir d'encre, un noir de velours invisible, aveugle, un espace intergalactique dépourvu d'étoiles. Et *froid*. Un froid glacial. Un courant d'air réfrigérant montait, semblait-il, des profondeurs d'un enfer nordique gelé, couvert de glace. Fenton buta contre une paroi rocheuse et se pencha sur son genou meurtri en poussant un gémissement. Car la roche aussi était froide. Elle évoqua en lui les matins glacés du Minnesota où vos doigts restent collés à la poignée de la pompe et où vous devez arracher votre peau pour vous libérer. Comme il s'appuyait contre la paroi, il sentit que celle-ci allait absorber toute la chaleur que lui procuraient ses vêtements, et même celle de la moelle de ses os, ne laissant de lui qu'un squelette exposé au froid d'une lune dépourvue d'air.

Lors de sa douloureuse collision avec la roche, il avait lâché la dague ; il distinguait vaguement la forme pâle que dessinait sa lueur verte. Il la ramassa. À son grand étonnement, elle lui parut chaude ; il la serra dans ses mains et, telle une chose vivante entre ses doigts gelés, elle réintroduit lentement dans son univers mental le concept de chaleur. Cela ne le réchauffa pas, non. Mais il pouvait croire de nouveau à la chaleur et imaginer ce que c'était que d'avoir chaud. La dague émettait une faible lumière verte qui, peu à peu, comme sous l'effet de ses mains, brilla plus vivement.

Il est évident que lorsqu'on la tient, elle se recharge de l'énergie qui la fait rayonner.

Cela le retarda un peu. Il pensa que l'une des lois de ce monde étrange était que son corps ne se trouvait pas vraiment là. (Cependant, si j'étais réellement dépourvu de corps, pourrais-je avoir si froid ?) Il restait assez d'énergie dans l'arme pour qu'en la tenant, elle irradie lumière et chaleur. Elle était brûlante maintenant, pas assez pour que ce soit désagréable, mais suffisamment pour que ses mains ne souffrent plus du froid. Se souvenant qu'il avait matérialisé la grosse veste en laine à carreaux rouges et noirs en y pensant, il décida que si cela avait marché une fois, cela marcherait de nouveau. Lentement, tenant la dague à deux mains, il se concentra et réussit à changer sa veste contre la parka de duvet qu'il avait portée lors d'une escalade dans la Sierra. Il se souvenait avoir lu sur l'étiquette qu'elle pouvait protéger celui qui la portait contre des températures de moins cinquante.

Ce doit être exactement ce qu'il fait ici.

Et cela lui aiguisa aussi l'esprit. Il n'était certainement plus sur le campus de Berkeley, ni dans les collines qui ne comportaient pas de grottes. Les cavernes les plus proches étaient à plus de trois cents kilomètres au nord de la ville, au-dessus de Redding, près du barrage du lac Shasta.

Donc, il ne s'agissait pas d'une dimension alterne du campus de Berkeley…

Il s'aperçut qu'il distinguait ses mains, et les parois. Elles se rapprochaient de plus en plus et étaient couvertes d'un givre blanchâtre. Maintenant qu'il voyait et que le froid ne le paralysait plus, il se souvint, soudain, qu'il était entré là pour une raison : voir où les monstres avaient emmené la femme rousse et Kerridis, celle qu'il avait surnommée la Reine des Fées.

Derrière lui, il apercevait vaguement, très loin, l'entrée de la caverne qui paraissait reculer encore. Le fait qu'il ne pouvait rester sur place, était-ce, aussi, l'une des règles de cet endroit ou de son rêve ? Il n'en était pas certain, mais il avait l'impression de *s'enfoncer* dans la grotte. Il apercevait encore la lumière du jour – elle devenait de plus en plus faible, de plus en plus lointaine – et s'il voulait sortir, il ferait mieux de tourner les talons et de se diriger vers l'entrée pendant qu'elle était encore visible.

Il hésita, indécis. Il se sentait réconforté par la parka, la flamme verte de la dague lui réchauffait les doigts. Mais que ferait-il s'il retrouvait la femme ou Kerridis ?

Il était sur le point de retourner sur ses pas lorsqu'il entendit un cri de femme.

Il n'avait plus le choix. Serrant bien fort la dague, il descendit la galerie en courant, s'enfonça au cœur de la caverne.

Cette fois, il fit attention. La pente était escarpée et il dut ralentir. Il trébucha sur une série de marches. Comme il négociait un tournant de cet escalier de roche, il aperçut, en dessous de lui, la lueur fuligineuse des torches, entendit de nouveau des hurlements, des cris rauques, et le beuglement de ces vilains cors.

Allait-il encore être obligé de voir ces... ces créatures abominables découper et manger la jeune fille toute vive ? Et que pourrait-il faire pour l'empêcher ?

Si c'est un rêve, je dois posséder une mémoire plus perverse, plus morbide que je ne le croyais !

Non. Quoi que ce soit, ce n'est pas un rêve. Je connais assez la psychologie des rêves pour le savoir. On ne peut se poser des questions sur son état d'esprit lorsqu'on rêve. Si l'on commence à rejeter ce qui arrive, ou à mettre en doute la réalité, on se réveille. C'est ce que veut dire le vieux cliché « pince-moi, je rêve ». Si je mets en doute la réalité de mon rêve, il disparaît ou se modifie.

Alors, ceci n'est pas un rêve.

Les conséquences étaient évidentes, pensa Fenton. Si ce n'est pas un rêve, ces *choses* pourraient aussi me découper et me manger vivant. Aussi ferais-je mieux de déguerpir.

Il fit demi-tour en direction de l'entrée et gravit en trébuchant l'escalier rocheux.

Soudain, le rayonnement vert de la dague faiblit et s'éteignit. Fenton se retrouva plongé dans l'effroyable obscurité de la caverne, avec seulement une faible lueur fuligineuse quelque part derrière lui... Il succomba à la panique. Il ne retrouverait jamais la sortie ; il allait errer dans ces grottes jusqu'à sa mort...

Lentement, avec hésitation, il pivota sur ses talons et essaya de s'orienter grâce à la lointaine lumière des torches, maintenant que celle de la dague lui manquait. Mais comme il reposait le pied sur la marche qu'il venait de quitter, il remarqua que l'arme avait recommencé à briller dans ses mains.

Comme on tente une expérience, il en descendit une seconde ; la lumière verte se fit plus vive.

De nouveau, dans le même esprit, il remonta d'une marche vers l'entrée, en train de s'estomper. Alors la dague s'éteignit.

La dague veut que je descende.

C'était ridicule, bien sûr.

Ou peut-être que non ? Fenton comprit qu'en tout cas il n'avait pas le choix. Sans la chaleur et la lumière de la dague, il était condamné à errer dans l'obscurité glaciale jusqu'à sa mort – *ou*, pensa-t-il en un fragment de conscience dédoublée, *jusqu'à ce que la drogue se dissipe et que je revienne dans mon corps...*

S'il suivait les règles inconnues de ce monde et faisait ce que la dagueflamme voulait, il aurait de la lumière et, d'une certaine façon, un peu de chaleur.

C'est une offre que je ne peux refuser !

Il descendit l'escalier vers la lointaine lumière des torches, la dague luisante et chaude dans les mains. Plus bas, les parois semblaient moins givrées. Elles étaient taillées de main d'homme et décorées de sculptures que Fenton n'avait pas vraiment envie de voir (au-delà du seuil de la conscience, il sentait qu'elles étaient plus choquantes qu'on ne pouvait l'imaginer). Si c'était ces petites horreurs poilues qui les avaient faites, cela n'avait rien de surprenant.

Brusquement, il atterrit sur la dernière marche de l'escalier, et se retrouva dans une grotte spacieuse.

Elle était vide et nue, mais le sol avait l'air aplani, et même poli. Au plafond, par une espèce d'agencement de chaînes, était suspendue une lanterne en métal dont la flamme émettait une lueur vacillante, et qui en se balançant projetait des ombres sinistres sur les murs. Fenton chercha la sienne et s'aperçut, sans grande surprise, qu'il n'en avait pas.

Bien sûr que non. Dans cette dimension, je ne suis réel qu'en partie. Je suis ici. Je peux éprouver le froid, la douleur et la peur... mais je n'ai pas d'ombre, et je parie une pièce de cinq cents, s'il en existe ici, ce dont je doute, que si je rencontrais un miroir, je n'aurais pas non plus de reflet. Ces vieilles histoires doivent venir de quelque part.

Il s'arrêta, indécis. Qui et où était la femme qui avait crié ? Était-ce la jeune fille ou la Reine des Fées ? Il était immobile, aussi la dagueflamme palpita et vacilla, comme sur le point de s'éteindre de nouveau.

Est-ce qu'elle réagit à ma volonté et à mes décisions ? C'est ridicule.

Tout autour de la grande caverne – oscillant, apparaissant et disparaissant parmi les ombres qui ondulaient selon les mouvements de la lanterne – bâillaient de noires ouvertures. Les affreuses créatures poilues avaient dû emporter la jeune fille et la femme dans l'une de ces galeries.

Allons, jeune fille, crie encore. Je ne veux pas qu'il t'arrive du mal, mais je ne peux pas te trouver si je n'entends pas un bruit quelconque !

Mais le silence régnait hormis des sons lointains qui auraient pu être le mugissement des cors, ou des échos, ou même le fruit de l'imagination de Fenton. Il n'arrivait pas à déterminer leur origine ; ils auraient pu venir de n'importe laquelle des entrées donnant sur la grande caverne centrale.

Un soupçon de mouvement, à la limite de son champ visuel, attira son œil. Il vit deux affreux monstres poilus longer les parois. Il se rencogna dans l'ombre, sa première pensée étant de dissimuler la dagueflamme afin qu'elle n'éveille pas leur attention. Mais relevant la tête, ils la virent. Il se prépara, sans aucun espoir, à subir leur assaut.

Il ne s'attendait pas à ce qui arriva alors. Les horribles farfadets hurlèrent en protégeant leurs yeux endoloris, plongèrent aveuglément dans l'une des galeries, et disparurent.

Ainsi, ils avaient peur de ces armes. Elles ne les avaient pas arrêtés lorsqu'ils étaient des centaines contre la demi-douzaine de membres de l'escorte. Mais deux d'entre eux n'ont pas osé *m'*affronter, *moi* qui suis seul, parce que *je* tiens à la main une dagueflamme. Ils avaient fait demi-tour et s'étaient enfuis.

Cela lui apporta, pour la première fois depuis son arrivée dans ce monde, un peu de confiance. Avaient-ils rejoint en courant l'endroit où leurs frères répugnants tourmentaient les femmes qu'ils avaient enlevées ? Il ne pouvait pas miser là-dessus. Mais maintenant qu'il savait que la dague verte et luisante était en mesure de le protéger, son épouvante ne l'empêchait plus de penser clairement, même si cette protection demeurait limitée.

Lentement, il fit le tour de l'immense caverne, s'arrêtant et écoutant l'entrée de chaque galerie.

Les deux premières étaient noires et silencieuses, sans une lueur ou un bruit montant des profondeurs. Devant la troisième, il entendit un rugissement étouffé, peut-être celui de feux lointains, et aperçut au loin une lueur rougeoyante. Ces cavernes aboutissaient-elles à un volcan ? Ce rougeoiement ardent semblait de mauvais augure ; Fenton n'avait pas envie de s'en approcher.

Il craignait qu'en lui tournant le dos, la dagueflamme ne lui rejoue le tour de s'éteindre, mais cela ne se produisit pas. Il pensa, en dépit du bon sens, que peut-être l'arme n'avait pas plus que lui envie d'aller par là.

Il écouta à l'ouverture de deux autres galeries avant d'entendre de faibles bruits lointains qui auraient pu être des cris, le vacarme des cors et des caquetages. Fenton plongea droit dans le sombre tunnel, sans penser à sa peur.

Tandis qu'il courait, il sentit qu'il faisait de plus en plus chaud. Les cris et les jacassements lointains devinrent plus forts. Il trébucha sur une marche, mais dans l'ensemble le couloir était plat et descendait en pente douce. Il voyait bien, grâce à l'éclat grandissant de la dagueflamme. Le vacarme atteignait son paroxysme ; Fenton entendit un cri étouffé et comprit qu'il avait rettrouvé l'une des victimes au moins.

C'était la Reine des Fées. Kerridis. Elle était au centre d'un cercle de petites horreurs qui la poussaient vers une niche creusée dans le roc. Elle ne cessait de reculer afin de ne pas toucher les vilains monstres, ni être touchée par eux : ils étaient visiblement conscients de sa peur et faisaient exprès de la tirailler, de lui tordre les mains, de la pincer de leurs longs doigts recourbés comme des griffes. Fenton se demanda s'il devait se précipiter sur eux, et si la lumière de sa dagueflamme ne les éloignerait pas un moment de leur proie ; mais avant qu'il ait eu le temps de le faire, un homme de haute taille apparut parmi les affreux-frétilleux.

Un homme.

Un *véritable* humain, comme Fenton, pas un membre de la race inconnue de Kerridis. Il était grand, brun et bien musclé. Il portait de longues jambières de cuir, de hautes bottes cloutées, une veste et une cape foncées, hérissées de longs poils, dont on ne pouvait distinguer la couleur à la lumière changeante de la lanterne au plafond.

L'homme traversa le groupe des monstres poilus et ils reculèrent, se retirant comme une vague à la marée basse. Fenton vit le soulagement se peindre sur le visage de Kerridis lorsque les farfadets s'éloignèrent. Puis l'homme parla et elle grimaça de dégoût.

« Kerridis, venez avec moi, dit-il. Il n'y a pas de raison pour que vous soyez ainsi tourmentée. Donnez-moi la main. »

Un moment, bougeant presque comme un automate, Kerridis tendit la main, puis, avant que l'homme l'ait prise, elle la retira ; l'aversion déformait ses traits. L'homme haussa les épaules. Sa voix demeura indifférente, mais Fenton sentit qu'il était en colère, et blessé.

« À votre gré, dit-il. Mais souvenez-vous-en, Kerridis, ce n'est pas à cause de moi que vous avez été maltraitée. J'ai ordonné que l'on ne vous moleste pas.

– Avez-vous aussi donné l'ordre que mes fidèles soient tués ?

– Ils ne comptent pas pour moi, répliqua-t-il d'une voix dure. Vous savez pourquoi il y a la guerre entre nous, Kerridis. C'est vous qui l'avez voulu, pas moi. » Elle lui tourna le dos. Il la prit par l'épaule, la fit pivoter et la força à le regarder.

« Venez avec moi et il ne vous arrivera aucun mal. »

Elle rejeta sa main avec colère. « Si vous aimez mieux cela, insista-t-il, je peux les rappeler et ils vous obligeront à venir. Je préférais vous laisser le choix. Dois-je vous abandonner à eux ? »

Le visage de Kerridis exprima un profond désarroi et elle parut sur le point de s'effondrer. Puis elle releva la tête d'un air arrogant et, sans verser une larme, le suivit.

Fenton les prit en chasse, mais il demeura dans l'ombre et dissimula la dagueflamme sous sa parka. Il s'était attendu à ce qu'elle brille au travers puisque le vêtement n'était fait que de pensées, mais non. Kerridis et l'homme à la cape traversèrent plusieurs cavernes désertes ; au fond de la dernière, il aperçut de nouveau le rougeoiement du feu et une étrange appréhension lui noua les entrailles.

Lorsque l'inconnu passa derrière Kerridis, qui reculait, Fenton vit clairement son ombre, immense et déformée sur la paroi de la caverne. Alors, si dans ce monde lui n'avait pas d'ombre, il ne s'agissait pas d'une règle générale. C'était sans doute parce qu'il n'était pas vraiment ici, ou du moins, que son corps n'y était pas.

D'autres vilains farfadets sortaient en masse des tunnels et grouillaient dans la caverne. Ils entourèrent Kerridis, la conspuant dans leur langue cacardante. Et l'arrogance de la femme se brisa. Elle recula contre la paroi, tressaillit comme si un froid brûlant la mordait, et tenta de garder un pan de sa cape entre la roche et elle. L'homme l'appela plusieurs fois par son nom, d'un ton qui se voulait apaisant.

« Kerridis. Kerridis, écoutez-moi. Dame, je ne les laisserai pas vous faire du mal. Vous savez ce que je veux, mais vous ne serez pas maltraitée. En toute justice…

– Justice ? » Kerridis se tourna vers lui ; son visage montrait qu'elle était sur le point de craquer. « Vous, vous osez parler de justice ?

– Oui, et je l'obtiendrai. Mais je vous jure que vous pouvez me faire confiance…

– Confiance ! Il y eut un temps où je vous ai fait confiance. Plus jamais ! » Elle lui cracha ces mots à la figure et se détourna.

Il lui jeta un mauvais regard de colère. « Vous préférez mes amis ? » Il montra du geste les farfadets cacardant qui entraient en masse dans la caverne.

« Oui, dit Kerridis, les mains serrées. Ils sont cruels parce que c'est dans leur nature de l'être ! Vous… » Elle leva la main pour le frapper, mais il devina son intention et recula. Il lui saisit le poignet, le tordit méchamment et Kerridis se mordit la lèvre, mais elle ne cria pas lorsque l'homme la poussa brusquement dans une petite niche creusée dans la roche. Il referma sur elle une porte grillagée en métal. L'une des créatures poilues tourna la clef dans la serrure. Alors, l'homme fit un geste à l'intention des créatures noirâtres, et ils le suivirent, se déversant dans une galerie en pente où ils disparurent tous.

Fenton resta dissimulé dans l'ombre jusqu'à ce qu'ils soient partis. Kerridis tendit la main et toucha le grillage, pour voir, mais recula comme s'il l'avait brûlée. Elle regarda ses doigts et Fenton vit qu'ils avaient noirci. Elle les contempla, consternée, puis se laissa tomber par terre comme si ses dernières forces l'abandonnaient et enfouit son visage dans ses mains.

Fenton la regarda, troublé, frappé par sa beauté. Toute non humaine qu'elle fût, c'était une femme, et belle ; un être plongé dans l'affliction et les tourments, et elle pleurait de douleur. Elle ressemblait à un personnage qu'il avait vu dans ses rêves ; non une femme désirable, que l'on voudrait aimer comme aime un homme, mais un être qu'il faut traiter avec respect, et même adoration, ne jamais toucher d'une main rude, ni polluer d'une pensée violente. La Reine des Fées...

Il fit un pas vers sa prison, puis hésita. Peut-être aurait-elle un mouvement de recul en le voyant et rejetterait-elle avec colère toute offre de secours.

Cependant, il savait qu'il devait essayer.

Et où était la femme rousse ? Celle qui avait crié. Kerridis – il en était *témoin* – n'était pas du genre à crier, même si sa main, broyée par l'un des farfadets, était noircie et desséchée. Cela devait lui faire horriblement mal. Elle l'avait simplement enveloppée dans un pli de sa robe déchirée.

Lentement, Fenton s'avança, la dagueflamme luisant dans sa main.

Il se demanda, soudain, si sa voix serait audible dans cette dimension. Même brisée, pleurant, blottie sur un pan de sa robe déchirée afin de ne pas toucher le froid glacial de la pierre, cette femme lui inspirait tant de respect craintif qu'il ne pouvait pas dire simplement « Kerridis », comme l'homme chaussé de bottes l'avait fait. Fenton pensait que celui-ci avait agi ainsi pour afficher son irrespect. Il s'éclaircit la voix et, à son grand soulagement, la femme l'entendit. Écartant ses longs cheveux pâles de son visage, elle releva un peu la tête et le regarda.

Fenton crut d'abord qu'elle ne pouvait pas le voir ; mais au bout d'un moment les larges pupilles – dorées, et qui émettaient une étrange lueur comme celles d'un chat dans l'obscurité, remarqua-t-il, stupéfait – se fixèrent sur lui. Elle se remit, tant bien que mal, sur ses pieds, en reculant jusqu'au mur rocheux de la cellule.

Fenton dit d'un air gêné : « Dame. » Cela ne paraissait pas du tout étrange de lui parler ainsi ; c'était pour lui la chose la plus naturelle du monde. « Dame, je ne vous veux aucun mal. »

Elle le regarda et il vit la terreur s'effacer lentement de son visage. Elle répondit, après quelques secondes : « Je vois que vous n'êtes pas Pentarn, même si vous lui ressemblez. Aucun de ceux qui me voudraient du mal ne porterait une épéevrill. » Elle désigna la « dagueflamme ». « Et votre voix n'est pas celle de Pentarn. Comment, alors, êtes-vous venu ici ?

– J'ai été témoin de l'attaque de votre escorte – je vous ai suivie. Puis-je... que puis-je faire pour vous ? »

Elle montra la porte et la grille. « Vous êtes de la... de la race de Pentarn ; vous pouvez toucher cela. Pourriez-vous ouvrir la porte ? Ils n'ont pas besoin de verrou pour nous retenir à l'intérieur – si j'y touchais, ma main s'en irait en fumée. Déjà, comme vous pouvez le voir... » Avec un sourire contrit, elle lui montra ses doigts noircis.

Fenton tendit la main pour ouvrir la porte.

Sa main passa au travers.

Bien sûr. C'est un objet fait par les hommes – si ces créatures sont des hommes, ce dont je doute. En tout cas, c'est un artefact, pas une chose naturelle comme un rocher ou un arbre.

Comment, alors, se fait-il que je puisse tenir la dagueflamme ?

« Je regrette, Dame. Je ne peux même pas *toucher* la porte, encore moins l'ouvrir pour vous libérer. Je peux passer *au travers* » – il le prouva en le faisant – « mais cela ne vous est d'aucune aide, je le crains. Je suis désolé – je vous aiderais si je le pouvais. »

Elle sourit. Même avec ce pauvre visage déformé par la peur et les pleurs, elle était belle et son sourire, un enchantement. Fenton comprit en cet instant les vieilles histoires parlant d'hommes piégés par les sortilèges du Pays des Fées. Elle rit ; au milieu du danger et de la terreur, la main brûlée et noircie par les malfaisantes créatures, elle rit, et ce rire était un pur carillon de magie. « Alors, vous n'êtes pas l'un des hommes de Pentarn ?

– Qui que puisse être Pentarn, je ne suis pas comme lui.

– Je vois que vous n'avez pas d'ombre ; vous n'êtes pas un randonneur-de-monde, vous êtes un entremondes. Donnez-moi le... » De nouveau, ce mot qui ressemblait à vrill. Elle tendit la main vers la dague verte.

Fenton la lui mit dans la main. Les doigts de Kerridis ne semblaient pas matériels ; il crut toucher une sorte de brume, mais comme il s'y attendait un peu, il *put* les sentir tout de même ; il ne passa pas au travers, comme cela lui était arrivé avec la grille métallique. Elle plongea ses doigts brûlés dans le rayonnement de la dague, et le feu vert parut briller *au travers* ; les crispations de douleur de son visage se relâchèrent. Elle poussa un long soupir frémissant, qui horrifia Penton par sa retenue.

« Ce n'est pas une pierremède, mais cela m'aide, dit-elle d'une voix un peu tremblante. Peut-être, maintenant que je ne souffre plus autant, puis-je me vêtir d'une manière plus décente... »

Lentement, elle passa la dague sur les lambeaux de sa cape. Fenton avait pensé qu'ils se recolleraient par la pensée, comme il avait transformé la chemise qu'il portait en une grosse veste de laine, et plus tard celle-ci en parka, mais cela ne se passa pas ainsi. Il regardait attentivement et, lentement, lentement, tandis qu'elle promenait la dagueflamme au-dessus des déchirures, les fils rompus bougèrent, rampèrent pour se rapprocher les uns des autres, semblèrent se... se retisser, se réunir, d'une manière ou d'une autre.

Fenton laissa échapper : « Comment avez-vous fait cela ?

– Lorsqu'on a imposé une forme à quelque chose comme... une cape, une robe, cette forme demeure, répondit-elle avec indifférence. Elle peut être mise en pièces par les irighi. » C'est du moins ce qu'il crut comprendre. «... et de telles blessures ne guérissent pas, car ceux-ci sont faits d'une substance semblable à ces barreaux... » Elle montra avec précaution la grille métallique. « Une blessure qu'ils font à nos tissus – ou à notre chair – exige beaucoup trop de capacité curative pour un vrill. Pourtant celui-ci peut faire disparaître, un peu, la chaleur et la brûlure, et je suis capable de réimposer leur forme à mes vêtements. »

Parfaitement clair, pensa Fenton confondu. *Et il n'en comprenait pas un mot.* Il ne savait pas comment sa cape, bien qu'elle *parût* toujours lacérée et déchirée, avait rassemblé ses morceaux et la couvrait chaudement, et par quel miracle sa tunique était intacte et décente. Elle rembourra la cape pour protéger ses membres nus de la roche. « Étranger, je vous remercie du confort que vous m'avez procuré. Dites-moi encore une chose : est-ce que tous mes gens ont été tués ? »

Fenton baissa la tête. « Je crains bien qu'ils aient été... » Il hésita, mais elle parut lire ses pensées.

« Je sais comment les irighi traitent mes gens qu'ils prennent, dit-elle tristement, et les vôtres aussi, parfois. Savez-vous ce qui est arrivé à ma compagne, Irielle ? C'est une femme de votre peuple, aux cheveux dorés comme la lumière d'une lanterne… »

Fenton s'aperçut, et cela le choqua, qu'il avait cessé de penser à la jeune femme rousse, charmé qu'il était par le son de la voix de Kerridis.

« Dame, je l'ai entendue crier ; j'ai vu qu'on l'emmenait, indemne et… et sans blessure.

– Il faut que vous alliez… » Elle s'interrompit brusquement. « Vous devez quitter immédiatement ces cavernes, vous êtes un entremondes, et c'est dangereux pour vous de rester sous terre pendant très longtemps. Ils vont venir me chercher. Repartez… » Elle hésita, puis, à contrecœur, lui rendit le vrill, la dagueflamme verte.

« Cela me déchire le cœur de m'en séparer, mais vous en aurez besoin pour cheminer dans ces cavernes ; sans sa lumière, vous pourriez errer ici à jamais et être piégé lorsque l'heure viendra pour vous de retourner dans votre monde. Ce ne serait pas si dangereux si vous étiez un vrai randonneur-de-mondes…

– Dame, gardez-la. Vous pourrez vous en servir pour les éloigner de vous. Ils en ont peur, je l'ai vu ; ils la voyaient quand je la tenais… » Fenton ajouta à regret : « Elle ne m'aidera pas à sortir ; chaque fois que j'ai essayé, elle s'est éteinte… sa lumière a disparu… »

Une fois de plus, le rire enchanteur retentit. « Elle ne le fera pas si vous avez vraiment l'intention de partir d'ici. Vous, et le vrill, pourrez m'aider bien plus en sortant d'ici et en guidant mes sauveteurs. Moi seule, je ne peux pas les atteindre, même en pensée, au travers de ces roches pleines du métal de ces êtres de fer. Allez, mon ami. »

Elle lui donna la dague verte. Fenton la prit à contrecœur en voyant la douleur se peindre de nouveau sur son visage lorsque sa main la lâcha.

« J'aurais voulu faire plus pour vous, Dame…

– Vous avez fait ce que vous pouviez, et plus que je ne l'aurais espéré d'un entremondes. Et maintenant, sortez aussi vite que vous le pourrez de ces cavernes. »

Elle lui caressa le visage. Ses doigts étaient immatériels, tels ceux d'un spectre.

« J'aurais aimé que vous m'apportiez des nouvelles d'Irielle. Mon cœur est lourd de crainte. Cependant, vous ne devez pas rester ici. Partez, étranger. » Encore cet effleurement fantomatique, comme du duvet de cygne. « Mes remerciements et ma bénédiction vous accompagnent... »

Il se retourna une seule fois, et vit qu'elle s'était assise, enveloppée dans sa cape, pleine d'une patience chagrine, soigneusement blottie sur son vêtement afin de ne point entrer en contact avec la roche ou la grille métallique.

Au moins, je pouvais faire cela pour elle. Prêter secours à la Reine des Fées, cela n'arrive pas à n'importe qui... Et bien sûr, ce n'est pas du tout la Reine des Fées.

Tenant la dagueflamme à deux mains, il remonta la galerie, entra dans la première des grandes cavernes, maintenant déserte, puis atteignit l'entrée de la grotte. Il avait craint la longue remontée de l'escalier apparemment sans fin, mais à sa grande surprise, il avait eu l'impression de *descendre* vers l'entrée – l'espace était-il, aussi, une illusion dans ce monde ? Les montées et les descentes, de simples agencements sans réalité matérielle ? Fenton avait la migraine et se sentait désorienté. Il fut bien content d'émerger dans la grisaille du col enneigé.

La neige tombait toujours. La nuit commençait à tomber et ce crépuscule de plus en plus sombre fit frissonner Fenton qui se pelotonna dans sa parka.

« Le voilà, cria une voix derrière lui, une voix haute et légère, celles de gens de Kerridis, certainement. C'est un membre de la race maudite de Pentarn ! » Des mains le saisirent brutalement par-derrière. Fenton secoua la tête, se tortilla, pensant – bien que les mains *parussent* fermes – que sous sa forme immatérielle présente, dans ce monde, il pourrait se faufiler entre *eux* s'il le souhaitait ; leur passer *au travers* si cela s'avérait nécessaire, comme il l'avait fait pour la grille de fer. Mais la voix était celle du peuple de la Dame, la voix musicale et claire d'un contre-ténor. Le nouveau venu ne ressemblait pas à Kerridis, non. Ses cheveux étaient châtains et ceux de la Reine des Fées blond pâle ; ses épaules étaient larges, et il n'était guère plus grand que le vrai corps de Fenton. Mais les yeux et la pâleur étaient les mêmes.

« Ne bougez pas, dit la belle voix menaçante. Je tiens un vrill sur votre gorge, et même si vous êtes un randonneur-de-mondes, cela vous tuera aussi proprement qu'un couteau du peuple-de-fer. »

Fenton sentit l'arme le piquer à la base de la gorge. Peut-être était-il immunisé contre le métal, pouvait-il traverser un barreau de fer… mais la matière inconnue dont les dagueflammes étaient faites était réelle pour lui, dans cette dimension.

Il dit, en restant immobile de crainte que l'arme ne glisse : « Je viens de la part de Kerridis. Elle est saine et sauve, et m'a demandé de vous conduire à elle…

– Erril, c'est un piège, dit une autre voix. Crois-tu que Kerridis enverrait un message par l'entremise d'un habitant de la caverne ? »

Il fouilla sous sa cape et sortit la dague verte. Celui qui le tenait captif fondit dessus, l'empoigna et, après une brève lutte, la lui arracha.

« Où l'avez-vous eue ? Comment pouvez-vous la porter et rester indemne ?

– Lâche-le, Erril, dit une troisième voix pleine d'autorité. Il a porté un vrill dans les grottes sans en souffrir. Libère-le. Regarde… »

Quelqu'un braqua une lumière sur Fenton. « Ne peux-tu reconnaître un entremondes lorsque tu en vois un ? Comment un tel être pourrait-il faire quelque chose pour aider ou blesser Kerridis ?

– Mais où a-t-il trouvé ce vrill ? » Docilement, Erril lâcha son prisonnier en écartant le couteau de sa gorge. Fenton regarda le nouveau venu, un autre membre de la race de Kerridis qui avait un air indéfinissable de pouvoir. « Vite, dites-nous. Où l'avez-vous eu ?

– Est-ce de cela que vous parlez ? demanda Fenton en désignant la rutilante dagueflamme. Je l'ai ramassée quand j'ai vu mourir l'escorte de Kerridis. Je pensais que cette arme pourrait me protéger des… des autres créatures ; je ne sais pas comment vous les appelez. » Vaguement, à la limite de son champ de vision, il vit que les pitoyables restes des hommes et des animaux morts avaient été rassemblés et que l'étrange peuple empilait du bois dessus. Pour une sorte de bûcher funéraire ?

« Mais comment êtes-vous venu ici ? » demanda le nouveau venu. Et soudain, Fenton se mit en colère.

« Pendant que vous restez là à discuter sur mon identité et la manière dont je suis arrivé ici, Kerridis est en bas dans les cavernes, et elle est blessée. J'ai tenté de la faire sortir, mais ma main est passée *au travers* du métal. Et ils ont aussi enlevé une autre femme, qui était encore vivante la dernière fois que je l'ai vue ! Au lieu de parler de moi, pourquoi ne pas essayer de les libérer ; vous me poserez toutes les questions que vous voudrez après.

– Il a raison, Lebbrin », dit celui qui s'appelait Erril, et le grand nouveau venu plein d'autorité (il s'appellerait Lebbrin ?) hocha la tête. « Ce n'est pas nécessaire que nous essayions tous d'entrer ; ramassez les dagueflammes encore vivantes et toi, Erril, toi Findhal… » Il hésita. « Je pense que cela suffira, si nous pouvons entrer inaperçus et la libérer ; mais une douzaine d'entre vous » – rapidement, il les désigna du doigt – « nous suivra de loin, au cas où nous devrions nous battre pour ressortir. »

Fenton vit que les armes abandonnées par l'escorte assassinée étaient empilées d'un côté ; quelques-unes brillaient encore un peu. Les autres étaient devenues froides et transparentes, leurs flammes s'étaient éteintes. Lebbrin rassembla ses hommes et revint à Fenton.

« Vous… quel est votre nom, “entremondes” ?

– Fenton.

– Alors, Fenton… oserez-vous revenir, avec nous, dans les cavernes ? De combien de temps disposez-vous encore ?

– Je l'ignore. » Soudain, il eut peur. Les artefacts n'existaient pas pour lui. Mais les rochers, les cavernes – bien sûr que si. S'il était encore sous terre quand viendrait pour lui le moment de retourner dans son corps, ne serait-ce pas trop tard ? Il prit vaguement conscience que c'était la première fois depuis des heures, semblait-il, qu'il pensait à son corps, là-bas, à Smythe Hall. Allait-il oser redescendre dans ces cavernes ? Il se mit à trembler en évoquant les horribles monstres poilus que Kerridis avait appelés le peuple-de-fer, à leurs sinistres couteaux, à la manière dont ils avaient déchiqueté les chevaux pour les fourrer encore palpitants dans leurs bouches ornées de crocs…

Lebbrin le regardait avec compassion. « Vous dites que Kerridis est blessée ? C'est grave ?

– L'une de ces… choses l'a prise par la main, ce qui l'a noircie et brûlée. Et puis ils l'ont pincée et traînée… mais c'est la main qui est le plus atteinte. »

Erril brandit la dagueflamme verte. « Essayez de la prendre à deux mains. » Les doigts de Fenton se refermèrent sur le manche. « Je pense, dit Erril, que vous aurez le temps si nous faisons vite. Si vous vous apercevez que vous ne pouvez plus le tenir, dites-le tout de suite et nous essaierons de vous faire sortir sain et sauf. Il y a un risque ; nous n'avons pas le droit de vous demander de le prendre. Mais pour Dame Kerridis… »

Fenton savait qu'il devait affronter ce danger, et Lebbrin le regarda avec approbation. « Alors, venez vite ; moins nous perdrons de temps, moins vous courrez le risque d'être obligé de vous enfuir à toute vitesse. Erril ! Findhal ! Les autres… Livrez au feu nos camarades morts au combat. »

Entre Erril et Lebbrin, Fenton s'avança pour la seconde fois vers l'entrée de la caverne. Il était paralysé de peur en dépit du vrill qu'il tenait à deux mains.

Au fait, cela fait combien de temps que je suis là ? Des heures… Je n'ai rien pour mesurer le temps et aucun moyen de savoir comment il s'écoule ici…

Plongé dans l'obscurité du tunnel d'entrée, éclairé par les dagueflammes, Fenton luttait contre une brusque terreur. Il trébuchait sur les marches, son genou contusionné l'élançait. Il serra plus fort le vrill dont la matérialité le rassurait. *Il était réel. Rien d'autre ne l'était…*

Findhal, plus grand encore que Lebbrin, marchait derrière eux, tenant le vrill, ou la dagueflamme, de la main gauche et, dans la droite un glaive de métal rougeâtre dont la poignée était incrustée de pierres précieuses rutilantes. Ses traits étaient sévères et pâles, ses yeux scintillaient comme des saphirs dans les ténèbres, ses cheveux blond cendré, retenus par un bandeau de métal, retombaient sur ses épaules, tels ceux d'un Viking. Erril et Lebbrin n'étaient vêtus que de tuniques qui laissaient leurs bras et leurs jambes exposés au froid ; mais Findhal, le géant, équipé en guerrier, portait un plastron et des jambières faits du même métal que celui qui encerclait sa tête. D'épais gantelets protégeaient ses mains.

Je n'aimerais pas le rencontrer dans une ruelle sombre – et si j'étais l'un de ces êtres que Kerridis a appelés le peuple-de-fer, je courrais comme un dératé si je le voyais arriver !

Il n'est pas réel, lui non plus... Soudain, avec une immense inquiétude, il s'aperçut qu'il voyait *à travers* Findhal, et cela le terrifia. Mais la solidité du vrill entre ses mains apaisa momentanément sa peur.

Ils arrivèrent en bas du grand escalier dans la première caverne. La flamme de la lanterne de métal ajouré suspendue au plafond était basse. La caverne sombre était pleine d'ombres monstrueuses. Fenton entendit sa voix résonner faiblement dans l'espace enténébré. « Je vais essayer de retrouver la bonne galerie. Peut-être vais-je être obligé d'écouter devant chacune d'elles... » Il longea lentement les parois. Mais il ne savait plus avec certitude où il avait commencé sa recherche. C'était le cri lointain d'Irielle qui l'avait guidé. *Irielle* ! Une femme, une humaine comme lui ; pourtant, il l'avait oubliée pour s'attacher au salut de Kerridis, à l'éclatant enchantement de la Reine des Fées. Avait-elle été dévorée toute vive par les irighi, était-elle emprisonnée quelque part, comme la Dame, dans le froid et l'obscurité, blessée, brûlée, terrifiée ? Torturée par les monstres, en train de hurler de douleur et de terreur ? Il s'arrêta, angoissé, écoutant sans espoir à l'entrée de chacun des tunnels.

« Par où, Fenton ? Par où ? insista Erril.

– Je ne sais pas. » Fenton errait, allant d'une ouverture à l'autre, cherchant celle qui donnait sur le feu intérieur. Le visage de Lebbrin, éclairé par le balancement de la sinistre lanterne, exprimait sa tension et son effroi.

« Je ne peux pas contacter son esprit dans une caverne si remplie du métal des irighi. Je sens qu'elle est ici, mais je n'ai aucune idée de la direction qu'il faut prendre. Si Fenton ne peut pas nous aider, nous sommes perdus... »

Lentement, marchant à l'aveuglette, Fenton allait de galerie en galerie. *Voici celle, obscure, par laquelle les irighi se sont enfuis... Voici celle où l'on aperçoit la lumière d'un feu. Était-ce à gauche ou à droite... ?* Il trébucha, tendit la main pour garder l'équilibre et cria de douleur lorsque sa paume entra en contact avec le froid glacial, brûlant, de la roche. Il regarda ses doigts à la faible lumière de la lanterne qui oscillait, s'attendant presque à les voir noircis comme ceux de Kerridis. Lebbrin porta la main à sa gorge, et tira sur une chaîne d'or qu'il portait autour du cou. De l'intérieur de sa tunique, émergea un grand joyau blanc qui émettait une douce lumière. Il prit les doigts de Fenton dans sa main, non sans douceur, mais avec une hâte empreinte d'irritation, et les appuya un moment contre la pierre magique. La douleur disparut.

« Fenton, dit-il, dépêchez-vous. Il peut lui arriver *n'importe quoi* là-bas…

– Je pense que c'est celle-là. » Mais Fenton n'en était pas certain. L'entrée était-elle à gauche ou à droite de celle qui menait au feu ? S'était-il perdu dans les cavernes ?

« *Dépêchez-vous*, l'incita Lebbrin.

– Essayons celle-là », dit Findhal et il plongea le premier dans la galerie.

Au bout de quelques pas, Fenton s'arrêta, certain que ce n'était pas la bonne. Les marches semblaient plus raides, couverte d'un dépôt gluant qui le faisait glisser dangereusement. Findhal grogna de dégoût et hésita à continuer, soudain pris d'incertitude. Puis, derrière eux, retentit une sonnerie de cors ; l'étranger fit demi-tour, s'élança vers la grotte principale, repoussant Erril et Lebbrin, rejetant sans égards Fenton contre la paroi, l'épée nue à la main, l'épéevrill serrée entre les dents pour jouir de sa lumière. Il émergea d'un bond dans la caverne et l'on entendit un grand cliquetis d'épées, un cri, un hideux aboiement. Erril et Lebbrin tirèrent leur épée du fourreau attaché à leur ceinture et coururent, se frayant un chemin parmi les immenses bêtes pourvues de crocs qui avaient commencé à envahir la grotte.

Fenton resta à l'entrée de la galerie, oublié, à l'écart. Ne pas se mettre sur leur chemin semblait la meilleure chose à faire. Mais lorsqu'un des animaux qui ressemblaient à des loups sauta sur lui, il lui enfonça l'épéevrill dans la gorge, jusqu'à la garde, et le vit tomber avec un sentiment étouffant de terreur et de soulagement mêlés. La caverne lui sembla remplie de monstres qui hululaient et tentaient de les mordre tandis que Fendhal faisait tournoyer sa grande épée ; mais Fenton, demeuré hors de la mêlée, s'aperçut qu'il n'y en avait environ qu'une demi-douzaine. Findhal en tua vite deux ; Lebbrin et

Erril, dos à dos, en repoussaicnt un autre, mais lorsqu'un second, puis un troisième se précipitèrent à l'assaut, ils eurent beaucoup de mal à résister ; le pied d'Erril glissa dans le sang de l'un des loups morts et il tomba. Fenton courut à son aide en brandissant la dague de vrill ; l'animal gronda férocement et tenta de le mordre ; l'homme sentit les crocs s'attaquer à son vêtement et à sa jambe. Findhal saignait d'une autre morsure. Muet d'horreur, Fenton enfonça le vrill jusqu'à la garde dans le corps de la bête. Elle semblait curieusement immatérielle, comme s'il avait plongé l'arme dans un oreiller, mais le loup tomba en mordant l'air, donna des coups de pattes dans le vide, se tordit, puis demeura immobile. Les deux survivants s'enfuirent en regardant les hommes avec des yeux qui parurent à Fenton trop intelligents pour que ces créatures fussent de simple animaux.

Findhal remit son épée au fourreau.

« Vite ! Si Pentarn est assez désespéré pour lâcher des calamiloups contre nous, impossible de prévoir ce qui nous attend en bas ! Par ici ! »

Fenton se sentait un peu nauséeux, maintenant que l'excitation de la bataille était passée. Comment les loups avaient-ils réussi à le mordre ? Son corps n'était pas là ! Cependant, son pantalon était déchiqueté et il détourna les yeux de sa jambe ensanglantée et lacérée. Il avait mal aussi, une douleur lancinante qui lui donnait la nausée.

À mi-chemin de la galerie, Fenton commença à voir la lumière de la grande caverne où les créatures poilues avaient tourmenté Kerridis. D'abord, elle parut déserte. Findhal se tourna, furieux, vers Fenton. « Si c'est un piège, je... », mais Lebbrin l'interrompit en montrant la niche dans la paroi, et la grille ; ils virent tous la silhouette blottie dans sa cape, effondrée comme une masse inconsolable sur le sol rocheux.

Findhal cria : « Kerridis ! Dame ! » et se mit à courir. Le tas ne remua pas. Ils se rassemblèrent autour de la grille ; les Alfar restèrent à distance des barreaux de fer, mais Fenton se glissa au travers.

« Elle n'est pas là, s'exclama-t-il, bouleversé. C'est seulement sa cape... »

Erril et Lebbrin poussèrent un cri de consternation, mais Findhal dit : « Ne paniquez pas. Même s'ils l'ont emmenée ailleurs, nous avons encore une chance de la sauver. »

Lebbrin ressortit le joyau blanc de sa tunique et le regarda fixement. Puis il dit : « Par là. » Il se mit à courir vers l'une des galeries et plongea dans les ténèbres. Fenton entendit Lebbrin pousser un cri de surprise ou de douleur lorsqu'il disparut ; Erril, criant aussi, courut derrière lui. Fenton, suivant plus lentement avec Findhal, remarqua que le grand et gros guerrier boitait à cause de sa jambe déchirée par les calamiloups ; Fenton aussi souffrait, cependant pas autant qu'il s'y serait attendu d'une telle blessure. Il pénétra prudemment dans la galerie, mais même ainsi, il glissa, tomba lourdement et atterrit sur les autres. L'énorme poids de Findhal termina de les écraser.

Ils se dégagèrent lentement les uns des autres. Fenton était hors d'haleine et Erril avait été meurtri par l'épée de Findhal qui l'avait frappé en travers des côtes, mais en gros, ils s'en étaient tirés à bon compte. À cet endroit de la galerie, des torches enfoncées dans des supports émettaient une lumière fuligineuse et une forte odeur écœurante. À l'extrémité brillait une lumière rouge éblouissante et ils virent s'y découper la silhouette d'un irighi ; il leur tournait le dos, assis contre la paroi, et mastiquait quelque chose ; se remémorant les habitudes de ces monstres, telles qu'il avait pu les observer, Fenton préféra ne pas penser à ce que cela devait être. Findhal leur fit signe de reculer et se glissa sans bruit, l'épéevrill dans une main, son épée dans l'autre. L'irighi l'entendit, se leva d'un bond et fit tournoyer sa grande machette, mais Findhal lui trancha la tête ; le cadavre, crachant le sang à flots, bascula sur le côté.

Findhal recula d'un bond en secouant sa main que le sang avait éclaboussée ; son visage se tordit de douleur.

« Lebbrin, votre pierremède… » commença-t-il, mais Lebbrin ne l'entendit pas ; il s'était précipité vers la niche gardée par le monstre.

« Irielle ! Loués soient l'Air et le Feu, dit-il d'une voix haletante. Où ont-ils emmené Kerridis ?

– Je l'ignore. » C'était la rousse qu'il avait vue en compagnie de Kerridis. « Ils sont passés par ici, caquetant et cacardant, avec elle et Pentarn.

– Est-elle blessée ?

– Je ne sais pas, monseigneur. Mais ils l'entraînaient de force, aussi j'imagine qu'elle devait l'être ; du moins, vilainement meurtrie et brûlée. »

Fenton put enfin mieux la regarder. Elle aussi avait été enfermée derrière une grille, mais celle-ci était verrouillée par un moraillon et un cadenas, probablement parce qu'ils avaient vu que, contrairement à Kerridis, elle ne craignait pas de toucher le métal.

Irielle semblait en piteux état, épuisée, le visage crispé par l'horreur ; mais elle s'efforça de se reprendre. « Si vous pouviez me libérer de cet endroit… vous, dit-elle en désignant Fenton. Il y a une clef suspendue à la ceinture de cette créature…

– C'est un entremondes, dit Findhal. Il pourrait toucher le métal de la clef s'il était *ici*, mais pour le moment il ne peut pas. »

Elle éclata d'un rire presque hystérique. « Devrons-nous aller chercher Pentarn afin qu'il l'ouvre pour nous ? Me voilà obligée de rester ici jusqu'à ce que la roche s'effrite !

– Je pense que nous pouvons faire mieux que cela, dit Findhal qui, protégé par ses gantelets, tira le cadavre de l'irighi vers la grille. Peux-tu atteindre la clef, mon enfant ? »

Irielle se mit à quatre pattes et, passant la main entre les barreaux, la chercha à tâtons. « Retourne-le un peu… je suis désolée, père nourricier, je sais que c'est une tâche répugnante… *la voilà !* » Ses doigts minces tenaient maintenant la clef ; elle passa la main entre les barreaux, au niveau de la serrure, mais le cadenas restait hors de sa portée.

« C'est exaspérant, dit-elle après avoir tenté de manipuler la clef de l'intérieur. Je ne peux pas l'atteindre… est-ce que l'un de nous ne pourrait pas…

– Attendez », dit Fenton. L'épéevrill était encore dans sa main et il se souvint soudain que l'arme était tangible pour lui, ainsi que pour les habitants de ce monde. Avec la pointe de l'arme, il souleva le cadenas, le tournant et le manipulant pour diriger le trou vers Irielle. C'était une opération délicate car, de temps à autre, le cadenas échappait à la luisante dagueflamme verte et retombait, l'un et l'autre n'ayant pas été conçus pour de telles manipulations. Mais pour finir, Fenton réussit à manœuvrer la dague de façon à ce qu'elle s'enfonce dans une craquelure du métal (mais avant, comme sans réfléchir il essayait de stabiliser le cadenas, ses mains passèrent simplement *au travers*, et une fois de plus, il franchit involontairement la grille en se heurtant douloureusement à la paroi), et Irielle réussit à y introduire la clef.

Celle-ci tourna en grinçant et la porte, dont les gonds rouillés, longtemps privés d'huile, gémirent, s'ouvrit à la volée. La jeune femme accorda à Fenton un sourire à lui couper le souffle.

« Malin ! Très malin pour un "entremondes" !

– Pas si malin que cela, dit tristement Fenton, ou alors j'aurais dû y penser pour la cage où ils avaient enfermé Kerridis, et qui n'était même pas fermée à clef...

– Cela ne sert à rien de se tracasser à propos de la chute de neige de l'hiver dernier, dit Lebbrin. T'ont-ils fait mal, Irielle ? »

Elle fit signe que non. Elle était encore essoufflée. « Non, bien que Pentarn m'ait décrit, en quelques mots bien choisis, ce qu'il avait l'intention de me faire, et je l'ai alors mordu au poignet, si bien qu'il est devenu de fort mauvaise humeur. Je ne l'aurais pas mis en colère si j'avais réfléchi que Kerridis était encore entre ses mains... » Son visage se tordit de terreur. « Ils l'ont emmenée par là, vers les feux...

– Venez, vite, dit Findhal. Il faut les rejoindre aussi rapidement que possible. » Il partit le premier en courant, à grands bonds vifs et gracieux (il n'est pas humain, pensa Fenton en le regardant, pas *tout à fait* humain...) et les autres le suivirent.

Au bout de la galerie, il aperçut la lumière du feu et, en franchissant l'ouverture, il crut voir des crevasses dans le sol et du feu en dessous, comme si le sol rocheux qu'ils foulaient surplombait un volcan.

Irielle, qui courait à côté de Fenton, lui demanda : « Comment êtes-vous arrivé ici ? Êtes-vous passé par la Maisonmonde ?

– J'ignore de quoi vous parlez.

– Non, bien sûr que non, sinon vous seriez un randonneur-demondes et pas un "entremondes". Mais vous n'avez sûrement pas franchi le Portail de Pentarn... »

Tout cela était du chinois pour Fenton. « Je ne sais pas. Je... en me réveillant, je me suis retrouvé ici. J'ai cru que je rêvais... Ce monde est-il le vôtre ? Vous avez l'air aussi humaine que moi ! Vous n'appartenez pas à ce peuple... » Il montra du doigt les silhouettes de Lebbrin et d'Erril qui se hâtaient, et de Findhal, le géant, qui marchait à grands pas devant eux.

– Non, je n'appartiens pas au peuple des Alfar, répondit-elle avec un soupir. Je ne pourrais jamais être vraiment l'un d'eux, cependant

Kerridis se montre aussi gentille avec moi que si j'étais son propre changelin. Et vous ? D'où venez-vous ? Quel monde foulez-vous aux pieds lorsque vous êtes vous-même ?

– Je suis venu de Berkeley, en Californie…

– Je n'ai pas la moindre idée de ce que cela peut être. Il ne s'agit pas de l'un des univers que j'ai vus de la Maisonmonde… » Elle s'interrompit, avec un cri, et se mit à courir. « Regardez ! »

Les trois Alfar s'étaient rassemblés à l'extrémité de la galerie pour contempler la scène cauchemardesque qui se déroulait en dessous. La caverne était noire des corps poilus du peuple-de-fer qui ne cessait d'augmenter, cacardant et criant vilainement. L'un d'eux éructait une sorte de discours – qui rappela désagréablement à Fenton les apparitions d'Hitler aux actualités – mais aucun des siens ne lui prêtait la moindre attention. À l'autre bout de la caverne, de la vapeur montait des crevasses du sol et répandait une infecte odeur de soufre. Irielle lui montra du doigt un coin où Kerridis, à laquelle personne ne prêtait attention, était gardée par des irighi ; à cette distance, Fenton ne vit que chatoiement de chair brune et cheveux blond pâle épars.

« Il faut nous frayer un chemin jusqu'à elle, dit Lebbrin avec détermination. Nous avons des épéevrills et, dans un combat corps à corps, elles nous aideront mieux qu'en plein air. Je n'aurais jamais pensé mourir dans la gueule d'un irighi… »

Erril le retint. « Non, monseigneur ! dit-il d'un ton pressant. Les autres vont arriver ! Ils nous suivent de près et alors, nous aurons peut-être une chance… » Il se tourna vers Findhal et dit du même ton : « Retournez vite les chercher, ils doivent être en route maintenant ! Dites-leur que le peuple-de-fer est ici ; s'ils viennent, nous aurons une chance… » Il jeta un coup d'œil rapide autour de lui. « Fenton ! Prenez l'épéevrill et rejoignez Kerridis en longeant la paroi. Peut-être penseront-ils que vous êtes une ombre si vous gardez l'arme cachée jusqu'à ce que vous soyez très près d'elle. Au moins, vous pourrez lui chuchoter que les secours vont arriver, très rapidement. »

Fenton pensa : *Qui ? moi ? descendre là parmi tous ces affreux-raffuteux !* Mais il comprenait le plan d'Erril. Les irighi n'avaient pas pu le voir avant. C'était la vision de l'épéevrill dans une main invisible qui les avait fait fuir.

Il acquiesça d'un hochement de tête, bien que l'effroi le paralysât. Seul le fait que Kerridis devait être encore plus épouvantée que lui, seule et entourée par ces horribles monstres qui avaient mis en pièces et mangé tout vif son escorte, l'empêcha de refuser. Restant presque collé à la paroi, il se glissa le long de la caverne, serrant le vrill à deux mains.

Il faisait très chaud ici, à cause du feu souterrain et de l'épaisse vapeur sulfureuse. *Il faut que je m'imagine dans un lieu pas tout à fait aussi chaud.* Mais il était trop préoccupé pour faire cela.

Il longea la paroi sur la pointe des pieds en essayant de se déplacer comme l'ombre pour laquelle ils le prenaient en passant devant les irighi qui gambadaient et poussaient des cris stridents. Leur langage ressemblait au caquetage des oiseaux de mer. Une fois, le cœur de Fenton lui manqua ; l'un d'eux le regardait fixement. Fenton s'immobilisa et la créature finit par détourner les yeux, sans lui prêter intérêt. Il avait peur que les tourbillons de fumée puante qui montaient du sol ne le fassent éternuer.

Des grottes volcaniques. Où diable suis-je ? Oui, en enfer ; c'est une bonne imitation, en tout cas. Pas étonnant si, dans les légendes médiévales, un ecclésiastique qui jetait un coup d'œil sur le Pays des Fées prenait ses habitants pour des démons. Les oreilles pointues. La puanteur du soufre et les feux de l'enfer, en bas. Et le fourmillement de ces damnées créatures !

Puis Fenton eut la peur de sa vie.

Il était en train de regarder l'un des irighi qui gambadait et hurlait comme une âme damnée sur le gril, et soudain, la chose *disparut*. À sa place, Fenton vit soudain des conduites métalliques, un mur quadrillé, une double porte où était écrit nettement ASCENSEUR...

Il cligna des yeux et se retrouva dans la caverne.

Je suis quelque part, dans la cave d'un bâtiment du campus !

Il serra l'épéevrill dans sa main et subit un second choc déplaisant. Ses doigts commençaient à s'enfoncer *dedans*. Il pouvait tout juste réussir à le tenir – cette sensation était terriblement désagréable, c'était comme plonger les mains jusqu'au poignet dans une substance spongieuse humide et froide.

C'est un signal de danger. Je commence à m'effacer ; je devrais être en plein air... Si cet ascenseur reparaît, il va falloir que je coure comme un fou et que je me jette dedans...

Non. Mon doigt traverserait aussi le bouton de l'ascenseur. Mais je pourrais peut-être trouver un escalier et le gravir...

Pris de panique, il tourna sur lui-même en serrant l'épéevrill. Il était très près de Kerridis, maintenant, à quelques pas de l'endroit où les irighi l'encerclaient.

Diaboliquement ingénieux ; ils savent qu'elle a peur de les toucher, aussi suffit-il qu'ils l'entourent et elle est emprisonnée.

Il faut que je sorte d'ici. Avant, je pourrais au moins lui dire que les secours arrivent...

Mais comment faire pour parvenir jusqu'à elle ? Il pensait que le peuple-de-fer ne pouvait pas le voir. Mais il craignait de prendre ce risque. Leurs grandes machettes paraissaient désagréablement tangibles.

Et comment réussirais-je à sortir, après ? Je suis bel et bien perdu, et ils seront trop occupés à sauver Kerridis pour s'occuper de moi...

Une fois de plus, la caverne disparut en un clin d'œil. Cette fois, l'épéevrill lui glissa des mains et tomba sur le sol avec un tintement de verre. L'un des irighi la vit et se précipita vers elle, s'arrêta, confondu, et regarda autour de lui. Ils ne *pouvaient pas* le voir ! Fenton se pencha et réussit à ramasser la dagueflamme. Il franchit d'un bond la crevasse qui crachait du soufre, se fraya de force un chemin entre les irighi – il avait l'impression de traverser un épais brouillard – et se retrouva à côté de Kerridis.

« Dame Kerridis... »

Elle regarda autour d'elle ; ses grands yeux d'or le cherchaient dans la pénombre.

« Est-ce vous, étranger "entremondes" ?

– Les secours vont arriver, chuchota-t-il. Irielle est là, ainsi qu'Erril et Lebbrin, et Findhal amène des renforts. »

Elle lui prit l'épéevrill des mains.

Le peuple-de-fer, qui se méfiait de ce qu'il ne pouvait pas voir, grouillait autour deux ; Kerridis tourna sur elle-même, l'arme à la main, et ils reculèrent un peu, en murmurant et cacardant entre eux. Alors, de l'extrémité de la caverne leur parvinrent des cris vibrants.

« Oho haï heï Alfar ! Kerridis ! Kerridis ! »

Findhal et un autre guerrier, armé comme lui, traversèrent à grands bonds la grotte pleine d'irighi en les décapitant à chaque tournoiement de leur épée.

« Regardez ! Regardez ! cria-t-elle tout excitée. C'est Findhal et les hommes de mon frère… » Elle se retourna et cria de sa belle voix haute, semblable à une cloche : « Oho haï heï Alfar ! À moi, à moi… je suis là ! »

L'homme barbu, botté, qu'ils appelaient Pentarn brisa en toute hâte, à coups d'épaule, le cercle d'irighi pour venir se poster à côté de Kerridis.

« Emmenons-la d'ici avant la bataille ou nous perdrons tout ! Vite… »

Il tenta de saisir sa prisonnière par l'épaule. Fenton arracha l'épéevrill des mains de Kerridis et le frappa. La lame traversa la cape de Pentarn, mais elle semblait si ramollie que Fenton ne put garder sa prise sur elle ; une force égale à celle de son coup parut la repousser et, simultanément, la caverne disparut de nouveau.

Oh, non ! Pas maintenant !

Fenton cligna des yeux en jetant des regards éperdus sur l'assemblage de tuyaux, de chaudières et de charpente d'un sous-sol. Puis il se retrouva dans la grotte et sa puanteur sulfureuse ; Pentarn luttait avec lui, ses mains – qui le traversaient comme une brume – le tenaient à la gorge.

Il me voit. Mais il ne peut pas me toucher…

« Satané "entremondes" », s'écria Pentarn d'une voix grinçante, et il appela ses irighi, mais Findhal s'était frayé un chemin jusqu'à eux à grands coups d'épée. Il trancha les têtes de ceux qui entouraient la Reine des Fées, et les autres, y compris Pentarn, s'enfuirent dans toutes les directions. Puis Irielle et Lebbrin s'agenouillèrent à côté de Kerridis ; la jeune femme rousse l'enveloppa doucement dans sa cape et son compagnon s'empara de sa pauvre main noircie et couverte de cloques. Il appliqua dessus le joyau blanc qu'il portait au cou et la lumière commença à briller *à travers* les doigts racornis. Kerridis hurla de douleur, mais Lebbrin, avec une force pleine de douceur, lui maintint la main contre la pierre. Au bout d'un moment, le visage de la blessée se convulsa et elle s'effondra dans ses bras.

Autour d'eux, les irighi mouraient par centaines. Irielle se tourna vite vers Fenton qui tentait encore de tenir l'épéevrill et l'expression de son visage lui révéla qu'elle avait compris sa dangereuse situation.

« Lebbrin, l'entremondes qui nous a aidé est en train de s'effacer, nous devons le ramener rapidement à l'extérieur…

– Ne viens pas me parler de l'entremondes, mon enfant, Dame Kirridis est blessée. Viens vite, regarde-la, la pierremède ne suffit pas… »

Irielle, consternée, regardait tour à tour Fenton et Kerridis évanouie. Elle était profondément affligée, mais poursuivit, opiniâtre.

« Est-ce là l'honneur des Alfar ? Il s'est mis en danger pour Kerridis, et tu le sais ! Aucun de nous ne le guidera-t-il vers la sortie ? Dois-je le faire moi-même ? »

La voix d'Erril retentit soudain derrière elle. « Pentarn ! Ne le laissons pas s'enfuir… » et Fenton se retourna. L'homme barbu traversait à grands pas les irighi en déroute, puis Fenton vit, par-delà la caverne qui clignotait et s'amincissait, un étrange ovale gris. Pentarn se précipitait vers lui, Erril le talonnait de près.

« C'est une Porte ! Vite, ne le laissez pas… »

Mais Pentarn atteignit l'ovale gris, le franchit comme s'il s'agissait d'un seuil et disparut. Il n'y a pas d'autre mot pour le dire. Derrière lui, l'ouverture se rétrécit, devint une simple fente, tournoya et s'évanouit.

Il a pénétré dans un trou et l'a emporté avec lui ! C'était la seule manière de décrire ce qui venait d'arriver !

Les renforts de Findhal prirent en chasse les irighi, tuant la plupart d'entre eux ; les autres s'enfuirent dans les galeries. L'un d'eux glissa dans une crevasse qui était en train de s'élargir et Fenton le vit tomber en hurlant jusqu'au feu interne. Findhal prit Kerridis dans ses bras.

« Il faut sortir d'ici ! Il y a du feu là-dessous et ils ont peut-être un moyen de nous y plonger. Venez ! »

Il battit rapidement en retraite. Irielle, faisant signe à Fenton de la suivre, se précipita derrière lui, mais lorsque le guerrier fut sur le point de remonter la grande galerie qu'ils avaient dégringolée, elle tirailla sur sa cape.

« Non, il y a un autre chemin. J'ai vu Pentarn en sortir… », dit-elle et, s'engouffrant dans une galerie latérale, elle se mit à courir. Au bout d'un moment, Findhal la suivit. Kerridis avait commencé à remuer dans ses bras. Fenton demeura à la hauteur de la jeune fille, même si, de plus en plus souvent, le tunnel obscur disparaissait brièvement autour de lui ; il n'arrivait plus à tenir l'épéevrill. Après que celle-ci fut tombée deux fois, Irielle la ramassa en faisant signe à Fenton de se hâter encore plus. Erril et Lebbrin s'étaient empressés de les suivre.

Puis – même si la galerie vacillait tant autour de lui que Fenton pouvait à peine la voir – ils se retrouvèrent dehors, au grand jour, sur une corniche couverte de verglas ; le vent et la pluie lui soufflèrent au visage. Les Alfar, penchés au-dessus de Kerridis, tentaient de la protéger des intempéries.

Au travers de l'averse, Fenton voyait maintenant vaciller la lumière du soleil – une lumière jaune infestée de smog – et un cercle de grands arbres…

Il était dans le bosquet d'eucalyptus du campus de Berkeley et trébuchait sur des bûches… Le monde vacilla encore et il se retrouva sur la corniche, fouetté par la pluie ; il vit le visage mouillé d'Irielle, ses longs cheveux roux volant follement dans le vent, elle le cherchait des yeux, surprise et consternée, puis disparut. Pour de bon, cette fois.

Disparu. Tout avait disparu.

Fenton prit conscience qu'il était très fatigué, et affamé, que sa jambe lui faisait horriblement mal, que sa parka était en lambeaux. Il sentit une traction douloureuse s'exercer au niveau de sa taille. Il baissa les yeux et vit à cet endroit une sorte de cordon gris qui semblait en sortir – il ne pouvait y toucher, mais pas davantage résister à la traction qu'il exerçait. Il marcha donc et, au bout d'un moment, s'aperçut que la chose l'entraînait vers Smythe Hall.

Il était très tard et le campus semblait désert sauf un étudiant qui traversait la Sproul Plaza à bicyclette. Fenton voyait les lumières du bâtiment central et celles plus brillantes de Telegraph Avenue. Mais la traction le poussa à se hâter, le fit entrer dans Smythe Hall et monter l'escalier. Il traversa le seau et la serpillière d'un gardien solitaire qui lavait les marches, puis le mur derrière lequel se trouvait le bureau du laboratoire de PES. Il vit un dossier ouvert à l'endroit où Marjie s'était assise plus tôt, pour retourner les cartes ; maintenant, il voyait son propre corps couché sur le lit et Garnock penché, en train de lui tâter le pouls.

Il voyait aussi clairement, maintenant, que la chose grisâtre allait de sa taille à – en fait il le savait sans le voir, il le *sentait* – au nombril du corps étendu sur le lit.

Lequel des deux est moi ? se demanda-t-il, perdu. *Est-ce ce qu'ils appellent "le cordon d'argent" ?* Il planait maintenant au-dessus du lit ; soudain, avec un choc brutal, il plongea dans son corps.

Il avait la migraine. L'horrible douleur de sa jambe lui apprit que tout ce qu'il avait souffert pendant qu'il se trouvait hors de son corps n'était que l'ombre, *l'écho,* de la véritable souffrance qu'il ressentait maintenant.

« Bon Dieu ! s'exclama Garnock en le voyant ouvrir les yeux. Je commençais à me faire du souci pour vous. Comment ça va ? »

Fenton cligna des yeux en secouant la tête. Un rêve ? Tout cela n'avait-il été qu'une hallucination provoquée par la drogue ? Kerridis, Irielle, Lebbrin, Findhal… existaient-ils vraiment ? Il se pencha – il ne put s'en empêcher ; la douleur était terrible – et remonta la jambe de son pantalon.

La tuméfaction qu'il s'était faite en heurtant le rebord de roche glacée virait au noir, constellé de bosses pourpres gonflées de sang.

« Cela a dû être une sorte d'hallucination, dit Garnock en regardant sa jambe enflée. Cela arrive parfois ; rappelle-toi de ton expérience de bizut soumis à l'hypnose, et du cube de glace ? Je me souviens que tu as fait une brûlure au second degré, avec rougeur et cloque, parce qu'on t'avait dit que c'était un tisonnier chauffé au rouge. »

Mais Fenton n'écoutait pas.

Sous la tuméfaction, il vit nettement des marques de dents.

Des marques de dents.

Plus exactement, des marques de crocs. Les crocs qu'un calamiloup avait plantés dans sa chair.

Garnock se frottait les mains de joie.

« Je vous ai fixé un rendez-vous ce soir avec Sally, dit-il. Elle voudrait une analyse complète du contenu avant que tout ne s'efface – vous savez combien les rêves s'effacent vite. Vous feriez mieux de commencer à noter tout cela maintenant, avant que vous n'oubliiez. J'ai là une cassette… Vous voulez bien dicter votre compte rendu pendant que c'est encore frais dans votre mémoire ? »

Mais Fenton l'écoutait à peine. il regardait toujours les marques des crocs du calamiloup, enflammées, fort vilaines, sur sa jambe.

4

Le lendemain matin, Cameron Fenton se rendit au Smythe Hall où il devait travailler avec Sally Lobeck.

La veille, avant de quitter le labo, il avait conscienseusement enregistré au magnétophone le récit de son expérience onirique, sachant combien même les rêves les plus frappants avaient tendance à se déliter en un méli-mélo moitié souvenirs, moitié affabulations. Lorsqu'il eut terminé, le crépuscule tombait et Garnock l'avait laissé partir.

« Vous avez rendez-vous avec Sally à dix heures demain ; à huit heures, elle a un groupe de première année en travaux dirigés d'initiation à la parapsychologie », déclara-t-il, et Cameron Fenton gloussa.

« Mieux vaut elle que moi ! » Il n'avait jamais beaucoup aimé s'occuper des étudiants de première année.

« Disons, mardi, pour votre seconde séance ? Nous les programmons par groupes de dix, et nous avons découvert que cela marche mieux si elles ont lieu tous les trois jours. Vous feriez mieux de partir et de vous trouver quelque chose à manger. » Garnock le congédia d'un air paternel. « Vous vous apercevrez peut-être que votre appétit a un peu augmenté – deux ou trois sujets l'ont signalé. Nous ne savons pas grand-chose sur les effets biologiques secondaires de l'antaril. Bien sûr, les rats ne peuvent pas nous parler de leurs sensations subjectives… et les étudiants semblent incapables de nous signaler grand-chose d'autre. »

Et de fait, Fenton avait fait preuve au dîner d'un appétit vorace, ce qui fut pour lui une agréable surprise ; son objection principale à une série d'expériences avec prise de LSD qu'il avait effectuées étant étudiant, avait été qu'elles rendaient ses papilles gustatives hypersensibles et annihilaient quasiment son appétit. Il avait perdu près de cinq kilos alors qu'il était déjà suffisamment mince. Il semblait que certaines étudiantes, qui avaient ou croyaient avoir des kilos superflus, s'étaient réjouies de cet effet secondaire particulier.

Maintenant, tout en traversant le campus, il se surprit en train de chercher, inconsciemment, des points de repère correspondant à son séjour dans le rêve. *Je suis sorti de Smythe Hall ici même, en traversant le mur près du râtelier à vélos. Et je parierais que l'ascenseur que j'ai vu se trouve dans le sous-sol de Barrows...* Il dut se dominer pour ne pas aller le constater par lui-même.

Mais si j'ai vu l'escalier et l'ascenseur de Barrows, et s'ils sont vraiment là, ne serait-ce pas une preuve supplémentaire de l'existence d'une perception extrasensorielle ?

Il décida que non. Après tout, il n'était pas certain de n'être jamais descendu au sous-sol de Barrows Hall. Il serait toujours temps de vérifier l'existence de l'escalier et de l'ascenseur lorsque l'expérience serait terminée.

Dans son souvenir, Sally Lobeck était une étudiante dégingandée, sérieuse, tout en yeux et en dents, avec une masse de cheveux noirs mal peignés qui lui tombait jusqu'aux reins. Il eut un choc en découvrant qu'elle était devenue femme jusqu'au bout des ongles ; l'élégante monture argentée de ses lunettes encadraient des yeux bordés d'épais cils noirs. Grande, pâle, elle avait un style de vêtements très personnel. Une natte brune, aussi épaisse que son poignet, retombait sur l'une de ses épaules.

« Avez-vous apporté la cassette, Monsieur ? Je vous en prie, asseyez-vous. Voulez-vous du café ?

– Avec plaisir, dit-il en jetant un coup d'œil reconnaissant sur le pot. Dix heures, c'est tôt pour moi quand je ne suis pas de service. »

Elle gloussa en remplissant deux gobelets en carton.

« Du sucre ?

– Non, nature, merci. » Il prit le gobelet qu'elle lui tendait et remarqua ses mains fines et gracieuses, qui lui rappelèrent Kerridis pleurant de douleur lorsque Lebbrin avait pressé ses doigts noircis contre la pierremède. Il se demanda où elle était, et si sa main allait bien maintenant, puis, avec colère, il repoussa cette pensée.

Kerridis n'était qu'une femme dans un rêve. Irielle aussi. Ni l'une ni l'autre n'étaient réelles...

« Vous pouvez poser votre gobelet ici, Monsieur.

– Appelez-moi Cameron, je vous en prie. Ou simplement Cam. »

Son gloussement vint du fond de la gorge. « Désolée. Pour moi, vous êtes un professeur. Dans le pays où j'ai été élevée, on n'appelle *pas* un enseignant par son prénom.

– Où était-ce ?

– Dans la vallée de San Joaquin ; une petite ville près de Fresno. Dont les habitants n'avaient pas encore décidé s'ils devaient s'identifier au XXe siècle. »

Cam se dit que cela expliquait probablement son comportement temporaire de « hippie » mal lavée. « Qu'ont-ils pensé lorsque vous avez choisi la parapsychologie comme spécialité ?

– Je l'ignore, dit-elle froidement. Je ne leur ai pas demandé leur avis. Pouvons-nous commencer ? »

Comprenant qu'on l'avait expulsé du territoire personnel, Cam sortit la cassette sur laquelle, à la demande de Garnock, il avait enregistré l'épisode onirique. « Elle est compatible avec votre magnéto ? » Il regarda ses doigts minces et brunis ouvrir l'habitacle et eut, de nouveau, une brève image mémorielle de ceux de Kerridis.

« Si cela ne vous ennuie pas, j'aimerais que vous écoutiez la cassette et que vous y ajoutiez ce que vous auriez pu omettre.

– Je ne crois pas avoir bien compris ce que vous faisiez ici, Sally. »

Elle s'appuya au dossier de son fauteuil pivotant, derrière le bureau, et mit les bras derrière la tête.

« Moi-même, je ne suis pas tout à fait sûre de savoir où cela va me mener, répondit-elle. Au début, je croyais le savoir, mais maintenant, cela s'est transformé en quelque chose d'autre. J'ai trouvé l'idée dans un article publié ici, en psycho, sur les thèmes religieux dans les processus hallucinatoires des expériences sous LSD ; une énorme quantité de gens connaissent des expériences religieuses sous LSD. Vous me suivez ? »

Felson fit signe que oui.

« Bon. On s'est demandé si c'était parce que les sujets s'attendaient inconsciemment à ce que l'effet du LSD tourne au phénomène religieux, ou s'il s'agissait d'une qualité inhérente à cette drogue. Bref, était-ce une expérience subjective, et si oui, nous mettait-elle en relation avec l'inconscient collectif ? Plus exactement, la qualité de l'expérience religieuse était-elle en corrélation positive avec les dispositions mentales de base et l'histoire émotionnelle individuelle, ou en corrélation négative, ou n'y avait-il aucune corrélation ?

– À quelles conclusions êtes-vous arrivé ?

– Eh bien, sauf les exceptions habituelles – les juifs pieux, et les chrétiens dévots qui ont des visions de la Vierge Marie – en général, il y avait une corrélation positive avec des fantasmes religieux enfantins tels qu'ils sont amenés au jour lors de régressions sous hypnose. Aussi ai-je pensé que je devrais tenter une analyse similaire du contenu des rêves sous antaril. Les rêves correspondent-ils aux attentes précédentes, etc. ? Et, une fois encore, est-ce que nous travaillons avec l'inconscient collectif ou avec les tendances mentales et les expériences antérieures de l'individu ?

– Garnock pense que c'est un phénomène individuel. Pendant que je dictais mon aventure au magnéto, il a dit : "J'ai l'impression que vous avez trop lu Tolkien." »

Sally sourit. Sa bouche était trop grande pour être belle, mais il avait le souvenir d'un sourire un peu tordu et qui montrait trop de dents, ce qui n'était plus le cas. « Est-ce vrai ?

– J'ai lu Tolkien quand j'étais gosse, répondit-il en secouant la tête, mais je ne m'en souviens pas beaucoup.

– Pourtant, si votre expérience sous antaril est en consonance avec *ça*, c'est que ses livres ont fait sur vous une impression plus forte que vous ne l'avez pensé à l'époque.

– Mmm, peut-être, mais si c'est l'inconscient collectif, peut-être étais-je simplement en consonance avec ce que Tolkien en a perçu. En tout cas, ces gens ne ressemblaient pas aux elfes tels que je me les suis toujours représentés.

– Alors, écoutons », dit Sally en mettant la cassette et en tripotant les commandes de son magnétophone qui, de bonne taille, était visiblement du matériel professionnel.

« Si cela ne vous ennuie pas, Cam, je vais enregistrer ce qu'il y a sur votre cassette, plus les commentaires que je vais faire et ce que vous voudrez ajouter. C'est d'accord ?

– Oui, ça ira.

– Bon. » Elle dicta son nom, la date du jour, le mois et l'année. « Deux centilitres d'antaril en injection par injecteur pneumatique, perte de conscience précédée de la lecture parfaite de trois jeux de cartes Zener ; sujet pas dans la même pièce que les cartes, séparé d'elles par un écran standard. » Elle coupa le micro. « Maintenant, Cam, qu'est-il arrivé immédiatement après que vous avez cessé de parler à Garnock ?

– Je n'ai jamais vraiment perdu conscience. J'avais simplement des difficultés à parler. »

Sally passa la cassette et Fenton entendit sa propre voix.

« ... conscient d'une difficulté croissante à faire parler d'une façon cohérente le corps couché sur le lit, dont je m'étais séparé. Aussi ai-je traversé le mur.

– Attendez, dit Sally en appuyant sur le bouton d'arrêt et en mettant en route l'enregistrement. Vous êtes certain de cela ? Avez-vous vraiment eu l'impression de passer à travers le mur, et non de franchir le seuil de la porte ?

– Oui, à travers le mur. C'était comme s'il n'était pas là. Comme si je traversais un brouillard.

– Pouvez-vous décrire avec précision qui il y avait dans le couloir à ce moment-là ?

– Beaucoup d'étudiants. Je me souviens... » Il fronça les sourcils. « ...d'un grand type costaud avec des lunettes et un gros pull blanc, un rouquin. Je l'ai *traversé*...

– Ça ressemble à Buddy Ormsby, dit Sally en prenant note. Je l'ai en première année ; j'essaierai d'apprendre s'il *était* dans le couloir à ce moment-là. Autre chose ?

– Dehors, une fille sur une bicyclette bleue... » Fenton continua, décrivant minutieusement ce qu'il avait vu et la manière dont le campus s'était lentement effacé autour de lui.

« Revenons à la cassette », dit Sally et elle remit en route la voix de Fenton en train de décrire : « Il y avait une jeune femme blonde, en jeans, en bicyclette bleue. Elle portait au dos un bébé dans un sac rayé rouge et bleu, et lorsque je suis entré en collision avec le vélo, j'ai crains de renverser le bébé…

– Je la connais aussi, dit Sally en gribouillant une autre note. Jessica emmène son bébé à tous les cours. Je peux vérifier si elle passait devant Smythe Hall à cette heure-là. Continuons. » Elle l'écouta en silence décrire la disparition progressive du campus, l'arrivée de la grosse veste en laine à carreaux rouge et blanc, le chant lointain.

Fenton prit conscience que le rêve n'avait pas pâli, comme cela se passe d'ordinaire. Il était encore clair dans son esprit, comme n'importe quelle autre aventure étrange l'aurait été dans ses souvenirs récents. Ce debriefing intensif ne faisait que le rendre plus net. Tandis qu'il écoutait sa propre voix décrire la première attaque des méchantes créatures, il se surprit à penser : *Cela pourrait correspondre aux elfes et aux orques de Tolkien. Mais je ne me souviens pas avoir jamais pensé que les elfes ressemblaient à cela…*

Il entendit la voix sur la cassette dire : « Je les ai entendus dire “Kerridis” en parlant d'elle…

– Attendez, dit Sally de nouveau et elle arrêta la cassette. Êtes-vous certain de ce nom ? Répétez-le, voulez-vous ? » Fenton s'exécuta et elle le répéta, pensivement, tout en le notant sous forme de symboles rapidement écrits, qu'il supposa être phonétiques. « Écoutez bien : *Kair*-ii-diss ?

– Comme cela. Seulement, on n'appuyant pas aussi fort sur la première syllabe. Pourquoi ?

– Vous êtes sûr que ce n'était pas Keridwen ?

– Formellement. La créature l'a crié de toutes ses forces, et d'autres personnes l'ont répété plus tard. Pourquoi ?

– Keridwen était une déesse galloise, une sorte de figure maternelle cosmique. Vous ne vous souvenez plus de vos cours de mythologie comparée ? » Elle remit la cassette en marche ; Fenton se sentait découragé. Après tout, il connaissait bien la théorie selon laquelle le subconscient n'oublie jamais rien, et voir le nom de sa Reine des Fées s'avérer presque identique à celui d'une déesse de la mythologie était humiliant pour lui. Plus tard quand, sur la cassette, il l'appela la Reine des Fées, elle arrêta de nouveau le magnéto.

« Avez-vous lu *La Reine des Fées* de Spenser ?

– Non. Je sais qu'il existe quelque chose – est-ce un poème ou une pièce de théâtre – intitulé ainsi [1].

– Alors, pourquoi avez-vous pensé que le terme de Reine des Fées lui convenait ?

– Je ne sais pas vraiment. Cela m'est juste venu à l'idée. Peut-être ai-je pensé à la ballade de Child [2] – vous savez, celle sur Tam Lane et la Reine des Fées ?

– Mais alors, vous n'avez pris aucune *part* à l'action ? » dit Sally, qui parut désappointée.

Et tandis qu'elle remettait la cassette en marche, Fenton pensa que oui, c'était étrange. Il n'aurait pas été surpris de se retrouver sur un cheval blanc, dans un rêve tel que celui-ci, et de voir sa rançon rachetée par une femme courageuse *sortie* de *La Reine des Fées*. Mais découvrir que la Reine elle-même avait besoin d'être sauvée – c'était une déformation de la vieille ballade qui en révélait probablement long sur son inconscient. Il ne savait pas précisément quoi.

Et pourquoi – si c'est un rêve et si nous nous débarrassons de nos frustrations dans les rêves – n'ai-je pas pris, moi-même, une part plus active dans le sauvetage, au lieu de me comporter comme un spectateur impuissant ? Cette histoire de mes mains qui *traversent* le métal…

Il entendit de nouveau sa voix.

« L'homme était grand et fort, il avait de longs favoris et une courte barbe brune. La Reine l'a appelé Pentarn…

– Oh ! » Sally s'exclama à voix basse, mais indubitablement. « Vous avez vu Pentarn, vous aussi…

– Quoi ?

– Rien, rien… »

Plus loin, alors qu'il parlait de Kerridis et de sa peur du fer froid, elle interrompit de nouveau la cassette.

---

1. *The Faerie Queene*, œuvre majeure d'Edmund Spenser (1552-1599), est une longue épopée en vers qui surpasse l'Arioste et le Tasse par son sérieux moral et son ardeur religieuse. *N.d.T.*

2. Fancis James Child (1824-1895), universitaire américain, spécialiste de Chaucer, mais plus connu pour sa compilation des ballades populaires anglaises et écossaises parue en cinq volumes de 1882 à 1898. *N.d.T.*

« Connaissiez-vous l'histoire qui dit que les elfes sont incapables de toucher au fer froid ?

– Je n'en suis pas certain. J'ai dû l'entendre quelque part. » Il fouilla dans ses souvenirs à la recherche de ce qu'il avait appris sur les superstitions. « Je ne me souviens pas où. Peut-être l'ai-je lu dans… n'y a-t-il pas une histoire de Kipling intitulée *Le Fer froid* [1] ? Je ne sais plus. Et n'est-ce pas dans… attendez… une autre, de lady Charlotte Guest [2], non, dans les *Contes de fées populaires irlandais de Yeats* [3], qu'un morceau de fer froid déposé dans un berceau empêche les fées de voler un bébé pas encore baptisé, ou quelque chose comme cela ? Non, je ne me rappelle pas. »

Plus tard, elle lui demanda : « Ariel ?

– Irielle, corrigea-t-il. Plus long qu'*Ariel*, et un son plus liquide au début. Un joli nom. »

À la fin, elle revint au début, en résumant, pour s'assurer qu'elle avait tout écrit correctement.

« Vous accordez autant de soin à tous les rêves, Sally ? Si je m'en souviens bien, les analyses du contenu des rêves ordinaires aboutissent souvent à de fameuses impasses. Y a-t-il une preuve quelconque de l'existence d'une sorte d'inconscient collectif… qui fait que les gens ont des rêves similaires ? »

Elle sourit avec bonne humeur. « Vous ne devriez pas me demander cela, Cam. C'est ce qu'on appelle "une question posée de manière à suggérer au témoin la réponse". Je vous reverrai après votre prochaine séance. »

Tout de même, il se souvint de la phrase qui avait échappé par inadvertance à la jeune femme. *Vous avez eu Pentarn, vous aussi.* Est-ce que cela signifiait que quelqu'un d'autre avait vu le sinistre Pentarn dans un rêve ?

---

1. *Le Fer froid* (*Cold Iron)*, conte de Kipling in *Adieu les Fées, « si... »* (*Rewards and Fairies)*, t. 3 des *Œuvres complètes*, La Pléiade, trad. par Jean-Claude Amalric). *N.d.T.*

2. *The Mabinogion from the Llysrcoch of Hergest and other Ancient Wales Manuscripts with an English Translation and Notes by Lady Charlotte Guest* (1838-1845). *N.d.T.*

3. *Irish Fairy and Folk Tales* (1893). *N.d.T.*

Sally étiqueta les notes de la séance, sortit la cassette de l'appareil et la mit dans sa boîte. Fenton la suivit des yeux tandis qu'elle rangeait cette dernière dans un tiroir de classeur. Il aurait aimé entendre d'autres enregistrements et comparer des rêves. Est-ce que quelqu'un d'autre avait rêvé de Pentarn ?

Bon sang, en plus ce nom paraît familier. Est-ce le personnage d'un livre pour enfants que j'ai lu et oublié ?

« Voulez-vous encore du café ?

– Non, merci », répondit-il en jetant un coup d'œil à la pendule. Se pouvait-il que cela leur ait vraiment pris trois heures ? « Mais il est assez tard pour que je vous invite à prendre un verre au bar à bières. »

Elle rit et fit non de la tête. « Merci, Cam, mais j'ai un séminaire à treize heures.

– Une autre fois, alors ?

– Avec plaisir, dit-elle évasivement, mais pour le moment, il faut que je me hâte de rejoindre ma salle. Merci pour le temps que vous m'avez accordé. » Elle lui serra la main d'une manière amicale, neutre. « Quand aura lieu votre prochaine séance ?

– Jeudi, à quinze heures.

– Alors, je vous verrai vendredi à dix heures du matin, d'accord ? Et n'oubliez pas d'enregistrer ce qui vous sera arrivé, avant d'oublier les détails. » Elle sortit avec lui, fermant bien la porte derrière elle. Tandis qu'ils traversaient le hall, elle dit : « Le problème que nous avons en parapsychologie – en plus de justifier notre existence, ajouta-t-elle, comme après-coup, c'est qu'en dépit d'énormes quantités de données brutes, nous n'obtenons quasiment pas de conclusions. Nous ignorons si le phénomène relève de la biochimie, de la pathologie neurologique, de troubles psychiatriques personnels, ou de dons parapsychologiques.

– Je n'y avais jamais pensé sous cet angle.

– L'ennui, c'est qu'il existe des arguments en faveur de chacune de ces hypothèses. Le travail que fait Garnock sur l'antaril tend, bien entendu, à montrer que la PES est une fonction perturbée de la biochimie du cerveau antérieur ; stimulez-la avec une drogue psychédélique et vous obtenez de la PES – c'est aussi simple que cela. Et puis, il y a des arguments en faveur de l'explication neurologique. Vous étiez là lorsqu'on a testé Ellen Ransford ? »

Fenton hocha la tête. C'était l'année où il était avec Sally en licence de psychologie, mais il ne le dit pas. Il s'aperçut qu'il n'avait pas du tout envie de se souvenir de cette jeune femme gauche et peu attirante, ou de l'associer à la jeune enseignante raffinée, vêtue avec élégance, qui se tenait à ses côtés.

« Pour autant que je m'en souvienne, Ellen avait obtenu des résultats incroyablement bons – mais seulement en période de scotome, avant ces horribles migraines dont elle souffrait. Et seulement lorsqu'elle se retenait de prendre de l'ergot de seigle. Les médicaments contre les maux de tête jugulent aussi la PES. » Il voyait, en esprit, cette petite blonde, les larmes de douleur coulant sur son visage, fermant les yeux de toutes ses forces à cause de la vive photophobie qui accompagnait l'épisode, mettre fin à la seule parfaite lecture de cartes qu'il ait vue cette année-là. « Qu'est-il arrivé à Ellen, finalement ? J'ai été incorporé en juin. Est-elle revenue suivre les cours en septembre ?

– Oui. Comme vous pouvez l'imaginer, elle a été, un temps, la petite chérie du département, et je me souviens du jour où Stefanson, de la fac de médecine, est venu ici pour lui faire un électroencéphalogramme, tandis que Mortwell, de l'institut de psy, dissertait sur sa migraine, disant qu'elle n'était qu'une manifestation d'un trouble de la personnalité, clairement psychosomatique. Ils en étaient presque venus aux coups pendant qu'Ellen, les électrodes collés au crâne, pleurait. Puis elle a eu des crises d'épilepsie, sous une forme bénigne, et a dû prendre continuellement du dilantin, d'où une disparition de sa PES. Ce qui confirme l'explication neurologique du phénomène.

– Où est-elle maintenant ? » demanda Fenton, et Sally gloussa de nouveau. « Ici, à l'institut de psy. Elle a eu une relation amoureuse avec l'un des assistants du vieux Mortwell. Je pense qu'ils ont vécu en ménage pendant un certain temps, elle a changé de matière principale et pris psy comportementale, et la dernière fois que j'ai entendu parler d'elle, on m'a dit qu'elle aimait faire courir des rats dans des labyrinthes. » Elle jeta un coup d'œil consterné sur sa montre. « Cam, je vais être en retard à mon séminaire ! On se revoit vendredi », dit-elle et elle monta l'escalier en courant, sans se retourner.

5

Cette fois, il savait à quoi s'attendre et réussit à terminer cinq « parfaites séries » de cartes avant d'éprouver trop de difficultés à contrôler sa voix. Mais lorsque Garnock lui demanda d'essayer les dés de l'appareil de télékinésie, il refusa.

« Vous pensez que c'est de la PES, réussit-il à dire, mais ce n'est pas ça. C'est de la bilocation.

– Vous voulez bien m'expliquer cela ? » demanda Garnock de ce ton prudemment neutre qui agaçait tant Fenton dans l'état de conscience où il se trouvait. (*Faux jeton ! Faux jeton ! S'il est dingue, pourquoi ne se comporte-t-il pas comme un dingue !*) Fenton dit d'un ton revêche : « Non. Je n'en ai pas envie. Cela devient trop dur de parler... » Et, de nouveau, il traversa le mur.

Il commençait à se sentir inquiet ; il savait bien que ce n'était pas juste de prendre Garnock pour cible de son irritabilité. De fait, le monde s'effaçait peu à peu autour de lui.

Le campus s'était déjà tellement estompé qu'il lui fut difficile de trouver des points de repère. Il se tourna de nouveau vers le nord et hâta le pas pour rejoindre le bosquet d'eucalyptus présent dans les deux mondes. Bien que les arbres fussent encore là, ce n'étaient déjà plus des eucalyptus. Ils dressaient vers le ciel de minces tiges argentées portant des espèces de fleurs blanches plumeuses ; et il n'y avait aucun signe du col où les irighi avaient attaqué les Alfar.

Cela le figea sur place. Il n'avait jamais douté qu'il serait capable de retourner exactement à l'endroit où il avait quitté ce monde, la dernière fois.

Mais lorsqu'il avait atteint le bosquet d'eucalyptus, le monde des Alfar commençait à s'effacer, et le campus était déjà, de nouveau, autour de lui...

Il y avait donc un bosquet, ou un cercle d'arbres, dans les deux dimensions. Seulement, dans son monde à lui, le campus de Berkeley, c'était un bosquet d'*eucalyptus*.

Pour voir, il toucha l'arbre. Oui, il était dur, tangible, ici aussi, et ses épines le piquèrent douloureusement au doigt. Il se demanda si, là-bas, au Smythe Hall, son doigt saignait. Il n'allait certainement pas y retourner pour le vérifier !

Autre question. Il avait établi que le « fading » des objets fabriqués de son monde, et la persistance, au moins au début, des choses de la nature, se perpétuaient d'expérience en expérience – ou du moins, que c'était le cas pour celle-ci, jusqu'à maintenant. Mais devait-il forcément revenir dans le *même* rêve, ou la même dimension, ou le même monde parallèle ? Était-il de retour dans le monde des Alfar ? Ou peut-être qu'une aventure onirique totalement nouvelle l'attendait, cette fois-ci ?

Il prit conscience que secrètement, au tréfonds de son esprit, il avait espéré, il avait *escompté*, revenir dans le monde où il avait rencontré les Alfar... et Irielle. Il voulait revoir Irielle.

Si cette « hallucination » suivait les règles des rêves, il pouvait l'*obliger* à se dérouler dans cette direction...

Non. Il serait fair-play. Il vivrait cette nouvelle expérience sans attentes ni préjugés qui pourraient influer sur les résultats. Il était un scientifique, pas un gamin prenant plaisir à rêver des aventures et à peupler le monde qu'il avait choisi de reines des fées et de méchants farfadets. Il prendrait ce qui viendrait, quoi que ce fût, et l'accepterait.

Cela avait-il tant d'importance pour lui ? Il se surprit en train de rationaliser. *Si ce n'est qu'un rêve, qu'une hallucination, qu'importe ! C'est* mon *rêve, je devrais pouvoir choisir son contenu !*

Cela devrait m'apprendre quelque chose sur moi-même, pensa-t-il avec ironie. *Je suis psy ; je devrais être capable de comprendre ce que dit sur moi le fait que je désire vivement retourner dans le monde des Alfar !*

Mais il n'était pas le centre de l'expérience. Il devait se plier aux règles et prendre ce qui viendrait. À pas lents, il se mit en route en direction du nord, essayant, autant qu'il le pouvait, de suivre le chemin qu'il avait emprunté l'autre fois.

Il n'y avait aucun repère familier ; et il ne neigeait pas, même si une épaisse couche durcie couvrait le sol et que, une fois encore, le premier bruit qu'il entendit fut son craquement sous ses bottes. Il s'était de nouveau revêtu, sans y penser, de la chaude parka de montagne et n'était pas particulièrement conscient du froid. Mais il ne voyait de col nulle part. Se trouvait-il dans un autre monde ? S'était-il déplacé à une vitesse différente ? Mais c'était le même crépuscule gris. Dans ce monde-ci, il n'avait pas encore vu de soleil ou de lune. Ni entendu de bruit évoquant une occupation humaine ou non humaine, même si une fois, tandis qu'il traversait les bois, une petite bête sortit à découvert et courut précipitamment d'arbre en arbre. Fenton le vit brièvement, assez longtemps pour s'apercevoir que ce n'était ni un lapin, ni un écureuil, ni aucun autre animal grimpeur ou fouisseur de sa connaissance. En évoquant son déplacement étrangement *sinueux*, Fenton regretta de n'avoir pu le voir mieux ; puis, irrationnellement, il s'en réjouit.

Le bois semblait devenir plus dense et il se demanda s'il ne devrait pas revenir sur ses pas avant de se perdre définitivement, chercher la route qu'il avait vue la dernière fois. Cette décision avait des désavantages – d'abord, elle le ferait passer devant les cavernes des irighi, et il avait déjà vu tout ce qu'il avait envie d'en voir. D'autre part, si Kerridis et son escorte l'avaient empruntée, elle devait mener à un endroit où les Alfar se rendaient habituellement. Fenton s'aperçut qu'il tenait pour évident, avec une opiniâtreté qui n'avait rien de scientifique, qu'il *était* au pays des Alfar.

En tout cas, où qu'il fût, cette fois-ci, il n'entrerait pas dans des grottes, bon Dieu non ! En dehors de son rejet de l'évident symbolisme freudien qu'elles impliquaient, il sentait qu'il s'en était tiré de justesse la dernière fois. D'accord, c'était réglé. Pas de cavernes.

Les bois devenaient de plus en plus touffus. Les arbres vus dans le bosquet d'ex-eucalyptus se faisaient plus nombreux, ainsi qu'une espèce de pin aux aiguilles bleu foncé. Il y poussait aussi des arbustes, surtout d'épais buissons verts où poussaient à profusion des baies d'un rouge brillant. Fenton fut tenté d'y goûter – si son corps n'était pas vraiment là, il ne pourrait pas s'empoisonner – mais quelque chose le retint et, au bout d'un minute, il l'identifia : c'était un vague souvenir du cours de Folklore comparé.

Ne jamais rien manger, ou boire, au Royaume des Fées...

Oh, c'est absurde ! Par défi, il cueillit une baie sur un rameau et mordit dedans, puis en écrasa une entre ses dents. Une seconde après, il la recracha. Elle avait une odeur et un fort goût de menthe, mais n'était pas assez tentante pour l'encourager à violer le tabou dont il s'était souvenu ; on aurait dit de la pâte dentifrice.

Comme il suivait des yeux la trajectoire de son crachat, il commença à discerner quelque chose qui ressemblait à un sentier, parmi les arbres. Personne n'aurait appelé cela une route ni même un chemin de randonnée ; plutôt une sente de lapins. Cependant, c'était la première chose indiquant qu'après tout, la forêt n'était pas totalement vierge. Il pourrait aussi bien suivre cette voie-là qu'une autre.

Une fois engagé, il s'aperçut que le tracé, dans le sol, était plus vague qu'il ne l'avait imaginé. Il se perdait dans les bruyères, et lorsqu'il tenta de se frayer un passage entre les arbustes et les épais buissons, leurs branches le retinrent par ses vêtements. Il vit un petit sentier longeant le fourré et alla l'explorer, mais lui aussi avait l'air de disparaître et, après être parti sans succès en quête d'un troisième, il comprit la vérité : les voies se fermaient devant lui, comme si le chemin lui-même, et la végétation, le rejetaient et l'obligeaient à s'en aller. Bien entendu, c'était absurde.

Mais je suis dans un univers onirique. Où ai-je été chercher l'idée qu'il devait avoir un sens ?

« C'est idiot », dit-il tout haut, et il entendit ses paroles se propager dans l'air, presque en écho. Il vit ce qui ressemblait à un petit sentier dégagé, traversant les broussailles, et se dirigea rapidement vers lui, mais lorsqu'il y arriva, ce n'était plus qu'un épais enchevêtrement d'épines.

Alors Fenton piqua une crise. Il cria, bien fort : « Écoutez, vous ne pouvez pas me faire cela. J'avancerai, que cela vous plaise ou non. Si chaque chemin part se cacher dès que je mets le pieds dessus, je vais m'en *frayer* un ! » Il reprit la première piste. Tout d'abord, il dut passer de force au travers d'épais fourrés ; puis, peu à peu, le tracé se transforma en une piste bien marquée, puis en un vrai sentier, avec des traces de pas clairement visibles. Il dit tout haut : « C'est mieux comme ça » et, tandis qu'il avançait, le chemin se mit à ressembler de plus en plus à une route, comme si l'acte même d'y marcher rendait la chose plus certaine, plus réelle.

Il se demanda si les voies de ce monde suivaient le principe d'incertitude d'Heisenberg – qui, se remémora-t-il, signifiait que le fait d'observer un processus suffisait à le modifier. En y réfléchissant, se dit Fenton, si le principe d'Heisenberg fonctionnait vraiment quelque part, la parapsychologie serait pour lui un terrain d'opération idéal.

Maintenant, les buissons serrés se retiraient devant lui, réellement, comme des femmes écartant leur jupe pour lui faire place. Au loin, au travers des arbres, il aperçut une lumière.

Il se tourna vers elle, se demandant si elle le taquinerait en fuyant, tel un feu follet. Mais elle demeura immobile et Fenton décida de la rejoindre.

Puis une masse obscure surgit, menaçante, devant lui. Cela ne lui barrait pas précisément le chemin, c'était trop vague, trop ténu, pas assez *solide*, pour cela. Par exemple, ce n'était pas un bâtiment. Quelle était sa nature, il n'en savait rien, mais il était tout à fait certain qu'il ne s'agissait pas d'une structure matérielle. Cela ne possédait pas, par exemple, la faible capacité de renvoyer un son qu'aurait eu un vrai bâtiment, dans ces circonstances. Il n'aurait pas pu arriver si près d'une maison sans le savoir, sans la voir. En outre, il s'aperçut qu'il percevait vaguement le crépuscule et la faible lumière des étoiles au travers.

Il s'arrêta, ne voulant pas buter contre cet obstacle ténébreux sans avoir une idée de ce que c'*était*.

Il demeura immobile, à l'étudier. Non, il ne s'agissait pas d'un bâtiment. Pourtant, cela en donnait *l'impression*, avec ces deux énormes arbres semblables aux pilastres d'un portail. Plus loin, dans l'obscurité, il distinguait un bosquet d'arbres, disposés de manière à simuler une sorte de structure, avec un vaste vestibule et de petites lumières intérieures qui flottaient, trop éloignées pour qu'il puisse les voir clairement. Sous ses pieds, le chemin semblait s'être évanoui ou, plutôt, avoir repris son état original de sente de lapin, presque indiscernable ; avait-il seulement imaginé que c'était une voie semblable à une route ?

Ou bien, l'ayant amené ici, n'avait-elle plus de raison de ressembler à une route ?

Et alors, entre les immenses arbres-portail, comme des colonnes, il vit deux silhouettes sveltes et comprit, en les reconnaissant avec une joie presque enfantine, qu'il était de nouveau dans le monde des Alfar.

Aucun autre représentant de l'espèce humaine n'avait jamais été si mince, si délicat, n'avait possédé un visage triangulaire aussi étrange. Ils portaient à la ceinture des épéevrills qui émettaient une faible lueur verdâtre. Ils parlaient doucement, dans ce langage chantant, aux notes hautes, qui était le leur ; et l'un d'eux s'interrompit soudain, tournant vers Fenton ses grands yeux dorés qui fouillèrent les broussailles.

« J'ai cru entendre quelque chose, dit-il.

– Une ombre. Tu t'en prends aux ombres maintenant ? Les irighi, ou leurs comparses, ne pourraient pas venir si près d'un endroit gardé comme celui-ci, répliqua son compagnon ; qu'est-ce que tu crois qu'Erril et la Dame faisaient hier soir ? Une bande d'irighi pourrait passer à portée de flèche de ce lieu et ne jamais le voir, il est si bien enchanté !

– On n'est jamais trop prudent, poursuivit le premier, ou pourquoi est-ce que Findhal se serait donné la peine de poster un garde ? Et personne ne sait ce qui se déplace entre les mondes en ce moment. Peu m'importe ce que tu dis, Rimal, mais il y a *quelque chose* qui tourne mal. Quand j'étais gosse, les irighi faisaient une ou deux percées par Changement. Maintenant, ils apparaissent quand ils le veulent, non seulement aux équinoxes, quand les portes s'ouvrent, mais au moment choisi par eux. Qu'est-ce qui les laisse passer ? Qu'est-il arrivé aux Sceaux et aux Protections ? Des randonneurs-de-mondes, des entremondes, des irighi, vont et viennent comme il leur plaît dans le nôtre. Qui garde la Maison-du-Monde, pour qu'il y ait ce genre de fuite ?

– Tu poses trop de questions. Le Grand Peuple sait ce qu'il fait, et cela ne regarde pas notre espèce.

– Non, je ne suis pas d'accord avec toi, dit le ronchonneur. Si quelqu'un a touché aux Sceaux et aux Protections et si, à cause de cela, je finis dans la gueule d'un irighi ou me fait prendre quand les choses commenceront à dériver et que les repères ne resteront pas à leur place, c'est mes affaires, d'accord ? Tiens, Rimal, l'autre jour, justement...

– Attends », dit celui-ci en l'interrompant, et Fenton, s'apercevant que dans son désir ardent de les écouter il s'était trop rapproché, tourna les talons pour fuir, mais trop tard. Une branche se glissa sous son pied, il dérapa et l'instant d'après, Rimal le tenait par le bras.

« Dites donc, vous, qu'est-ce que vous faites ici ? Vous vous glissez dans le noir pour nous espionner... venez à la lumière que je vous voie mieux ! »

Fenton se laissa entraîner sans protester. Il savait qu'ils n'avaient pas de prise matérielle sur lui et que, s'il le voulait vraiment, il pourrait se dégager en passant *au travers* de leurs mains et s'enfuir ; mais il n'en fit rien, en partie parce que les deux Alfar portaient des épée-vrills qui *pouvaient* le blesser, et aussi parce qu'en dépit de leurs armes, il n'avait pas vraiment peur d'eux.

« Un membre de l'espèce maudite de Pentarn, dit Rima d'un air dégoûté en le tirant dans la lumière. Il y en avait dans le coin, la dernière fois que les cavernes des irighi sont apparues, quand la Dame a été blessée.

– Celui-là ne peut faire de mal à personne, dit l'autre. Il n'a pas d'ombre. Regarde, c'est un entremondes. Qu'est-ce que va devenir ce monde si ce genre de salopards fiche la pagaille dans les dimensions ? Vous ! dit-il à Fenton en soulignant ses paroles d'une petite secousse. Qu'est-ce que vous faites ici ?

– J'ai vu un sentier et je l'ai suivi », répondit Fenton et tous deux le regardèrent fixement.

« Aurait-il suivi le Chemin caché ? Alors, il doit y avoir une raison à sa présence ici », dit Rimal.

Mais l'autre secoua la tête. « On n'en sait rien. Il y a peut-être des espions partout.

– Conduisez-moi auprès de Dame Kerridis. Ou de Findhal. Ils me connaissent...

– Sans doute, mais des personnes comme Findhal et Dame Kerridis ne sont pas à la disposition de gens tels que *vous*.

– Alors, dit Fenton, conduisez-moi auprès de Dame Irielle...

– Ah, dit le second, je pense que non. Je ne fais pas confiance à l'espèce de Pentarn, même si la Dame a le cœur trop tendre pour expulser les changelins.

– Dame Irielle pourra vous dire que je ne suis pas un espion et que je n'ai aucune intention de vous faire du mal. J'ai participé à sa libération…

– Elle est bonne celle-là », se moqua Rimal, mais l'autre intervint. « Non, c'est vrai. Findhal m'a dit qu'un entremondes les avait aidés. Je vais le chercher.

– Vas-y. Si c'est un de la bande à Pentarn, Findhal en aura bientôt terminé avec lui. Vous, ajouta-t-il en s'adressant à Fenton, venez ici, vraiment lentement, et n'essayez aucun tour sur moi. »

Fenton fit ce qu'on lui disait. Après un moment d'attente, où l'obscurité s'épaissit autour d'eux, l'immense silhouette de Findhal, le guerrier, apparut en compagnie du garde.

« Vous voilà, entremondes. Je me demandais ce qui vous était arrivé et si vous aviez pu rentrer chez vous sain et sauf. » Immobile, les mains sur les hanches, il baissait les yeux sur Fenton. Cameron était grand, mais devant le gigantesque personnage armé de Findhal, il se sentait comme un écolier. « Irielle a dit que si vous réussissiez à revenir après que les Sceaux et les Protections auront été installés, il fallait aussitôt vous amener devant Dame Kirridis.

– Faites attention, Findhal, l'avertit Rimal. Il espionne peut-être, malgré tout, pour l'un des hommes de Pentarn… »

L'éclatant rire de Findhal éveilla des échos dans le bosquet.

« Non, Rimal, il a risqué sa vie pour apporter une épéevrill à la Dame quand elle était emprisonnée dans la grotte où il y a le feu. Je ne pense pas que nous ayons des ennuis avec lui.

– C'était peut-être une ruse maligne pour gagner votre confiance, afin de pouvoir rapporter des contes, récrimina Rimal. Espionner pour Pentarn, peut-être. Je ne fais jamais confiance à un entremondes. J'aime que les gens soient dans un monde ou dans l'autre, pas qu'ils hésitent entre les deux ! »

Findhal ne tint pas compte de ses remarques et dit à Fenton : « Venez avec moi. La Dame vous attend. »

Cameron suivit le guerrier géant. Une fois franchi les arbres-portail menaçants, il commença à se demander si, après tout, il n'était pas à l'intérieur d'une sorte d'énorme bâtiment qu'il ne pouvait simplement pas *voir* – soit parce que ce lieu avait été, comme dans la phrase colorée mais pas très compréhensible de Rimal, « enchanté », soit pour quelque autre raison. L'illusion persista, plus forte par moments, qu'autour de lui il n'y avait pas d'arbres, de rideaux de mousse, de fourrés et de bosquets, mais de grandes salles avec des colonnes, des couloirs ramifiés, et des petites pièces ornées de tentures colorées. Est-ce que, dans ce monde, tout était comme cela ? Ne pourrait-il jamais faire confiance à ses sens ?

Au bout d'un moment, il commença à entendre de la musique, les bribes d'une mélodie reprise par un autre chanteur qui en tirait d'étranges variations, puis passant rapidement par une troisième voix, se retrouvait transposée dans une tonalité plus haute, en un fragment différent, pleine de trilles et de notes aiguës. En arrière-fond, il percevait les sons grêles d'un instrument – une flûte de Pan, se dit-il, sans avoir la moindre idée de ce que cela pouvait *être* réellement – et, derrière tout cela, de doux et légers accords de cordes pincées.

Une lueur vive l'éblouit soudain, des lunes, des étoiles, des soleils de lumière, dans la pénombre. Machinalement, Fenton se couvrit les yeux. Au bout d'un moment, elle baissa jusqu'à devenir tolérable – ou bien ses yeux s'étaient-ils simplement accommodés ? Il ôta ses mains et aperçut Kerridis.

Couverte de bijoux, couronnée de pierres précieuses étincelantes, en robe longue, elle était assise sur un trône festonné d'une étoffe vert et or. À ses pieds, une jeune Alfar agenouillée jouait de la flûte de Pan. Derrière tout cela, la mélodie volait de voix en voix en un incroyable contrepoint. Était-ce simplement ainsi que conversait ce peuple ?

Kerridis fit un geste. Le chant mourut, mais la flûte et la harpe continuèrent pendant ce qui suivit, et après. Plus tard, Fenton prit conscience que pendant son séjour dans cette résidence illusoire, la musique ne s'était jamais arrêtée.

« Venez…, l'invita-t-elle. Vous êtes le courageux entremondes ; je suis contente de voir que vous vous en êtes sorti indemne. Venez vous asseoir devant moi, Fentarn… Fentrin… » Elle fit la grimace. « Je sais que votre nom ressemble à Pentarn, mais que ce n'est pas cela.

– Fenton », dit-il, et le rire de la reine, comme dans ses souvenirs, résonna comme des clochettes enchantées.

« Fenn… trin. Bon, peu importe. » Elle lui fit signe de prendre place par terre, devant elle.

« J'espère, Dame Kerridis, que vos brûlures sont guéries. »

Elle tendit vers lui une main effilée. Ses doigts portaient encore de faibles traces noires. « Ces blessures-là ne guérissent jamais totalement. Cependant, j'ai eu de la chance que ce ne soit pas pire. Du temps de ma mère… mais ce n'est pas la question.

– Des choses pareilles se produisent-elles souvent ?

– Elles ne nous sont pas inconnues, mais il est vrai, me semble-t-il, qu'elles arrivent plus fréquemment. Il fut un temps où les irighi ne pouvaient pas s'introduire ici de force, sauf à certains moments de l'année ; maintenant, on dirait qu'ils peuvent venir lorsque cela leur plaît, et je ne peux m'empêcher de penser que des membres de votre espèce et de celle de Pentarn sont responsables de ce changement. Venez-vous du monde de Pentarn ? »

Fenton fit non de la tête. Puis, lentement, pris d'incertitude, il corrigea sa réponse. « Il est vrai que Pentarn *semble* humain. Mais il ne s'habille pas comme on le fait dans le monde dont je viens, et la manière dont il porte sa barbe et ses cheveux… », après avoir dit cela, il se sentit de nouveau incertain. Berkeley était toujours la Mecque des excentriques et l'on pouvait voir presque n'importe quoi sur le campus nord sans y prêter attention. Des cheveux, une barbe, et même des bottes et une cape comme ceux de Pentarn passeraient facilement inaperçus ; on considérerait cela comme un excentricité de plus, parmi tant d'autres. « En tout cas, termina-t-il d'une voix faible, mais sincère, c'est quelqu'un que je n'ai jamais vu auparavant. »

Kerridis l'examina. « Il est vrai que vous ne vous habillez pas du tout de la même manière. Mais vous vous ressemblez beaucoup. Et sûrement que si Pentarn vous avait envoyé ici pour nous faire du mal, il vous aurait permis de marcher dans ce monde avec toute votre matérialité et une ombre. Certains des membres de notre peuple se méfient, et qui les en blâmerait alors que les irighi ont massacré tant de mes fidèles compagnons ? Même Irielle a soulevé quelques soupçons. » Elle se tut, l'air de réfléchir et Fenton, enhardi d'avoir entendu ce nom, dit : « J'espère qu'Irielle s'est remise de ce qu'elle a vécu entre les mains de vos ennemis.

– Elle n'a pas été vraiment blessée, seulement effrayée. » Kerridis leva sa main fine. « Irielle ! Mon enfant, viens lui parler… »

La jeune fille portait, aujourd'hui, une longue robe marron bordée de fourrure qui ressemblait un peu à l'habillement des femmes Alfar, mais était certainement plus chaude et ce détail, on ne sait pourquoi, rassura de nouveau Fenton. Ces gens veillaient au bien-être des humains qui vivaient parmi eux, connaissaient la différence essentielle que la jeune fille présentait avec eux, et s'étaient donné la peine de lui fournir des vêtements chauds. Sa chevelure était tressée et relevée par une sorte de bijou scintillant qui brillait presque autant que les joyaux du diadème de Kerridis. Elle sourit timidement à Fenton. « Je suis si contente que vous reveniez nous voir. La plupart des entremondes ne passent par ici qu'une seule fois, peut-être parce qu'ils se sont égarés dans un rêve, et ils n'en retrouvent jamais le chemin. Comment avez-vous fait ? Avez-vous découvert un Portail ?

– Non, cela faisait partie de l'expérience. » Irielle et la Dame le regardèrent avec un air d'incompréhension empreint de politesse. Cela n'avait peut-être rien de surprenant que dans ce monde où la magie semblait une chose banale, on ne sache rien de la méthode scientifique ou de l'expérimentation.

Kerridis convoqua d'un geste l'un de ses serviteurs. « Boirez-vous avec nous, Fenn-tarn ? »

Il hésita. « Si cela m'est possible. »

Kerridis se renfrogna un peu et Fenton se demanda s'il n'avait pas commis quelque terrible impair, violé l'étiquette… Après tout, il avait été « présenté à la cour » et ergotait à propos de ce qui équivalait à un ordre royal. Irielle se pencha pour chuchoter quelque chose à l'oreille de Kerridis qui rit, tandis que son froncement de sourcils s'effaçait.

« J'avais oublié ; oui, certains des randonneurs-de-monde et des entremondes entretiennent des illusions du genre : s'ils mangent ou boivent ici, ils seront piégés et ne pourront plus rentrer chez eux. Dans certaines conditions, si vous êtes ici corporellement – ce qui est le cas d'un randonneur-de-mondes – cela peut être dangereux de manger certaines choses. Je suppose que vous apprendrez cela plus tard. » Elle prit la coupe ornée de joyaux qu'on lui tendait, l'effleura de ses lèvres et la lui passa. Elle dit, en hésitant, la coupe entre leurs mains jointes : « Vous comprenez, cela va vous donner *l'illusion* d'un rafraîchissement. Si vous souffrez de la soif ou de la faim, cela ne l'apaisera pas. »

Fenton prit la coupe. Un moment, il se demanda si sa main n'allait pas passer *au travers*, comme cela avait été le cas avec la grille en métal, mais elle resta tangible et froide. Il s'inclina et but, en l'examinant à la dérobée. La boisson avait un goût frais et agréable ; elle n'était ni très sucrée ni particulièrement acidulée, et ne contenait certainement pas d'alcool. La coupe elle-même… quel dommage, pensa-t-il, qu'il n'ait aucun moyen de la ramener, comme preuve de son histoire.

Mais même si je le faisais… ne dit-on pas que l'or des fées se transforme en une poignée de feuilles mortes si on le regarde à la lumière du jour ? Et si ce monde est réel, si c'est un univers parallèle au nôtre, ou une dimension supplémentaire, où est le soleil ? Et d'ailleurs, où est la lune ?

Il garda la coupe vide entre ses mains un moment de plus, en essayant d'en mémoriser le style afin de pouvoir la dessiner pour Sally. Puis, il la rendit à Irielle ; et Kerridis dit, en leur souriant gentiment : « Lebbrin va venir, mes enfants, et sans doute a-t-il des problèmes importants qu'il me faudra régler, aussi je suis obligée de vous demander de partir. Emmène-le dans le bosquet, Irielle, et distrais-le à notre place. » Elle les congédia d'un gentil signe de tête.

Il suivit Irielle le long des murs qui entouraient curieusement cette étrange demeure, qui *était* et *n'était pas* enclose par ses constructions ténues ; il ne savait pas s'ils étaient encore dedans, ou déjà dehors. Les délimitations avaient-elle quelque réalité ici ?

La réalité ? se demanda-t-il, *qu'est-ce que la réalité ?*

« Vous êtes bien silencieux », dit Irielle et il répondit en sursautant et en se reprenant : « J'écoutais la musique. Quand vous êtes seule avec eux – vous pouvez dialoguer ainsi ? »

Elle rit. « Un peu, comme un enfant. Ils s'efforcent de parler lentement quand ils s'adressent à moi. Pas aussi lentement que la Dame l'a fait avec vous, mais plus que lorsqu'elle s'adresse à ses femmes. »

Ils étaient sortis dans une lumière plus brillante et il sentit qu'ils étaient dehors, bien qu'ils fussent toujours entourés d'arbres. « Le froid vous gêne ? demanda-t-elle.

– Pas vraiment. Mais je pensais qu'il vous gênerait, vous.

– J'y suis accoutumée maintenant, mais je me souviens qu'à mon arrivée ici, j'avais toujours froid. Je pleurais de froid, jour et nuit. » Elle se laissa tomber par terre en lui faisant signe de s'asseoir à côté d'elle. « J'ai l'impression qu'il y a très longtemps de cela, et tant que j'ai des vêtements chauds, le froid ne me gêne pas.

– Comment êtes-vous venue ici, Irielle ? » *Elle est humaine, aussi humaine que moi...*

Elle le regarda, un peu surprise. « Je suis un changelin, bien sûr. »

Évidemment. « Je suis un changelin, bien sûr. » À quoi s'attendait-il ? Ce rêve, ou cette dimension, avait quelque chose de positif, en ce qui le concernait : il s'en tenait à ses propres règles, selon une certaine logique. Alors, à quoi s'attendait-il ? Elle était forcément un changelin. Quand vous trouvez un être humain au pays des fées, que peut-il être d'autre qu'un changelin ?

Mais, dans ce monde-ci, un changelin, qu'est-ce que c'était ?

« Et... Pentarn... c'est aussi un changelin ? » demanda-t-il.

Le visage mobile d'Irielle se contracta de mépris. « Pentarn ? Un changelin ? Qui parmi les Alfar aurait fait un échange pour un être *tel* que lui ? Non, Pentarn a dû venir ici, je pense, en passant par l'une des Maisonmondes, ou par une Porte, car c'est un vrai randonneur-de-mondes ; il projette une ombre, il est dans son corps, je l'ai vu manger et boire. Et, comme moi, il peut manipuler le fer froid. Mais ce n'est pas un enfant adopté par les Alfar. Et il ne craint pas les irighi. Je pense qu'il a fait alliance avec eux, ce qu'un Alfar adoptif n'oserait jamais faire.

– Un changelin, c'est quoi exactement, Irielle ? »

Elle le regarda, surprise. Elle était humaine, totalement humaine, elle n'avait rien de l'élégance glaciale des Alfar ; elle était chaude, elle respirait. Mais elle leur ressemblait sur un point, pensa Fenton ; son visage était mobile, il reflétait aussitôt chaque pensée et chaque changement d'humeur. « Comment êtes-vous venu ici en ignorant tant de choses ? Les Alfar engendrent peu d'enfants, de moins en moins – c'est ce que la Dame m'a raconté – alors que les saisons vont et viennent, tour à tour. Il leur faut parfois ramener des enfants d'autres mondes. Findhal et sa Dame, qui m'ont adoptée, n'ont pas d'enfants ; Kerridis non plus, ni Erril ; et le fils unique de Lebbrin a été massacré par les irighi, avant ma naissance.

– Ils… volent des enfants ?

– On ne peut pas appeler cela comme ça, dit-elle avec un mouvement de colère, ils enlèvent seulement, au berceau, des bébés qui sont maltraités et qui mourraient… Kerridis a pris son autre changelin dans un grand refuge où des enfants non désirés étaient abandonnés aux mains de mercenaires, et si mal soignés que la moitié mouraient avant d'avoir deux ans, et les autres devenaient niais par manque d'amour maternel. Les Alfar devaient-ils laisser ces nourrissons mourir sans regrets ni pleurs alors qu'ils désirent des enfants et n'en ont pas ? »

Fenton se dit que cela ressemblait à ce qu'il avait lu sur les effroyables orphelinats de l'époque victorienne, où les enfants mouraient de ce que l'on a fini par appeler « marasme » ; mais maintenant que ce phénomène était connu, on y remédiait par des soins aimants et de douces manipulations. Cependant, il devait encore exister des foyers pour enfants abandonnés où la mort devenait une miséricordieuse libération. « Comment font-ils pour les enlever sans que personne s'en aperçoive ?

– Ils laissent à leur place une image qui ne vit pas longtemps, dit Irielle d'un ton indifférent, mais cela n'a pas d'importance puisque ceux qui devraient s'en occuper attendent seulement que l'enfant meurre ; on l'enterre et personne ne voit la différence. Moi, j'étais assez grande pour me souvenir… j'ai été projetée hors d'une voiture à cheval, et ma mère et mon père ont dû être tués dans l'accident car, quand je les ai appelés en pleurant, personne ne m'a répondu. » À ce souvenir, son visage se contracta de douleur et de terreur. « J'étais étendue, saignant de partout, et le timon de la voiture m'écrasait le dos… puis Findhal est apparu et il m'a sorti des débris – je ne sais pas comment il a fait sans me déchiqueter – et m'a dit que s'il me laissait là, je resterai infirme, mais qu'il pouvait m'emmener dans un endroit où l'on me guérirait, et je pourrais de nouveau courir et jouer. » « J'ai demandé » – un calme envahit ses traits mobiles – « j'ai demandé si mon père et ma mère pouvaient venir, et il a dit que non, qu'ils étaient déjà morts ; mais que lui et sa Dame seraient pour moi un père et une mère, aussi longtemps que je vivrais. J'ai vu – *pas tout à fait* vu, ce qu'il a laissé sur les lieux de l'accident, mais il a dit que cela durerait assez longtemps pour être enterré avec ma mère et mon père ; puis il m'a prise dans ses bras et je me suis retrouvée *ici* – regardez », dit-elle ingénument en relevant sa jupe épaisse pour lui montrer une longue jambe mince et blanche. « Vous voyez qu'elle a été écrasée jusqu'à l'os. Il m'a fallu beaucoup de temps pour guérir, et cela a été long, très long, avant que je puisse remarcher, mais ils étaient très gentils avec moi. »

Fenton regarda avec horreur les effroyables cicatrices. Comment avaient-ils fait pour réparer de telles blessures ? Le tibia et le mollet n'étaient qu'une masse difforme, noueuse, de tissu cicatriciel. Elle laissa retomber sa robe et dit : « C'est vilain à voir, je le sais... mon dos est encore pire ; c'est pour cela que je porte ces vêtements, même si le froid ne m'incommode pas et qu'il me serait possible de me vêtir comme les Alfar. Mais je déteste la laideur autant qu'eux. »

Grand Dieu, quelle horreur ! Notre science médicale aurait eu du mal à réparer cela ; on lui aurait probablement coupé la jambe ! Si c'est cela qu'ils lui ont épargné, heureusement qu'ils l'ont amenée ici !

Il éprouva soudain une immense tendresse pour Irielle. Elle n'était pas une princesse de contes de fées parfaite, mais la survivante, marquée de cicatrices, d'un épouvantable accident arrivé dans un monde qui était peut-être, ou non, le sien. « Vous avez été élevée ici ?

– Oui. En enfant adoptée de Findhal. J'ai vécu avec eux jusqu'à ce que je sois adulte, et il est toujours un père pour moi... mais Kerridis m'a demandée de venir à sa cour pour être une de leurs chanteuses. » Elle releva la tête et demanda : « Maintenant dites-moi comment vous, vous êtes venu ? »

Fenton essaya d'expliquer en quoi consistait cette expérience, mais les traits fluides de la jeune fille se tordirent de dégoût.

« J'espère que votre sage, votre *professeur*, n'est pas l'un de ceux qui, poussés par une vaine curiosité, affaiblissent la structure des Portemondes, si bien que les irighi peuvent pénétrer ici de force quand ils le veulent, et pas seulement lorsque le soleil et la lune s'y prêtent et que nous pouvons nous préparer à les recevoir ! Ou bien, est-il de mèche avec les partisans de Pentarn pour détruire les Portes ?

– Mon dieu, non !

– Alors, pour quelles raisons fait-il cela ? »

Fenton tenta de les lui faire comprendre, mais s'aperçut que ses explications étaient vaseuses. Comment expliquer la nature de la parapsychologie dans un monde où les règles sont tellement différentes ? Irielle rejeta d'un haussement d'épaules ses arguments.

« Ce serait mieux si vous veniez ici par la Maisonmonde. Je vais essayer de la trouver pour vous, mais j'ignore si c'est possible en ce moment… » Elle resta silencieuse ; son visage était le modèle même de la perplexité et Fenton attendit en observant le jeu des émotions sur ses traits expressifs dont la peau fine et transparente était si délicate qu'il avait l'impression de voir le sang bleuâtre couler dans les veines de ses tempes. Elle paraissait tellement vivante ; à côté d'elle, toutes les femmes qu'il avait connues semblaient ternes, pataudes, lourdes, mortes.

Ce n'est qu'un personnage de mon rêve ; ce n'est pas une vraie femme. Il ne faut pas que je commence à penser qu'elle est réelle !

Son petit menton reposait dans le creux de sa main ; elle était parfaitement immobile, mais semblait néanmoins si pleine de vitalité ; des lumières et des ombres fragiles allaient et venaient dans ses yeux. « Nous pouvons partir à la recherche de la Maisonmonde ; peut-être apprendrez-vous à la reconnaître quand vous la verrez…

– Partir à sa *recherche* ? Irielle, vous ne savez pas où elle est ?

– Elle ne se trouve pas toujours au même endroit. Elle change de place… ou, je pense, peut-être est-*elle* toujours au même endroit, mais n'a-t-elle pas envie qu'on la trouve… »

Fenton s'exclama – il ne put s'en empêcher : « C'est la chose la plus ridicule que j'aie jamais entendue ! » Une fois de plus, ses émotions menacèrent de s'inverser. Et dire qu'il avait pensé que ce monde possédait assez de cohérence pour être réel ! Sa consternation et sa déception – *je veux qu'il soit réel* – furent perçues par Irielle comme de la colère ; elle s'empourpra et la manière vive dont elle se releva lui fit penser à un oiseau battant des ailes pour prendre son envol ; tout son corps frissonnait de ressentiment.

« Qu'est-ce que vous en savez… *entremondes* ? »

Fenton leva la main en un geste de conciliation.

« Irielle, Irielle, ne vous mettez pas en colère. Je vous présente mes excuses ; je ne comprends pas… Comment pouvez-vous dire que… qu'une chose matérielle, une… vous appelez cela une Maisonmonde… ne *veut* pas qu'on la trouve ? »

Elle le regarda, troublée, calmée.

« Je ne sais pas, dit-elle lentement… j'ai traversé plus d'une fois la Maisonmonde, et elle n'est jamais la même, jamais au même endroit. Ou peut-être est-ce toujours la même, et les autres univers se déplacent *autour* d'elle, même si c'est elle qui a l'air de le faire. Les ignorants croyaient bien, autrefois, que le soleil tournait autour de leur monde ; maintenant, même les petits enfants ne sont plus dupes des apparences. »

Contre son vouloir, il jeta un coup d'œil vers le ciel. « Est-ce que le soleil brille, ici ?

– Pas souvent, il est vrai… C'est pour cela que Melnia, qui était la Dame de Findhal, me laissait de temps à autres marcher dans les autres mondes ; elle disait que moi, qui étais née sous le soleil, je tomberais malade si je ne le voyais pas plus souvent ici. C'est Melnia qui m'a montré qu'on ne pouvait pas trouver la Maisonmonde si on la cherchait vraiment ; il est plus facile de la découvrir par hasard. Cela ne vous est jamais arrivé de découvrir un endroit par hasard et de ne plus le retrouver quand vous en aviez la ferme intention ? »

Fenton se renfrogna en se souvenant de ce drôle de petit magasin d'estampes de North Beach, dont les vitrines étaient un rêve de bibliophile ; mais bien qu'il l'ait aperçu deux fois et longuement examiné ces dernières quand la boutique était fermée, il avait quadrillé toutes les rues de San Francisco sans jamais retrouver le bon coin de rue aux heures d'ouverture.

Il lui en parla et elle hocha la tête. « La Maisonmonde est comme cela ; vous pouvez même l'avoir vue sous l'un de ses déguisements. Je pense que, lorsqu'on la *recherche*, elle active une… une sorte de touche, une défense ; ce sont vos *pensées* qui la déclenchent. On n'est pas *censé* la trouver, vous comprenez, sauf ceux qui ont affaire à cet endroit ; Findhal peut y aller et venir à volonté, et maintenant on dirait que Pentarn y a accès quand il le souhaite. » Elle demeura silencieuse, à réfléchir. Fenton avait la curieuse impression que son cœur se serrait.

Oh, non ! Il ne faut pas que je commence à éprouver ce genre de sentiment pour Irielle... pour une femme qui n'existe que dans un rêve...

Irielle dit, avec ce bref sourire éclatant qui semblait, comme la flamme d'une bougie brillant au travers d'un voile, illuminer tout son visage d'une délicate lumière intérieure : « Je vais demander à Findhal ; c'est mon père adoptif et il ne m'a jamais rien refusé. Je vais lui demander ce qu'il faut faire pour trouver la Maisonmonde, afin que vous puissiez revenir quand vous le voudrez. »

Le contact de sa main était fantomatique, à peine perceptible, pourtant elle excita Fenton – esprit, corps, émotions – à un point incroyable. Il entendit comme une fêlure dans sa voix lorsqu'il dit : « Vous voulez que je revienne, Irielle ?

– Bien sûr, répondit-elle avec douceur. Les Alfar sont gentils, mais je me sens souvent seule parmi eux, et je ne peux pas leur parler comme à vous. Je suis tellement seule et vous êtes mon semblable... Je vous en prie, promettez-moi que vous reviendrez, Fenn-tarn ? »

C'était une douleur, un supplice ; jamais rien, dans toute sa vie, semblait-il, ne l'avait torturé autant que cette innocente supplication. *Vous reviendrez ?* Comment le savoir ? Comment savoir s'il pourrait jamais revenir ici ? Comment savoir – et c'était ça, le cœur de son angoisse – s'il existait un endroit tel que celui-ci ?

« Fen-trin ? Qu'y a-t-il ? » Elle le regardait, toute proche, profondément troublée, son joli visage plein de vie levé vers lui. Luttant contre son chagrin, Fenton se détourna.

« Oh... je vous en prie..., supplia-t-elle, ne pouvez-vous me dire ce qu'il y a ? Pourquoi êtes-vous si... si chagriné ? Vous arrivez comme une ombre, vous partez comme une apparition... Pourquoi êtes-vous si triste ? »

Torturé par le désespoir, il réussit à s'arracher ces paroles : « J'ignore si je pourrai revenir ici, je le désire, mais... je n'ai aucun contrôle sur ma venue, ni sur mon départ. Je ne suis même pas sûr... » La voix lui manqua et il dut se forcer pour dire : «... je ne suis pas certain que tout cela ne soit pas un rêve... que je ne vous ai pas inventée dans mon rêve... » Consterné, misérable, Fenton entendit un sanglot dans sa voix.

Irielle levait vers lui un visage où se reflétait son propre désespoir. « Oh, quel chagrin, chuchota-t-elle. Qui vous a fait cela, et pourquoi ? Fenn-trin... » Même la très mauvaise prononciation de son nom était poignante, pleine de tristesse. Impulsivement, elle le serra dans ses bras ; elle lui semblait immatérielle, légère comme une plume ; il ne pouvait même pas la sentir respirer, pourtant elle était *là*, ses bras l'étreignaient. « Fenn-tarn, ne pleurez pas. Je suis réelle. Comment faire pour vous le prouver ? Comment pouvez-vous savoir que vous, vous êtes réel, que toute cette vie n'est pas un long rêve durant lequel nous attendons quelque chose d'autre ? » Elle rejeta la tête en arrière et le regarda, vibrante de véhémence. « Je souhaite qu'il existe un moyen... je voudrais vous réconforter. Je peux seulement dire... » Brusquement, elle prit conscience qu'elle le serrait dans ses bras et il vit son visage s'empourprer lentement, devenir cramoisi, embarrassé, plein de passion et cependant, soudain, empreint d'une pudeur effrayée.

La pudeur. C'est un mot qui ne nous vient pas à l'idée lorsque nous pensons aux femmes de notre monde..., mais il convient, pour elle...

Elle détourna les yeux, s'efforçant de retrouver son calme. Pour finir, elle dit, presque en chuchotant : « Je peux seulement vous confier quelque chose que m'a dit Kerridis, un jour, quand j'étais très petite, arrivée ici depuis peu. Je ne pouvais pas marcher et j'avais très très mal, et je pleurais de froid, ma mère et mon père me manquaient encore, même si Melnia était gentille, même si Findhal restait à mon chevet pendant des jours d'affilée et chantait pour que j'oublie la douleur des pierremèdes. Kerridis m'a demandé ce que j'éprouvais et je lui ai avoué que j'avais constamment l'impression d'être dans un rêve étrange et effrayant. Elle m'a montré un oiseau qui chantait dans un arbre et m'a dit : “La vie elle-même est un rêve, petite. Pour ce que j'en sais, toi et moi, nous sommes peut-être un rêve de cet oiseau, rêvant qu'il a quelqu'un pour écouter son chant. Peut-être que ton autre vie était un rêve et que maintenant, tu t'es réveillée à la réalité que tu aurais toujours dû connaître : ou peut-être, après tout, es-tu seulement dans mon rêve ; ou dans un rêve de Melnia” – un rêve où elle a l'enfant qu'elle désirait tant et ne pouvait engendrer. » La voix d'Irielle était très lointaine.

« Chez nous, on parle d'un vieux philosophe, dit Fenton. Qui a dit : “J'ai rêvé que j'étais un papillon. Est-ce que je rêve que je suis un papillon, ou est-ce que le papillon rêve qu'il est moi ? »

Qu'est-ce qui m'a pris ? De craquer comme cela et de l'effrayer ?

Elle lui prit la main. « Il faudra revenir, vraiment. Je demanderai à Findhal de me laisser vous conduire à la Maisonmonde. Mais en attendant… connaissez-vous un endroit qui est le même dans votre monde et dans le mien ? Si oui, nous en ferons un lieu de rendez-vous ; comme cela, si vous ne pouvez pas venir jusqu'à moi, peut-être pourrais-je venir à vous. »

Fenton pensa, en tenant ses doigts évanescents comme des ombres frêles : *Je ne croirai jamais qu'Irielle n'est pas réelle !* D'une façon qu'il ignorait, quelque part, elle existait, dans une réalité aussi authentique que la sienne.

Quel parapsychologue ferais-je si je rejetais une réalité parce que je ne peux pas la mesurer selon mes propres critères ?

Et le scientifique en lui refit surface malgré son chagrin et sa soudaine détresse. « Il y a un cercle d'arbres… dans mon monde, ils sont près… près de l'endroit où j'étudie. Et dans votre monde, il y a aussi un cercle d'arbres, un cercle de fleurs blanches plumeuses…

– Je le connais. C'est un bon endroit, ou du moins il l'était jusqu'à ces derniers temps ; maintenant, des irighi y surgissent parfois, mais peut-être la bonne qualité du lieu les éloignera-t-elle de sous ces arbres. » Elle réfléchit de toutes ses forces. « Venez, je vais vous y conduire. Il vous faut partir bientôt, sinon vous commencerez à vous effacer, et c'est déplaisant, je le sais… »

Elle lui prit de nouveau la main et il sentit le toucher léger des doigts immatériels.

« Nous devons retraverser la Grande Salle. Je ne suis pas une enfant et je peux aller et venir à ma guise, mais Findhal est inquiet depuis que j'ai été enlevée par les irighi, et il m'a défendu de circuler hors des lieux protégés par un enchantement où nos ennemis ne peuvent venir, même s'ils portent les talismans qui leur permettent de franchir les Portes. Il a toujours été un bon père pour moi, aussi je ne lui désobéirai pas. »

Cela ne déplaisait pas à Fenton. Tout désireux qu'il fût d'être seul avec Irielle, l'idée même qu'elle puisse retomber entre les mains des irighi lui était insupportable.

Irielle trouva Findhal dans une partie de l'enceinte que Fenton aurait qualifiée d'armurerie et d'arsenal, si elle avait paru un peu plus solide. Il y avait des épéevrills soigneusement enveloppées dans une étoffe chatoyante qui n'était pas sans rappeler les rubans qui scintillaient dans les cheveux d'Irielle ; ainsi que des boucliers, des pièces d'armure brillantes et des armes bizarres. Irielle se précipita vers son père et Fenton, demeuré à l'écart, suivit les effets de sa requête en mesurant les rapides changements de ses traits mobiles. Ils parlaient la langue des Alfar, que Fenton ne comprenait pas. Findhal semblait élever des objections et il le regarda deux ou trois fois, d'un air mécontent ; mais il finit par acquiescer d'un signe de tête et dit, assez fort et assez lentement pour que Fenton puisse entendre et comprendre : « Emporte une épéevrill chaque fois que tu t'éloignes des endroits protégés par un enchantement, et en tout lieu où tu te rends en compagnie de cet entremondes. » Il fit signe à deux Alfar de les accompagner.

Elle revint à lui, la mine boudeuse. « Mon père ne vous fait pas confiance, et en grande partie parce que vous êtes revenu ; la plupart des entremondes ne reviennent pas et il subodore que vous devez être, d'une manière ou d'une autre, apparenté au monde de Pentarn. Aussi n'a-t-il pas voulu m'écouter lorsque je lui ai demandé de vous montrer le chemin de la Maisonmonde, ou de vous donner un talisman afin que vous puissiez la trouver si vous le désirez. Et il n'a pas voulu non plus m'en confier un, ce qu'il a toujours fait auparavant.

– Quelle faute ai-je commise pour que Findhal se méfie de moi ? » Fenton trouvait cela irrationnel et injuste. Après tout, lors de sa première visite, il avait couru des risques considérables en les guidant jusqu'à l'endroit où était emprisonnée Kirridis et en aidant Irielle à sortir de sa cellule.

Irielle hocha la tête, lentement, répugnant à le lui dire. Elle expliqua enfin : « Il craint toujours que vous soyez un espion du monde de Pentarn venu gagner notre confiance parce qu'aucun de nous – maintenant – ne se fie plus à lui. Si j'étais plus jeune, je pense qu'il m'aurait défendu d'aller avec vous en quelque lieu que ce soit, ou de prendre rendez-vous avec vous. Il ne faut pas l'en blâmer, ajouta-t-elle tristement. Souvenez-vous que sa Dame, Melnia, ma mère adoptive, a été massacrée dans la toute première expédition des irighi, survenus alors que nous ne les attendions pas. Et il avait accordé sa confiance à Pentarn ; plus encore, il l'aimait bien, aussi n'a-t-il cessé depuis de se faire des reproches… Ce n'est pas drôle, ajouta-t-elle, les traits tirés par le chagrin, de penser que la femme que… que vous aimez est morte des mains des irighi, et si effroyablement. »

Fenton aurait bien voulu la réconforter, la prendre dans ses bras et la protéger des émotions qui se peignaient si librement sur son visage. « Vous l'aimiez aussi ? demanda-t-il.

– C'est la seule mère dont je me souvienne vraiment. Elle m'aimait ; elle n'avait pu avoir d'enfant, bien que Findhal et elle aient vécu ensemble très très longtemps, et c'est pour cela qu'il s'est risqué à la lumière du soleil pour me tirer des débris de notre voiture, bien que ce soit dangereux pour les Alfar. Il a eu mal aux yeux pendant plusieurs saisons, et il a même cru, un certain temps, qu'il était devenu aveugle ; la plupart des Alfar ne se risqueraient pas à y aller, sauf à la lumière de la lune décroissante, ou lorsque les Portes sont ouvertes au Retour-du-soleil ou au Départ-du-soleil. Il devait aimer son épouse plus que je ne pouvais le deviner à l'âge tendre où j'étais. Et maintenant je suis tout ce qui lui reste d'elle, aussi a-t-il toujours peur de me perdre, moi aussi. Tant de membres de sa famille sont morts depuis que Pentarn a amené sur nous cette malédiction…

– Pourquoi ? s'écria Fenton, choqué. Pourquoi Pentarn vous a-t-il fait cela ? » *Quel genre d'homme voudrait faire cause commune avec les irighi contre les Alfar ?*

Irielle soupira et secoua la tête. « Pourquoi un traître trahit-il ses amis ? »

Fenton dut se contenter de cela.

Tandis qu'ils revenaient sur leurs pas, de la Grande Salle au bosquet circulaire de ce qui était, dans son monde, des eucalyptus, Fenton en vint à conclure que les repères *devaient* se déplacer, que le paysage *devait* changer. Il reconnut quelques rares choses familières – un rocher qui pointait comme un bec d'oiseau, deux buissons portant les baies au goût de menthe, plantés selon un angle curieux de l'autre côté du sentier qui s'élargissait devant eux, le bosquet lui-même – mais le paysage lui était inconnu. Il mentionna cela à Irielle et elle dit, surprise et curieuse : « Mais forcément, tout ce pays autour de nous est libre, aucun enchantement ne le protège. Est-ce différent dans votre monde ? Comme ce doit être ennuyeux de vivre dans un paysage qui ne change jamais. »

Fenton était très conscient de la présence des deux hommes de Findhal qui les suivaient, juste hors de portée de voix – à condition qu'Irielle et lui se contentent de murmurer –, armés et portant des épéevrills. Irielle aussi, à la demande pressante de Findhal, en avait une, attachée à une sorte de ceinture en cuir, étroite et brodée.

Je voudrais pouvoir en emporter une pour voir si elle garde sa matérialité dans ma dimension ! Il hésita à en faire la demande, sachant combien elles étaient prisées, combien ce moyen de défense contre les irighi était important. *Peut-être plus tard, si je peux revenir, j'en emprunterai une et la ferai examiner dans mon univers.* Ce serait certainement, pensa-t-il, une preuve qui les convaincrait tous, même Garnock, que ce monde est réel.

Réel. Même s'il change, comme les paysages dans les rêves ?

Il se peut qu'il ait quelque chose en commun avec l'univers de nos rêves, se dit-il, puis se reprenant, choqué : *Après tout, les rêves sont juste des phases de sommeil paradoxal, caractérisées par de rapides mouvements des yeux, typiques de ce type d'activité cérébrale...*

Ne sont-ils que cela, vraiment ?

« Est-ce ce bosquet qui est présent dans votre monde, Fenn-tarn ? »

Fenton fit signe que oui. Brusquement, cette perpétuelle mauvaise prononciation de son nom commençait à lui porter sur les nerfs. Il le répéta deux fois, puis dit : « Est-ce qu'il vous suggère tant que cela *Pentarn* ?

– Oui, dit-elle en frissonnant. Tellement que je ne le dis qu'à contrecœur. N'avez-vous pas un autre nom par lequel nous pourrions vous connaître, entremondes ?

« Mon prénom est Cam... ou Cameron.

– Cameron ! » Une étrange émotion voila soudain ses yeux.

« Irielle, qu'y a-t-il ? »

Elle dit en portant les mains à sa poitrine, comme prise d'une grande agitation. « C'était... C'était l'un de *mes* noms quand j'étais... quand je vivais dans le monde solaire. Came-ron. » Elle le répéta lentement, d'un air pensif. « Came-ron, Cameron... maintenant, je commence à sentir, vraiment, que cela *signifie* que vous deviez venir ici. Ou est-ce un autre tour pour m'obliger à vous faire confiance ?

– *Votre* nom était Cameron ? » Venait-elle vraiment de son propre monde ? *Cameron* était un nom de famille répandu ; mais en tant que prénom, nom de baptême, il était plutôt rare. Il lui venait de la famille de sa mère ; elle était d'origine écossaise, cela remontait à plusieurs générations.

Irielle hocha la tête et, le visage agité par diverses émotions, elle parut se débattre avec ses souvenirs. « *Irielle*, c'est le nom que Melnia m'a donné. Elle a dit que mon prénom était discordant, qu'il choquait ses oreilles. Je n'ai pas entendu mon… mon nom du monde solaire depuis ma toute petite enfance, mais je pense que c'était… Emma. Emma Aurelia Cameron… dit-elle avec hésitation. Je crois me souvenir que, dans cet autre monde, j'ai appris à l'écrire sur un… une espèce de roche semblable à de l'ardoise avec une pierre blanche qui s'effritait… Il faut que je réfléchisse », dit-elle, les traits plissés par l'effort. Elle s'agenouilla dans le cercle d'arbres ; les hommes de Findhal se rapprochèrent rapidement, pris de soupçon.

Irielle essaya de dessiner avec son doigt dans la terre, mais le gel la rendait trop dure. Elle finit par tirer l'épéevrill de sa ceinture et, le visage tendu, se mit à frapper le sol durci.

Elle dit, préoccupée, en grimaçant : « J'ai du mal à m'en rappeler. C'est difficile. Je n'ai pas fait cela depuis tant ct tant de saisons, j'ai oublié, et je pense que je n'étais pas assez âgée pour… pour écrire bien à l'époque. Mais mon nom ressemblait à ça. » Et Fenton regarda l'écriture enfantine d'une élève de maternelle :

EMMACAMRON

Il restait les yeux fixés dessus, l'esprit plein de conjectures folles et émerveillées. Avait-elle, étant enfant – *Cela remontait à quand ? À quelle date dans son monde, et où ?* – appris à écrire sur une ardoise, avec un morceau de craie ? Elle donnait l'impression de ne pas très bien savoir tenir un crayon ou un stylo. Mais les lettres et les mots étaient anglais, le nom, américain… ou du moins européen.

Un changelin ?

Soudain, les gardes crièrent un avertissement ; Irielle se redressa d'un bond, les épéevrills furent brandies devant elle. Les hommes de Findhal encadrèrent la jeune fille lorsqu'un irighi traversa le bosquet en courant, poursuivi de près par un guerrier Alfar. Derrière, Fenton entrevit Pentarn entre les arbres et, simultanément, découvrit qu'au-dessus de lui, c'étaient maintenant tantôt des eucalyptus, tantôt ces spécimens pâles aux fleurs blanches plumeuses.

« Irielle…

– Éloignez-vous d'elle ! » L'un des gardes le repoussa d'un air méprisant. Il n'avait pas senti le coup, l'homme commençait à s'effacer, mais il entendit la rage dans la voix de l'Alfar. « Vous l'avez encore attirée dans un piège ! Hors d'ici, et si vous revenez, je vous jure que Findhal aura votre tête !

– Non ! C'est faux, je le jure… Irielle… Irielle… » Le visage de la jeune fille flottait devant lui, tendu, suppliant, effrayé. Les Alfar combattaient ; il entendit le tintement de l'épéevrill contre le rude coutelas de la créature semblable à un farfadet. Quelque chose le frappa à la nuque, le monde disparut dans les ténèbres et ne revint pas.

Il se retrouva couché dans le bosquet d'eucalyptus ; le crépuscule descendait au-dessus de sa tête. Il était resté inconscient combien de temps ? Autour de lui, son propre monde, les lumières scintillantes du campus, vacillaient et quelque chose le tirait avec insistance…

Il faut que je retourne à mon corps…

Qu'arriverait-il si j'en restais trop longtemps éloigné ?

Irielle ? Avait-elle échappé aux irighi ? Est-ce que les gardes de Findhal avaient réussi à la sauver ? Il parcourut follement des yeux le bosquet, comme s'il pouvait forcer, d'une manière ou d'une autre, la matière inflexible des arbres à lui fournir une réponse.

Elle est peut-être encore là, étendue morte, ou se battant pour survivre, et je ne peux pas la *voir*…

Des spasmes d'angoisse secouèrent Fenton. Une fois de plus, à un moment crucial, il était exilé de ce monde qui commençait à devenir si réel pour lui.

Comment faire pour y retourner ? *Le pourrait-il ?*

Y avait-il un lieu réel où revenir ?

Puis, sur le sol, entre les arbres, il aperçut quelque chose. Des signes à demi recouverts par des empreintes de pas, probablement piétinés durant le combat, mais encore gravés profondément par l'épéevrill dans le sol gelé du monde d'Irielle :

E M M A C A M N

Le reste avait été effacé. Cependant, ces lettres avaient persisté ; ici, dans son monde. La preuve.

Sa jubilation fut interrompue par une prise de conscience. Il était encore hors de son corps, dans le rêve, ou quoi que ce fût d'autre.

Il faudra que je revienne ici, dès que je le pourrais, pour vérifier ces marques, les photographier si je le peux…

Puisqu'il savait qu'il le devait, il se releva et se laissa emporter par le tiraillement de plus en plus fort du cordon brillant qui le ramenait au Smythe Hall, à l'endroit où reposait son corps.

6

Il y avait une carte punaisée sur la porte du secrétariat de parapsychologie :

MISS LOBECK
n'assurera pas ses cours cette semaine.
En cas de nécessité et pour les rendez-vous
appeler le WA56-77312

La voix de Sally Lobeck, au téléphone, était empreinte de colère et d'impuissance.

« On dirait que je me suis luxé le genou. La semaine prochaine, je pourrai faire un échange de voiture avec mon mari – la sienne a une boîte de vitesses automatique – mais pour le moment, je ne peux pas conduire. Vous feriez mieux de venir chez moi..., j'ai un bon magnétophone. La semaine prochaine, vous aurez presque tout oublié. »

Elle coupa court à l'expression de sa sympathie et lui indiqua le chemin qu'il devait prendre pour se rendre à son appartement, et quand il lui demanda : « Est-ce que vous avez besoin de quelque chose que je pourrais vous apporter ? Puisque vous êtes clouée chez vous », elle l'interrompit avec brusquerie. « Non, merci. Simplement, n'oubliez pas d'apporter la cassette de l'enregistrement que vous avez fait pour Garnock. »

Cameron Fenton se demanda, tandis qu'il traversait le campus en direction d'Euclide Avenue, si Sally le détestait vraiment autant que cela. Ou était-ce simplement parce qu'elle déplorait la nécessité de travailler à la maison au lieu d'utiliser l'environnement impersonnel de son bureau de Smythe Hall ? Il ne mettait pas en question les humeurs de Sally, mais détestait cette espèce de ressentiment personnel dans la mise en œuvre d'un travail où ils s'impliquaient, ou auraient dû s'impliquer, à part égale.

Le chemin qu'il suivait l'amena à proximité du bosquet d'eucalyptus, et il fit le détour sans réfléchir. Il était venu là hier soir, après avoir quitté le bureau de Garnock ; mais l'enregistrement de la cassette l'avait retardé, ce hâtif debriefing qu'on exigeait de lui par peur qu'il oublie des détails, et lorsqu'il était arrivé sur les lieux, à cause des économies d'énergie, il faisait trop noir pour bien voir. Il s'était demandé s'il ne devrait pas revenir avec une lampe de poche ; mais plusieurs viols ayant eu lieu sur le campus, cette année-là, la sécurité avait été renforcée, et il ne voyait pas comment il aurait pu expliquer qu'il fouillait le bosquet d'eucalyptus à la recherche de marques qui avait été, ou non, laissées par quelqu'un d'un autre monde.

Même à la lumière du jour, il n'avait pas hâte de s'y rendre. *Berkeley s'agrandit chaque année. Quand j'étais en première année, c'était encore une petite ville, et parfois les étudiants ne fermaient pas à clef la porte de leur appartement, les cambriolages étant joliment rares. Aujourd'hui, il faudrait être dingue pour ne pas le faire, fût-ce pour aller vider sa poubelle.*

Le bosquet était quasiment désert ; un petit groupe d'étudiants de première année armés d'un calepin, attablés sur les bancs à l'une des tables en séquoia, avec de petits personnages masculins et des dés à multiples facettes éparpillés devant eux, jouaient à Donjons et Dragons. *C'est une marotte qui dure. J'y jouais beaucoup quand j'étudiais ici. Je suppose que, comme le skateboard ou le frisbee, cette mode a dû disparaître et réapparaître deux ou trois fois.* Cette pensée le déprima, lui donna l'impression d'être, d'une certaine façon, plus âgé et plus fatigué que les étudiants en vêtements colorés semblables à des déguisements, penchés sur les figurines de duellistes, de sorciers et d'elfes combattants, peintes de couleurs vives.

Bon sang, je me demande. En psychologue suffisamment entraîné, il comprit soudain que le contexte de ses hallucinations sous antaril n'était pas sans ressembler à un épisode, une partie prolongée, de Donjons et Dragons.

J'avais oublié. Je n'ai pas cessé d'y jouer pendant mes deux premières années à la fac. Je me souviens qu'une fois, nous avons lancé une partie qui s'est poursuivie, par intermittence, durant près de deux semaines. Ce n'était pas un record – j'ai entendu dire que quelques types du Newman Hall en ont mené une pendant tout le semestre – mais c'était une fameuse partie et elle a dû me laisser une forte impression ! Est-ce que les Alfar viennent de là ?

Cette idée le laissa déprimé et désorienté. *Bon sang, je veux que ce soit réel !* Prendre conscience que, peut-être, Irielle était un rêve fait de vagues souvenirs de romans de Tolkien ou de jeux de Donjons et Dragons datant de ses premières années d'étude, provoqua en lui une douleur déchirante.

Il regarda la terre piétinée du bosquet d'eucalyptus. Il ne restait rien, bien sûr. Les pas des étudiants se rendant à leurs cours du matin l'avaient forcément foulée, même si, hier soir, un jeune couple cherchant là un peu d'intimité pour ses ébats amoureux n'avait pas effacé les dernières traces. Il n'y avait certainement plus rien à voir, et Fenton ne souhaitait pas chercher à quatre pattes, devant le groupe rassemblé autour des figurines, une inscription – qu'il avait peut-être rêvée au cours d'une hallucination d'antaril – laissée par une épée magique appartenant à une autre dimension.

Est-ce que je suis en train d'élaborer une bonne excuse pour ne pas m'assurer de la chose ?

Furieux, et avec détermination, il chercha l'arbre sous lequel Irielle et lui s'étaient agenouillés avant l'irruption des irighi. Il y avait des marques de pieds traînés sur le sol, des empreintes de pas allant et venant au hasard, une telle profusion d'empreintes qu'il doutât que même Sherlock Holmes ait pu en tirer quelque chose.

« T'as un problème, vieux ? demanda l'un des joueurs assis sur le banc. T'as perdu tes lentilles de contact ou quoi ?

– Je suis pas sûr, répondit Fenton qui se sentait idiot. J'ai peut-être laissé tomber quelque chose ici, hier soir, mais j'en suis pas sûr.

– Ça a dû être une belle petite fête, hein ? » dit l'étudiant avec un petit rire. Ils se passaient une mince cigarette au papier brun ; Fenton fit la grimace en humant la fumée douceâtre, mais les lois contre la marijuana, quoique toujours inscrites au règlement – une amende de 10 dollars pour détention de trente grammes – n'étaient plus appliquées, devenues lettre morte aujourd'hui ; les lois anti-tabac étaient bien plus rigoureusement respectées. Fenton, qui n'attachait d'importance ni aux unes ni aux autres, et qui se moquait de ce qu'ils fumaient du moment qu'il n'avait pas à le respirer, essaya d'échapper aux bouffées et vit des éraflures qui auraient pu avoir été un E, un M biscornu, un second M penché dans un autre sens, comme l'écriture de guingois, enfantine, d'Irielle.

Je prends mes désirs pour des réalités ? Ou est-ce la preuve que je désire tant ?

Si elles sont vraiment là, si ce sont de vraies lettres, Irielle est réelle.

Mais il n'en était pas certain. Il ne pouvait pas l'être. Il repoussa l'envie de demander aux joueurs de Donjons et Dragons de venir vérifier ce qu'il avait vu, de leur demander s'ils pensaient que cela ressemblait à des lettres. Des témoins ? Cinq étudiants de première année défoncés à ce qui devait être, d'après l'odeur, une excellente marijuana cultivée et séchée en plein air ? Il imaginait aisément ce qu'un enquêteur habilité ferait de ce genre de preuve, ce que lui-même en aurait fait si quelqu'un d'autre avait tenté de la lui présenter.

Malgré tout, les lettres de traviole avaient balayé une grande partie de sa déprime. La possibilité, l'espoir, étaient encore vivants. Irielle était peut-être réelle, après tout. Ou devrait-il dire, Emma Cameron ?

Sally Lobeck habitait une vieille maison aux bardeaux marrons, l'une des dernières d'Arche Street qui n'avaient pas été abattues pour construire des tours, ces résidences d'étudiants imitant une ruche. Dans la petite entrée, un vieux vestibule parqueté auquel on avait ajouté des plaques portant des noms, des boîtes aux lettres, des moniteurs télé et tout le bazar sécuritaire actuel, il chercha en vain LOBECK sur une boîte aux lettres ou une plaque. Puis, il le trouva inscrit sur une carte, au crayon, sous TANNER. C'est vrai, elle avait mentionné un ex avec lequel elle était restée en bons termes – en termes d'emprunt de voiture – et il se pouvait qu'elle portât encore le nom de cet homme, ou du moins, que cela ait été le cas lorsqu'elle avait loué l'appartement.

Il appuya sur le bouton et la voix de Sally sortit, déformée, du haut parleur. « Tout en haut à gauche, Cam. » L'interphone grésilla ; il poussa le loquet et monta l'escalier.

Sally ouvrit la porte. Elle avait un gros pansement à la jambe, les traits tirés et l'air hagard. Elle s'était peignée tant bien que mal et portait une robe de chambre aux couleurs passées à laquelle manquaient deux boutons. Elle esquissa un haussement d'épaules en guise d'excuse. « Vous comprendrez le désordre qui règne ici. Entrez, Cam. Si vous voulez du café, il faudra le faire vous-même. Je ne peux pas rester sur cette jambe plus de deux minutes. » Elle boitilla maladroitement jusqu'à un sofa où s'empilaient des livres, des journaux et des ouvrages de référence.

« Je n'ai besoin de rien, Sally, mais puis-je faire quelque chose pour vous ?

– Du café, dit-elle avec un sourire flegmatique. Je ne peux pas rester debout assez longtemps pour m'en faire.

– Oh, dans ce cas… »

Elle avait une petite cafetière électrique ; en suivant ses directives, il trouva du café dans une boîte – la cuisine était dans un état aussi chaotique que le reste de l'appartement – et il la brancha. Lorsque le café fut prêt, il lui en versa une tasse qu'elle porta à ses lèvres avec un rire d'appréciation.

« J'ai réussi à manger une tartine et un œuf dur, mais ma dose matinale de caféine me manquait, dit-elle en buvant à petites gorgées, avec reconnaissance.

– Vous devriez être à l'hôpital. Pourquoi ne vous a-t-on pas amenée à Cowell ? Et comment cela vous est-il arrivé ?

– Ça ? » Elle montra du geste son genou bandé. « Pure stupidité de ma part. J'aurais donné la fessée à n'importe quelle gamine qui aurait essayé la même chose. Je fais tous les jours des exercices de ballerine, histoire de garder mon tour de taille, et pour une fois, j'ai tenté de les exécuter sans m'être changée et avoir revêtu mon collant de danseuse. J'ai glissé, je suis tombée, et au lieu de déchirer ma jupe, c'est dans mon genou que quelque chose s'est déchiré. J'ai attiré une belle foule ; on m'a emporté sur une civière. Mais je ne pouvais pas rester à l'hôpital, j'ai trop de rendez-vous.

– Il est cassé ?

– On m'a dit que non. La rotule s'est démise, d'où une déchirure musculaire. C'est beaucoup plus douloureux qu'une fracture. » Elle reposa la tasse à café pour lever sa jambe à deux mains et la poser sur le sofa. « En tout cas, je peux me débrouiller, tant bien que mal.

– Ce doit être difficile, quand on vit seule.

– La seule chose que je ne peux pas faire, c'est entrer et sortir de la douche. En ce qui concerne les rudiments de l'hygiène… eh bien, j'ai été élevée dans une ferme joliment arriérée et me laver dans l'évier de la cuisine ne m'ennuie pas tant que cela, pourvu que ce soit temporaire. Cela vaut mieux que d'être à l'hôpital, à m'inquiéter de tout ce que je ne serais pas en train de *faire* ici ! » Elle paraissait sombre, et en colère. « En tout cas, mon ex m'a promis un échange de voiture. Je pourrais me servir de la sienne, même si je n'avais *plus* de jambe gauche ; elle a une boîte automatique et une seule pédale, pas d'embrayage pour causer des complications. Aussi reprendrai-je probablement mes cours après-demain.

– Cela fait combien de temps que vous avez divorcé ? »

Elle haussa les épaules. « Légalement, il a été prononcé il y a trois mois. En réalité, cela fait un an et demi que nous sommes séparés. Au début, j'ai eu recours au Mouvement de Libération des Femmes – j'ai même vécu dans une communauté pendant un temps. Une expérience intéressante…, j'ai découvert que je n'étais pas faite pour cela. J'en ai déduit que j'aimais mon indépendance et ne pouvais accomplir aucun travail quand d'autres personnes tournaient autour de moi. Elles, elles en ont déduit qu'au fond, j'étais une ménagère bourgeoise. Je me suis aperçue que j'aimais encore mieux vivre seule qu'au sein d'une horde. »

Fenton hocha la tête, il comprenait cela. « J'ai découvert cela quand j'étais dans l'armée. Avant, j'aimais bien l'idée de vivre en communauté. Ensuite, j'ai compris que j'aurais pratiquement tué pour jouir du privilège d'avoir une chambre à moi et une porte que je pouvais fermer de l'intérieur.

– Être mariée ne m'a pas posé de problème, dit-elle en haussant les épaules. C'est simplement que je n'avais pas envie de passer le reste de ma vie avec Tom. Quand on se marie pour quitter sa famille, on ne peut pas se montrer trop difficile sur le choix de son époux.

– Vous avez de la chance. Vous auriez pu rester avec un enfant à élever. »

Son visage se durcit. « Oui. J'ai essayé de me dire cela quand Susanna est morte. Elle avait trois ans. » Son visage tendu interdisait à Fenton de montrer le plus léger signe de sympathie.

Mon Dieu, j'ai mis les pieds dans le plat !

Elle vit qu'il était consterné et le prit en pitié. « Vous ne pouviez pas savoir. Mettons-nous au travail, d'accord ? Vous avez apporté la cassette enregistrée pour Garnock ? Glissez-la dans la fente et enfoncez le bouton rouge marqué PLAY. »

Sa chaîne hi-fi était énorme et, à l'inverse de tout le reste de l'appartement, semblait avoir été méticuleusement époussetée ; les disques et les cassettes étaient soigneusement rangés par ordre alphabétique au nom du compositeur. Il y avait beaucoup de musique classique, du bon jazz et du folk, mais rien de très nouveau. Il resta à les regarder, perdant le fil de son récit jusqu'au moment où Irielle lui proposait de demander à Findhal de l'aider à trouver la Maison-monde. Il entendit sa voix trembler lorsqu'il dit : « Et alors j'ai eu une espèce de crise émotionnelle... »

Sally tendit la main et arrêta la cassette. Sa voix était de nouveau glaciale et froidement objective. « Pouvez-vous décrire ces émotions ? »

Ce ton-là lui inspirait de la répulsion. « Oui, je le pourrais, mais j'aimerais mieux pas », répliqua-t-il impulsivement. Il se souvint qu'il était un scientifique, participant à un projet, et non le sujet d'une analyse psychologique de ses propres rêves et fantasmes. Il ajouta, aussi sèchement qu'il le put : « À cet instant, je désirais vivement que tout cela soit réel. Objectivement, pourrait-on dire, et non subjectivement.

– Cela arrive, dit-elle d'un air absent, comme si, pour une fois, il avait réussi à lui faire baisser sa garde. Je connais cela. » Puis, elle parut se reprendre. « Continuez, Cam. Interrompez la cassette chaque fois que vous voudrez ajouter des commentaires. »

Mais il ne le fit pas, écoutant sa propre voix et regardant Sally prendre des notes. Ses mains étaient longues et minces, ses poignets délicats, ses doigts effilés et ses ongles recouverts d'un vernis incolore. Sally n'avait rien d'une beauté, pensa-t-il, surtout aujourd'hui, vêtue comme elle l'était d'un peignoir informe. Mais elle avait de jolies mains, et quelque chose, dans la manière dont elle s'en servait, lui fit penser, de nouveau, à Kerridis lui tendant la coupe en métal finement ciselée. À cause de ce souvenir, il prit le crayon qu'elle lui offrait et essaya d'en faire une esquisse, ainsi que des motifs qui en ornaient le bord. Mais lorsqu'il lui tendit son dessin, elle ne le regarda pas, le mit de côté et écouta la fin de la bande.

Puis, après un long silence, elle déclara : « Cam, je pense que vous devriez demander à Garnock d'interrompre votre participation à ce projet. »

Il fut d'abord choqué... *Ne jamais plus revoir Irielle...*

Mon Dieu ! Est-ce que cela vient appuyer ce que dit Sally ?

« Je suis psychologue, dit-elle avec un sourire froid. Du moins, j'ai les diplômes qui me permettraient d'obtenir de l'APA [1], quoi qu'elle vaille, l'autorisation d'ouvrir un cabinet. Je ne veux pas perdre un bon sujet, et vous êtes l'un des meilleurs ; l'analyse du contenu de tout cela est claire, et intéressante, et vous vous exprimez bien mieux que les bizuts de ce groupe. Mais, comme je le dis, je suis psychologue. Psy, comme on dit. Pour votre propre bien, je pense que je devrais recommander à Garnock de vous écarter du projet. Cela devient trop réel pour vous. »

Fenton était assez psy lui-même pour attribuer une certaine valeur à ce que disait Sally. Un chercheur en parapsychologie devait pouvoir passer au crible ses propres besoins et ses propres fantasmes névrotiques. C'était justement cette objectivité qui séparait le chercheur du fondamentaliste, une recherche de la vérité sans adhésion émotionnelle à une théorie, supposant l'exclusion de toutes les autres.

Cependant, il se dit que cela aussi était valable, ce désir de savoir factuellement si les événements qu'il avait vécus étaient subjectifs ou objectifs.

« Je vois où vous voulez en venir, Sally. Je vais y faire attention. Après tout, j'ai rendu compte de mes propres réactions émotionnelles en tant qu'élément de mon expérience vécue, élément semblable à n'importe quel autre.

– C'est vrai, reconnut-elle.

---

1. Association of Public Analysts. *N.d.T.*

– Je voudrais mener cela à bonne fin.

– C'est vous qui êtes en danger, pas moi, dit-elle en haussant les épaules, et elle prit le dessin qu'il avait fait de la coupe. J'aimerais joindre cela au dossier, si c'est possible. Avez-vous lu *Les signes et symboles de la religion celtique en Irlande* de Warlock ? »

Après avoir réfléchi un moment, Fenton répondit : « Non, je ne crois pas. L'étude comparée des folklores n'est pas vraiment mon truc. Je ne peux pas jurer que je n'y ai pas jeté un coup d'œil en passant, mais... on ne peut pas prouver cela. Pourquoi ? »

Elle secoua la tête. « Juste une question que je me posais, dit-elle en glissant le dessin dans une chemise. J'ai tout ce qu'il me faut, je suppose. »

Il hésita au moment de partir. « Comment faites-vous pour les courses, la cuisine et le reste ? »

Elle haussa les épaules. « Ça va. Pour le peu de travail ménager auquel je m'adonne. Comme vous pouvez le constater en jetant un rapide coup d'œil autour de vous. Je m'en tire bien à condition de ne pas cracher sur les conserves – je ne peux pas tenir assez longtemps debout pour faire beaucoup de cuisine. »

Il voyait bien à son visage qu'elle souffrait. Sans réfléchir, il dit : « Je pourrais aller chez le chinois de votre rue acheter pour nous un plat tout préparé ?

– Je n'insinuais pas cela, répondit-elle sèchement.

– Cela ne m'est pas venu à l'idée, répliqua-t-il d'un air contrarié. Ne soyez pas aigrie comme cela, Sally. Est-ce impensable pour vous qu'un homme puisse agir avec gentillesse, sans arrière-pensée ? Il se trouve que j'aime la cuisine chinoise et que j'en ai assez de manger seul. Vous préférez peut-être du poisson ou du poulet avec des frites ? »

Elle rit en faisant signe que non. « Dieu m'en garde. J'en ai eu beaucoup trop pendant la dernière année où j'ai vécu avec Tom. L'une des raisons de notre rupture..., c'est que j'ai cessé de faire la cuisine. Je ne voyais pas pourquoi, puisque nous étions tous deux enseignants à temps complet, je devais préparer le dîner alors que lui, une fois à la maison, se vautrait dans son fauteuil pour lire la presse professionnelle. Donc j'ai cessé de cuisiner, j'ai fait ma lessive en laissant tomber la sienne, et ça ne lui a pas plu. Il acceptait, en théorie, l'idée du partage des tâches, mais dans la pratique, son attitude était : pourquoi diable aurais-je une femme si elle ne me prépare pas les repas et ne lave pas mon linge ? Comme on fait à Fresno, il en sera ainsi maintenant et à jamais, *in saecula saeculorum, amen.* Bon, en tout cas... j'adore la cuisine chinoise. Surtout le won ton [1]. Presque tout sauf la pieuvre frite. Je suis beaucoup trop de Fresno, je suppose, pour affronter ces petites tentacules qui se tortillent, même cuites. »

Fenton enfila sa veste. « Personnellement, j'ai un faible pour le canard. Le canard rôti, le won ton de canard, le canard frit, le canard aux amandes...

– Dans ce cas, je me fie à votre jugement. »

Devant un choix de barquettes ramenées du chinois Hop Lee, ils se mirent à parler plus facilement ; la méfiance de Sally diminua et elle lui raconta pourquoi elle avait choisi de s'embarquer dans la parapsychologie.

« Ma mère était une adepte du spiritisme, toujours fourrée avec des médiums et des télépathes, tous pires les uns que les autres. Mais elle avait aussi recours à des guérisseurs et n'était jamais malade, et cela m'intriguait... Est-ce que sa foi suffisait à la garder en bonne santé ? Alors j'ai fait psycho, et là j'ai commencé à comprendre qu'on élaguait une bonne moitié de la psyché humaine. Comme j'avait grandi à Fresno, tout ce que je connaissais de la religion, c'était la Bible, et je ne pouvais pas l'encaisser ; parallèlement à cette prétendue croyance à la Révélation, il y avait le culte moribond du matérialisme scientifique, la foi en une sorte de science devenue démodée en 1960 à cause des nouvelles avancées de la physique moderne. Je compris que leur point de vue scientifique était tout aussi irrationnel que leur adhésion, pour la forme, à la Bible – chantant les louanges de la vie après la mort, d'une part, et de l'autre, faisant tout ce qu'ils pouvaient pour reculer, même d'une simple journée, le moment d'aller au Ciel ; adorant leur bien-aimée science et ne voyant même pas qu'elle tournait leurs pasteurs en ridicule et

1. Boulettes de porc haché cuites dans un bouillon ou frites. *N.d.T.*

mettait la pagaille dans leurs opinions religieuses. Pendant un moment, j'ai cessé d'avoir une religion, mais j'ai découvert que je ne pouvais pas la remplacer par la science, comme font la plupart des athées. Aussi je suis partie à la recherche d'un nouveau modèle de l'univers. Quand je suis entrée à l'université, j'ai découvert que la nouvelle physique menait tout droit à une nouvelle psychologie et au modèle parapsychologique. Et... » Elle haussa les épaules : « J'en suis là. Et vous ?

– J'ai observé quelques talents incroyables, et l'envie de comprendre *comment* ils faisaient cela m'a obsédé. En psy première année, j'ai vu un homme branché à un électroencéphalogramme modifier son tracé sur une machine à bio-feed-back, ainsi qu'un yogi en méditation maîtriser le rythme de ses battements de cœur et sa tension sanguine. J'ai suivi un cours ou deux de Garnock et cela m'a fasciné.

– Nous pourrions constituer un très bon cas de l'explication que les psychologues et les psychanalystes proposent de l'intérêt des étudiants pour la parapsychologie : une tentative pour compenser nos propres besoins névrotiques. Je désire un modèle d'univers qui me permettrait de rejeter le monde étriqué dans lequel s'est déroulée mon enfance défavorisée à Fresno. Vous voulez une explication des pouvoirs du corps et de l'esprit humains que vous trouvez désirables, afin de justifier le fait que vous croyez les posséder. Ce serait intéressant – et scientifiquement valable, j'en suis convaincue – d'établir un profil psychiatrique des membres du département de parapsychologie, pour voir jusqu'où la recherche personnelle de quelqu'un comble ses besoins névrotiques. » Son sourire était soudain ravissant, doux ; alors, avec cette même prise de conscience aiguë, Fenton repensa à Kerridis. Sally était brune, et Kerridis blonde ; mais sa voix, quand elle n'était plus sur ses gardes et que son amertume avait disparu, était belle et musicale, et ses mains gracieuses ; il imaginait aisément qu'elle avait suivi des cours de danse.

Elle serait belle si elle se détendait. C'est sa tension qui la rend quelconque, presque laide. Il se surprit en train de se demander si, en imaginant Kerridis – à condition que ce fût le cas – il n'avait pas subconsciemment utilisé quelque chose de Sally. Il lui dit, très gentiment : « Quels besoins névrotiques comblez-vous ?

– Oh » – elle haussa les épaules, encore détendue et souriante – « peut-être celui de me prouver que les autres ont aussi des blocages névrotiques, que les autres ne sont pas aussi bien et normaux qu'ils semblaient le croire – tous les autres, sauf moi – à Fresno. » Elle s'étira comme un chat, fit la grimace, la douleur s'inscrivant visiblement sur son visage, et tendue, porta les mains à son genou. Fenton dit rapidement : « Avez-vous quelque chose à prendre pour cela ?

– Le médecin de Cowell m'a donné un médicament ; il est dans la salle de bains. » Et elle ne protesta pas quand il alla le chercher. Fouillant dans l'armoire à pharmacie mal rangée, il trouva un flacon de pilules portant le nom de Sally et une date remontant à trois jours, ainsi que la prescription : *deux si nécessaire, en cas de douleur*. Il lui en apporta deux avec un verre d'eau et attendit qu'elle les avale, puis lui prit le verre des mains, le posa sur la table, se pencha et, soudain, impulsivement, l'embrassa.

Elle tressaillit, s'écarta d'un mouvement brusque, et Fenton, se reprenant, recula.

« Pardonnez-moi, Sally. C'était… mal de profiter ainsi de votre état. »

Elle secoua la tête. Son cou était long, sa gorge blanche et pâle, et de nouveau il eut envie de l'embrasser. « Non, je l'ai cherché, Cam. Je ne suis pas une allumeuse. » S'agitant sur le divan, elle ajouta, avec gêne : « Si vous avez d'autres idées – et cela ne m'ennuie pas que vous en ayez – vous devrez attendre jusqu'à ce que je recupère un genou en état de fonctionner. Pour le moment, je crains bien de n'avoir pour seules sensations que celles joliment déplaisantes que mon accident me procure. »

C'était si évident que Fenton n'eut pas l'impression d'être repoussé. Il se pencha et baisa sa gorge blanche, réalisant, avec une étrange impression de désespoir, ce qu'il était en train de faire.

Je compense, avec une fille réelle, ma peur qu'Irielle puisse ne pas l'être… et c'était *cela*, en un sens, qui était mal par rapport à Sally. Était-ce à cause de cette ressemblance fortuite avec l'inaccessible Kerridis ?

Mais lorsque les bras de la jeune femme se refermèrent autour de son cou, il comprit que la question était purement théorique. Sally était là, et il la désirait, même s'il savait, et acceptait, que dans son état physique actuel, il ne pouvait pas y avoir de rapports sexuels plus poussés que cela jusqu'à ce que son genou fût rétabli. Ce n'était pas une histoire de séduction désinvolte ; il *se souciait* de ce qui arrivait à Sally. Il voulait que ses crispations d'amertume disparaissent de son visage et de sa voix, il voulait voir revenir son sourire détendu, ravissant, voir Sally comme il venait de la découvrir durant un petit instant, et non le visage dur, fermé, volontaire, qu'elle montrait à ses étudiants. Ayant aperçu, une fois, en un éclair, la Sally cachée derrière la façade, il savait qu'il ne serait jamais satisfait avant de la retrouver, pour lui-même…

Elle caressa son visage du bout des doigts. « J'étais jalouse que tu puisses être excité ainsi par une fille, dans un rêve. Je te voulais, même la fois dernière. J'ai eu du mal à… à ne pas le montrer. » Elle eut de nouveau un petit rire désarmé. « Quand Fresno vous tient… On peut emmener une fille hors de ce bled, mais on ne peut pas sortir le bled de la fille, et à Fresno, les *femmes* ne montrent pas leur désir… Oh ! Cam, Cam, je ne devrais pas parler ainsi…

– Non, tu ne devrais pas », dit-il en lui fermant la bouche d'un baiser.

Mais même dans cet accès de tendresse, il se sentait inquiet, malheureux.

Était-il infidèle à Irielle avec Sally ?

Ou infidèle à Sally… avec Irielle ?

7

L'accident de Sally ne fut que le premier d'une série de désastres mineurs qui s'abattirent, cet hiver-là, sur le département de parapsychologie. D'abord Marjie, l'assistance de Garnock, puis le professeur lui-même, attrapèrent ce qu'on appela la grippe de Téhéran ; les deux séances suivantes sous antaril du labo de PES furent remises et Fenton se retrouva inoccupé ; il rongea son frein, se demandant si Irielle pensait qu'il avait perdu tout intérêt pour elle – ou bien qu'il craignait les menaces de Findhal et n'osait pas revenir.

N'y aurait-il pas moyen de passer dans cette dimension comme le fait Pentarn – en tant qu'entité matérielle ? Irielle ne disait-elle pas de cet homme que c'était un randonneur-de-mondes ? Pentarn a une ombre, là-bas, et il peut manipuler les choses.

Quand il en arrivait là, Fenton s'arrêtait net. Avait-il perdu de vue l'objectif de Garnock – expérimenter une drogue qui augmentait énormément les PES ou les fonctions psy ? En son for intérieur, Fenton savait qu'il avait perdu tout intérêt pour ce projet. Il avait l'impression d'être un traître, et c'était vrai – le projet ne comptait plus beaucoup pour lui. Était-ce si important que cela de pouvoir, sous l'effet d'ubiquité de l'antaril, traverser l'écran pour aller voir les cartes que Marjie avait préparées, hors de portée de ses yeux ? N'importe comment, personne n'y croirait. Il se souvint de ce qu'avait cité quelqu'un, lorsqu'il était enfant et allait à l'école du dimanche : *Oui, même si un de chez les morts se relevait, ils ne seraient pas convaincus*[1]. Globalement, il savait, en tant que psychologue, que les gens ne croyaient qu'à ce qu'ils voulaient croire et réarrangeaient les faits pour qu'ils concordent avec leurs croyances. Serait-il obligé de passer le reste de sa vie à discuter avec ceux qui avaient le même genre d'esprit que les tenants de la Terre plate ? Le programme spatial n'avait-il pas consacré beaucoup de temps à essayer de convaincre ceux qui sont absolument convaincus que nous n'avions pas mis le pied sur la Lune, et que le gouvernement, ainsi que la communauté scientifique de quatre nations, faisaient partie d'une gigantesque conspiration ?

Était-ce important, alors, de prouver que certaines personnes pouvaient entendre et voir des choses hors de portée de leurs oreilles et de leurs yeux ? La plupart d'entre nous savent depuis le début que la vision et l'audition à distance sont des faits ; pourquoi s'efforcer de prouver cela à des ignorantissimes qui nous ont dit que, n'importe comment, ils n'y croiraient pas, même si nous leur apportions dix fois plus de preuves ?

Arrivé là, Fenton était obligé de s'arrêter et de se poser la question. Qu'est-ce que c'était qu'un fait ?

Si Irielle avait vraiment réussi à tracer maladroitement son nom avec l'épéevrill dans la terre du bosquet d'eucalyptus, c'était un fait que le plus sceptique des êtres serait forcé de croire. Pourquoi, alors, n'avait-il pas insisté, dès qu'il était revenu dans son corps, pour se rendre sur les lieux avec Garnock, et peut-être quelques témoins impartiaux du département de parapsychologie ?

Est-ce que je désirais le prouver ou avais-je peur de le prouver ?

Parce que, après tout, si Irielle ou Emma Cameron avait vraiment fait cela, alors la nature de la réalité était si différente de l'idée qu'il en avait qu'il ne pourrait plus croire dans les faits même les plus avérés. La double vue et l'audition à distance ne seraient plus pertinentes, si la nature même de la réalité était en jeu.

Est-ce pour cela que la plupart des gens sont épouvantés par la PES et ne veulent simplement pas entendre parler des faits ? Fenton lui-même, alors, avait commis un crime en tant que scientifique : il n'avait pas tenu compte d'un fait – ou n'avait pas tenté d'en vérifier l'existence.

---

1. Luc, chapitre 16, verset 31, La Bible, trad. par Chouraqui. *N.d.T.*

Maintenant qu'il était trop tard, il revint au bosquet d'eucalyptus et regarda fixement le sol, là où Irielle, si elle existait vraiment, avait tracé le nom : Emma Cameron. Il n'avait aucune excuse ; il aurait dû traîner Garnock jusque-là, par les cheveux si cela s'était révélé nécessaire… Pourquoi ne l'avait-il pas fait ?

Sally. Sally, qui était réelle ; il avait eu peur de *son* incrédulité, qu'elle l'accuse de créer des femmes imaginaires pour lui-même. Sally était réelle, et il ne voulait pas croire qu'il puisse laisser de côté une femme tout à fait réelle dans ses bras pour une femme rencontrée dans un rêve, qui pouvait n'avoir aucune existence en dehors d'un délire onirique suscité par la drogue. Et s'il avait affirmé à Sally qu'Irielle était réelle, il n'y aurait eu aucun moyen de faire taire le dédain secret qu'aurait éprouvé cette femme, son mépris pour un homme qui refusait de s'impliquer avec des femmes réelles pour rêver de femmes imaginaires. D'accord, il allait collaborer avec Sally ; elle analysait la symbolique des rêves sous antaril et il jouerait le jeu selon ses règles à elle.

Sally. Lentement, jour après jour, il sentait qu'il s'était glissé sous sa garde. Maintenant, elle utilisait rarement avec lui ce retrait sauvage et froid. Ils avaient pris l'habitude de dîner presque tous les soirs ensemble ; parfois, rarement, il passait la nuit chez elle et, une fois, il l'avait persuadée de rentrer avec lui. Quoi que ce fût, ce n'était pas une relation fortuite ; Sally n'était pas une femme avec laquelle on faisait l'amour par hasard, mais elle semblait craindre fortement qu'il exige d'elle plus que cela.

Lorsqu'au bout de trois semaines, il trouva une note, sur la porte du bureau de Garnock, disant que les rendez-vous prévus dans le labo de parapsychologie étaient annulés à cause d'une absence prolongée de certains membres du département, Fenton sombra dans la mélancolie. Les vacances de Pâques approchaient et il y avait peu de chance que le projet soit mené à terme ce trimestre-ci. Il appela Sally chez elle et, ne recevant pas de réponse, téléphona à son bureau du campus. Lorsqu'elle répondit, elle parut distante, dure, préoccupée.

« Garnock a fait une rechute – tu sais comment c'est, avec la grippe, et en plus, il ne se ménage pas assez. Personnellement, je pense que nous devrions simplement fermer boutique, valider au profit de tous les étudiants ce trimestre incomplet et reprendre le même programme au prochain. Je suppose que le conseil d'université ferait un boucan de tous les diables... Il n'accepterait jamais une chose aussi sensée.

– Ce serait dur pour les étudiants qui ont une bourse et pour ceux qui doivent passer leur licence en juin.

– Oui, je suppose.

– Puis-je faire quelque chose pour toi, Sally ?

– Non, je rattrape mon retard avec la paperasse et j'ai trente-quatre copies d'étudiants de première année à corriger ce week-end. Tu voudrais bien lire et noter ces satanés trucs pour moi ? »

Il esquiva la réponse. « Tu exiges qu'ils soient tapés à la machine ?

– Mon Dieu oui. Étant donné qu'on n'enseigne plus l'écriture, je ne pourrais pas déchiffrer une copie écrite à la main. Sérieusement, Cam, tu veux bien le faire ?

– Pourquoi pas. Est-ce que tu modélises ta notation ?

– Pas question. J'ai dit aux premières années que j'accorderai volontiers trente-quatre A si trente-quatre d'entre eux ont appris 90 % de ce que je leur ai demandé d'apprendre et m'en apportent la preuve ; mais que d'autre part, je serai tout aussi prête à donner trente-quatre F si personne n'a appris plus de 30 % de ce que je leur ai demandé d'apprendre. Si je les laisse décider que j'attribuerai trois A, neuf 8 et déciderai que six d'entre eux ont échoué, je laisserais la voie ouverte à toutes sortes d'évaluations subjectives sur qui est en tête et qui est en queue de la classe et qui est dans la moyenne. Aussi je les évalue par rapport à la quantité de connaissances qu'ils ont acquises sur mon cours d'introduction à la parapsychologie. Le sujet de cette dissertation, c'est : Décrivez ce que ce cours vous a enseigné ; et s'ils se contentent d'y déverser une quantité de clichés tirés du manuel, eh bien, j'en déduirai qu'ils n'ont pas appris grand-chose. Je cherche une preuve de leur capacité à juger et à évaluer. Bien entendu, c'est considéré en ce moment comme un sacrilège, mais pour moi, modéliser la notation, c'est juste récompenser le conformisme et non une pensée originale. »

Fenton rit. « C'est pour cela que je n'enseigne pas. Entre ces deux théories rivales, je serais taillé en pièces.

– Qu'est-ce que tu *vas* faire, Cam, si tu n'enseignes pas ?

– Dieu seul le sait. » Soudain, il se sentit mal à l'aise. « Heureusement, je n'ai pas à m'en inquiéter avant plusieurs mois, et alors, je devrais y faire face. Mais pas pour le moment. Sally, tu veux que je rapporte quelque chose pour le dîner ?

– Non, c'est mon tour. J'ai ce qu'il faut pour une salade et je ferai des commissions en rentrant. Mais ce que tu peux, si tu veux bien, et je t'en serai reconnaissante, c'est me rapporter quelques cassettes vierges. Ce serait vraiment gentil.

– Je serai là à dix-neuf heures. Je t'aime, dit-il plus bas.

– Moi aussi, » chuchota Sally, puis elle raccrocha.

Dans la boutique qui vendait des cassettes, des piles et des magnétos bon marché, il attendait la commande que Sally avait passée par téléphone lorsqu'une jeune femme, debout à côté de lui, parla, et il l'écouta – rien ne semble résonner plus clairement, dans un lieu public, que son propre nom énoncé à un moment où l'on ne s'y attend pas.

« Non, dit-elle. Cette commande est pour un certain *Cameron* ; moi, je m'appelle *Dameron*, avec un D. Regardez à D, comme David, et vous trouverez la mienne.

– Frances Dameron ? » demanda l'employée en feuilletant son carnet, la femme prit le paquet et le paya ; mais cela avait replongé Fenton dans ses souvenirs d'Irielle.

Cameron n'était pas un nom rare. C'était son prénom, ou du moins l'un des deux. Sa mère l'avait appelé Michael Cameron, comme son père, mais au cours préparatoire, il y avait eu quatre Michael, alors il était devenu Cam, et avait utilisé ce diminutif depuis. Cameron, en tant que nom de famille, occupait, supposait-il, plusieurs pages dans tous les annuaires téléphoniques du pays. Même s'il était possible de repérer une Emma Cameron qui avait peut-être été tuée avec ses parents dans un accident de voiture à cheval, il y avait plusieurs générations de cela, dans une ville inconnue d'un État inconnu, retrouver une aiguille dans une botte de foin serait, en comparaison, une tâche facile. Impossible de compter sur une preuve factuelle. Irielle était trop jeune, au moment de son enlèvement, pour connaître la date, la ville ou peut-être l'État. Apporter une preuve scientifique revenait à localiser, à l'œil nu, une étoile de la nébuleuse d'Andromède !

Il empocha les cassettes et traversa lentement Telegraph Avenue. C'était le soir d'une journée printanière ensoleillée et l'avenue grouillait d'étudiants, de néo-hippies, de clochards de toutes sortes, d'éventaires de cartomanciennes, de vendeurs de gâteaux faits maison, de ceintures et sacs artisanaux, de T-shirts batikés, et de papier à cigarettes.

Un jeune miteux, en âge d'être étudiant, mais que Cam n'avait jamais vu sur le campus, s'adressa à lui ; il avait la tête rasée à la dernière mode, trois anneaux aux oreilles. Fenton avait entendu dire que cela faisait comprendre aux initiés les goûts sexuels d'un type, mais il ignorait lesquels et n'y attachait aucune importance.

« Hé, mec, ça te dirait de m'acheter de la bonne herbe légale, cultivée maison et séchée en plein air ? Rien à voir avec la mexicaine pleine d'engrais chimiques, c'est de la vraie bio qui vient de San Diego.

– Je regrette, vieux. Je ne fume pas.

– T'es un dingue de Jésus, ou quoi ?

– Non. Ça me fait mal à la gorge, c'est tout. Désolé, mon vieux. » Mais le néo-hippie le suivit lorsqu'il se remit en marche.

« Écoute, mec, c'est de la bonne. Essaie avec un narghilé en mettant de la glace dans l'eau pour la refroidir et tu verras comme c'est doux ; ça t'envoie de l'autre côté de la lune en un rien de temps ! »

Fenton rit. « Je regrette. »

L'étudiant semblait abattu. « Allons, mec, faut que je paie mon loyer, ou alors je vais encore mettre mon orgue électronique au clou ce mois-ci ! Fais-en cadeau à ta copine, alors. J'ai un truc spécial parfumé au musc, qu'excite vraiment les nanas. Ça peut leur faire oublier toutes leurs inhibitions, si tu vois ce que je veux dire, mec. »

Fenton sourit. Quels que fussent les problèmes de Sally, les inhibitions n'étaient pas du nombre. « Désolé, j'en ai pas besoin.

– Pas de copine ?

– Elle n'est pas inhibée.

– Mais je parie que ça lui plairait. Allons, mec, renifle-moi ça. » Puis il baissa la voix. « Ou si tu veux autre chose que les drogues légales, je peux t'avoir du tabac. Du bon, qui vient en contrebande de l'Équateur. Ou bien du LSD, mais c'est cher. »

Poussé par une impulsion subite, Fenton dit : « Et de l'antaril ? »

Le hippie recula. « Ça, c'est pas facile, et c'est surtout du LSD avec un peu de datura... peu de types savent faire la différence. Mais je connais un gars qui dit que son truc, c'est du vrai. Je peux te retrouver ici vers vingt-trois heures », suggéra-t-il. Fenton hésita, puis répondit, d'un ton désinvolte : « D'accord, je passerai peut-être te voir.

– Je serai là », promit l'étudiant chauve, et il disparut.

Fenton continua son chemin, passant devant beaucoup de petites échoppes qui vendaient des crêpes mexicaines, des cravates, des foulards, des bonbons faits maison et des estampes. Dans l'une d'elles, il vit une série de gravures de Rackham[1] représentant des elfes et des farfadets qui lui rappelèrent, avec une soudaine intensité, Kerridis cernée par les irighi. Il fut tenté d'entrer pour en acheter une, mais la boutique était fermée, et il se dit : je reviendrai. Sally aimerait sûrement voir à quoi ils ressemblaient. Puis il s'aperçut que l'elfe féminin de la gravure lui rappelait moins Kerridis que, subtilement, Sally elle-même.

« Ai-je vu cette image quand j'étais gamin ? » Dans l'enfance de Cam, les contes de fées illustrés par Rackham étaient choses courantes, même s'il n'en avait pas de souvenirs conscients. Sally lui avait suggéré quelque chose comme cela.

Si le projet ne redémarrait pas dans quelques jours... Il se renfrogna en pensant à l'antaril et résolut de faire faux bond au hippie. Il avait une mauvaise opinion des drogues euphorisantes, même de la marijuana légalisée, taxée et réglementée. Il avait tenté quelques rares prises de LSD, sous surveillance attentive, durant la brève période de recherches menées sur cette drogue, pour voir si elle augmentait les PES. Mais même à l'apogée de la période hippie, il avait refusé de participer à des trips pour le simple plaisir.

Il appuya sur la sonnette de Sally et elle l'accueillit avec un baiser ; elle paraissait détendue, moins méfiante, moins repliée sur elle-même que d'habitude.

---

1. Illustrateur anglais influencé par les peintres symbolistes, dont Gustave Moreau et Beardsley, et qui publia en 1933 *The Arthur Rackham Fairy Book*. *N.d.T.*

« Donne-moi ta veste. J'ai acheté du poulet rôti et je n'ai plus que la salade à préparer. Tu veux bien venir éplucher un avocat pour moi ? »

Pendant qu'il coupait l'avocat et les tomates en tranches, il leva les yeux vers la photo d'une fillette blonde avec deux petites couettes. Il ne dit rien, mais elle suivit son regard.

« C'est Susanna. Je voulais me rappeler d'elle comme cela. Tom souhaitait que j'enlève tout. Les photos, les jouets, tout, comme si elle n'avait jamais existé. Et il voulait que nous ayons tout de suite un autre enfant. Seulement moi... je ne pouvais pas. Je ne voulais pas qu'un autre bébé remplace Susanna. Je voulais attendre, et alors... alors, ce terrible sentiment de culpabilité m'est tombé dessus. Parce que, maintenant que Susanna était morte, je comprenais que je n'avais plus besoin de rester avec Tom, et c'était comme si j'avais voulu qu'elle meurre pour pouvoir le quitter... être libre. Je sais que c'était névrotique ; mais je ne pouvais pas vivre avec ça. Je comprends maintenant que, même si Susanna avait vécu, j'aurais probablement quitté Tom, tôt ou tard, aussi cela ne me fait plus autant souffrir. » Elle se pencha sur la laitue pour la couper ; ses longues mains fines lui rappelaient tellement celles de Kerridis...

« Voilà, dit-elle lui tendant le saladier. Tu veux bien l'emporter ? »

Il le posa au milieu de la table et ils s'installèrent. Sally lui tendit la barquette de poulet. « Ce n'est pas raffiné, mais ça nourrit », commenta-t-elle.

Il y avait un épais dossier au bord de la table ; Sally le prit juste avant que la sauce ne se renverse dessus. « Pose ça sur le bureau, Cam. Il va falloir que je les enregistre de nouveau sur cassettes ce soir... »

Celui du dessus portait son propre nom, M.C. Fenton. Il commença à le feuilleter, mais elle fronça les sourcils et fit non de la tête.

« Ce ne serait pas bien, Cam. Je te fais confiance. »

Il posa à contrecœur la chemise sur le bureau et mordit dans un morceau de poulet. « Allons. Je devrais avoir le droit de voir mon propre dossier.

– Je t'ai expliqué, Cam.

– D'accord, d'accord. J'ai tes cassettes, elles sont dans la poche de ma veste.

– Ça t'a fait faire un grand détour ?

– Non, pas vraiment, mais c'est sacrément embêtant de venir jusqu'ici, l'un de nous devrait s'installer chez l'autre. »

C'était une erreur de dire cela. La bouche de Sally se pinça et elle répliqua, avec son ancienne voix dure : « Je n'en ai pas la moindre intention ; et si ça t'ennuie trop de venir jusqu'ici, on peut se retrouver, pour la prochaine séance, dans mon bureau, au Smythe Hall.

– Sally, Sally ! » Il l'étreignit par-dessus la table. « Je blaguais, chérie ! Ne te fâche pas, pour l'amour du ciel ! »

Elle répliqua, en colère et bouleversée : « Les hommes font toujours ça. Ils prennent l'avantage sur nous. Dès qu'une femme fait la moindre concession…

– Sally, pour l'amour de Dieu, je ne suis pas "les hommes", je suis *moi*, et tu n'es pas une femme, tu es *Sally* ! Je t'aime. J'aime bien plaisanter avec toi ! » Il la regarda fixement, d'un air si consterné qu'elle baissa les yeux.

« Cam, excuse-moi. Je sais que je suis trop susceptible. Mais n'en parlons plus, d'accord ? Pour le moment, j'ai besoin de mon indépendance. Je ne veux pas penser pas que, simplement parce que nous… nous nous entendons bien sur ce plan-là, tu veux tout de suite commencer à parler de… nous mettre en ménage. Je ne suis pas encore prête et je ne sais pas si je le serai jamais. Laissons cela pour le moment, d'accord ?

– D'accord », dit-il en se resservant de la salade. Les brusques replis glacés de Sally avaient commencé à le blesser.

« T'ont-ils fait des difficultés pour te donner les cassettes sur mon compte ?

– Pas du tout.

– Je te remercie, Cam. Je n'aime pas beaucoup ce quartier, en ce moment ; il y a trop de farfelus et de clochards. La plupart d'entre eux sont inoffensifs, mais ça me rend bizarre.

– Bizarre, c'est ce que certains d'entre eux sont, je suis d'accord, dit Fenton, heureux d'aborder un sujet neutre. Un des dealers, un type qui a trois anneaux à l'oreille, m'a proposé une herbe spéciale parfumée au musc… il a dit que cela exciterait ma copine, lui ferait perdre ses inhibitions. »

Elle éclata de rire. « Tu penses vraiment que j'en ai besoin ?

– Non. Et je lui ai dit. » Elle lui prit la main et la serra, puis déclara, toujours en riant : « Tout doux, mon ami. Nous avons ces copies à lire et à noter. Une autre fois, quand il n'y aura pas autant de travail, je te montrerai si j'ai besoin d'un truc comme ça ! En plus, je n'aime pas l'odeur du musc.

– Je n'en raffole pas, moi non plus, mais ce type s'acharnait ; il a même offert de l'antaril.

– On en retrouve dans les rues ? Quand on y pense, c'est facile à fabriquer, et relativement peu toxique. Il vaut probablement mieux vendre ça que quelque chose de mortel comme les cristaux de méthédryne. Autant que je le sache, l'antaril n'a aucun effet secondaire dangereux.

– Je serais tenté d'en acheter, à moins que Garnock revienne et que nous puissions continuer les expériences.

– Serais-tu pressé, Cam ? En fait, je suis contente d'avoir le temps de rattraper mon retard avec la paperasse. Qu'est-ce qui te presse ? »

Il commit l'erreur de dire : « J'aimerais savoir ce qui est arrivé à Irielle et à tous les autres.

– Invente le reste toi-même, Cam. Tu le peux, tu sais ; transforme tes fantasmes involontaires en imagination consciente, donne à cette histoire la fin que tu désires.

– Tu n'y crois pas, n'est-ce pas ? dit-il très calmement.

– Non, je n'y crois pas. J'ai écouté beaucoup trop de fantasmes de ce genre. Je pense qu'ils t'en apprennent long sur toi-même, c'est tout – que tu désires une reine des fées, un changelin, parce qu'une véritable femme, c'est trop menaçant pour toi. Elle a ses désirs propres, de véritables besoins dans un monde réel. Après tout, c'est un fantasme masculin très répandu. »

Fenton retint la colère que son mépris habituel avait réveillée en lui. « Et les dessins dans le bosquet d'eucalyptus ?

– Est-ce que quelqu'un d'autre les a vus ?

– Bon Dieu, Sally, *moi*, je les ai vus !

– Allons, Cam. Tu es psy, tu sais que les gens voient ce qu'ils veulent voir. Il est notoire que le rapport d'un témoin occulaire n'a aucune valeur. Les gens aperçoivent constamment des soucoupes volantes. Si tu étais certain de l'existence de ces traces, tu te serais assuré que quelqu'un d'autre puisse les voir aussi.

– C’est un sacré coup bas, Sally.

– Tu ne vois donc pas que tu t’abuses toi-même, Cam ? Que tu t’es créé une femme émotionnellement parfaite, qui n’exigera rien de toi.

– Parfaite, merde alors, s’écria-t-il en colère. Irielle n’est pas parfaite ! Je t’ai parlé de ses cicatrices, je t’ai dit qu’elle avait subi un accident ; ils ont arrangé les choses pour faire croire qu’elle était *morte* dans un accident... »

Le visage de Sally était pâle et glacé. « Qui t’a raconté, pour Susanna ?

– Je ne vois pas de quoi tu parles !

– Tu espères que je vais gober cela ? Tout le département le sait. Certains ont donné leur sang pour elle. L’accident. Et... » – sa voix se cassa – « ce qui est arrivé à sa pauvre petite jambe. On dit que si elle avait vécu, elle aurait été infirme. Horriblement infirme. Tu... je ne t’en veux pas. Tu ne t’es probablement pas souvenu que c’était de moi, de *mon* enfant, qu’ils parlaient...

– Sally, Sally, dit-il, consterné. Cela a dû arriver pendant que j’étais en Europe. Je n’ai jamais entendu un seul mot... »

Mais elle n’était pas du tout calmée. « Tes propres besoins inconscients ont fait de toute cette histoire ce que tu voulais qu’elle soit. Même le fait que tu ne puisses rien toucher, afin de ne pas avoir à donner quelque chose à quelqu’un, de n’être responsable de rien... »

Il s’emporta contre elle. « Et tes propres besoins émotionnels de ne pas croire, de faire de moi le genre d’homme capable de jouer un vilain tour comme cela ? Et *ton* besoin émotionnel de croire que tout homme avec lequel tu as une liaison est un salopard, afin d’avoir une bonne excuse pour l’éreinter, qu’est-ce que tu en fais ? »

Elle resta silencieuse, immobile. Son visage était blême et Fenton en fut bouleversé. L’aimait-elle vraiment assez pour qu’il puisse la blesser autant que cela ? Puis elle dit, avec un long soupir tremblant : « Là, tu marques un point, Cam. Je suis désolée. Je n’avais pas l’intention... d’être aussi excessive. Essayons de voir les choses rationnellement...

– À *ta* manière, tu veux dire, répliqua-t-il, encore en colère.

– Cam, je suis une scientifique, et une parapsychologue. Tu sais, et je sais, que prendre ses désirs pour des réalités et travailler sur des données non validées a toujours été la malédiction de tout parapsychologue. Apporte-moi une preuve en béton, Cam, et je t'écouterai. Mais vu de l'extérieur, c'est trop fantastique ; cela ébranle de trop nombreuses réalités.

– Est-ce que tu dis : j'ai pris ma décision, ne m'embrouille pas avec des faits ?

– Je n'ai vu aucun fait, rien que des théories folles. À propos d'univers multiples et de réalités alternatives...

– La première fois que je t'en ai parlé, dit-il lentement, tu as dit quelque chose... j'ai eu l'impression que quelqu'un d'autre t'en avait déjà parlé. Tu as dit : *Oh, tu as eu Pentarn, toi aussi*. Est-ce que quelqu'un d'autre l'a vu ?

– Cam, tu sais que je ne peux pas te répondre. Cela annulerait tout. Peut-être, lorsque le projet sera terminé... les noms ne signifient rien. Il peut sortir d'un livre. Je suis en train de vérifier. Cam, je te l'ai déjà dit et je te le redis. Je pense que tu devrais laisser tomber ces expériences. Elles sont trop réelles pour toi.

– Sally, tu dis tout le temps que tu es une scientifique. Accorde-moi le même statut. Je veux prouver cela, bien sûr, mais au moins la moitié du processus de validation, c'est être capable de distinguer ce qui est réel de ce qui *ne l'est pas*. Peux-tu admettre cela, au moins ? »

Elle tendit, une fois de plus, ses doigts effilés pour lui prendre la main. Et dit : « D'accord, Cam. Mais essaie, aussi, d'être un peu objectif, hein ? » Son sourire était pâle. « D'accord, je l'admets. Je suis désolée, bon sang. Je m'inquiète à propos de *toi*, Cam... oh, merde, vas te faire foutre. Tu crois que j'avais vraiment *envie* qu'un *homme* prenne de l'importance dans ma vie ? » Elle repoussa sa chaise, puis posa la tête sur la table et se couvrit le visage de ses mains. « Je sais que je suis sur la défensive. Je ne peux pas m'en empêcher, Cam. Je suis passée par trop de choses, dit-elle d'une voix pâteuse, au travers de ses mains. Je ne suis pas bien pour toi. Je ne suis bien pour personne. Je ne suis pas bien pour moi-même. »

Il contourna la table et s'agenouilla à côté d'elle, la prit dans ses bras pendant qu'elle pleurait ; il n'essaya pas de parler. Pour finir, il prit son menton pour lui relever le visage.

« Tu veux que j'aille me faire voir ailleurs, Sally ? Je n'essaie pas de mettre ton indépendance en danger. Et je ne veux pas, non plus, compliquer ta vie. Tu comptes beaucoup pour moi, je pense que tu pourrais compter encore plus. Je ne cherche pas une partie de jambes en l'air. Je veux plus. Donne-moi une chance. »

Elle dit, en détournant les yeux : « Oh, mon Dieu, j'ai recommencé, hein ? Ce besoin, que j'ai, de me prouver que tout homme que je rencontre veut seulement m'exploiter, que les hommes ne sont pas gentils, que je dois me protéger pour ne plus être blessée. J'ai envie de te faire confiance, Cam, je t'aime bien, mais je… je ne suis pas prête à m'engager plus que cela, pas encore. Pouvons-nous continuer un moment sans que tu fasses trop pression sur moi ? Juste pour voir comment les choses évoluent ? »

Il hocha la tête, sans cesser de l'étreindre. « D'accord, Sally, plus de pression. Pas d'engagements. Nous vivrons cela au jour le jour et nous verrons bien ce qui arrivera. Tiens, mettons-nous à ces copies de première année. »

Elle renifla un peu en débarrassant le table. « Tu dis que tu n'essaies pas de m'exploiter. Regarde-*moi*, je me sers de toi pour noter mes copies !

– C'est un destin pire que la mort, hein ? répliqua Fenton en riant. Allons, donne-moi ces satanés trucs avant que je perde courage. »

Ils travaillèrent presque jusqu'à minuit, et Sally s'affaissa sur la table lorsqu'ils eurent terminé. « Au moins, c'est fini, dit-elle en baillant et en se frottant les yeux. Il m'aurait fallu deux ou trois jours de plus, si j'avais essayé de les lire entre mes cours. Cam, comment pourrais-je te remercier ?

– Ça va. C'était intéressant de revoir la parapsychologie par les yeux d'un bizut. J'espère que je ne les ai pas notés plus sévèrement que tu ne l'aurais fait.

– Je ne pense pas. Probablement pareil. Au moins, cette gamine qui pensait que la parapsychologie était un bon moyen pour développer des pouvoirs occultes, on peut l'expulser, avec tact, du département, ou la faire redoubler pour qu'elle comprenne le message. » Elle bâilla et il dit : « Va te coucher, Sally, tu dors debout. Je m'en vais.

– Cam, si tu veux rester, c'est OK, mais je suis tellement crevée…

– Ça va, ma chérie. Ce sera pour une autre fois. » Il l'embrassa gentiment, sans s'attarder.

« Ferme la porte derrière toi en partant, s'il te plaît ? » Elle entra dans la salle de bains et Fenton prit son imperméable. Pour l'atteindre, il dut ôter la pile de dossiers et l'un d'eux glissa ; il se pencha pour le ramasser et la chose parut le regarder l'air moqueur.

M.C. FENTON

Il posa son pouce sur la tranche. Un rapide coup d'œil et il pourrait savoir ce qu'elle disait de lui. Ou peut-être n'avait-elle fait aucun commentaire, négligeant ce qu'il lui avait raconté parce qu'elle considérait cela comme une vision induite ?

Non. Elle avait confiance en lui. Il ne pouvait pas fouiner dans ses dossiers.

Merde, pensa Fenton, il y avait eu des décisions juridictionnelles soutenant le droit des étudiants à prendre connaissance de ce que l'on avait écrit sur eux dans des dossiers confidentiels…

Puis il s'exhorta à être honnête. Cela s'appliquait à des remarques qui pouvaient retarder les travaux d'un étudiant et avoir une répercussion sur toute sa vie, non pas à des dossiers gardés uniquement tant que durerait une expérience scientifique. OK, il serait fair-play. Il sortit en fermant soigneusement la porte derrière lui.

Il était bien plus de onze heures et il ne s'attendait pas à voir le hippie à la tête rasée, pourtant il était là, au coin de la rue, l'air glacé, raide, et il semblait lui en vouloir un peu. Lorsque Fenton approcha, il dit : « Eh, mec, j'allais te laisser tomber ! Dix minutes de plus et je me taillais. J'ai ton antaril. Quatre doses. Garanties pure qualité, pas coupées, sans polluant, sans stramoine ou datura, sans sucre. Vingt-quatre dollars.

– C'est cher ! » Le hippie haussa les épaules.

« Tu ressembles pas mal à l'un des profs du département dingue, tu sais, celui où ils chassent les fantômes et les soucoupes volantes et cherchent des gens qui peuvent lire dans ta tête. Ils ont de l'argent pour ça, mais pas assez pour payer ma bourse dans les temps, si bien que je suis obligé de vendre de la drogue dans les rues. À la prochaine, mec », ajouta-t-il en empochant les billets pliés sans les compter, et il se fondit dans la foule qui se raréfiait.

Fenton mit l'enveloppe contenant les quatre comprimés dans sa poche et suivit lentement l'avenue. Les étudiants et les petits marchands étaient moins nombreux, mais ils ne se retireraient complètement qu'après minuit. L'idée d'entrer dans un café pour prendre un expresso lui vint, mais il se contenta de continuer à marcher. Maintenant qu'il avait l'antaril, il ne s'en servirait probablement jamais. Il ne savait rien de l'efficacité des comprimés, comparés au produit cliniquement pur injecté par intraveineuse.

Cependant, c'était une tentation. S'il avalait l'un des petits comprimés bleus, quelques minutes plus tard, il serait dans le monde des Alfar et pourrait parler à Irielle… et à Kerridis.

Non. L'expérience devait être menée scientifiquement. Il ne fallait pas la perturber en y introduisant un facteur inconnu, une drogue des rues. Comme l'avait lourdement souligné Sally, il était un scientifique.

Mais il souhaitait – oh, *combien !* – savoir ce qu'elle sous-entendait quand elle avait dit : *Oh, vous avez eu Pentarn, vous aussi…* !

Maintenant, il aurait bien voulu que des scrupules ridicules ne l'aient pas empêché de jeter un coup d'œil dans le dossier. Il était évident que Sally n'avait pas la moindre idée de ce que cette expérience signifiait pour lui.

Que rien, dans ce monde, n'était tel qu'il l'avait cru, que même les parapsychologues, en trempant précautionneusement un orteil hors du périmètre du matérialisme scientifique, n'avaient pas la moindre notion de la véritable nature de la réalité. Il avait entendu des étudiants du département de physique théorique dire quelque chose comme cela ; que peut-être nous n'avions aucune notion de la réalité, que nos sens étaient probablement incapables d'avoir la plus petite notion de ce qu'est la réalité.

Un autre hippie, enveloppé celui-là dans une couverture grossière et décolorée, s'approcha de lui et gémit l'habituel : « T'as pas une petite pièce, mec ? » Fenton répondit, tout aussi rituellement : « Non, désolé. » Il regarda de l'autre côté de la rue. Deux ou trois petites vitrines étaient encore éclairées, y compris celle de l'échoppe où il avait vu les gravures de Rackham ; il allait traverser et en acheter une pour Sally.

Mais il se figea sur place en voyant un grand homme mince qui marchait rapidement sur l'autre trottoir ; un barbu, portant de hautes bottes, enveloppé dans une longue cape vert foncé. La première pensée de Fenton, qu'il s'agissait de l'un de ces Anachronistes qui affectaient des harnachements médiévaux, fut chassée par le souvenir de *l'endroit* où il avait déjà vu cette longue cape verte, ce port de tête arrogant.

« Pentarn ! » beugla-t-il et il traversa la rue en courant.

L'homme dressa soudain la tête et pivota rapidement pour jeter un coup d'œil alentour. Il montra les dents, brièvement, d'une étrange manière, puis se mit à courir droit vers le petit magasin d'estampes. Fenton le rejoignit sur le seuil, mais il entra alors en collision, brutalement, avec l'un des clochards qui jouait de la guitare, éparpillant les pièces recueillies dans son chapeau. Fenton mit la main sur l'épaule de Pentarn qui se dégagea d'un mouvement brusque et le hippie poussa un hurlement outré lorsque sa guitare heurta le montant de la porte.

« Hé ! putains d'Anachronistes, vous pouvez pas vous contenter de vos duels sur le terrain de tournoi. Hé ? Si t'as cassé ma guitare, mec, je vais... » Fenton murmura une excuse hâtive et franchit la porte. Sur le seuil, il vacilla, en proie au vertige, un voile sombre parsemé de lumières lui passa devant les yeux. Il se sentit tomber sur le côté.

Il tombait. Il tombait. L'espace se tordait, tournoyait...

Il cligna des yeux, sentant ses pieds solidement plantés sur le carrelage de l'échoppe. Ébloui, il cligna de nouveau des yeux. La boutique avait disparu. Il n'y avait plus de gravures de Rackham ; aucun signe de Pentarn ; rien. Seulement la blancheur insipide d'une laverie pressing, et le propriétaire, un petit homme ratatiné qui le regardait d'un air agressif et dit : « Pas le temps de faire tourner une machine ; on ferme à minuit pile. »

Fenton émit une excuse vasouillarde dont il ne se souvint jamais. La mauvaise porte ; il avait franchi la mauvaise porte. Pentarn avait disparu, s'il y avait jamais eu un Pentarn et non quelque Anachroniste anonyme du campus rentrant chez lui après un tournoi ou tout autre jeu. Cependant, il avait eu raison d'essayer. Il *n'arrivait pas* à croire que cet homme s'était évanoui dans l'air, pas *si* vite.

« Est-ce qu'un homme est entré avant moi ? Un... un homme grand, avec une cape ?

– Pas de cape, répondit l'homme avec indifférence. Juste un type qui apportait un imperméable à nettoyer. On vous a bousculé, monsieur ? »

Fenton fit signe que non et sortit, tout chancelant.

Pentarn. Est-ce que c'était bien Pentarn ?

Ou avait-il eu, encore, une hallucination ?

Non. Je n'ai pas franchi la bonne porte, c'est tout ; il se retourna et regarda de chaque côté, cherchant l'échoppe où il avait vu, un peu plus tôt ce jour-là, les gravures de Rackham dans une vitrine avec des montants en acier ; une boutique où Pentarn avait disparu.

Mais à droite, à côté du teinturier, il y avait un marchand de beignets ; à gauche, une librairie avec une pancarte prosaïque rappelant aux étudiants que le dernier jour pour rendre les manuels des matières obligatoires et récupérer la caution était le 2 avril. Fenton parcourut à grands pas tout le pâté de maisons, mais il n'y avait aucun magasin d'estampes. Il n'était tout simplement pas là. Il vérifia chaque porte et même les numéros de chaque boutique, se demandant si ses yeux ne lui jouaient pas des tours. Après cela, il inspecta le pâté de maisons suivant, et celui d'après ; revint sur ses pas jusqu'au bout de Bancroft Way et du campus ; puis reparcourut les deux côtés de l'avenue, et finit par être convaincu qu'il n'y avait pas de petit magasin d'estampes avec ou pas des gravures de Rackham en vitrine.

La boutique avait été *là !* Bon sang, elle avait été là, et il avait vu une gravure de Rakham représentant des farfadets et une grande reine des elfes qui ressemblait à Kerridis et même encore plus à Sally.

Une pensée sinistre traversa l'esprit de Fenton tandis qu'il refermait plus étroitement son imperméable autour de son corps glacé et commençait à revenir, lentement, vers sa chambre. Avait-il eu une hallucination, provoquée par son besoin désespéré de preuves ? Il voulait croire que toute cette histoire était réelle, aussi avait-il inventé un épisode qui la rendrait réelle.

Mais il avait vu la gravure avant d'aller chez Sally, et une explication rationnelle lui vint à l'esprit.

Il avait dû apercevoir cette image dans l'une des autres librairies ; les gravures de Rackham n'étaient pas rares. Et le propriétaire avait pu l'ôter de la vitrine pour la vendre.

Mais pourquoi l'échoppe n'était-elle pas là ? Pourquoi, lorsque j'y suis entré, n'était-ce plus qu'un pressing ? Et pourquoi est-ce que je n'ai pas pu retrouver le petit magasin d'estampes ?

Elle l'a fait exprès, pensa-t-il ; c'est comme si cette damnée boutique s'était *cachée.* Fenton s'assit sur son divan miteux et réfléchit.

Un endroit qui ne voulait pas qu'on le trouve.

Un endroit qu'on ne pouvait pas trouver lorsqu'on le cherchait.

L'étrange vertige qui s'était emparé de lui lorsqu'il avait posé le pied à l'intérieur, n'était pas sans ressembler à celui éprouvé quand il avait pénétré, sous antaril, dans le monde non humain.

Un picotement parcourut l'épine dorsale de Cameron Fenton. Les minuscules poils de son dos et de sa nuque s'étaient hérissés comme ceux d'un chat apeuré.

Se pouvait-il qu'il ait croisé ce qu'Irielle avait appelé la Maisonmonde ?

8

Le lendemain, Fenton chercha de nouveau, de haut en bas sur Telegraph Avenue, de Bancroft Way jusqu'à l'endroit où, au sud de la nouvelle autoroute, son charme disparaît au profit de banques, de stations d'essence et de studios de danse. Puis il revint, vérifia de nouveau les deux trottoirs et se retrouva finalement convaincu qu'il n'y avait pas de petit magasin d'estampes.

Ce qui signifiait, soit qu'il avait eu des hallucinations, en pensant voir Pentarn, après avoir imaginé un magasin d'estampes évanescent, dans lequel cet homme aurait pu disparaître, soit…

Soit… *quoi ?* les histoires d'Irielle sur la Maisonmonde ?

Il ne pouvait pas en parler à Sally. Elle penserait certainement qu'il avait tout inventé.

Il réexamina ses notes, puis se souvint de la grosse veste en laine à carreaux appartenant à son oncle Stan et des questions qu'il s'était posées sur les règles présidant à son élaboration. Eh bien, *ça*, il pouvait le vérifier. Il n'avait rien à faire sur le campus, puisque le département était fermé. Rien, sauf jeter un coup d'œil aux journaux professionnels et chercher les petites annonces d'offres d'emploi.

Il y trouva mention de la création d'un poste d'assistant à la Cornell University. Il n'avait pas beaucoup de chance, étant Blanc, et de sexe masculin ; ils préféreraient probablement un Noir, un Mexicain, ou une femme – mais il envoya tout de même sa candidature, en se demandant si Sally accepterait de vivre à New York. C'était très loin de la Californie.

Et Irielle ?

Il s'ordonna, avec colère, d'oublier Irielle. Elle n'avait probablement jamais existé. Sally était réelle, c'était un être humain et, en outre, elle avait besoin de lui. Et en tout cas, il fallait être fou pour hésiter entre une femme réelle et un autre rencontrée dans un rêve ! Peut-être méritait-il tout ce que Sally lui avait dit !

Il allait prendre un jour de congé pour rendre visite à son oncle Stan, dans la montagne... et vérifier l'existence d'une certaine grosse veste en laine à carreaux rouge et noir.

En route vers le nord, il sortit avant Sacramento pour prendre l'autoroute n° 5, et pensa alors à ce qu'Irielle lui avait dit sur la Maisonmonde : on ne peut pas la trouver lorsqu'on la cherche. Eh bien, c'était vrai en ce qui concernait le petit magasin d'estampes. Et cependant, pourquoi cette boutique serait-elle la Maisonmonde ? Un camouflage... pouvait-elle être camouflée d'une manière si rationnelle, en quelque chose d'aussi prosaïque ?

Bon. Supposons pour le moment qu'il y *ait* un portail entre les dimensions, une maison qui, on ne sait comment, se tient entre les mondes. Essaie de te la représenter selon sa réalité propre. À quoi *ressemblerait* une chose pareille ?

Cameron Fenton avait dans l'idée que cela devrait évoquer un centre informatique. Il pensa, avec ironie, qu'il était en train de mélanger les mondes. Bien sûr, si dans un film de science-fiction il y avait une porte entre des mondes parallèles, ce serait forcément un réseau d'ordinateurs – les ordinateurs étaient l'équivalent moderne de la magie qui, après tout, incarnait ce qu'on ne pouvait pas comprendre. La plupart des gens qui faisaient les films de science-fiction, ou qui allaient les voir, ne connaissaient rien aux ordinateurs, mais savaient qu'ils faisaient des choses étranges, difficiles et supposées impossibles ; donc, leur équivalent du Dieu issu de la Machine était un serveur informatique.

Mais il n'y avait pas de raison de supposer qu'une Maisonmonde, une porte entre les dimensions, devait ressembler à quelque chose qui était, pour lui, rationnel, ou que ses sens pouvaient mesurer. Donc, elle ne l'était probablement pas. Peut-être avait-elle une apparence que ses sens ne pourraient pas interpréter de façon rationnelle. Son esprit transformait cela en quelque chose qui avait un sens. Par exemple, un magasin d'estampes.

J'aurais dû empoigner Pentarn, m'y accrocher de toutes mes forces et partir avec lui pour l'endroit, quel qu'il fût, où il s'est enfui…

Cet étrange vertige qu'il avait ressenti lorsqu'il s'était arrêté sur le seuil de la petite boutique… Oui. Pentarn avait *traversé* ce vertige pour pénétrer dans un *autre endroit*. Et la Maisonmonde avait disparu avec lui, laissant Fenton dans le pressing de son propre univers.

Mais, pensa-t-il en regardant distraitement la route et le sommet du mont Shasta qui commençait à jouer à cache-cache sur la voie express sinueuse, j'ai vu le magasin d'estampes, sur l'avenue, avant même de me rendre chez Sally…

Tu l'as vue fermée. Tu l'as vue, mais tu ne *pouvais pas* y entrer.

Mais il l'avait vue ouverte… une fois. Lorsque Pentarn s'y était faufilé. Puis elle avait tourné dans une autre dimension…

C'est une histoire de fous. Si je continue à penser comme ça, je vais finir dans une cellule capitonnée.

Lorsqu'il arriva à la petite ville de montagne, au nord du Shasta, il en avait assez de remâcher cela dans sa tête. Il emprunta la route transversale, la quitta, franchit bruyamment un petit pont en bois et se rangea dans la cour. Deux ou trois chèvres curieuses se frayèrent un chemin vers lui à coups de corne et il dut les repousser, avec bonne humeur, afin de gagner la porte de la ferme.

« Oncle Stan ? cria-t-il. C'est Cam ! »

Pas de réponse. La cuisine, peu équipée, était propre et vide. Son oncle travaillait sûrement dans le coin ; ou, si Fenton tombait vraiment mal, il se pouvait qu'il soit en train de servir de guide, dans les montagnes, à un groupe de jeunes randonneurs.

Il y avait une casserole de café sur le fourneau. Elle était froide, mais cela ne signifiait rien. Fenton alluma le gaz. L'équipement de camping de son oncle était là – le sac de couchage déployé sur un porte-bagage, dans la chambre à coucher, la parka en duvet accrochée derrière la porte. Donc, il n'était pas loin. Le café commença à bouillir et Fenton s'en versa une tasse qu'il but sans lait, à petites gorgées, assis à la table recouverte d'une toile cirée. Puis il entra dans la chambre d'amis et fouilla dans le placard.

La grosse veste en laine à carreaux rouge et noir que son oncle lui prêtait lors des randonnées était là. Il mit la main dans la poche, et ses poils du dos se hérissèrent lorsqu'il sentit la petite pièce grossièrement cousue à l'intérieur.

Une confirmation ?

Non. Pas nécessairement. Cela pouvait juste signifier que son subconscient avait une meilleure mémoire que lui. Il se sentait littéralement malade de frustration. Comment prouver qu'on ne *sait pas* quelque chose, qu'on ne l'*a pas* lu ou vu ? Tout le monde, depuis Oscar Wilde jusqu'à aujourd'hui, sait que tenter de prouver une négation est impossible. Le prévenu n'est pas tenu de prouver qu'il n'a pas *commis* de crime ; l'accusation doit prouver qu'il l'*a* commis.

Fenton pensa, avec une impression d'injustice toujours renouvelée, que seul le chercheur en parapsychologie devait prouver toutes sortes de négations. Ces détracteurs s'acharnant à prouver qu'il trichait, il devait prouver qu'il *ne* le *faisait pas ; et à ses propres yeux* qu'il ne s'adonnait pas à une falsification subconsciente. Comment confirmer autant de négations ? Comment pourrait-il être certain qu'il n'avait jamais vu ou lu quelque chose de semblable à son aventure avec les Alfar et les irighi ?

Rien d'étonnant à ce que tant de parapsychologues se lassent des critiques rigoureuses, inhumaines, présumant qu'ils sont automatiquement des menteurs, des tricheurs, des imposteurs. Il s'assit, découragé et avala d'une seule goulée le café amer qui refroidissait. Même s'il arrivait à convaincre Sally et Garnock, à quoi cela le mènerait-il ? Personne d'autre ne le croirait jamais, et s'il écrivait un livre là-dessus, que prouverait-il ? Il ne serait qu'un cinglé de plus du département de parapsychologie !

Je devrais abandonner tout cela et recommencer à faire courir des rats dans un labyrinthe !

S'apercevant qu'il était au bord de la dépression qu'il avait voulu fuir en venant ici, Fenton enfila la grosse veste de laine à carreaux et sortit dans l'air froid, piquant, des montagnes. Les chèvres se bousculèrent à coup d'épaules pour se rassembler autour de lui avec une agressivité croissante ; il les repoussa et cela lui rappela curieusement Pentarn marchant à grands pas entre les irighi.

Seulement, les chèvres étaient inoffensives. Curieuses, peut-être, et empoisonnantes, mais inoffensives.

Il s'engagea dans l'étroit sentier, envahi par les chênes et les genévriers, qui menait au mont s'élevant derrière la maison. Dans l'air clair, il entendit résonner des coups rythmés qui faisaient écho, et comprit que, quelque part, son oncle coupait du bois.

Si haut dans les montagnes, la neige n'avait pas encore fondu ; à quelques kilomètres de là, la couche épaisse scintillait sur les pics. L'air était glacial et les chemins bordés de congères. Fenton continua à marcher en se remémorant la sente qu'il avait suivie au pays des Alfar. Mais *celui-là* était tangible sous ses pieds.

Avait-il visité en rêve un paysage familier ?

Les coups de hache semblaient plus proches maintenant. Fenton s'engagea dans le sentier escarpé. Il y avait encore un écart perceptible entre le coup et son écho.

« Oncle Stan ? » appela Fenton.

Le bruit lointain cessa un instant et Fenton appela de nouveau. « Oncle Stan, tu es là-haut ? C'est Cam ! »

Il contourna un rondin et pénétra dans une petite clairière. À sa lisière, un grand homme maigre, vêtu d'une chemise en flanelle décolorée, abattait un arbre à la hache. Il s'arrêta, le salua de la main et cria : « Dans une minute… laisse-moi finir ça ! »

Bientôt, l'arbre bascula et s'écrasa dans les broussailles. Il n'était pas très gros. Stanley Cameron posa sa hache debout, la lame vers le bas, et rejoignit son neveu en s'essuyant le front avec le pan de sa chemise à carreaux. « Salut, Cam, ça fait plaisir de te voir. Tu es venu de Berkeley en voiture ? »

Il lui tendit la main. Fenton la serra affectueusement. Le frère de sa mère était un vieil homme dont les cheveux roussâtres grisonnaient ; ses yeux enfoncés étaient cernés de rides qui témoignaient d'une vie passée au grand air.

« J'ai cru que c'était une bande de gamins auxquels j'ai promis une escalade du Shasta demain, dit-il. Je m'étais imaginé qu'un ou deux pourraient se pointer aujourd'hui, et grimper jusqu'ici pour se préparer à la vraie randonnée. » Il se laissa tomber sur le rondin. « Tôt ou tard, j'aurais été obligé d'abattre cet arbre pour en faire du bois à brûler. Je m'efforce de mon mieux d'éclaircir le taillis pour empêcher les bois de réoccuper le terrain. Les chèvres mangent bien les feuilles les plus basses, mais ces trucs poussent vite. J'avais l'habitude de faire du brûlis tous les cinq ou dix ans, de laisser les éclairs allumer de bons feux, mais beaucoup trop de gens habitent dans le coin maintenant, et ils ont peur des incendies, bien sûr on ne peut pas faire du brûlis là où y a des gens qui vivent ; c'est pas comme si ce pays était sauvage. Un bon feu fait des merveilles dans une région embroussaillée, mais pas dans une zone habitée. Eh bien, Cam, comment tu as fait pour venir ici au beau milieu d'un trimestre scolaire ? Tu n'enseignes pas en ce moment ?

– Le département est fermé à cause de la grippe. » Fenton ne pouvait tout de même pas dire qu'il était venu ici pour voir s'il y avait bien une pièce dans la poche d'une grosse veste en laine, à carreaux !

« Je ne sais pas comment tu peux supporter ça, la ville, en bas, avec tout cette pollution. Tu devrais venir t'installer ici. »

Fenton sourit. « C'est trop isolé pour moi.

– Trouve-toi une gentille fille, alors, dit Stan Cameron. Épouse-la et monte ici, élève une tripotée d'enfants et tu n'auras pas le temps de te sentir isolé. Je te donnerai deux ou trois chèvres. »

Fenton gloussa ; son oncle lui faisait régulièrement cette proposition depuis qu'il avait quitté l'armée. « Je te prendrai au mot un jour.

– Ne me dis pas que tu as une petite amie ?

– Plus ou moins. Mais elle n'est pas encore prête à se marier.

– Laisse-lui le temps. C'est ce que toutes les filles désirent, il ne faut pas tenir compte de ce qu'elles disent.

– Peut-être à ton époque, protesta Fenton, et le vieil homme sourit.

– À n'importe quelle époque. On peut pas discuter avec la biologie.

– Je pense, mon oncle, que nous avons peut-être atteint un stade où les femmes n'aiment pas penser que la biologie est leur seule destinée.

– Peut-être bien, mais penser d'une manière ou d'une autre, ça ne change pas la biologie. Montre-moi, un jour, un lion végétarien, et j'admettrai que peut-être la biologie n'est pas une destinée. Autrement, je reste fidèle à la biologie. Je me suis trop occupé de chèvres pour la contester. »

Fenton gloussa et dit : « Je ne sais pas si Sally aimerait être comparée à une chèvre.

– C'est son nom ? Sally ? Amène-la ici un jour. Je te promets de ne pas la comparer à une chèvre, mais ça lui plairait peut-être d'être dans un coin où l'air est bon et pur. Si elle aime grimper, je vous emmènerai tous les deux sur le Shasta.

– Elle vient de se fouler le genou, mais peut-être quand ça ira mieux. » Il s'aperçut que la perspective de présenter Sally à ce qui lui restait de famille lui plaisait.

« Qu'est-ce qu'elle fait ?

– Elle est dans mon département. De parapsychologie. »

Le vieil homme haussa les épaules. « C'est bien ; vous comprenez mutuellement ce que vous faites et ça aide. »

Un bruissement se fit entendre dans les feuilles tombées. Stan Cameron dit : « Un raton laveur », tandis que Cam jetait un regard autour d'eux.

Un irighi, bizarre, maigre à faire peur et difforme, traversa la clairière en courant, ramassa la hache de Stan Cameron et disparut dans les broussailles.

Fenton hurla et, sans un mot, se lança à sa poursuite. Il s'effondra à grand bruit dans l'épais fourré en poussant un cri.

« Hé, Cam ! Cam ! Reviens ! Qu'est-ce qui s'est passé ? » cria son oncle et Cam secoua la tête, hébété, en regardant autour de lui.

« Il a pris ta hache…

– Ne sois pas stupide, répliqua le vieil homme pragmatique. Aucun raton laveur ne pourrait emporter une hache.

– Ce n'était pas un raton laveur.

– Qu'est-ce que ça pouvait bien être, alors ? demanda Stan Cameron en regardant autour du pied de l'arbre tombé. Bon sang, on dirait qu'on m'a pris ma hache ! Mais je vois pas d'empreintes. Rien qui ressemble à des traces de raton laveur… »

Il revint, la mine renfrognée. « Ça me dépasse. Dans ce bois, y a rien d'assez gros pour emporter une hache, sauf un ours, et d'habitude les ours ne prennent que de la nourriture. Les ratons laveurs, ils volent tout, même ce que je donne à manger aux chèvres – ils font tomber le couvercle du seau et sautent dedans. J'en ai trouvé un là, qui semblait sur le point de crever, couché dans leur nourriture. Il avait tellement bâfré qu'il pouvait à peine bouger. Mais aucun raton laveur ne pourrait emporter une hache, et les ours n'aiment pas l'odeur des choses fabriquées par les hommes... Cam, t'es blanc comme un linge ! Assieds-toi ! » Le vieil homme le fit asseoir de force sur le rondin. « Écoute, fiston, même si un ours était passé par ici, il ne t'aurait pas cherché des crosses, à moins que tu l'ais asticoté. Ils ont bien plus peur de toi que toi d'eux. Il s'est tiré ; il est parti maintenant. »

Fenton ne pouvait que dire : « Ce n'était pas un ours, mon oncle. Ni un raton laveur. Je l'ai vu.

– Qu'est-ce que c'était, alors ?

– Ça ressemblait à un petit... un petit homme. Un nain. Tordu. Poilu. » Il se leva et se dirigea vers les traces. « Vas-tu me dire que ce sont des empreintes de raton laveur ? »

Malgré tout, il n'arrivait pas à croire qu'ils puissent laisser des traces. Cela signifiait qu'ils étaient matériellement présents dans son monde. Ils n'étaient pas venus ici comme lui dans le monde des Alfar, comme une ombre dépourvue de substance, incapable de toucher aux objets matériels. Ils avaient une ombre, ils pouvaient laisser des empreintes, emporter une hache en fer...

Il s'agenouilla pour examiner les empreintes étroites d'une plante et de longs orteils, et non de la patte d'un animal. « Non, dit Stan Cameron qui l'avait rejoint. Ce ne sont certainement pas les traces d'un ours, ni celles d'un animal que *moi* j'ai pu voir. Je dirais presque que ce sont celles d'un être humain, mais pourquoi *diantre* viendrait-il courir pieds nus ici où il y a des buissons épineux, des serpents à sonnette et du sumac vénéneux !

– Non. Quoi qu'ils soient, ils ne sont pas humains », dit Fenton et son oncle le regarda soudain avec intérêt.

« Tu parles comme si tu savais de qui il s'agit.

– Oui. » Fenton regarda désespérément le vieil homme et dit : « Mais tu ne me croirais pas.

– Pourquoi pas ? Tu ne me mentirais pas, hein ? Tu as toujours dit la vérité. Je pense que je pourrais croire à peu près tout ce que tu me dirais, même si ça avait l'air invraisemblable. À moins que tu ne me racontes des histoires pour t'amuser, mais à voir ta mine, tu n'es pas d'humeur à me raconter des blagues. Tu as vu ce qui m'a volé ma hache ?

– Je l'ai vu. Je l'ai déjà vu – je les ai déjà vus – avant. Je ne sais pas comment l'appeler. Ou les appeler. Le seul nom que j'aie jamais entendu, c'est irighi. Peut-être que c'est comme iris, un iris, beaucoup d'iris, un irighi, beaucoup d'i... merde, je déraille.

– Tu dis que tu l'as vu, que tu l'as déjà vu avant. Alors, dis-moi à quoi ça ressemble.

– C'est petit. Moins d'un mètre, je suppose. Poilu. Horrible. Ils sentent mauvais. Je... » Fenton s'aperçut qu'il tremblait, que ses genoux ne le portaient plus et il se laissa retomber sur le rondin, les mains tremblotantes.

« Voir l'un d'eux... *Ici.* » Ça avait déjà été assez pénible quand il savait qu'ils ne pouvaient rien contre lui, parce qu'il n'était pas vraiment là ; quand il pensait qu'il rêvait, que c'étaient des hallucinations. Mais ils étaient ici, ils étaient tangibles, ils pouvaient projeter une ombre, emporter une hache – en *fer* –, laisser des empreintes.

« J'ai vu... une fois, j'ai vu une meute de ces créatures mettre un cheval en pièces et le dévorer vivant. Oh, Dieu, je te *l'ai dit* que tu ne voudrais pas me croire...

– Je peux dire, Cam, en voyant comme tu trembles, que tu a vu quelque chose qui t'a réellement épouvanté. J'ai parfois aperçu des choses dans ces bois. Des choses que je ne pouvais pas expliquer. Un été, une équipe de scientifiques est venue chasser ce qu'ils appelaient l'Abominable Homme des Neiges, et une bande de journalistes leur couraient après comme s'ils cherchaient des Martiens, mais je me souviens que les gens, il y a seulement deux cents ans de cela, pensaient que les gorilles étaient un mythe ; ils ont découvert les orangs-outangs de mon temps. Il pourrait y avoir, sur cette planète, des animaux dont nous ignorons tout. Il y a pas mal de terres sauvages dans les montagnes. »

Et s'ils vont et viennent, s'ils ne sont pas toujours dans cette dimension... Il hésitait à parler de cela à son oncle.

« Écoute, dit le vieil homme, je vais jeter un coup d'œil dans le coin pour retrouver cette hache. *Quelque chose* l'a emportée, ça c'est sûr, ce n'étaient ni moi ni toi, et ce n'était pas un ours... on peut au moins partir de là. Voyons s'ils ne l'ont pas laissée tomber quelque part près d'ici. Si elle a disparu, on n'y peut rien. J'ai déjà eu des outils qu'ont disparu avant ça, mais je me suis toujours imaginé que c'étaient les ratons laveurs qui les volaient. Ils sont comme des singes. Seulement, j'ai jamais vu un raton laveur capable de traîner une grande hache comme celle-là. Suivons un peu la piste, et on verra bien. »

Fenton ne tremblait plus, mais il n'avait pas envie de s'enfoncer dans les broussailles où il pouvait y avoir un irighi, ou plusieurs...

« Attends, dit Stan Cameron. Je vais aller prendre mon fusil. S'il y a animal inconnu, ou un grand singe, on ignore ce qu'il y a de caché là-dedans et si c'est dangereux, je veux pas le tuer, mais j'ai pas envie, non plus, d'être mis en pièces. Mieux vaudrait l'emmener dans un zoo ou un endroit où on étudie les animaux, mais ce serait de la folie de lui tomber dessus par surprise. Et tu dis que ces choses sont assez intelligentes pour se servir de couteaux.

– Ils en ont. »

Le vieil homme retourna chez lui et revint avec une carabine et un fusil de chasse qu'il tendit à Fenton.

« Je ne chasse pas beaucoup, dit-il. Une décharge de gros sel, de temps en temps, pour décourager les ratons laveurs quand ils deviennent trop embêtants. Une fois l'an, je me fais un cerf... c'est à peu près la seule viande que je mange encore, et si on ne tire pas un peu sur eux, ils broutent trop et meurent de faim l'hiver, depuis que les gens veulent tellement s'occuper des daims qu'ils tuent tous les couguars. Un ours ne te fera rien, sauf s'il est malade ou épouvanté, mais je ne veux pas, non plus, tomber sur l'un d'eux en furie, une décharge de chevrotines ne lui ferait pas grand mal, mais ça suffirait à le faire fuir... Ils n'aiment pas les bruits forts. Mais si il y a là-dedans quelque chose que je n'ai jamais rencontré, je ne vais pas y aller les mains vides. »

Fenton prit le fusil de chasse sans discuter. Il n'avait pas l'intention de se retrouver, sans armes, nez à nez, avec un irighi, et encore moins avec toute une tribu.

Je me demande si un fusil les blesserait ? Oui. Ils sont assez matériels pour laisser des traces...

Ils suivirent la piste durant plusieurs heures – une piste qui, pour finir, aboutit à un sol dur où elle disparut, et ils tournèrent en rond sans la retrouver. Stan Cameron soupira.

« Bon, tant pis », dit-il, et ils revinrent sur leurs pas.

« As-tu un appareil photo, mon oncle ? »

Il hocha la tête : « J'étais en train d'y penser. Ce serait la preuve qu'on n'a pas passé toute la journée à chasser l'oie sauvage. »

Ils prirent des photos, mais la lumière baissait. Fenton comprit que ces photos sous-exposées de traces indistinctes mal éclairées ne constitueraient pas pour son département une preuve scientifique de l'existence des irighi en ce monde.

Sally, même, voudrait-elle y croire ? Soudain, la colère s'empara de nouveau de lui. Dans tout autre domaine, un témoin relativement honnête, ou du moins, un témoin qui avait la réputation d'être sérieux, serait considéré comme tel jusqu'à ce qu'on ait prouvé sa culpabilité.

Mon Dieu, même Freud n'avait pas eu besoin de prouver l'existence du ça, de la libido et du surmoi ; il s'était contenté de présenter des résultats… Certaines personnes disent qu'il n'en a même pas eus, qu'on a *présumé* qu'il en avait eus !

Pas étonnant que les parapsychologues finissent pas en avoir marre, renoncent et passent le reste de leur vie à faire des tournées de conférences au lieu de travailler en labo ! Supposons qu'Einstein ait dû prouver l'existence du noyau atomique ? Supposons que les gens qui ne comprenaient pas ses calculs se soient acharnés à montrer que c'était un imposteur, qu'il avait fabriqué de toutes pièces les équations qui lui donnaient raison et que tout le département de mathématiques de Princeton avait marché dans la combine pour leur faire une blague ?

Dans la cuisine maigrement équipée, Stan Cameron réchauffa des haricots, prépara une salade et fourra un plat de biscuits dans le four. Il refusa sèchement l'aide que lui proposa son neveu, disant qu'il savait où étaient les choses et que la cuisine était trop petite pour que deux personnes ne se marchent pas sur les pieds. Il fit du café, demanda si Fenton ne préférait pas une bière. « J'ai acheté quelques canettes la dernière fois que je suis descendu en ville. »

« Viens manger, Cam. Tiens, voilà une serviette. Je n'aime pas celles en papier. » Il pencha la tête et murmura : « Seigneur, au nom de Celui qui a dit "Donne-nous notre pain quotidien", bénis cette nourriture et que ma vie soit à Ton service, Amen. » Et il prit sa fourchette.

Fenton, qui n'était pas croyant, se demanda brièvement si c'était à cause de cela que son oncle acceptait plus volontiers son histoire. Une sorte de système particulier de validation, peut-être ? Un genre de résultats différents de ceux que l'on pouvait obtenir selon un barème expérimental ?

« Du café, Cam ? Il y a du thé, si tu préfères.

– Du café, ça va, merci. Ils sont bons tes haricots.

– Ta petite amie sait-elle faire des biscuits comme ceux-là ? »

Fenton gloussa. « Je l'ignore ; Sally ne cuisine pas beaucoup. » Il releva le sous-entendu ; durant le repas, ils devraient se détendre et éviter le sujet épineux. Il parla un peu de Sally à Stan – dit qu'elle venait de Fresno, que, licenciée en parapsychologie, elle était chargée de travaux dirigés, qu'elle avait été mariée, mais qu'elle était divorcée, et qu'elle avait eu une petite fille qui était morte.

« L'as-tu demandée en mariage ?

– Pas encore. J'ai présenté la chose en plaisantant, mais elle pense qu'elle n'est pas encore prête à se remarier.

– On disait, avant, que si un homme se remariait, c'est que sa première épouse l'avait rendu heureux, mais que si une femme se remariait, c'était exactement le contraire. Ça ne marche pas toujours comme ça. Dieu sait que j'ai été assez heureux avec ta tante, mais quand elle est morte... désolé si le mot te choque, mais je n'ai jamais pu m'habituer à cette stupide manie de dire "s'est endormie" ou "repose en paix". Les morts sont morts et leur âme est auprès de Dieu et je ne vois pas pourquoi je n'aurais pas le droit de dire "morte" !

– Ça ne me gêne pas. » Il avait vu assez de morts au Viêt-nam pour ne pas souhaiter utiliser des euphémismes afin de dissimuler la laideur de la chose. « Mon oncle, tu crois à l'existence de l'âme ?

– J'ai pas de raison de pas y croire, dit tranquillement le vieil homme. Si elle n'existe pas, j'ai rien perdu, parce qu'y croire a rendu ma vie bien plus heureuse, et si la mort n'est rien que le silence éternel, je ne le saurais jamais et n'aurais aucune chance de pouvoir rire de ma sottise. Et si elle existe, eh bien, j'aurais toute l'éternité pour me réjouir de ne pas avoir écouté les sceptiques. Mais je ne peux pas croire en un Dieu qui envoie les gens en enfer s'ils n'adhèrent pas au dogme de la Résurrection. Je m'imagine que tu dois penser comme ça parfois, ou tu aurais choisi un domaine où les preuves sont plus faciles à trouver et ou des gens ne sont pas là à t'observer de loin et à faire de mauvaises plaisanteries sur ton travail. Aussi, je reverrai peut-être Louise un jour et c'est une idée drôlement chouette. Mais peut-être que non, et je peux aussi vivre comme ça. J'imagine que tu me ressembles pas mal, et que tu ne passes pas ta vie à te demander avec anxiété si les gens croient ou non à ce que tu fais, du moment que ça a un sens pour *toi.* »

Fenton prit une grande et longue inspiration. « J'aimerais te raconter quelque chose, si cela ne t'ennuie pas. Je ne suis pas venu ici pour t'en parler, mais…

– Au fait, tu ne m'as pas dit *pourquoi* tu es venu.

– Pour voir la grosse veste de laine à carreaux. Ou plutôt, le trou qu'il y avait dans la poche de la veste. Mais j'aimerais te raconter toute l'histoire. »

Cela prit un temps considérable. Stan Cameron ne fit rien pour l'interrompre, mais écouta tranquillement Fenton narrer en détails ses deux voyages dans le monde des Alfar. Lorsqu'il en vint à ses tentatives de validation, Stan fronça un peu les sourcils ; et quand son neveu dit qu'il avait vu Pentarn sur Telegraph Avenue, il appuya son menton sur ses mains croisées et regarda fixement les motifs de la nappe.

Enfin, il dit : « Quand tu étais gamin… et Cam, écoute ce que je vais te dire jusqu'au bout avant de décider si je suis du côté de tes adversaires. Tu dois écouter tous les arguments, et pas seulement ceux qui te conviennent… quand tu étais gamin, il se peut que tu aies entendu parler d'Emma. D'autre part, ce n'est pas sûr, et je suis certain que tu n'as jamais vu le vieil album de photos. »

Fenton tendit deux mains tremblantes pour prendre la grande et lourde tasse de café. « Tu veux dire qu'Emma Cameron existe… ou a existé ? Il doit y en avoir des centaines, je suppose, mais…

– Eh bien, probablement pas aujourd'hui. Emma est l'un de ces prénoms qu'on n'entend plus beaucoup, mais quand ma mère était enfant, il était à la mode. Voilà de quoi il s'agit. Mon père m'a parlé de sa cousine préférée – c'était avant le début du siècle, dans les années 1890, et bien sûr par ici, à l'époque, on avait encore des voitures à chevaux – mon père m'a dit que sa cousine préférée, Emma Cameron, avait été tuée, ainsi que sa tante et son oncle, dans un accident de boghei quand elle avait six ou sept ans. Je crois pas t'avoir jamais parlé d'elle, c'était juste quelqu'un que mon père avait connu quand il était petit garçon ; quant à Louise, elle n'était certainement pas au courant, parce que je crois pas que mon père lui en ait jamais parlé. Mais il avait été photographié avec la petite quand ils étaient mômes... je veux dire, papa et sa cousine Emma. L'un de ces portraits de famille d'autrefois, où on se tient tout raide, figé comme une statue de cire. C'était, je pense, parce qu'avec le genre d'appareil qu'on avait, il fallait rester immobile très longtemps. Le vieil album est rangé quelque part, je peux peut-être le dénicher. Je suppose que tu as pu voir la photo quand tu étais petit. »

Fenton n'arrivait pas à ouvrir la bouche pour parler. Il ne savait pas s'il était excité d'apprendre qu'Emma Cameron avait peut-être été une personne réelle... ou si c'était une fois de plus un morceau d'épave tiré de son subconscient. *Les changelins*. Mais c'était tout de même étrange qu'il ait choisi le nom d'une personne réelle et décrit l'accident dans lequel elle avait été tuée !

Ou peut-être pas tuée, mais enlevée et emportée dans un monde où elle pouvait survivre à ces terribles blessures...

Il dit, en essayant d'empêcher sa voix de trembler d'excitation : « Mon oncle, tu veux bien chercher cet album tout de suite ?

– Bien sûr. J'avais l'intention de le faire. Pendant ce temps-là, tu débarrasses la table ? »

Il était content d'avoir une tâche pour occuper ses mains et son esprit pendant que Stan Cameron fouillait dans les autres pièces, ouvrant de vieilles boîtes en carton et d'anciens coffres. Il mit de l'ordre dans la cuisine, fit la vaisselle, rangea la nourriture, refit du café et, pour finir, après avoir crié un mot ou deux pour prévenir son oncle, il alla s'occuper des chèvres et les rentrer pour la nuit. Armé d'une fourche, il remit du fourrage dans leurs mangeoires, tâche à laquelle ses nombreuses visites l'avaient habitué, et tout en frictionnant les têtes amicales qui se pressaient contre ses genoux et ses cuisses, en gratouillant un gentil biquet folâtre derrière des cornes qui commençaient à poindre, il se surprit à frissonner à la pensée d'un irighi lâché parmi ces animaux affectueux et confiants.

Après tout, cela réglait une des questions qu'il se posait. Si un irighi était assez matériellement présent dans cette dimension pour dérober une hache en plein jour, il l'était certainement assez pour manger une chèvre, et cela expliquait pourquoi ces créatures qui, après tout, étaient simplement vivantes et non des monstres de contes de fées serviteurs du mal, se donneraient la peine de passer dans d'autres dimensions. Si c'était la faim qui les poussait à agir ainsi, cela prêtait une motivation à leurs actes, et on ne pouvait plus les ranger dans la catégorie des personnages de films d'horreur.

Après tout, le principe de base de la psychologie, c'est qu'aucun être vivant n'agit sans raison. Celle-ci n'aurait peut-être pas paru valable, ou compréhensible, pour quelqu'un d'autre, mais elle avait une signification pour celui qui la mettait en action.

Et la faim était une raison tout à fait essentielle… et, à en juger par leur comportement envers les chevaux des Alfar, elle n'avait rien de surprenant. Il ferma le moraillon de la cabane des chèvres avec un soin particulier, tout en sachant que cela n'arrêterait pas des irighi déterminés à entrer.

Voilà maintenant que je suis en train d'imaginer ces croquemitaines dans la cabane des chèvres !

Lorsqu'il rentra dans la maison, son oncle était assis à la table de cuisine, un album défraîchi posé devant lui, sur la toile cirée.

« Tu as rentré les chèvres ? Merci, fiston.

– C'est rien ; j'aime ça. As-tu parfois perdu des chèvres pour des raisons qui n'étaient pas naturelles ?

– Si près d'une région sauvage ? Bien entendu. J'en perds une ou deux par an. Je pense que c'est un couguar qui les a eues. J'aime encore mieux cela que de me rapprocher d'une ville. » Puis, le vieil homme plissa les yeux. « Tu penses à cette vermine qui m'a pris ma hache ? C'est possible. Je n'ai jamais examiné soigneusement les corps. Mais c'est à cause de cela que je les rentre le soir et les enferme dans la cabane. Certains fermiers du coin les laissent dehors toute la nuit et restent à veiller pour tirer sur les couguars et les coyotes. Je pense que les animaux sauvages ont, eux aussi, le droit de manger, et si je ne veux pas qu'ils mangent mes chèvres, c'est à moi de les garder hors de leur territoire lorsqu'ils chassent. Seulement, les autres fermiers, ils ne voient pas ça du même œil. »

Il ouvrit le vieil album décoloré à l'une des premières pages et le poussa devant Fenton. « Je n'ai plus regardé tout ça depuis que

Louise est morte. Et je n'ai jamais accordé beaucoup d'attention à celui-là. Je devrais peut-être le donner à un musée de l'histoire de la Californie. Tiens. » Il pointa un doigt boudiné et taché par le tabac.

Deux familles posaient, raides comme la justice, deux femmes en chemisier à col officier et jupe longue, deux hommes avec des favoris… l'un d'eux avait un certain air de famille avec Stanley Cameron et Cam lui-même… et devant eux deux petits garçons, l'un qui avait un col dur et une cravate semblait mal à l'aise, et l'autre, petit et grassouillet, portait un costume marin et des bas noirs. À côté d'eux, une petite fille minuscule, très guindée, dont les boucles blondes, en tire-bouchon, tombaient sur le col de sa robe à carreaux… Cam Fenton en eut le souffle coupé. Ce n'était pas Irielle comme il l'avait vue, avec ses brillants cheveux flottants, en train de chanter avec les Alfar. Mais le petit menton levé, les sourcils bien dessinés… oui. C'était Irielle.

Stan Cameron désigna le gamin en costume marin. « Celui-là, c'est mon père, ton grand-père. Le père de ta mère, aussi, bien sûr. L'autre, c'est mon oncle Jérôme ; il s'est fait tuer dans les Flandres. Avant que je sois né, un an ou deux seulement, mais on m'a parlé de lui, bien sûr. L'ypérite, c'était l'arme atroce de l'époque ; on en a autant entendu parler, quand j'étais gosse, que toi du napalm. Mon oncle Jérôme est enterré à Flanders Field, l'endroit où l'on vend des coquelicots tous les ans, le jour de l'Armistice. Les générations passent, et il y en a toujours qui croient avoir inventé la guerre la plus épouvantable. Je suppose qu'ils disaient la même chose en jetant de l'huile bouillante du haut des remparts des châteaux, au Moyen Âge. En tout cas, voilà Emma, la cousine de mon père. Ses parents étaient… peu importe, pas la peine d'entrer dans des histoires d'arbres généalogiques. Elle est morte un ou deux mois après cette photo, ainsi que l'oncle et la tante de Papa. »

Fenton regarda de nouveau le petit visage gracieusement contraint, l'enfant victorienne, aux cheveux bouclés, sur la photo sépia jaunissante. Irielle. Emma Cameron. Tuée dans un accident de voiture à cheval, dans les années mille huit cent quatre-vingt dix – ou bien enlevée dans un monde parallèle où le temps s'écoulait différemment, et où elle était encore une jeune fille d'une vingtaine d'années… Quel âge aurait Emma Cameron aujourd'hui ? Si elle avait vécu, elle serait nonagénaire.

Si je la ramenais dans ce monde, me jouerait-elle le tour d'*Horizons perdus*[1] et deviendrait-elle soudain une très, très vieille dame, ou tomberait-elle en poussière ? Il frissonna sans pouvoir se contrôler.

Stan Cameron arracha soigneusement la page du vieil album et chercha une enveloppe usagée de catalogue pour l'y ranger. « Je suppose que ça te fera plaisir de garder ça, moi je n'en ai rien à faire. Aucune raison de la garder jusqu'à ce que quelqu'un la jette aux ordures après ma mort, et je suis sûr de n'en avoir plus jamais besoin, quoi qu'il m'arrive. En tout cas, je n'ai aucune raison de faire du sentiment à propos d'une photo de mon papa à dix ans en costume marin. Et puis, c'est aussi ton grand-père. Tu peux la garder, Cam. Seulement, je ne m'attendrais pas, si j'étais toi, à ce qu'elle réussisse à convaincre quelqu'un. Les gens qui ont décidé de ne pas croire à quelque chose sont aussi entêtés que ceux qui ont décidé d'y croire. »

Fenton exprima son acquiescement d'un signe de tête, mais il prit tout de même l'enveloppe contenant le portrait et alla la mettre dans sa voiture. Il n'avait pas l'intention de la fourrer sous le nez de Sally et de lui dire : "Regarde, Irielle est une jeune fille réelle." Mais cela lui faisait du bien de savoir qu'avait réellement existé une personne semblable.

Ce soir-là, couché sur le divan du salon de la ferme pauvrement meublée, il demeura longtemps éveillé ; chaque petit son, chaque bruissement, était magnifié, et il lui semblait entendre les pas d'irighi en train de rôder. Si le peuple-de-fer pouvait vraiment s'introduire dans ce monde pour y manger des chèvres et des chevaux, Fenton aurait de beaucoup préféré que toute cette histoire ne soit qu'un rêve bizarre.

---

1. *Lost Horizon*, superbe film de Frank Capra, hymne utopique à l'amour et à la paix (1937) dont l'un des personnages, victimes d'un accident d'avion dans l'Himalaya, ramène de la vallée tibétaine de Shangri-La, où personne ne meurt jamais, la *jeune* fille aimée, et la voit instantanément vieillir de plusieurs dizaines d'années et mourir. *N.d.T.*

Seulement, il n'avait pas le choix, pensait-il. Les irighi étaient réels ou ne l'étaient pas, et ce que lui, Cam Fenton, *pensait* de la réalité ne faisait aucune différence pour le peuple-de-fer.

Il gémit tout haut et se leva pour aller chercher une aspirine dans la salle de bains de son oncle. Si les irighi existaient vraiment, il devait agir. Il avait le devoir d'avertir les gens de cette menace… la simple *idée* de ces créatures lâchées sur le campus de Berkeley lui faisait horreur.

Il se sentait comme les gens enlevés par une soucoupe volante et renvoyés sur Terre afin d'avertir les Terriens de la menace planétaire qui pesait sur eux.

Je vois ça d'ici, pensa-t-il. Il pouvait, au minimum, s'attendre à être renvoyé de la faculté pour graves troubles mentaux s'il se mettait à raconter aux étudiants qu'ils devaient prendre garde aux irighi dans le bosquet d'eucalyptus !

9

Sur l'autoroute, durant tout le retour à Berkeley, Cam Fenton s'accusa de lâcheté morale.

Les irighi étaient bien réels. Point à la ligne. Et cela étant, il se devait d'avertir les gens. Mais alors, il serait simplement bâillonné et traîné, très promptement, jusqu'à l'asile de fous le plus proche où il resterait à jamais, bourré de tranquillisants, et cela ne ferait aucun bien au département de parapsychologie.

Pour finir, il ne dit rien du tout. Il hanta Telegraph Avenue en essayant d'apercevoir, par surprise, le petit magasin aux Rackham, et embêta tous les libraires du quartier en leur demandant s'ils avaient eu des reproductions de cet artiste en vitrine, le jour en question ; mais s'ils en avaient eu, aucun vendeur ne put ou ne voulut s'en souvenir…

Arrivé à ce stade, Cam commença à comprendre pourquoi on disait que la parapsychologie menait tout droit à la paranoïa.

Je devrais peut-être laisser tomber ce domaine. Je suis peut-être en train de craquer.

Est-ce pour cela que les parapsys deviennent si accros aux validations, pour se prouver qu'ils peuvent vivre en connaissant l'existence de quelque chose qui ne cadre pas avec les principes scientifiques en cours actuellement ?

C'était une chose de croire que tous les phénomènes parapsychologiques devaient se conformer aux lois de la nature – lois de la nature encore inconnues, mais lois de la nature tout de même. Tout ce qui arrivait vraiment, tout phénomène, devait être possible, du fait même qu'il se produisait.

Mais supposons que les lois par lesquelles celui-ci advenait soient si inconnues que par leur connaissance même, une fois acceptées, elles régleraient leur compte à toute connaissance scientifique, prétendue telle, et exposeraient le fait brutal que les humains n'en savaient pas plus sur l'univers dans lequel ils vivaient que le rat de laboratoire, dans sa cage, sur la psychologie théorique ?

Rien d'étonnant, alors, à ce que l'establishment scientifique tout entier tienne fermement à ce que même dix fois plus de preuves ne puissent les amener à croire.

Fenton en vint à cette conclusion : que ce qu'il avait vécu fût vrai ou non, il avait malgré tout une peur de tous les diables, un point c'est tout.

Il comprit, bien après, que si cette incertitude s'était prolongée quelques jours de plus, il aurait vraiment craqué. Une nuit, il se surprit en train de sortir l'antaril qu'il avait acheté au hippie rasé et, regardant longuement les comprimés, se demanda si les avaler ne résoudrait pas ses doutes une fois pour toutes… ou bien cela ne ferait-il simplement que les renforcer ?

Au prix d'un énorme effort, il ne dit rien à Sally de ce qui lui était arrivé dans les montagnes. Il ne se sentait pas de force à la convaincre. Ce qui mit leurs rapports à rude épreuve et il en vint même à l'idée de rompre avec elle. Mais elle était déjà pleine d'amertume, de défiance envers les hommes ; Cam se dit que si, sans explication, il se retirait de sa vie, l'effet en serait désastreux. Aussi l'emmena-t-il au zoo de San Francisco, à plusieurs concerts de musique de milieu de journée au Hertz Hall, et l'invita-t-il à dîner dans l'un de ses restaurants japonais favoris ; un nuit, quand elle se fut endormie après l'amour, il envisagea sérieusement d'emprunter ses clefs et d'aller en faire faire des doubles dans une boutique ouverte toute la nuit. Il savait que tôt ou tard, il lui *faudrait* jeter un coup d'œil sur son dossier.

Pour finir, plein de haine de lui-même, il ouvrit le tiroir en silence et sortit la chemise marquée M.C. Fenton. À l'intérieur, il y avait un compte rendu, succinct, objectif, de sa description des Alfar et de son séjour dans les cavernes des irighi. Il ne lut pas les notes qu'elle avait ajoutées, à la main, dans les marges. *Ouais*, pensa-t-il avec aigreur, *vraiment éthique, hein, de ta part ?* Mais à la première mention de Pentarn, elle avait fait deux remarques. La première était simple :

archétype du scélérat, personnage diabolique ? inconscient collectif ?

Et la seconde, était : *pour « Pentarn » se référer à Amy Brittman.*

Il se mit à fourrager parmi les dossiers à la recherche de celui d'Amy Brittman, puis s'arrêta, trempé de sueur froide. Il ne pouvait pas, il ne *devait* pas faire ça. Il referma le tiroir et retourna se glisser dans le lit, à côté de Sally endormie, et, plein de remords, la serra dans ses bras.

Sally, Sally, comment ai-je pu te faire cela ? Je suis un salaud.

Mais il ne cessait de retourner le nom d'Amy Brittman dans sa tête.

Était-elle l'un des sujets qui, sous antaril, avait réussi à entrer en communication avec l'inconscient collectif dont émergeait le nom de Pentarn ?

Le lendemain, une visite à Sprout Hall, où étaient enregistrés les noms et les adresses des étudiants, lui apprit qu'Amy Brittman, étudiante de première année, avait choisi pour matière principale la psychopédagogie et s'était, de temps en temps, portée volontaire pour des expériences de parapsychologie. Elle habitait l'une des résidences du campus, mais un coup de téléphone lui apprit que Miss Brittman était partie, trois semaines auparavant, sans laisser d'adresse.

Il alla jusqu'à vérifier les dossiers des étudiants impliqués dans les projets de recherche du département. Mais ils disaient seulement que Miss Brittman (comportement typique d'un bizut) n'avait pas prévenu le département de son changement d'adresse ; elle était toujours enregistrée comme habitant la résidence. Fenton pensa, avec irritation, que les règles des dortoirs de son temps – où les étudiantes devaient rentrer à une certaine heure (comme si l'on ne s'adonnait au péché, et au sexe, qu'après onze heures du soir), et n'avaient pas le droit de changer d'adresse sans le faire savoir – avaient peut-être leur intérêt. Il reconnut que c'était irrationnel et se moqua de lui-même, mais il se demanda tout de même comment faire pour retrouver Amy Brittman et lui demander ce qu'elle savait de Pentarn.

Puis, mercredi soir, Garnock lui téléphona.

« Cam, je vous préviens un peu tard, mais nous essayons de redémarrer le projet antaril. Pouvez-vous venir demain matin à onze heures ? »

C'est pour cela, pensa-t-il avec un certain détachement, que Sally avait dit que je devrais me retirer du projet : il est devenu trop important pour moi. Il nota, avec une conscience clinique, que son pouls battait plus vite et qu'il éprouvait une étrange, maladive, sensation de vide au creux de l'estomac. Mais il répondit, très calmement : « Oui. À demain. »

Il se pointa un peu avant l'heure et pendant qu'il remontait sa manche et se préparait à l'injection, il dit à Garnock : « Vous avez fait remarquer que certains participants parlaient de rêves réalistes et d'hallucinations. Est-ce que l'un d'eux les a mieux décrits que cela ? »

Garnock haussa les épaules. « Les gens aiment toujours raconter leurs rêves. Je n'y prête jamais attention. »

Il lui tâta le poignet avant de poser la ligature.

« Avez-vous eu la grippe ? Votre pouls bat un peu vite.

– Non, elle m'a épargné. Je vais bien. Je suis peut-être un peu nerveux.

– N'importe comment, cela reste dans les normes, répliqua Garnock en préparant l'injection. Essayez de tenir assez longtemps cette fois pour me donner trois séquences parfaites, d'accord ? Nous savons que vous pouvez le faire, mais vous perdez le contrôle un peu trop vite pour être un sujet vraiment bon. »

Fenton comprit qu'en dépit de l'enthousiasme de Garnock, il avait perdu tout intérêt pour les cartes Zener. Bien entendu, les implications étaient fascinantes. Mais le fait que l'antaril agissait comme un portail donnant accès à d'autres dimensions et d'autres réalités extraterrestres – c'était cela, pour lui, l'élément essentiel de l'expérience ; non seulement cela, mais la manière dont ce vécu ébranlait toutes leurs suppositions sur la structure de l'univers.

Et Garnock ne s'était même pas intéressé à cet aspect de l'expérience !

Il sentit le bref effet explosif de l'injection hypodermique et attendit que les effets se fassent sentir.

« Prêt à commencer la séquence, Cam ?

– D'ac », dit-il et, laissant son corps derrière lui sur la table, il passa derrière la cloison pour étudier la disposition des cartes. « Croix. Ligne ondulée. Croix. Cercle. Carré. Ligne ondulée... »

Il réussit trois séquences parfaites et arriva jusqu'au milieu de la quatrième avant de commencer à s'enfoncer dans le sol du labo ; il comprit alors qu'il devait s'en aller. Dans cet état, probablement qu'une chute à travers le plancher ne le blesserait pas, mais le tester ne l'intéressait pas. Il s'était parfois posé des questions sur ces vieilles histoires de fantômes qui traversaient les murs, et demandé pourquoi ils ne tombaient pas au travers du plancher.

Le temps qu'il sorte, le campus s'était déjà presque totalement effacé et il n'aperçut aucun point de repère familier. Il dut tourner en rond pendant longtemps avant de retrouver le cercle blanc et plumeux d'arbres étranges qui correspondait au bosquet d'eucalyptus. Il ne comprenait pas l'étrange télescopage de l'espace et du temps qui l'avait fait atterrir, lors de son premier « trip », quelque part dans les montagnes, et qui maintenant semblait l'amener dans la zone du bosquet. Il supposa que c'était dû à une sorte de loi naturelle... *tout* était sujet à cela. Mais ces lois, il ne les comprenait pas du tout.

Il finit par découvrir le bosquet d'arbres plumeux, mais le paysage changeait, et la lumière s'assombrissait déjà. Fenton avait l'impression qu'il n'était pas parti assez longtemps pour que le jour s'achève si vite... quand il avait quitté le campus, il était onze heures du matin, et il n'avait certainement pas passé plus d'une heure ou deux de temps subjectif à chercher le bosquet d'eucalyptus... mais la nuit commençait à tomber et, du dessus des arbres, la lune se levait, blanche, froide et pleine, lumière éblouissante.

Il crut avoir trouvé le sentier ; mais dès qu'il l'eut emprunté, celui-ci se termina, avec perversité, en impasse, et ne fut plus qu'un bouquet de buissons épineux dont il dut s'extraire au prix d'égratignures douloureuses ; les choses naturelles, tel ce fourré, étaient réelles pour lui, même si les objets fabriqués dans son propre monde ne l'étaient plus. Il pensa, avec un frisson, que s'il marchait maintenant sur la nouvelle autoroute, les voitures lui passeraient au travers du corps.

Supposons que je m'y rematérialise...

Non. Il se cramponna à l'idée que son corps était en sécurité au Smythe Hall, quel que soit l'endroit où pourrait se trouver cette ombre de lui-même, son corps d'entremondes, lorsqu'il reviendrait dans sa propre dimension.

Il se remit à la recherche d'un sentier. Bon sang, il *devait* y avoir des chemins, ici. Irielle disait que c'était une zone connue et fréquentée ; elle en parlait comme d'un bon endroit de son monde. Mais dès qu'il quittait le cercle d'arbres, il ne rencontrait plus que des taillis denses, qu'il ne pouvait traverser, et toute brèche dans les broussailles se refermait lorsqu'il s'en approchait.

Il se souvint, contre sa volonté, de quelque chose que l'un des gardes des Alfar avait dit, la dernière fois – sur les routes ensorcelées contre les étrangers. Peut-être que Findhal, ayant découvert un irighi dans ce refuge de leur peuple, avait fermé cet endroit et créé une illusion destinée à ceux qui arrivaient des autres mondes. Étant donné la manière dont le petit magasin d'estampes avait tourné sur un axe invisible et disparu en emportant Pentarn, comme pourrait-il dire qu'une chose était impossible ?

S'il possédait une certaine matérialité en ce monde, il pouvait se frayer un chemin de force entre les arbustes. Mais si les buissons épineux étaient une illusion, il pouvait passer au travers...

Il entendit alors un son qui lui glaça le sang ; l'étrange charabia des irighi, quelque part hors du cercle des arbres aux plumets blancs.

Il se souvint de ce qu'Irielle avait dit : autrefois, ils ne pouvaient venir que lorsque la lune et le soleil étaient dans une position favorable. Dans le folklore, et cela depuis des temps immémoriaux, d'étranges choses se produisaient lors de la pleine lune. Le temps s'écoulant différemment dans les mondes, lorsque la lune était pleine au même moment dans deux d'entre eux, peut-être pouvaient-ils alors se chevaucher... mais bien sûr, les pleines lunes n'étaient pas synchronisées.

Cela ne tient pas debout ! Si c'est la même terre, les orbites de la terre et de la lune seraient les mêmes...

Mais le temps peut s'écouler différemment, ou être perçu différemment, dans des mondes différents...

Fenton s'avoua qu'il n'y comprenait rien. Mais c'était arrivé, et il pourrait toujours élaborer des théories là-dessus plus tard. Il plongea dans les épineux, juste au moment où une petite bande d'irighi – peut-être quatre ou cinq – entraient en trottinant dans le cercle. Au clair de lune, ils étaient encore plus repoussants.

Ils tournèrent en rond, et Fenton comprit qu'ils avaient été piégés, comme lui, dans le sortilège des arbres blancs et des buissons impénétrables. L'un après l'autre, ils se précipitèrent vers un chemin apparemment ouvert et, quant à lui, il se trouva retenu par les épines qui déchiraient ses vêtements. Il ne saisissait pas tout ce que disait le peuple-de-fer, mais savait qu'ils étaient en train de jurer horriblement dans leur charabia gloussant. Et lentement, grâce aux curieuses lois de ce monde (la télépathie était-elle l'un des pouvoirs apportés par l'antaril ou était-ce quelque chose d'autre ?), il commença à les comprendre aussi bien qu'il comprenait les Alfar.

« Merde ! dit l'un d'eux qui portait une arme en forme de crochet. Ils ont jeté un sortilège sur ce lieu ! Ces maudits épineux ! Même mon cuir ne peut pas leur résister ! Trouver le moyen de les désensorceler va nous prendre la moitié de la nuit !

– Patience, dit l'autre, un grand et gros irighi à l'air cruel qui arborait un croc cassé. La lune va luire longtemps et une fois que nous serons arrivés au palais de Kerridis… » Il lécha ses bajoues poilues d'un air suggestif.

« Oui, et alors des épéevrills nous attendront, répliqua le premier d'un ton lamentable, mais c'est ce que Pentarn voulait quand il nous a fait passer. Nous devons occuper Kerridis et tous les autres pendant qu'il cherche l'endroit où sont logés les changelins…

– Nous sommes là seulement pour faire *son* sale travail », dit Croc Cassé d'un air morose en se dégageant d'un épineux qui avait déchiré son minuscule vêtement de peau.

Mais un troisième haussa les épaules. « Je ferais le sale travail de Pentarn ou de n'importe qui d'autre pour avoir un bon repas, et peut-être l'une des changelines. Les femmes Alfar ne sont pas drôles. Qui a envie d'une femme qui se dessèche et noircit quand on la touche ? Mais les changelines, c'est autre chose, et peut-être que, quand Pentarn en aura fini avec celle qu'il désire, il nous laissera les autres. Il nous doit quelque chose s'il récupère ce môme ! »

Fenton, resté dans sa cachette parmi les épineux, frissonna à la pensée des irighi lâchés parmi les changelines, dont Irielle.

« N'importe comment, c'est pas juste, grimaça Croc Cassé. Pentarn est la cause de tous nos ennuis. Avant, on venait toujours à la pleine lune, et si on calculait bien l'heure, les Alfar étaient en train de danser et on pouvait s'emparer de leurs chevaux, puis s'enfuir sans problème. Maintenant, chaque fois que la pleine lune brille, ils réussissent à protéger leurs portes d'entrée principales avec des sortilèges qui nous empêchent de passer, et ça, c'est arrivé quand Pentarn s'est retourné contre eux. Je pense qu'on s'en tirait mieux sans son aide.

– Oh, je ne sais pas. Il nous a amenés ici ce soir, et je vais bien m'amuser, pourvu que je puisse me débarrasser de ces maudites épines. » L'un d'eux, armé d'une hachette, essuya le sang qui coulait sur son bras noueux.

« Tiens, qu'ils soient maudits, même leurs buissons n'aiment pas le fer froid, et leurs sortilèges ne peuvent tenir contre lui, dit Croc Cassé. Faites le tour du cercle avec vos couteaux. Cela va prendre du temps, mais nous aurions dû y penser, au lieu d'essayer de nous frayer un chemin dans les fourrés. Commençons ici. Pentarn veut que nous soyons là lorsque l'Étoile Rouge se lèvera, pour qu'on détourne leur attention pendant qu'il cherchera les changelins, et ça va prendre du temps. »

L'un après l'autre, les irighi se mirent à faire méthodiquement le tour du cercle en grommelant ; Fenton, toujours caché, sentait son sang geler dans ses veines.

Il faut que je prévienne les Alfar, pensa-t-il, *que je les avertisse que les irighi ont rompu le sortilège avec du fer froid...*

Sur ce monde, les objets naturels gardaient, pour lui, leur matérialité. Il ne pouvait pas traverser les rochers ; les ronces accrochaient ses vêtements et le retenaient. Pourtant, en tant qu'entremondes dépourvu de matérialité dans cette dimension, il disposait de quelques avantages sur les irighi que de douloureuses égratignures avaient mis en sang. Fenton n'eut qu'à se dégager soigneusement – et silencieusement, de crainte qu'ils n'entendent le bruissement de sa lutte – puis il se retrouva hors du cercle du sortilège et descendit en courant le sentier qui apparut, comme par magie, devant lui.

Et alors, comme s'il se déplaçait à la vitesse de la pensée, il aperçut soudain la brèche sombre que gagnait la nuit, l'illusion des grandes colonnes et des flèches, le château des Alfar, et les robustes gardes qui faisaient les cent pas à l'entrée. Dans sa hâte, il fonça sur l'un d'eux qui se mit en position d'attaque, l'épéevrill à la main.

« Étoiles et comètes ! C'est l'entremondes, celui dont Findhal a dit qu'il fallait se méfier.

– Écoutez, mon vieux, ne vous inquiétez pas à mon sujet, dit Fenton. Il y a des irighi dans le… dans le cercle ensorcelé, et ils ont rompu le sortilège avec le fer froid ! Ils sont cinq, je crois, et je les ai entendus parler…

– Allons, allons, calmez-vous. Vous raconterez votre histoire à Findhal ; je ne me fie pas à la parole d'un espion venu du monde de Pentarn. Et en attendant… » Il jeta un coup d'œil à son camarade et secoua la tête.

« On ne peut pas emprisonner un entremondes ; il peut passer au travers des barreaux. Hé, vous, dit-il en faisant des gestes avec son épéevrill. Faites un seul geste douteux et nous vous transperçons. On ne peut faire confiance à personne quand la lune est pleine, et Findhal a dit que ce soir, elle est pleine dans au moins quatre mondes. Faites un seul pas et vous vous retrouverez mort dans les quatre ! »

Il força Fenton à marcher devant eux. L'autre garde dit : « Je pense qu'on devrait le tuer. Il ressemble beaucoup trop à Pentarn.

– Oh, tous les gens du monde des changelins se ressemblent, pour moi. Je suppose qu'il y a, parmi eux, des bons et des méchants, comme partout ailleurs. Les changelins sont des gens drôlement bien et si, dans ce monde-là, ils étaient tous mauvais, les changelins ne deviendraient pas bien en grandissant. Hé, vous… » Il poussa Fenton du bout de son épéevrill. « Restez là. »

L'Alfar poussa un cri, de sa voix haute et chantante. Findhal sortit et regarda fixement Fenton, sans enthousiasme.

« C'est vous. Comment avez-vous fait pour franchir le cercle enchanté ? Je croyais que nous avions réussi à vous empêcher d'entrer, bien que Lebbrin m'ait averti que c'était comme de tuer des libellules avec des libelles.

– Et c'est une bonne chose que vous l'ayez fait, dit Fenton, parce que pendant que vous m'empêchiez d'entrer, vous avez piégé quatre, ou peut-être cinq, irighi ; ils sont toujours là, s'ils n'ont pas réussi à franchir votre cercle. Je les ai entendus parler ; ils sont censés vous occuper pendant que les hommes de Pentarn chercheront les changelins.

– Feu et diablerie ! » s'écria Findhal. Bien que, dans le monde de Fenton, ces mots aient été anodins, Fenton comprit que Findhal jurait horriblement. « Vous essayez de me dire qu'ils ont pu traverser le cercle ! C'est vous qui l'avez fait ! Vous les avez amenés ici ; cela a toujours été l'un des endroits où les irighi ne pouvaient pas venir, et je n'en ai jamais vus là, jusqu'au jour où vous en avez amené un à Irielle dans ce cercle !

– Eh bien, merde alors, ne me faites pas confiance ! s'écria Fenton, outragé. Je ne sais pas pourquoi je me donne la peine de vous avertir ! Qu'ils réussissent à passer, qu'est-ce que j'en ai à foutre ! Mais vous feriez mieux de conduire Irielle dans un endroit sûr, car ils vont s'en prendre à elle. Ils disaient de vilaines choses sur ce qu'ils aimeraient faire aux changelines ! »

Le grand Alfar pâlit. « C'est vrai. Je n'ai pas de temps à perdre avec les entremondes, mais si vous partiez d'ici pour porter un message à Pentarn…

– Par simple curiosité, dit Fenton, je me demande comment vous feriez pour me retenir ? Je peux même passer au travers des barreaux en fer des irighi.

– Vous ne pourrez pas traverser la Prisonroche, dit Findhal en faisant signe aux gardes. Emmenez-le ; il faut que j'aille parler de cela à Kerridis et m'assurer qu'Irielle est en lieu sûr. » Il partit en toute hâte.

L'Alfar fit un geste avec son épéevrill. Fenton commença à éprouver de la crainte.

« Allez-y. » C'était une caverne, et Fenton frissonna en pensant à celles des irighi. Le garde lui faisait signe d'entrer dans quelque chose qui ressemblait à une cellule, une niche naturelle dans la paroi rocheuse. Une faible lueur verte émanait de la porte.

« On ne s'enfuit pas de la Prisonroche, dit le garde. La roche et les portes sont renforcées par du vrill et nos sorts les plus puissants. »

Resté seul, Fenton découvrit que, de fait, la paroi rocheuse était pour lui un obstacle matériel. Il était bel et bien emprisonné, tout ombre qu'il fût.

Et supposons qu'il se rematérialise dans son propre monde… et se retrouve coincé quelque part, dans la roche ou dans la terre ? Tôt ou tard, lorsque l'effet de la drogue sera passé, si son moi immatériel est emprisonné ici et qu'il ne puisse pas retourner dans son corps... qu'arriverait-il à celui-ci, redevenu conscient mais dépourvu de la personnalité qui faisait de ce corps Cam Fenton ? Il frissonna. Rien que d'y penser... Il avait vu, lors de ses études de psychologie, des patients à l'esprit totalement vide.

Il se pourrait qu'il lui arrive la même chose...

Il tenta quelques vains efforts pour passer au travers de la porte en bois renforcée par du vrill et ne réussit qu'à se faire très mal. Il avait tellement pris l'habitude de cet état qui lui permettait de traverser les murs du Smythe Hall ou même les barreaux des irighi qu'il n'arrivait pas à croire qu'on puisse l'emprisonner.

La Prisonroche. Sans doute les Alfar avaient-ils déjà eu affaire à des entremondes... et à cette idée, il frissonna plus que jamais.

Il examina autant qu'il le put les murs et les barreaux de sa cellule. Puis, furieux, cafardeux, il s'assit par terre pour attendre. Il ne pouvait rien faire d'autre. Mais sa colère ne faisait que croître. Il s'était donné tant de mal pour revenir ici, tout cela pour se retrouver dans une taule !

Il pensa, presque triomphalement, qu'au moins, cela prouvait la réalité de ce qu'il vivait. Par sa nature même, l'activité cérébrale appelée rêve n'engendrait pas l'inactivité et l'ennui ; au contraire, elle plongeait le sujet dans l'action la plus vivante qui soit, même si ce n'était que celle des synapses cérébraux.

Cependant, il n'arrivait pas à imaginer ce que Sally dirait s'il invoquait cet argument en faveur de la réalité de ce qui lui arrivait. « En tant que psychologue qualifié, serinerait-t-il en reprenant le cliché approprié, tu dois sûrement savoir que ton esprit est simplement en train de réagir à ta propre inquiétude concernant l'état hallucinatoire ; donc tu postules un rêve d'emprisonnement pour exprimer l'impression que tu as d'être piégé. » Vous parlez d'un raisonnement circulaire !

C'était probablement à cause de cela qu'il avait abandonné le champ de la psychothérapie et de la psychanalyse. Quoi qu'il arrive, on devait tordre le vécu pour qu'il s'adapte aux théories de l'inconscient et de l'ego. Déformer les faits pour qu'ils concordent avec les théories, ce n'était même pas aussi scientifique que la parapsychologie qui, au moins, tentait de valider ses invraisemblables hypothèses.

Une voix douce dit, derrière lui : « Étranger entremondes… » et Fenton se leva d'un bond. Kerridis était là, drapée dans sa cape aux couleurs pâles.

« Dame Kerridis…

– En vérité, en vérité, je suis désolée que l'on vous ait emprisonné. Croyez-moi, j'ai fait savoir ma colère à Findhal, mais il n'a pas eu le temps de m'expliquer sa conduite. Je ne crois pas que ce soit vous qui ayez amené les irighi jusqu'à nous.

– Ça non, explosa Fenton. Si j'avais fait cela, me serais-je lacéré des pieds à la tête avec vos diables d'épineux pour venir avertir vos gens ?

– Vous m'avez dit que vous ne saviez rien de Pentarn, et il est vrai que vous ne nous avez fait que du bien. Mais il ne faut pas blâmer Findhal. » Kerridis le réprimandait en tendant sa longue main fine vers lui, et il fut, de nouveau, frappé par sa délicatesse. Elle n'était pas vraiment femme, même pas vraiment humaine, mais il y avait tout de même cette ressemblance indéfinissable avec Sally.

« Findhal aussi a fait autrefois confiance à Pentarn, poursuivit-elle, et il se le reproche à cause des tragédies que cette confiance nous a values.

– Mais Irielle est une femme adulte ? Ne pouvez-vous la laisser décider par elle-même ? Me laisserez-vous la rejoindre ? »

Le sourire de Kerridis se voila. « Je dois rester loyale envers Findhal, et je ne veux pas le mettre en colère. Mais je vous dois un service, entremondes, et même si Findhal avait raison, ici, vous ne pouvez pas me faire de mal.

– De toute façon, je ne vous en ferais pas », dit-il, et Kerridis lui sourit ; ce sourire lui rappela Sally dans ses meilleurs moments, quand elle n'était ni en colère ni méfiante, quand elle abaissait cette garde féroce qu'elle imposait à ses émotions, un sourire qu'il ne pouvait jamais voir sans désirer le revoir encore et encore.

« Il est vrai que je vous dois un service, dit-elle, et il est vrai qu'Irielle est adulte. Elle est mon amie et ma fille adoptive, pas mon esclave ; autrement, tous les méchants contes que Pentarn raconte sur nous seraient justifiés. Je vais laisser Irielle faire son choix. Je vais vous l'envoyer, entremondes. » Kerridis hésita. « Dites-moi, entremondes. Êtes-vous amoureux d'Irielle ? Avez-vous l'intention de la séduire et de l'emmener ?

– Je ne sais pas, répondit franchement Fenton. J'ai des raisons de croire qu'elle est peut-être une… une… une jeune parente à moi. » Jeune parente ? Il pensa, avec une hilarité absurde, que s'il pouvait se fier à la photo, elle était la cousine de son grand-père. « J'ignore ce que vous savez du temps, mais il semble qu'il s'écoule différemment ici. Irielle est jeune, mais le temps a passé et notre monde a énormément changé. Si elle devait revenir chez elle… serait-ce sans danger, ou deviendrait-elle, soudain, une vieille, très vieille femme ? » Sa gorge se serra. « Est-ce qu'elle… mourrait ou tomberait en poussière ?

– Non, non ! répliqua vite Kerridis. Il est vrai que nous ne vieillissons pas comme d'autres peuples, mais une fois arrivés à maturité, nous restons ainsi jusqu'à notre mort ; et nous vivons bien plus longtemps que vous. Irielle n'a pas changé depuis qu'elle est adulte ; mais si elle allait dans un autre monde, elle commencerait simplement à vieillir selon le rythme normal de celui-ci, c'est tout. Le changement et la décrépitude sont horribles à nos yeux, et je ne serais pas heureuse de les voir agir sur le joli visage d'Irielle, mais c'est à elle de décider. Si son monde a tellement changé, et si beaucoup de ceux qu'elle connaissait sont morts, ce retour pourrait lui causer un chagrin insupportable… mais cela dépend de vous. Elle n'est pas notre esclave et elle reste ici par amour, non par nécessité.

– Je vous crois.

– Moi aussi, je vous crois, répondit gentiment Kerridis. Si vous vouliez nous faire du mal, vous ne seriez pas aussi inquiet pour Irielle. Est-ce que Pentarn nous a crus quand nous lui avons dit cela. Non… » – elle leva sa main fuselée – « c'est une longue histoire, très triste à entendre. Je ne vous la raconterai pas aujourd'hui.

– Allez-vous me faire sortir de cet endroit maudit ?

– Je ne peux pas, car Findhal m'a arraché la promesse que je ne le ferai pas, et je tiens toujours parole. Mais nous n'avons pas parlé d'Irielle ; je vais vous l'envoyer. »

10

Après le départ de Kerridis, Fenton attendit dans la Prisonroche avec le peu de patience dont il pouvait faire preuve. Il se demandait si les gardes qui, après tout, étaient des hommes de Findhal et pouvaient se croire obligés d'obéir à ses ordres plutôt qu'à ceux de Kerridis, laisseraient entrer Irielle.

Ce qui le poussa à s'interroger sur le monde dans lequel il se trouvait. Il n'avait vu qu'une infime partie de l'univers des Alfar, qui l'avait intrigué et fasciné… mais qu'en était-il réellement ? Qu'est-ce que les Alfar faisaient quand ils ne combattaient pas les irighi, en supposant que cette lutte n'occupât pas tout leur temps ?

Puis il se demanda ce qui arriverait si les mondes imbriqués dont lui avait parlé Irielle possédaient une existence réelle… pas subjective, mais objective. Non seulement cela modifierait totalement la nature de son propre monde, obligeant les terriens à accepter des choses depuis longtemps rangées dans la catégorie de la superstition, mais pire encore, exigerait une refonte immédiate de toutes les sciences et de toutes les branches de la connaissance. De plus, pensa-t-il avec un peu d'humour, cela offrirait un nouveau monde – littéralement *beaucoup* de nouveaux mondes – aux sociologues et aux spécialistes des cultures étrangères. Sans parler de ce que cela pourrait apporter dans le domaine de la psychologie.

Fenton cessa vite d'imaginer les implications internationales qui en découleraient. Il fallait laisser cela aux politiques. Mais étant donné le mal qu'avaient les Alfar à protéger leurs portes contre les irighi, les répercussions politiques seraient d'importance. Imaginons la puissance militaire de la nation, se protégeant non seulement contre des ennemis de sa planète, mais contre une multitude de mondes étrangers qui pouvaient constituer un danger. Il se dit, avec un peu d'ironie, qu'il pouvait prédire les réactions de certains membres du Congrès – s'il fallait augmenter le budget militaire !

Fenton prit conscience qu'il était assoiffé et commençait à avoir faim. Comme le temps s'écoulait différemment, dans son monde et dans celui-ci, il n'avait aucun moyen de savoir depuis combien d'heures il était là. Puisque, subjectivement, dans le monde des Alfar, cela ne pouvait faire que trois ou quatre, au maximum, il supposait qu'il sentait maintenant les besoins de son corps inconscient, dans Smythe Hall, où le moment de dîner était sans doute proche. Cette idée le troubla et l'effraya. Supposons qu'il se matérialise dans la roche ? Même les Alfar avaient reconnu que c'était dangereux pour un entremondes – ce qu'il semblait être dans cette dimension.

Le temps passa. Enfin, il entendit un petit bruit de clochettes à l'extérieur de la prison et, levant la tête, il vit Irielle de l'autre côté des barreaux.

« Fenton, dit-elle avec un sourire timide, je suis heureuse que vous soyez revenu, et je vous présente mes excuses pour la conduite de mon père adoptif. Il ne vous connaît pas aussi bien que moi, et un temps viendra où il sera honteux de ce qu'il vous a fait. Mais nous ne pouvons pas attendre cela. Est-ce que vous commencez à disparaître ? Si oui, il faut que nous vous sortions sur-le-champ !

– Pas encore, je crois. Je ne l'ai pas remarqué.

– Alors, nous devons vous surveiller attentivement. Cela fait combien de temps que vous êtes ici ?

– Je n'en ai pas la moindre idée.

– Quoi qu'il en soit, il faut vous ramener dehors tout de suite », dit-elle en détachant la barre. L'un des grands gardes vit ce qu'elle faisait et s'approcha, l'air consterné.

« Dame Irielle, votre père a donné des ordres…

– Mais moi, j'en ai reçus de la Dame, dit-elle en lui montrant quelque chose, dans sa main. C'est Kerridis qui m'envoie ; plaignez-vous à elle, si vous le souhaitez. »

Le garde se retira en grommelant. Irielle termina son intervention, sur la fermeture des barreaux renforcés de vrill de la Prisonroche, et

Fenton sortit de sa cellule. Des crampes douloureuse dans les jambes le firent trébucher. Cela le surprit et l'affligea. Il pensa : *Cela n'a pas de sens ; mon corps n'est pas vraiment ici ; comment puis-je avoir des crampes ?*

Mon corps est immobille à Smythe Hall...

Il se pencha pour se frotter les jambes ; Irielle le regarda avec compassion.

« Vous n'êtes pas très chaudement habillé pour ce monde. Vous avez froid ?

– Plutôt des crampes.

– Le meilleur remède, c'est de marcher. Venez. »

Elle lui tendit la main. Il la suivit en boitillant, traversa l'armurerie des Alfar, parcourut une série de longs couloirs, et se retrouva à l'air libre.

Il faisait très noir maintenant et la lune brillante, blanche et froide, plus grosse que celle de son propre monde, s'élevait au-dessus des arbres extra-terrestres.

Il réussit à évoquer, en faisant un gros effort, l'image nette de la grosse veste à carreaux de l'oncle Stan et s'aperçut qu'il l'avait sur les épaules. Tout en se blottissant avec reconnaissance dans sa chaleur (malgré tout, il avait encore froid et il était torturé par les crampes), il se demanda ce qui serait arrivé si l'oncle Cameron avait été en train de porter ce vêtement, en ce moment, dans l'autre monde, le vrai monde – non, il ne devait pas dire ça – dans le monde d'où il venait.

Rien, probablement. Parce que ce n'est qu'un équivalent imaginaire, une forme mentale du véritable vêtement...

Si je peux être en deux endroits différents en même temps, pourquoi la veste à carreaux de mon oncle Stan ne le pourrait-elle pas ?

« Venez, dit Irielle en le tirant par la main. Il n'y a plus qu'un seul lieu où vous vous sentirez en sécurité : chez les changelins. Nous avons nos propres appartements où des feux sont constamment allumés parce que nous sentons le froid plus que les Alfar, et là vous serez bien. »

Fenton dit, tandis qu'ils traversaient les bois : « Je croyais que c'était là que Pentarn allait se rendre avec ses irighi.

– Maintenant que nous sommes avertis, mon père adoptif est allé s'occuper du peuple-de-fer, dans le bosquet circulaire. Et il y a assez de changelins désireux de se défendre, même contre les irighi. Je n'ai aucune envie d'être capturée par eux. » Elle frissonna et leva la main ; Fenton la prit rapidement dans les siennes. Elle ressemblait à une enfant, qui avait curieusement besoin de réconfort. Il se demanda si c'était l'étrange vie des Alfar qui l'avait gardée si jeune et si vulnérable : une jeune terrienne, même de son âge apparent, semblerait plus mûre qu'Irielle. Cependant, qu'est-ce qui, chez les Alfar, lui aurait donné ce que l'on considère généralement comme l'expérience du monde, une sorte de sagesse ?

Et quel âge avait-elle réellement ? Il s'aperçut qu'il frissonnait.

« Vous avez encore froid ? J'ai apporté quelque chose qui vous réchauffera un peu. » Elle avait, suspendus à la ceinture de sa chaude robe de laine, deux petits sacs semblables aux bourses que les Anachronistes portaient avec leurs habits médiévaux : soudain, il vint à l'esprit de Cam que c'était cela, l'origine des *poches*. Elle fouilla dedans, en fronçant les sourcils, et finit par en sortir un objet enveloppé dans un fin carré de cette étoffe soyeuse que revêtaient les Alfar.

« La soie d'araignée, c'est joli, dit-elle, mais je n'en porte pas, car elle ne protège pas du froid ; pourtant Findhal ne m'habillerait que de cela si je le désirais ; elle est rare, on a du mal à se la procurer, mais mon père adoptif ne me refuse rien. J'en ai pour vous ; je l'ai quémandée à… à un autre changelin. » Soigneusement, elle déplia le carré fait de qu'elle appelait la soie d'araignée.

Quand il vit que ce qu'Irielle tenait dans ses mains était un lingot d'or scintillant, merveilleusement ciselé de symboles, Fenton en eut le souffle coupé.

« Prenez-le, le supplia-t-elle. C'est un talisman qui ouvre les Portes.

– Mais, Irielle, je ne peux pas faire une chose pareille ! C'est un objet précieux – inestimable… », dit-il ; elle le regarda sans comprendre.

« Je ne sais pas si vous pouvez l'emporter dans votre monde. Je ne connais pas bien les lois qui réglementent la vie des entremondes. Si vous étiez un marcheur-de-mondes, vous pourriez l'emporter dans n'importe quel autre ; il se déplacerait avec vous, car il est différent dans chacun d'eux. Mais j'ignore si, quand vous vous effacerez de ce monde-ci, il passera dans le vôtre avec vous. Cependant, vous pouvez toujours tenter de l'emporter. »

Fenton pinça les lèvres en essayant d'imaginer la tête de Garnock s'il revenait au labo avec cet objet. Ce serait, pour le moins, une preuve de la réalité du monde des Alfar. Irielle le lui mit dans la main. Chose rassurante, il semblait tangible, dur comme rien ne l'était ici pour lui, sauf les épéevrills et la roche.

« Je ne vais plus beaucoup dans les mondes solaires, dit Irielle, pas depuis que je suis adulte, même si je me plais à penser que je le pourrais, s'il le fallait. Je ne suis pas emprisonnée ici. C'est ce que Pentarn n'arrive pas à comprendre… » Elle le précéda vers l'une de ces étranges habitations imprécises qui, grâce à la disposition des arbres, donnaient l'impression d'avoir des colonnes et une porte ; et lorsqu'ils passèrent entre ces arbres, Fenton s'aperçut que c'était vraiment une porte. Les murs semblaient, à ses yeux, manquer quelque peu de substance – il n'avait aucune idée du matériau dont ils étaient composés, ou s'ils existaient vraiment, mais il se sentit moins exposé au froid. Il se pencha tout de même pour se frictionner les jambes, toujours en proie aux crampes ; à celles-ci s'étaient ajoutées des douleurs lancinantes, et il se frictionna vigoureusement. Ça, c'était nouveau ; ce phénomène ne s'était pas produit lors de ses précédentes visites chez les Alfar ! La douleur devint si atroce qu'il dut se baisser encore pour recommencer ses massages ; c'était comme si des couteaux s'enfonçaient dans sa chair. Rationnellement, il savait que ce n'était qu'une résonance, une répercussion, des crampes dont souffrait son corps couché dans Smythe Hall, et il comprit qu'il devait commencer à penser au retour. Il était torturé par la soif.

Mais je n'ai pas envie de rentrer, qui sait quand je pourrai revenir ici ? J'ignore même s'il me sera possible d'emporter le talisman d'Irielle avec moi… que dit-on de l'or des fées ? Qu'à la lumière de notre soleil, il se transforme en une poignée de feuilles mortes ?

Irielle l'observait avec compassion. « Vous souffrez ? »

Avec difficulté, Fenton réussit à maîtriser ses membres. « Ça va, dit-il en se redressant. Seulement, j'ai soif. Y a-t-il quelque chose que je puisse boire, ici ? » L'eau, pensa-t-il, devrait être la même dans tous les mondes, c'est une chose naturelle, comme la roche…

« Qu'est-ce que tu as là, Irielle ? » Un rire de femme retentit. « T'es-tu mis dans la tête d'introduire des changelins quand la lune est favorable, pour en faire tes amants ? »

Irielle aussi rit. « Oh, non, c'est un entremondes qui a couru le risque du cercle enchanté pour nous prévenir que Pentarn avait envoyé ici ses irighi. Fenton, voici Cecily, mon amie et ma sœur adoptive. »

Cecily, blonde, ronde et rose, portait la même robe en laine couleur rouille qu'Irielle. Il se demanda si les Alfar n'étaient pas daltoniens ; ils paraissaient se servir de peu de couleurs pour leurs vêtements. Il aurait aimé poser la question à Irielle.

Il avait tant de questions à lui poser qu'il se demanda s'il aurait jamais assez de temps. La douleur, qui était revenue en force, le trempait de sueur, et Irielle le regarda avec compassion.

« Va lui chercher à boire, Cecily. Je ne veux pas le quitter… Y a-t-il eu des troubles ici ? »

Cecily partit et revint avec une coupe qu'elle tendit à Fenton. Irielle dit lorsqu'il la prit : « Souvenez-vous que cette boisson n'étanchera pas vraiment votre soif, car votre corps n'est pas ici ; mais peut-être vous en donnera-t-elle l'illusion. »

Fenton hocha la tête, prit la coupe et but. Le liquide rafraîchissant était un baume pour sa gorge desséchée. Quand il eut terminé, même si une partie de son esprit savait que la soif était toujours là, il se sentit merveilleusement revigoré.

Est-ce pour cela que le Pays des Fées est si dangereux ? Parce que la nourriture et la boisson d'un monde parallèle ne nourrissent pas et ne désaltèrent pas vraiment, et celui qui essaie d'en vivre se consume et dépérit…

En tout cas, pour le moment, il avait moins soif.

« Il y a des gardes partout, dit Cecily. Findhal et Lebbrin sont venus, en personne, nous avertir de ne pas trop bouger dans le coin. Findhal t'a cherchée, Irielle, il est devenu terriblement furieux quand il ne t'a pas trouvée ! » Elle rit. « Je n'ai pas voulu qu'il vienne déverser sa colère sur toi, aussi je lui ai dit que tu étais allée dans un monde solaire chercher de la soie d'araignée pour Kerridis… ai-je eu tort ?

– Non, dit Irielle, mais peut-être as-tu été mal avisée ; il va s'inquiéter pour moi. Cependant, c'est quelque chose que j'ai déjà fait et que je referai ; Kerridis dit que personne d'autre n'est aussi rapide que moi pour la reconnaître dans le monde solaire. »

Se souvenant du brillant carré de soie d'araignée dans lequel Irielle avait enveloppé le talisman, il demanda : « À quoi ressemble-t-elle dans le monde solaire ? »

Irielle fit une grimace de dégoût. « Elle est grise, pas belle du tout, et se déchire presque lorsqu'on souffle dessus ; mais une fois rapportée ici, elle est résistante et très jolie. Dans l'un des mondes solaires, il y en a partout, dans les bois et dans les grottes sombres, et elle est vilaine. »

Les toiles d'araignée. Bien entendu, elles sont différentes dans ce monde...

N'importe comment, qu'est-ce que la réalité ?

Mais Irielle se tourna vers Cecily. « Qu'a fait Joel Tarnsson quand il a appris la nouvelle ?

– Que pouvait-il faire ? Il a prit une épéevrill et juré qu'il défendrait son père adoptif et les Alfar, dût-il en mourir. Lebbrin l'a retenu en lui disant qu'il ne pourrait plus vivre s'il faisait couler le sang d'un parent. Aussi maintenant, il boude, sous bonne garde, dans les quartiers des changelins...

– Ah, c'est bien lui, dit Irielle doucement. J'aurais voulu être là pour voir.

– Et moi donc, car aucun de nous n'arrivait à lui faire entendre raison. »

Soudain, un tapage éclata à l'extérieur ; des épées s'entrechoquaient, on poussait des cris... c'étaient des bruits de combat. Irielle cria, consternée, la porte s'ouvrit toute grande et Pentarn entra dans la pièce.

Il portait toujours une cape verte, mais une visière dissimulait son visage. Fenton le reconnut à sa taille, caractéristique, son port de tête et sa barbe d'un rouge flamboyant. Il n'avait pour seule arme qu'une petite dague en vrill qu'il tenait à deux mains.

À la grande stupéfaction de Fenton, Pentarn ignora la présence des femmes et s'adressa à lui.

« Caché ici parmi les femmes ? J'aurais dû m'y attendre, dit-il d'un ton de mépris. Dépêche-toi et nous pourrons partir sans combattre, si c'est ce que tu veux vraiment. Les gardes ne savent pas que je suis là ; les irighi suffisent à les occuper. Peu m'importe ce qui arrive aux Alfar, mais ces femmes sont humaines, et même si ce sont des esclaves dépravées, tu n'as pas envie, je suppose, que le peuple sorti des ténèbres les viole. Viens avec moi et je ne les laisserai pas leur faire de mal. »

Irielle rit, d'un rire joyeux et méprisant. « Regardez-le mieux, Pentarn ! » se moqua-t-elle.

L'homme tressaillit et releva sa visière ; ce fut un choc pour Fenton.

Pentarn avait les cheveux longs et une barbe. Mais à part cela, Cam avait l'impression de se voir dans un miroir. Maintenant Fenton comprenait la méfiance des Alfar.

« Feu et mort ! jura Pentarn. Qui êtes-vous ? » Il s'en prit violemment aux femmes. « Est-ce de la sorcellerie ? Où est-il ?

– Là où vous ne pourrez pas le rejoindre, Pentarn… et c'est ce qu'il désire !

– Vous mentez ! » rétorqua Pentarn, et Cecily dit, avec colère : « Alors, je mens pour épargner vos sentiments, Pentarn, faux ami, bien que je ne voie vraiment pas pourquoi je le ferais ! Ce qu'il voulait vraiment, c'était prendre une épée et défendre les Alfar contre votre espèce vicieuse, ces *choses* que vous avez lâchées sur nous…

– Fermez-la, menteuse ! » Pentarn leva sa main revêtue d'un gantelet et porta à Cecily un coup qui la fit chanceler ; elle tomba, assommée et Irielle, se précipitant pour la défendre, s'agenouilla devant son amie.

Fenton se jeta sur lui. « D'où je viens, on ne frappe pas les femmes, espèce de salaud », cria-t-il, et il reçut un coup de daguevrill qui le fit chanceler, lui aussi, tandis que Pentarn sautait sur Irielle en faisant tournoyer sa cape verte comme une fumée.

« Un changelin contre un changelin ! hurla-t-il. Si je *vous* tiens, Irielle, Findhal sera obligé de me donner ce que je veux ! » Il prit la jeune fille dans ses bras ; Fenton se précipita sur lui.

« Vous croyez qu'un entremondes peut me retenir… *ombre ?* » persifla Pentarn en relevant brutalement Irielle. Elle se débattait entre ses mains comme un chat ; le marcheur-de-mondes avait un corps matériel, alors que Fenton ne pouvait pas le saisir. Mais lorsqu'il se jeta sur lui avec détermination, Pentarn recula. Irielle griffa méchamment son visage sans protection et il la lâcha pour essuyer le sang qui coulait sur ses joues.

Cecily poussa un cri aigu. Soudain, la porte s'ouvrit et deux Alfar se précipitèrent à l'intérieur. Ils se ruèrent sur Pentarn, en brandissant leurs épéevrills ; l'homme recula vite, laissant Irielle partir, et tournoya sur lui-même ; il miroita un moment, à la lumière, et Fenton cria : « Non, merde alors, vous n'allez pas refaire ce truc-là ! Cette fois, où que vous partiez, je vous suivrai ! »

Il sentit la forme de Pentarn s'évaporer sous ses mains et d'épaisses ténèbres tournoyantes l'enveloppèrent ; puis, avec un curieux petit claquement, ses pieds frappèrent un sol ferme et il se retrouva au centre de Sprout Plaza, toujours accroché à Pentarn – puis de nouveau le monde pivota et tournoya, le ciel resplendit alternativement de noir et de lumière, et Fenton se vit, à côté de Pentarn, dans une cour dallée, sous un ciel sombre aux nuages bas, illuminé par la lueur des éclairs. Il n'y avait aucun signe des Alfar, et ni Irielle ni Cecily n'étaient en vue.

Pentarn haussa les sourcils et examina Fenton d'un regard furieux empreint d'ironie.

« Qu'est-ce qui s'est passé ? demanda-t-il. Je croyais que vous étiez un entremondes ; je pensais vous perdre dans le Monde-du-Milieu. Ne me dites pas que vous avez un talisman de Portail dans votre poche ? »

Interloqué, Fenton mit la main dans sa poche et empoigna l'objet en or. Son aspect avait changé ; il n'était plus froid et métallique, mais chaud et d'une consistance un peu savonneuse. On aurait dit du jade. Mais sa matérialité était rassurante et il sentait toujours les profondes ciselures.

Derrière eux s'élevait un bâtiment, presque un palais. Des drapeaux, dont il ne pouvait apercevoir les détails dans l'obscurité, flottaient au bout de leur mât ; et des gardes en uniforme sombre, surchargé de galons dorés, étaient postés à l'entrée, devant les colonnes. Aucun d'eux ne parut prêter attention à l'arrivée précipitée de Pentarn et de Fenton. Est-ce que ce mode de voyage était répandu dans le monde de Pentarn ?

Ce dernier secoua la tête. « Vous n'avez aucune valeur à mes yeux ; je vous ai pris pour quelqu'un d'autre. Vous ne savez pas ce que vous avez fait, je suppose ? » Il s'essuya le front. Il semblait fatigué et plus âgé – Fenton pensait que cet homme avait à peu près son âge, dans les trente-cinq ans, même si la barbe le faisait paraître bien plus vieux.

« Je suppose que vous êtes comme tous les entremondes. Vous n'avez pas la moindre idée de ce qui se passe, n'est-ce pas ?

– Je sais que je n'aime pas les irighi. Les lâcher sur des femmes sans défense... je vous ai vu le faire deux fois... »

Pentarn haussa les épaules. « Les irighi ont l'air pire qu'ils ne sont, et la fin peut justifier les moyens. Je suis un être humain ; vous étiez là, vous avez vu que je ne les ai pas laissés faire du mal à Kerridis. Pas trop, en tout cas ; et elle méritait pire. Je suppose que vous êtes tombé sous le charme de toutes ces idioties des Alfar. Vous pensez qu'ils sont brillants, intelligents et beaux... Pourquoi devrais-je me justifier devant un entremondes ? »

L'un des gardes en uniforme traversa lentement la place. Il salua en brandissant sa main à hauteur d'épaule.

« Seigneur Guide, est-ce que cet individu... » Il s'empara d'une arme indéfinissable qu'il portait à la hanche ; elle semblait menaçante, comme les souffleurs des *space-opera*. Pentarn fit signe à l'homme de la rengainer. Fenton savait que les armes de ce monde, à moins qu'elles ne soient faites de vrill, ne pouvaient rien contre lui et il respira plus librement.

« Venez ; vous ne resterez pas assez longtemps ici pour nous causer le moindre tort. Au cas où vous vous demanderiez ce qu'est ce bâtiment, apprenez qu'il s'agit du Palais de la Guerre. »

Pentarn lui fit traverser de grandes salles, sans s'occuper de lui. Il y avait des armes de toutes sortes, pas celles, relativement simples, de l'armurerie des Alfar, mais de monstrueuses machines menaçantes. Elles étaient énormes, démesurées, pointaient d'une façon obscène des gueules contondantes qui semblaient prêtes à projeter d'inconnus rayons de la mort ; quelque chose comme un tank avec de grandes faux capables de déchiqueter en morceaux tout ce qui bouge... La consternation qu'il affichait fit éclore sur les lèvres de Pentarn un étrange sourire d'autosatisfaction.

Il y avait, tous les dix mètres à peu près, accrochés aux murs du monstrueux Palais de la Guerre, d'immenses portraits de Pentarn ; et

Fenton remarqua que le garde qui marchait derrière eux saluait chaque image à la romaine. Il ne le faisait pas avec ostentation ; en fait, Pentarn ne le voyait même pas et le garde ne cherchait pas à se faire remarquer de son chef; il accomplissait ce geste avec une curieuse expression que Fenton trouva religieuse.

Ce type est un dictateur qui l'emporte sur Hitler ! Pas étonnant que les Alfar le méprisent !

Finalement, après une marche d'environ une demi-heure – Fenton avait toujours horriblement mal aux jambes et, de temps à autre, il s'arrêtait pour les frictionner et calmer ses crampes – ils arrivèrent à une petite porte sans prétention.

« Entrez, dit Pentarn. C'est mon appartement. »

Le garde se permit une objection. « Seigneur Guide, c'est probablement un tour de ces fantômes de vous prendre au dépourvu ! Laissez-moi m'occuper de ce mec ! » Il posa les mains sur les épaules de Fenton, mais elles passèrent au travers et Pentarn éclata d'un rire moqueur et dédaigneux.

« T'occuper de lui ? Comment ? C'est un entremondes, rien qu'une ombre, mais cela m'intéresse de voir comment il se comportera ici. Entrez… » Il hésita. « Je suppose que vous devez avoir une espèce de nom. Je ne peux pas continuer à vous appeler "mec" !

– Fenton.

– Fenton. » Pentarn jeta sur lui un regard satisfait. « Oui, je pense que nous sommes des analogues. » Il expliqua avec impatience. « Le genre de personne que j'aurais été dans votre monde. Les décisions clés aliénant les mondes ont été prises il y a si longtemps… je suppose que, dans votre monde, vous n'êtes pas quelqu'un d'important. Entrez.

– C'est exact. » Pas le genre de personne que le monde de Pentarn trouvait important.

Peut-être parviendrons-nous à une sorte d'entente. Un double, ça pourrait me servir, songea Pentarn. Il entra le premier. L'appartement était nu, quelconque, spartiate, sans décoration sur les murs. Il s'adressa au garde. « Dites à la femme du Monde-du-Milieu que j'aimerais la voir.

– Tout de suite, Seigneur Guide. » Le garde s'en alla et Pentarn fit signe à Fenton de s'asseoir dans un fauteuil ; ce dernier se pencha aussitôt pour masser ses jambes douloureuses. Sa soif, momentanément calmée par la boisson que lui avait donnée Irielle, était redevenue une souffrance. Pentarn le regarda d'un air détaché que Fenton interpréta, à sa grande surprise, comme une sorte de sympathie.

« Comment êtes-vous arrivé ici ?

– Grâce à une drogue, répondit Fenton entre deux spasmes de douleurs.

– Je ne pense pas que vous offrir un verre puisse vous faire du bien. J'ai moi-même été entremondes, avant de découvrir la Maisonmonde, et je sais ce que c'est. Mais ceci peut vous soulager un peu. Tenez. » Il lui offrit une chope qui semblait être en argent. Fenton la vida d'un trait ; cela parut l'aider un peu. Du moins pouvait-il reparler.

« Je suis au courant de cette drogue… », commença Pentarn. Il fut interrompu par l'arrivée d'une femme. Elle portait une robe élégante, ses cheveux relevés étaient retenus par un peigne. Ses yeux absents, en adoration, regardaient fixement Pentarn d'un air suppliant.

« Que puis-je faire pour vous servir, Seigneur Guide ?

– Cet homme vient-il d'une partie de votre monde que vous connaissez ?

– C'est l'un des membres du département. Il a accès à la drogue dont je vous ai parlé.

– Cela peut m'être utile, dit Pentarn. Je pourrais envoyer des espions au pays des Alfar – des entremondes qui ne pourraient être détenus, mais seraient capables de me tenir au courant de ce qu'ils trafiquent et auraient peut-être une idée de la manière dont le territoire change. Pensez combien ce serait utile si je pouvais transférer le Portail dans les appartements des changelins pour enlever Joel avant qu'ils aient le temps de le refaire disparaître, comme par enchantement. Ils l'ont caché, comme d'habitude.

– C'est tout à fait révoltant », dit la femme, les yeux toujours fixés avec adoration sur Pentarn.

Celui-ci reprit la chope des mains de Fenton. « Vous vous sentez un peu mieux ? Bien. Alors, parlons. Pourriez-vous me procurer un peu de cette drogue ? Je peux vous donner accès à la Maisonmonde, et vous me l'apporterez là ; de cette manière, vous pourriez aller et venir en tant que marcheur-de-monde, sans être obligé d'être un entremondes. Vous y seriez avec votre corps ; vous pourriez manger, boire, et faire l'amour. Mais je *dois* d'abord avoir cette drogue.

– Vous aider à espionner les Alfar ne me plaît pas, dit Fenton sans ménagements.

– Feu de l'enfer ! s'écria coléreusement Pentarn. Vous aussi, ils vous ont berné avec toutes ces sottises sur la paix, les chants et la beauté ? Vous ignorez quels salauds ils sont ! Ils volent des enfants… ils ne peuvent pas toucher le fer froid, alors ils ont besoin de gens qui peuvent le manipuler et se battre pour eux maintenant que le vrill devient si difficile à trouver, des gens qu'ils entraînent pour en faire des guerriers qui se feront tuer pour eux. Ils arrachent les enfants à leurs parents…

– Des enfants qui, autrement, mourraient, et auxquels ils offrent une bonne vie. »

Pentarn secoua la tête d'impatience. « Bien sûr, c'est ce qu'ils vous ont dit. Ils détiennent mon fils, vous comprenez ? Et ils lui ont fait un lavage de cerveau, si bien qu'il croit ne pas avoir envie de revenir ! Il faut que je l'emmène de là assez longtemps pour qu'il puisse retrouver la raison, qu'il n'ait plus l'esprit plein de leurs chants, de leurs danses et de tout ce fatras extatique ! Regardez ! » Il montra du geste l'armurerie, derrière les portes de l'appartement spartiate. « C'est ce qui l'attend. C'est mon fils, mon fils unique, il est assez grand, maintenant, pour que je le forme afin d'en faire le Seigneur Guide de tous ces gens ! » Il frappa la table du poing, avec rage. « Et ces gens doivent l'avoir ! *Mon* fils ! N'importe quel garçon normal ne préférerait-il pas ce que je peux lui donner, ici ? Damnation, mon fils n'est pas une mauviette, pas un petit morveux qui chante ! C'est le *fils du Seigneur Guide*, et il doit revenir, et je pourrais le convaincre si je l'éloignais d'eux assez longtemps ! Mais ils ne me laissent même pas lui parler ; ils ont peur que le prestige qu'ils ont revêtu à ses yeux ne s'efface et que je lui fasse entendre raison ! »

Pentarn était en colère, mais demeurait logique. Ou était-ce la pente savonneuse de la paranoïa, celle d'un dictateur ivre de pouvoir ?

« Je n'en suis pas certain. Entre une dictature et les Alfar, je choisirais aussi les Alfar. »

Pentarn ne tint pas compte de sa remarque. « Les gens du Monde-du-Milieu sont tous stupides. J'ai dû le traverser assez souvent. *C'est* le Monde-du-Milieu, le pivot par lequel je peux passer de mon monde à celui des Alfar. Et j'ai dû apprendre à le connaître un peu. Allons, un double peut me rendre des services et moi, je peux vous donner accès à la Maisonmonde. Et vous auriez la belle vie », dit-il avec l'un de ces gestes qui englobait le Palais de la Guerre. « C'est la belle vie pour un homme et votre monde a éliminé cela, votre peuple est tellement privé d'action et de guerre qu'il se plonge dans des jeux complexes pour les retrouver. N'ai-je pas vu les rues de Berkeley pleine de ces Anachronistes qui portent des épées et jouent à se battre parce qu'il n'y a rien qui convienne à un homme dans votre monde ! On ne peut pas changer la nature humaine avec des âneries sentimentales sur la paix ! Quand on verra le lion et l'agneau couchés côte à côte sans que l'un d'eux pense à manger, alors vos conneries sentimentales auront peut-être un sens. Jusque-là, l'homme sera fait pour la guerre ; j'ai élevé mon fils pour qu'il affronte la réalité… et voilà que les Alfar lui ont lavé le cerveau ! »

Mais Fenton n'écoutait plus ; il s'était figé en voyant, soudain, une automobile passer en vrombissant dans une rue éclairée… il n'apercevait plus son propre corps, et puis, il se retrouva de nouveau dans l'austère pièce de Pentarn, dans le Palais de la Guerre.

« Vous vous effacez enfin, dit ce dernier. Vous êtes resté trop longtemps. Ne savez-vous pas que si vous demeurez trop longtemps hors de votre corps, vous pouvez mourir de faim et de soif ? Où pourrais-je vous contacter ? Je peux venir dans votre monde pour parler de tout cela avec vous… »

Fenton, torturé de souffrances, n'était plus conscient des mots ; il était incapable de parler. L'univers ne cessait d'apparaître et disparaître autour de lui. Les aiguilles chauffées à blanc de la douleur transperçaient ses bras et ses jambes ; des spasmes d'agonie l'avaient saisi à la gorge. Soudain, le Palais de la Guerre et Pentarn s'évanouirent. Autour de lui grouillait la foule de Telegraph Avenue, les voitures passaient à toute vitesse dans la rue, l'une d'elles le frôla. Il se réfugia en trébuchant au bord du trottoir avant de réaliser que cela importait peu. Son corps n'était pas là, il pouvait passer impunément au travers des voitures et de la foule… Il traversa un éventaire de chopes en verre aux couleurs brillantes. Le talisman qu'Irielle lui avait donné était toujours dans sa poche. La douleur l'aveuglait. En titubant, il parcourut l'avenue en direction de Smythe Hall. Il ne pensait qu'à une seule chose, revenir dans son corps, pour apaiser cette torture… rien de semblable ne lui était jamais arrivé auparavant. Qu'est-ce qui avait mal tourné ? Il était conscient de la profonde obscurité qui l'entourait, et la flèche à peine visible du campanile affichait vingt-trois heures trente. Presque minuit ? Il était parti si longtemps que cela ! Est-ce que Garnock lui avait donné une overdose, ou le talisman du Portail – qu'il serrait dans son poing – avait-il affecté son effacement et son retour ?

Il entra en vacillant dans Smythe Hall, parcourut le couloir jusqu'au labo déserté. Garnock aurait dû rester là pour veiller sur son corps. Mais il n'y avait personne. Les notes de Marjie étaient bien rangées sur la table ; Garnock était parti.

Et son corps n'était plus là.

11

Fenton commença par paniquer.

Son corps avait disparu, avait été emporté... *mort ?* Plusieurs années auparavant, il avait lu une histoire d'horreur où un homme, mort et enterré, ignorait qu'il était mort et avait erré pendant des années parmi les vivants, incapable de se faire entendre d'eux, incapable de rien toucher... C'était l'idée que l'auteur se faisait de l'enfer. Mais une pensée lui vint alors. Quand Garnock avait constaté que son sujet ne reprenait pas conscience dans le délai habituel, il avait dû l'emmener à l'hôpital. La raison lui souffla que ce devait être l'unité du campus, Cowell Hospital. Ce n'était pas la première fois qu'une expérience de laboratoire tournait mal.

Mais il était si fatigué, si torturé par des douleurs récurrentes... Il s'effondra dans le fauteuil de Garnock. Chose prévisible, il le traversa, tomba par terre et commença à s'enfoncer aussi dans le sol. En toute hâte, il se rappela... Il pouvait marcher, ou semblait en être capable sous sa forme non corporelle s'il n'arrêtait pas de se concentrer. Mais il était si fatigué, il lui fallait faire un tel effort...

Fenton s'efforça sérieusement de rassembler son énergie mentale. Il commençait vraiment à avoir peur. Il n'était pas certain de ce qui lui arriverait sous sa forme présente s'il restait trop longtemps hors de son corps, et il n'avait pas, mais pas du tout, envie de le découvrir !

La première chose à faire, c'était de retrouver son corps. La prochaine fois, pensa-t-il en serrant le talisman dans sa poche, la prochaine fois que je partirai, j'emporterai mon corps avec moi ! J'en ai assez d'être un entremondes !

Tandis qu'il descendait en trébuchant l'escalier de Smythe Hall, il pensa avec nostalgie au monde des Alfar, au paysage changeant dans lequel on pouvait voyager plus rapidement rien qu'en le décidant et en se concentrant sur sa destination. Soudain il prit conscience qu'au milieu de son corps – qui maintenant oscillait, ondulait, et semblait loin d'être matériel – quelque chose l'entraînait dans une certaine direction ; il avait l'impression d'être tiré par une corde. *C'était* une corde, une mince substance grisâtre qui sortait de son ventre et s'étendait à l'infini. Fenton se sentait presque délirant ; il se demanda s'il pouvait, par accident, s'accrocher à quelque chose, et qu'est-ce qui se passerait alors.

Il dut descendre l'escalier en titubant de souffrance. Traverser le campus désert – sa hâte désespérée le faisait trébucher – prendre une fois un raccourci en traversant le coin d'un immeuble. Les murs parurent granuleux, rugueux, à sa peau peu substantielle qu'il érafla douloureusement. Frappé d'élancements lancinants, il tomba plusieurs fois à genoux – sans tenir compte du tiraillement insistant du cordon qui lui démangeait le ventre. Il découvrit que c'était plus facile de se laisser glisser sur les marches que de les descendre. Comme il approchait de l'hôpital, le tiraillement et le chatouillement douloureux devinrent plus intenses. Il s'était demandé, vaguement, comment il ferait pour retrouver son corps dans cet hôpital aux nombreuses chambres. Maintenant, il n'éprouvait plus aucun doute tant il sentait la traction exigeante de celui-ci. Il n'essaya pas d'y résister mais se laissa entraîner.

Il ne cessait de se remémorer qu'il avait toujours le talisman d'Irielle. Ce n'était probablement plus de l'or ciselé, ici ; dans le monde de Pentarn, il était devenu une pierre précieuse verte ressemblant au jade. Il se demanda soudain si les histoires d'alchimie du Moyen Âge faisaient allusion à une transmutation intermondiale. Il n'y avait certainement aucun moyen de transformer le plomb en or sur cette terre. Mais en changeant de monde, on le pouvait peut-être…

Dans une petite salle d'attente du deuxième étage, Garnock était affalé, à moitié endormi, dans un fauteuil. Fenton s'aperçut que cela le touchait. Alors, Garnock était demeuré auprès de lui, au lieu de l'abandonner au personnel hospitalier et de rentrer tranquillement chez lui pour y dormir.

« Doc, tout va bien... », dit Fenton, mais Garnock ne l'entendit pas et continua à sommeiller, inconscient de sa présence. Bien entendu, il ne pouvait ni le voir ni l'entendre, tant qu'il ne serait pas dans son corps ; sous cette forme, il n'était qu'un fantôme...

Le tiraillement devenait insoutenable. Il se laissa tirer dans l'autre pièce où il reposait sur un lit, en chemise hospitalière. Épouvanté, il s'aperçut qu'il avait des tubes dans la gorge et dans le nez, des aiguilles dans les bras, une sorte de perfusion... *merde alors*... Une infirmière entra, passa un tensiomètre autour de son bras inerte et se mit à le gonfler ; elle dit : « Sa tension baisse. Il vaudrait mieux... »

Oh, non, pensa Fenton. *La dernière chose dont j'ai besoin c'est d'une sorte de procédure héroïque de résurrection !* Il se laissa dériver vers son corps, en s'assurant qu'il serrait toujours fermement dans sa main le talisman d'Irielle.

L'entremondes qu'il était encore pourrait-il le rapporter à son corps matériel ? Même Irielle n'en était pas certaine. Eh bien, il allait essayer. Le tiraillement devenait de plus en plus fort ; il s'y abandonna.

Une douleur atroce frappa sa bouche et son nez, son bras, ses jambes, il hurla et se redressa en se débattant follement. L'infirmière recula d'un pas, stupéfaite, regardant fixement Fenton, le tensiomètre à la main.

« Vous êtes conscient ! » dit-elle. Cela ressemblait presque à une accusation.

Fenton voulu dire : « Et comment. Vous ne trouvez pas qu'il est temps ? » Mais il s'aperçut qu'il ne pouvait pas parler à cause du tube nasal et brandit une main en signe de protestation.

« Calmez-vous, monsieur Fenton. Vous êtes resté inconscient un bon moment... allons, laissez-moi faire. » Ôter le tube, même avec soin comme elle le faisait, lui fit mal, mais quand ce fut terminé, Fenton s'assit sur son séant et dit : « Je vais bien, je vous l'affirme. Qu'est-ce qui s'est passé ?

– Étendez-vous et laissez-moi prendre votre tension. Serrez le poing... »

Fenton obéit. Avec une soudaine impression de triomphe qui fit passer à l'arrière toutes les douleurs qui torturaient son corps, il s'aperçut que le talisman d'Irielle était toujours dans sa main.

Il avait réussi ; il avait réussi ! Garnock ne pourrait plus ignorer cette preuve que ce qu'il avait vécu existait réellement !

« Tiens, je n'y comprends rien, dit l'infirmière. Il y a quelques secondes votre pouls était si faible que je ne pouvais même pas le percevoir, et voilà maintenant que votre tension est tout à fait normale.

– Dites-le à Garnock. Appelez monsieur Garnock tout de suite.

– Il est là, à côté », dit l'infirmière qui se hâta d'aller le chercher. Fenton resta étendu, épuisé, en proie au vertige, torturé par les crampes. Il se sentait nauséeux et faible, mais il savait qu'il était de nouveau normal.

Garnock entra précipitamment ; un sourire illumina son visage troublé lorsqu'il vit que Fenton avait les yeux grands ouverts. « Dieu merci ! Cam, vous allez bien ?

– Mais oui, répondit Fenton, touché. Ne vous inquiétez pas. J'ai voulu rester aussi longtemps que possible et voir tout ce qu'il fallait que je voie. »

Garnock secoua la tête, consterné. « Cam, vous êtes resté là, inconscient, pendant trente-six heures ! Et vous me dites que tout va bien ?

– Mais je *vais* bien. » Intérieurement, il se sentais aussi consterné que Garnock. *Trente-six heures !* Pas étonnant que l'effort qu'il avait fait pour rester aussi longtemps hors de son corps ait failli le tuer ! Il ne doutait pas que s'il avait prolongé encore un peu son absence, il serait mort d'un arrêt progressif de ses processus vitaux. La faim et la déshydratation pouvaient être minimisées par une perfusion – ce qu'on avait fait, constata-t-il en sentant des douleurs lancinantes dans ses bras – mais il s'était produit d'autres défaillances plus subtiles.

« Cette fois, j'ai rapporté une preuve. Ce que j'ai vécu est réel. Les autres dimensions sont réelles, objectivement réelles. Irielle m'a donné un talisman qui va me permettre de franchir les portes. Regardez. »

Il ouvrit son poing crispé, car il sentait le poids du talisman dans les doigts de son corps matériel.

Garnock tendit la main pour le prendre. Il dit d'une voix agréablement neutre : « Ainsi, vous avez rapporté un apport[1]. J'ai toujours soupçonné que vous aviez un certain don de télékinésie, même si vous n'obteniez pas un taux élevé dans le test de la machine à dés. Mais bien sûr, là, il n'y a aucune fraude possible. Vous êtes resté dans ce lit sous les yeux des infirmières du service de réanimation depuis plus de vingt-quatre heures ». Se tournant vers l'infirmière, il lui demanda : « Tenait-il quelque chose dans sa main lorsqu'il a été amené dans le service ?

– Absolument rien. Et en tout cas, certainement pas lorsque le médecin nous a ordonné d'installer le goutte-à-goutte.

– Ils ne voudront jamais le croire, dit Garnock qui souriait d'une oreille à l'autre. Je ne pourrai jamais prouver que je n'ai pas fait un tour de passe-passe et ne vous l'ai pas fourré dans la main. Même si les infirmières témoignaient sous serment. Mais moi, je le *sais* ; c'est ce qui compte. Je l'ai vu de mes propres yeux. » Et Cam Fenton comprit, tandis qu'un frisson glacé lui parcourait la colonne vertébrale, que même Garnock, professeur de parapsychologie, n'y avait jamais vraiment *cru*. Toute cette recherche de preuves n'avait été qu'un désir de se convaincre lui-même, de transcender sa propre incrédulité.

Quand vous passez toute votre vie à manipuler *une* série de postulats, soumis à des limites rigoureusement définies du possible et de l'impossible, il n'y a pas moyen – *aucun* moyen – de les transcender. Des preuves, quel qu'en soit le nombre, ne vous convaincront pas, parce que vous avez été conditionné pour ne même pas croire le témoignage de vos propres sens.

Si grand soit votre désir de croire, vous ne le pouvez pas.

Fenton n'avait jamais vu de soucoupe volante. Il n'y croyait pas. Et s'il en voyait une, même clignotant sur la pelouse de Sproul Hall, il n'y croirait pas, parce qu'il *savait*, au fond de lui, qu'un tel déplacement dans l'espace est *impossible*. S'il l'avait vue de ses propres

---

1. « Objet apparaissant dans un espace clos, de façon prétendue paranormale, par matérialisation ou par passage à travers la matière » (définition du *Grand Dictionnaire encyclopédique Larousse*). *N.d.T.*

yeux, il aurait qualifié cela d'hallucination, et cela au nom de la raison et de la démarche expérimentale.

C'était pour cela que les peuplades primitives d'Afrique et d'Asie avaient disparu. Non parce que les Blancs avaient physiquement détruit leur environnement tribal. Mais parce que la culture occidentale avait détruit leurs postulats et leur santé mentale.

C'était probablement sans espoir.

Mais il dit : « C'est un apport ?

– Oui. À certaines anciennes séances, j'en ai vus – des fleurs, des bijoux. J'ai toujours pensé que les médiums avaient été très, très malins en les introduisant en douce, si malins que les magiciens professionnels chargés de les contrôler n'avaient pas pu les prendre en flagrant délit. » Il s'enfonça mollement dans le fauteuil près du lit. « Mais je *sais* que vous ne l'avez pas introduit en douce. Cam, pour l'amour de Dieu, après dix années passées dans le département de parapsychologie, avoir ce genre de preuve tangible, matérielle, de la téléportation de ce morceau de roche…

– Attendez, attendez. Je ne l'ai pas téléporté. Irielle, la jeune fille du monde des Alfar dont je vous ai parlé, me l'a donné… »

Garnock écarta cette remarque d'un geste. « J'ignore comment vous rationalisez cela dans vos hallucinations. L'important, c'est que vous ayez téléporté un morceau de roche de l'extérieur du campus dans l'hôpital, et dans votre main…

– Mais c'est incroyable, ça ! Ce talisman – regardez-le, regardez ces ciselures, regardez…

– Non, regardez-le vous-même », répliqua Garnock, et il le lui tendit.

C'était un simple morceau de roche, sans la moindre caractéristique.

12

« Je regrette, dit enfin Garnock, mais vous ne voyez pas que tout ce que vous dites ne fait qu'empirer les choses ? Vous avez eu le premier effet secondaire sérieux de l'antaril que nous connaissions, et jusqu'à ce que nous sachions s'il s'agit d'une idiosyncrasie propre à la drogue, ou quelque chose que les statistiques n'avaient pas encore décelé, nous ne pouvons pas courir le risque de vous laissez continuer. Écoutez, Cam, ajouta-t-il, l'air sincèrement contrit, je sais que vous vous intéressez passionnément à cette expérience. Cependant, j'avoue que, même avant que cela n'arrive, j'ai été sur le point de remettre votre participation à plus tard. L'utilisation des drogues, c'est toujours épineux. Vous ne vous êtes pas trop impliqué dans les expériences sous LSD, je m'en souviens, mais nous avons eu un ou deux sujets qui, même pendant le temps très bref où nous les avons testés, ont réussi à devenir accros. J'ai dû écarter la jeune Brittman parce que, lorsque nous avons commencé avec l'antaril, elle est devenue psychologiquement dépendante de ce produit, tout comme vous… »

Cam l'interrompit avec colère : « Merde alors ! je n'ai aucune dépendance psychologique…

– Vous seriez le dernier à le savoir, déclara Garnock avec brutalité. Amy a commencé à parler, juste comme vous le faites, de la réalité d'un autre monde, et à vouloir passer de plus en plus de temps dans ce qu'elle appelait, avec insistance, un authentique univers parallèle. J'ai entendu dire qu'elle avait laissé tomber la fac et se droguait avec les gens des rues, et nous ne pouvons rien y faire

– nous n'avons trouvé aucun moyen d'interdire cette drogue, pratiquement non toxique, même pour les souris, et encore moins pour les humains.

– Oh, ne pouvez-vous pas tricher un peu, dit amèrement Cam, comme on l'a fait pour le LSD et le shit ? Les pieuses fumisteries sur les "redescentes" du LSD, et les mensonges sur la marijuana, inévitable premier pas vers la prise d'héroïne ? »

Garnock prit un air offensé. « Écoutez, en Californie nous avons vu ce qui arrive au citoyen respectueux des lois quand on essaie d'interdire quelque chose qu'il tient pour inoffensif. L'alcool durant la prohibition, le LSD et la marijuana dans les années soixante et soixante-dix, et les tentatives pour légimiter la prostitution qui se sont poursuivies jusqu'à ces dernières années – eh bien, les brigades des mœurs sont notoirement corrompues et cyniques parce qu'elles savent qu'elles ne font que collecter des amendes pour les autorités fiscales. Mais ce qui est arrivé à Amy Brittman, et ce qui est en train de vous arriver, peuvent donner matière à des statistiques ; si nous pouvons certifier que l'antaril constitue un grave danger psychologique pour certains types de sujets, son usage sera strictement réservé aux recherches en laboratoire, comme on l'a fait pour le LSD. Et l'on chuchote déjà que le gouvernement subventionnera les prochaines expériences sous antaril dans les instituts de parapsychologie. Le département est partant pour une subvention ; imaginez les utilisations militaires. Vous savez aussi bien que moi que tout le bloc soviétique a mené des recherches expérimentales sur la PES, sorte d'arme ultime de l'espionnage, qui pourrait leur permettre de ne plus envoyer leurs agents à portée de nos agences de contre-espionnage – à portée physique, j'entends. À Washington, le gouvernement s'est montré finalement sage en reconnaissant que devrions être à égalité avec les Russes en ce qui concerne la recherche psy, du moins l'utilisation militaire éventuelle de la PES et des pouvoirs psy. Et il faut savoir ce que cela signifie pour le département, nous n'avons jamais eu suffisamment de subventions, et maintenant nous sommes sur le point d'en obtenir.

– Bon Dieu ! Je croyais que la parapsychologie était un département qui ne voulait pas se compromettre dans des histoires d'utilisation militaire !

– Écoutez, ce pourrait être un nouveau front militaire. Imaginez toutes les vies qui seraient sauvées si nous n'avions pas à envoyer des espions physiquement dans un autre pays !

– Et tout ce que vous visez, c'est d'obtenir des subventions pour le département ? Vous ne prêtez aucune attention aux autres ramifications de ces expériences ? Supposons que nous ayons vraiment accès à d'autres mondes. Une recherche fondamentale sur la nature de la réalité ne vous intéresse pas ? »

Garnock avait l'air sincèrement peiné. « Je voudrais bien que vous n'ayez pas parlé ainsi. Une fois que votre organisme sera purgé de la drogue, vous comprendrez ce qui vous est arrivé. Écoutez, puis-je prévoir deux ou trois entretiens avec le service de conseil psychiatrique ? Accepteriez-vous de parler de cela à quelqu'un de vraiment objectif ? »

Fenton rapprocha ses longues jambes et se leva. « Non, merci. Je sais quel genre d'objectivité est la leur, dit-il en faisant la grimace ; ils commenceront par s'enquérir de mes conflits freudiens et se demanderont pourquoi j'ai eu besoin de cette impression de pouvoir qui accompagne l'expérimentation parapsychologique et finiront par décider que je suis quelqu'un qui fuit la réalité, par conclure que je me suis réfugié dans l'imaginaire. Merci, mais… non merci. Donnez-moi mon talisman – oh, excusez-moi – mon "morceau de roche" – et je me débrouillerai tout seul.

– Je déteste vous entendre parler avec une telle amertume ! Je croyais que notre programme de recherches vous intéressait vraiment !

– C'est drôle. Si je suis amer, c'est que je pense la même chose de vous. Mais quand c'est à pile ou face entre l'intérêt de la recherche et le financement du département, c'est ce dernier qui gagne à tous les coups, n'est-ce pas ? »

Garnock crispa les mâchoires. « Vous feriez mieux de partir avant que nous ne disions quelque chose que nous pourrions tous deux regretter.

– C'est déjà fait. Donnez-moi mon talisman que je puisse m'en aller. »

Garnock secoua la tête. « Désolé, Cam. Ce morceau de roche est l'unique apport authentique que nous ayons jamais obtenu ici, en quinze ans d'expérimentation, et c'est une pièce à conviction pour le département.

– Si vous êtes si foutrement certain que c'est juste un morceau de pierre, allez sur la place et ramassez-en une quelque part. Ce sera la même chose pour vous. Il se trouve que j'ai besoin de celle-là ; elle m'a été donnée personnellement, et vous n'avez pas le droit de la garder.

– En fait, je le peux, dit Garnock, et maintenant la crispation de sa bouche était laide. Les matériaux résultant d'une de nos expériences appartiennent en toute légalité au département. Je n'ai jamais mis cette règle en application, mais ce qui vient de se passer est suffisamment sérieux pour que je le fasse. Ce morceau de roche restera dans notre coffre-fort, un point c'est tout.

– Si vous vouliez seulement *m'écouter* ! Ce talisman est une clé qui me donne accès aux autres dimensions. Je pourrais alors trouver la Maisonmonde, et peut-être même vous faire traverser avec moi… »

Mais le visage de Garnock montrait clairement qu'il croyait écouter les divagations d'un fou, et Cam se tut.

« "Oui, même si un de chez les morts se relevait, ils ne seraient pas convaincus[1]", cita Fenton. Parfois, je me demande ce que Lazare a trouvé à dire aux gens. Je me demande combien d'entre eux ont essayé de le convaincre qu'il n'était jamais mort.

– Nous n'avons aucun moyen d'enquêter sur les miracles relatés par la Bible, fit remarquer Garnock avec beaucoup de patience. Personne ne sait s'ils sont réellement arrivés ou si les disciples l'ont seulement cru. Ne tombez pas dans ce piège, Cam. C'est celui dont tous les parapsychologues doivent se garder. Quand toute cette histoire se sera dissipée et que vous vous sentirez plus rationnel, revenez m'en parler. D'ici là, je crois qu'il vaut mieux ne pas continuer à discuter.

– C'est exact. » Fenton sortit en résistant à la tentation de claquer la porte derrière lui. Bravo Garnock et l'objectivité scientifique !

---

1. Cf. note 1, p. 110. *N.d.T.*

Dehors, Marjie lui dit : « Vous vous sentez mieux, Cam ? Vous savez, vous nous avez vraiment collé la frousse, au professeur et à moi.

– Je suis en pleine forme. »

Garnock lui parla à l'interphone.

« Cam, le professeur Garnock me demande de vous rappeler qu'il faut donner à Sally votre dernier rapport. Elle travaille toujours à l'analyse du contenu.

– D'accord, répondit Cam en haussant tristement les épaules. J'y vais. » Il supposa qu'il devait cela à Garnock. Il pourrait peut-être persuader Sally de le croire. Mais maintenant qu'on l'avait habilement dépouillé du talisman d'Irielle…

Il s'arrêta là. Il ne devait pas recourir au « ils » paranoïaque. Il pourrait peut-être convaincre Garnock, ou Sally, de lui rendre l'apport pour un petit moment, et alors il lui substituerait un morceau de roche similaire. Il s'imaginait allant jusqu'à intenter un procès contre le département pour confiscation de bien personnel, à savoir une pierre alluviale grise apparemment ronde, mesurant à peu près sept centimètres et demi de diamètre et approximativement deux centimètres et demi d'épaisseur, sous prétexte qu'il est, dans un autre monde, un talisman en or gravé de runes mystiques, et dans un autre, un morceau de jade vert portant les même ciselures… Fenton avait assez d'humour pour se moquer de lui-même et sourire en sortant de Smythe Hall. En fait, quand on voyait les choses sous cet angle-là, il ne pouvait reprocher à Garnock de ne pas y croire. Par moments, il ne se croyait pas lui-même.

Peut-être, après tout, devrais-je aller parler à un psy…

Il préféra téléphoner à Sally et l'inviter à dîner.

En attendant qu'elle termine son dernier cours magistral, Fenton se rendit à la résidence des étudiants de première année et découvrit que lorsque Amy Brittman l'avait quittée, elle avait donné pour faire suivre son courrier une adresse tout en bas de Telegraph Avenue, à l'endroit où cette artère se fond dans la saleté de North Oakland. Après un coup d'œil à sa montre, il se mit en route.

C'était en milieu d'après-midi, par une journée ensoleillée d'automne finissant, et l'avenue grouillait de flâneurs ; Fenton vit le hippie rasé, avec ses trois anneaux à l'oreille, qui lui avait vendu l'antaril de contrebande, des Anachronistes en cuissardes et capes tournoyantes. Cherchaient-ils vraiment un chef comme Pentarn, parce que ce monde n'offrait pas assez d'occasions de guerre et de batailles ? À première vue, cela pouvait passer pour un jeu, mais n'était-ce pas le sinistre courant sous-jacent auquel croyait Pentarn ?

Et tandis que ses pensées revenaient encore à cet homme, il aperçut les volets du petit magasin d'estampes où il avait vu les gravures de Rackham. Il traversa la rue.

En vitrine, il y avait une image de la grande reine des elfes entourée d'une foule de gnomes qui, en vérité, ressemblaient terriblement aux irighi. *Kerridis assaillie par le peuple-de-fer, telle qu'il l'avait vue la première fois...* Il y avait d'autres gravures, dont l'une représentait un grand bâtiment sans caractère où flottaient des drapeaux qui lui rappela le Palais de la Guerre de Pentarn, d'étranges constructions qui ne l'avaient jamais intéressé en tant qu'illustrations de science-fiction ou de fantasy ; maintenant, il se demandait si ces images n'étaient pas plutôt un signe de reconnaissance pour ceux qui *connaissaient* l'existence d'un lieu où les mondes se croisaient...

Mais, pensa-t-il en plein désarroi, j'ai parcouru deux fois ce pâté de maisons, *deux fois*. Il y avait une laverie pressing, là, entre cette librairie et ce restaurant grec...

Il chercha un numéro sur la façade de l'immeuble, mais il n'y en avait pas. Cela n'avait rien d'inhabituel, le facteur n'avait probablement pas besoin de se référer à des numéros pour trouver les immeubles de ce quartier. Eh bien, il y avait un seul moyen de découvrir la chose. Il poussa la porte et entra. Au moins, cette fois, il ne se retrouva pas dans le pressing.

« Que puis-je pour vous ? » La libraire était une jeune femme portant une robe longue de hippie, ample et fleurie, dans le style préraphaélite affiché par certaines Anachronistes.

« La gravure qui est en vitrine. La reine des elfes et les – comment on les appelle – les gnomes. Les farfadets.

– C'est une illustration de Rackham pour le poème de Christina Rossetti, *Goblin Market*[1]. Elle est belle, n'est-ce pas ? »

---

1. *Goblin Market and other Poems* (1862). *N.d.T.*

Fenton acquiesça… Rackham avait été un illustrateur de talent. « L'avez-vous dans un format plus grand ?

– Je vais voir. » Elle se mit à chercher dans ses cartons à dessins pendant que Fenton étudiait la boutique. « Oui. J'en ai une de trente centimètres sur vingt-trois, et une autre de quinze sur vingt, avec un encadrement de séquoia.

– Je prends la gravure seule. » Fenton n'avait pas envie de s'encombrer d'un paquet lourd, même s'il pensait que Sally aimerait peut-être l'avoir encadrée. Pendant que la vendeuse l'enveloppait, il en désigna une représentant des farfadets et dit : « C'est une bonne chose qu'il n'y ait pas d'êtres comme cela par ici. »

Elle lui fit un sourire malicieux. « Il est vrai que je n'aimerais pas du tout en rencontrer un dans une ruelle obscure. »

Il dit en choisissant soigneusement ses mots : « Je détesterais en rencontrer un n'importe où, n'est-ce pas ? »

Un moment, il crut voir son regard vaciller, mais elle se contenta de répondre : « Vous faut-il autre chose, monsieur ?

– Oui. Quelles sont vos heures d'ouverture ? Je passe souvent par ici, et j'ai eu beaucoup de mal à vous retrouver. Une fois j'ai cru que votre boutique était enfin ouverte et je me suis retrouvé dans un pressing.

– Eh bien, dit-elle en regardant autour d'elle, je ne *pense pas* que cela ressemble beaucoup à un pressing, non ? »

Regardant les reproductions aux brillantes couleurs scotchées au mur, Fenton se dit qu'on aurait du mal à trouver quelque chose qui ressemblât moins à un pressing.

« Et puis, ajouta-t-il, je suis revenu et je n'arrivais simplement plus à trouver votre boutique.

– Il est vrai que c'est un peu difficile, dit-elle. Je suppose que rien ne nous distingue, il faut juste savoir où nous chercher, et quand. Et pourquoi. C'est très important », ajouta-t-elle, et Fenton eu l'impression exaspérante qu'elle attendait de lui qu'il dise ce qu'il fallait, une chose importante, une sorte de mot de passe. Il se demanda ce qu'il aurait trouvé ici s'il avait eu encore le talisman d'Irielle dans sa poche. Était-ce vraiment la Maison entre les Mondes, où Pentarn allait et venait à son gré ?

« Vous faut-il autre chose, monsieur ? répéta-t-elle.

– Non, répondit-il, découragé, sachant qu'il ne pouvait espérer tomber par hasard sur le mot de passe. Pas cette fois-ci.

– Je vous en prie, revenez nous voir. » Et comme un jeune Anachroniste en bottes et cape entrait, elle dit à ce dernier : « Passez par là », en lui montrant une porte dans le fond du magasin.

« Qu'est-ce qu'il y a, là ? demanda Fenton.

– Un club de Donjons et Dragons. Je suis désolée, seuls les membres y sont admis.

– Les clients n'ont même pas le droit d'y jeter un coup d'œil ? » demanda Fenton, sachant que c'était cela qu'il avait raté ; la jeune fille sourit et secoua la tête. « Rien qu'un coup d'œil, ce n'est pas grave », dit-elle d'une voix atone en posant la main sur la poignée. Très brièvement, si brièvement que Fenton ne sut jamais s'il l'avait imaginé, il éprouva ce bizarre petit vertige ; puis la porte s'ouvrit et il vit une table, des chaises et deux ou trois Anachronistes penchés sur le plateau de jeu curieusement vaste et complexe portant de grandes figurines. Rien que cela…

« Vous voyez, dit la jeune femme. Ce n'est qu'une salle de jeux.

– Pourrais-je m'inscrire ? Je veux dire, je suis un mordu de Donjons et Dragons et jouer dans un endroit comme celui-ci, avec tous ces mondes sur le mur… » dit Fenton en essayant de laisser entendre qu'il y avait, derrière ses paroles, une signification plus profonde.

Mais le visage de la libraire ne lui révéla rien. « Je regrette, monsieur. Il faut être recommandé par un membre. N'oubliez pas votre paquet. Voilà, je vous laisse partir et je ferme la boutique. »

Fenton fit une dernière tentative. « Pentarn est-il l'un d'eux ? Vient-il ici très souvent ? Je crois l'avoir vu entrer l'autre jour…

– Je regrette, monsieur. Je ne connais pas tous les membres », répondit-elle, et Fenton se retrouva sur le trottoir, la porte fermée à clef derrière lui.

Au moins, je peux retrouver cet endroit. Entre cette librairie au store vert et le restaurant grec.

Et il avait la gravure de Rackham. Mais tandis qu'il descendait à grands pas Telegraph Avenue, il gardait l'impression exaspérante d'avoir laissé passer un indice très important.

Peut-être Amy Brittman pourrait-elle lui en fournir un, si elle avait rencontré Pentarn lors d'une expérience menée sous antaril.

Du moins, Pentarn n'était pas un monstre mythique se battant sans aucun motif avec les Alfar. Il avait une raison, même si elle semblait aberrante et stupide. Les Alfar avaient enlevé son fils. Rien de surprenant à ce que le jeune homme ait préféré les Alfar à la dictature militaire de Pentarn – comme lui l'aurait fait. Il avait eu son content de vie militaire.

Si loin du campus, Telegraph Avenue perdait tout son caractère sous l'afflux de banques, de stations-service, d'agences immobilières et, de l'autre côté de l'autoroute, de studios de danse, de chambres meublées et de petits centres religieux. Dans l'une des rues latérales, il trouva l'adresse qu'on lui avait donnée.

Il appuya sur le bouton surmontant la petite carte où on lisait BRITTMAN et, au bout d'un moment, il entendit une voix couverte en partie par des grésillements.

« La vidéo ne marche pas. Qui est-ce ?

– Je m'appelle Fenton. Je suis du département de parapsychologie », dit-il et l'ouverture se déclencha. Il pénétra dans un appartement de plain-pied, après avoir frappé à la porte ; la jeune femme le scruta attentivement.

Elle était très jeune, le visage rond et potelé ; un jour, elle serait grasse. Elle avait une robe de chambre peu soignée, boutonnée jusqu'au menton, ses cheveux pas peignés retombaient en désordre autour de son visage. Elle semblait négligée et sale, et Fenton ne l'identifia pas tout de suite.

« Écoutez, dit-elle, l'air incertain, je ne sais pas ce que vous voulez… » et alors Fenton la reconnut.

C'était la femme du Monde-du-Milieu, celle qui regardait Pentarn avec une telle adoration. L'épouse du Seigneur Guide.

La reconnaissance fut mutuelle. Elle cligna des yeux et dit, d'une petite voix aiguë : « C'est vous ! L'entremondes ! »

Et elle lui claqua la porte au nez.

« Toute personne sensée devrait voir qu'Amy Brittman a le cerveau dérangé, dit Sally. Elle a laissé tomber ses études ; elle s'est éprise de la culture de la rue, du LSD, des drogues psychédéliques, de l'antaril, de tous les trucs qui court-cicuitent le cerveau…

– Tu ne le *sais* pas, Sally, tu le supposes. Tout ce que je sais, c'est…

– Que tu l'as vue en rêve. Et tu te cramponnes au fait qu'elle prétend t'avoir vu…

– Tu soutiens toujours que c'était un rêve ?

– Je ne *soutiens* rien ; je parle de faits. Tu étais au Cowell Hospital sous observation vingt-quatre heures sur vingt-quatre. Tu prétends avoir vu une fille qui ressemblait à Amy Brittman…

– J'ignorais, alors, qui elle était ; je ne l'avais jamais vue dans le département…

– Néanmoins, tu prétends avoir vu une fille ressemblant à Amy Brittman – Cam, pour l'amour de dieu, laisse moi finir une seule phrase sans m'interrompre ! – et qui, soi-disant, *t'*a vu dans ce même rêve…

– Sally, bon sang, tu me rappelles un avocat que j'ai connu. Devant trois cadavres ensanglantés, il a dit : "Quant à ce prétendu accident…"

– J'*essaie*, dit-elle d'une voix dangereusement calme, en entendant ce que tu dis, de garder une attitude qui se rapproche vaguement de l'objectivité scientifique.

– Comment expliques-tu le fait qu'elle m'ait appelé *entremondes*, le mot même employé par les Alfar et par Pentarn ?

– Je ne l'explique pas. Je ne l'ai pas entendue le dire.

– Sally, me feras-tu la simple justice d'admettre que je puisse, peut-être, te dire la vérité ? Tu es en train de parler comme un démystificateur envoyé ici pour prouver que le département a monté un canular qui dure depuis vingt-cinq ans !

– Je suis une psychologue, pas une adepte ! Je suis chercheur, et cela signifie que je ne vais pas discuter des faits et m'arranger pour qu'ils cadrent avec tes théories !

– Non… tu ne tiens compte des faits que s'ils cadrent avec *tes* théories à toi ! » répliqua Fenton en colère. Il lui lançait des regards furieux de l'autre côté de la table d'un petit restaurant mal éclairé où ils étaient venus dîner.

« Je trouve cette déclaration blessante, Cam. Elle met en doute mon intégrité, à la fois en tant que femme et en tant que scientifique !

– Et je suppose que les déclarations que tu as faites pendant toute cette soirée n'étaient pas des critiques de la mienne ? Tu as été jusqu'à dire que je suis un menteur, que je me berce d'illusions, et chaque fait supposé que je te donne, tu le rejettes en le qualifiant d'hallucination ou de mensonge flagrant !

– Des faits... Bon Dieu ! » La lumière de la bougie projetait sur le visage de la jeune femme d'étranges ombres qui creusaient ses joues, accentuant encore cette étrange ressemblance qu'il lui avait trouvée, ou s'était imaginé. « Quels faits ? Tu m'as traînée sur Telegraph Avenue en me racontant une histoire à propos d'un magasin d'estampes qui n'y est pas...

– Il y est, dit-il, sinon où aurais-je acheté la gravure que je t'ai donnée ?

– Essaies-tu de me dire que c'est l'unique librairie de Telegraph Avenue qui vend ces reproductions d'Arthur Rackham ?

– Celle-ci vient d'un petit magasin qui n'a pas de nom, mais une énorme quantité de gravures en vitrine, et qui est située entre une autre librairie et un restaurant grec...

– Cam, qu'est-ce que tu veux que je te dise ? Qu'un pressing peut soudain devenir une librairie, et vice versa ? Je *connais* ce pressing. Essaies-tu de me dire que parfois, il n'est pas là et que je trouverais à la place une espèce de boutique magique, quartier général d'un club de Donjons et Dragons qui, en réalité, est une couverture pour des activités sinistres ?

– Cela m'est arrivé *à moi.*

– Je t'ai entendu le dire. Mais je n'en ai aucune preuve, Cam. Je ne l'ai pas vue. Quant au fait que Amy et toi vous vous soyez rencontrés dans vos rêves, et même que vous utilisiez tous deux le même terme bizarre, "entremondes", eh bien... l'une des rares choses que nous *ayons* prouvée, dans les labos de parapsychologie, c'est que la télépathie *existe*, et cela ne me surprendrait pas du tout que tu sois entré en contact avec Amy Brittman. En fait, puisque c'est une jeune fille très détraquée, je m'attendrais justement à ce qu'elle ait ce genre de fantasmes. La seule chose qui pique ma curiosité, c'est la raison pour laquelle elle t'a choisi pour les partager. Je crains que ses troubles mentaux ne puissent... puissent avoir une influence...

– Tu essaies de me dire que ce pourrait être contagieux ?

– Oui. J'ai commencé à poser l'hypothèse que certaines personnes projettent leurs fantasmes au moyen de la télépathie. Cela expliquerait l'une des plus grandes énigmes de la psychologie classique :

la *folie à deux*[1] qui est le partage d'une même hallucination. Cela pourrait aussi expliquer certains délires paranoïaques extraordinairement répandus, comme l'hystérie collective – souviens-toi, quand Hitler a fait croire à tout un pays que les Juifs devaient être exterminés… Il pouvait, peut-être, projeter ses fantasmes avec une force hors du commun… Peut-être cela expliquerait-il l'étonnant charisme de certains chefs.

– Qui parle maintenant de ses théories préférées ?

– Certainement pas moi, dit Sally. J'affirme simplement qu'il est possible d'expliquer tes expériences vécues grâce à des faits déjà connus, comme la télépathie.

– Si cette théorie expliquait *tout ce qui m'est arrivé*, je l'accepterais, Sally, répliqua calmement Fenton. Mais elle en donne l'impression parce que tu ne tiens pas compte des faits qui ne concordent pas avec *ta* théorie. » Il les compta sur ses doigts. « Le nom d'Emma Cameron griffonné dans la terre du bosquet d'eucalyptus. La librairie où j'ai acheté cette gravure du *Goblin Market*. Le fait – et rends-moi cette justice, Sally, d'admettre que je dis la vérité – qu'elle n'était plus là quand je suis revenu. Je t'ai montré…

– Tu m'as montré un endroit que je connais depuis plus d'un an, et où je vais porter mes affaires à nettoyer. Je ne dis pas que tu mens, Cam…

– Mais tu ne me crois pas.

– Je pense que tu ne savais plus où tu étais ; je pense que tu subis encore un effet secondaire très grave de l'antaril et que parfois, tu confonds les hallucinations intérieures générées par la drogue avec les apports extérieurs de l'environnement. C'est pourquoi, bien entendu, les drogues dites psychédéliques ont été une dangereuse impasse de la recherche parapsychologique, même dans des conditions sévèrement contrôlées ; Amy Brittman et toi, vous en êtes les victimes. Je t'en prie, Cam, comprends-tu que je ne porte aucun jugement de valeur ? Je pense que tu seras toujours incapable de distinguer ce qui est réel de ce qui ne l'est pas tant que tu resteras sous l'effet de la drogue. Je sais que tout cela rend Garnock malade ; il

1. En français dans le texte.

était si sûr que l'antaril était un excitant des PES sans effet secondaire dangereux. Crois-tu que j'avais envie que tu sois l'unique exception ? J'aurais pu écarter Amy ; dès le premier jour, j'ai soupçonné qu'elle était potentiellement instable. Mais toi, Cam… toi, qui es si équilibré – non, ce doit être l'effet secondaire de la drogue.

– Alors, tu as rejeté toutes mes preuves en les attribuant à la drogue ? »

Sally hésita, tendit la main pour caresser celle de Fenton. « Tu exprimes cela plus radicalement que je ne le ferais, Cam. Disons que je n'ai vu aucune preuve objective, et que toutes ces choses que tu as vécues *ont eu lieu* pendant que tu étais plus ou moins soumis aux effets de l'antaril. Cam, je vais prendre rendez-vous pour toi avec un psychothérapeute de Cowell. Peut-être que si tu peux en parler, tu auras un… un point de vue un peu plus objectif. »

Fenton, consterné, la regarda fixement, les sourcils froncés.

« Alors, tu dis simplement que je suis fou. »

Sally le regarda en fronçant les sourcils et répliqua : « Voilà que tu réagis comme un profane et un ignorant ! Je te suggère de voir un psychothérapeute et tu réponds automatiquement : "Tu penses que je suis fou !"

– Ce que je comprends, dit Fenton, chauffé à blanc, c'est que, ayant des idées gênantes qui ne cadrent pas avec tes théories préconçues, tu m'envoies à un psychothérapeute pour que j'en reparle jusqu'à épuisement et le quitte convaincu qu'elles ne sont que des fantasmes ! »

Sally resta la bouche ouverte, aussi consternée que lui.

« Comprends-tu au moins, Cam, combien ce que tu dis semble paranoïaque ? On dirait une version sophistiquée de : "C'est un complot monté contre moi !"

– Bien entendu ! Tout ce qui a l'air un peu effrayant doit être désamorcé ! Disons dans ce cas qu'un type est paranoïaque et qu'il doit fermer sa gueule, cesser de parler de choses qui nous mettent tous tellement mal à l'aise ! »

Sally prit le verre de vin posé devant elle et le but à petites gorgées. Le verre tremblait dans sa main. « Tu es décidé à en faire une guerre, pour des motifs personnels, n'est-ce pas, Cam ?

– Je reconnais que cela me reste en travers de la gorge ! Je viens te voir, de personne à personne, pour essayer de te dire ce que j'ai vu et vécu, et tu te transformes en psy et justifies tout cela en disant que je délire !

– C'est pour cela, Cam, que je veux que tu ailles voir un autre psychologue. Je suis trop impliquée émotionnellement. » Il vit, à la lumière de la bougie, miroiter sur sa joue la traînée d'une larme. Elle ressemblait alors à la femme frêle, vulnérable, de la reproduction de Rackham, écrasée contre la paroi rocheuse par la foule des farfadets, Kerridis cernée par les irighi. Soudain plein d'une tendresse débordante, il serra les doigts effilés dans sa main.

« Je n'ai pas envie de me quereller avec toi, Sally. C'est la dernière chose que je souhaite. Là-haut, dans les montagnes, j'ai parlé de toi à mon oncle Stan. Il désire faire ta connaissance. C'est un vieil homme fabuleux, un septuagénaire qui emmène encore des jeunes en randonnée pédestre dans les sierras, qui coupe son bois à la hache, élève un troupeau de chèvres, fait son fromage et le vend à des boutiques bios... Il a dit que tu semblais être la femme que je désirais ; il m'a demandé de t'amener pour que tu lui parles. Tu viendras ?

– J'aimerais bien, répondit-elle avec un bref sourire. Il a l'air d'un vieux bonhomme merveilleux ; il n'y a plus tellement, dans le coin, de vieux comme nous en connaissions quand nous étions gosses. Approuverait-il le fait que je suis psy ? Ou est-il assez âgé pour penser que la place d'une femme est à la maison ? »

Fenton gloussa. « Je l'ignore ; je n'ai pas l'intention de le consulter à ce sujet, mais tu pourras le lui demander toi-même, si tu trouves cela important.

– Non, pas vraiment. Seulement, je suppose que je voulais me rassurer moi-même en découvrant que je ne suis pas la seule personne au monde qui ait des parents à l'esprit étroit, tout droit sortis de l'Âge de Pierre, et ton oncle semble si parfait que cela m'a rendue jalouse. *Mes* parents... je t'assure Cam... ils seraient à leur place dans un roman gothique. Gothique américain. Mon premier mari les trouvait merveilleux, bien sûr. Forcément. »

Elle devint distante, amère, comme chaque fois qu'elle parlait de son mariage, mais Fenton remarqua, dans un coin perdu de son esprit, qu'elle avait dit son *premier* mari, ce qui signifiait que quelque part en elle, le concept de *deuxième* mari avait commencé à prendre forme. Cela le remplit de tendresse. Il n'avait pas l'habitude de penser au mariage, mais l'idée de partager sa vie avec Sally commençait à paraître de plus en plus séduisante.

Puis, il se souvint d'autre chose.

« Mon oncle pourrait être ton témoin spontané. Tu ne cesses de dire que tous les faits que je qualifie de preuve objective sont tous subjectifs, qu'ils ont eu lieu sans témoins. Mais mon oncle a vu l'un des irighi. Il s'est enfui avec sa hache.

– Il l'a vraiment vu ? Il l'a vu assez distinctement pour pouvoir en témoigner sous serment ? Quoique le témoignage oculaire puisse être mis en doute – pense à tous ces gens qui ont affirmé sous serment avoir vu des petits hommes verts – mais l'a-t-il vraiment vu nettement ? »

Le cœur de Fenton se serra. « Il a vu les traces qu'il a laissées en s'enfuyant avec la hache.

– Ça ne suffit pas, dit Sally en fronçant les sourcils. Cam, quel âge a ton oncle ? Comment est sa vue ? A-t-il eu un problème visuel, un peu d'aphasie, une petite attaque…

– Il n'est pas sénile, si c'est à cela que tu fais allusion, répliqua Fenton en colère, et si tu lui parlais, tu t'en rendrais compte.

– Mais, Cam, je ne lui ai jamais parlé. Écoute, on ne pourrait pas laisser tomber tout cela ? Cette conversation ne nous mènera nulle part et je n'ai pas envie de me disputer avec toi. Quand tu auras vu ce psychothérapeute…

– Tu recommences encore ? Sally, je t'en prie, tu crois vraiment que j'ai besoin d'un psy ?

– Ne dis pas cela d'un ton si méprisant, dit-elle glaciale. Je ne vois pas pourquoi une personne réellement équilibrée hésiterait à parler avec un thérapeute qualifié. As-tu peur de mettre en danger ta construction fantasmatique en la soumettant à une investigation rationnelle ?

– Merde et merde, Sally, explosa-t-il si fort que les deux étudiants de la table voisine tournèrent la tête pour les regarder, j'en ai marre de la manière dont tu t'abrites derrière ce jargon de psy chaque fois que tu refuses d'affronter les questions que je soulève ! Ne peux-tu admettre que tu puisses te tromper ?

– Je te renvoie la question ! répliqua-t-elle du tac au tac.

– Viendras-tu voir mon oncle ? »

Le visage de la jeune femme s'adoucit un moment. « Certainement, Cam. Je viendrais parce que c'est ton oncle, et parce que ce doit être un vieux personnage merveilleux. Je serai ravie de faire sa connaissance.

– Je passerai te prendre vendredi matin, et cela nous laissera tout le week-end.

– Avec plaisir, dit-elle en souriant. Mais, je t'en prie, Cam, n'essaie pas de harceler ce vieil homme pour qu'il apporte son soutien à une histoire folle que tu as concoctée afin de fonder tes fantasmes. »

Il la regarda fixement, bouleversé, en colère. « Tu veux dire : Ne m'embrouille pas avec des faits, j'ai déjà pris ma décision ?

– Ce que tu essaies de dire c'est : Aime-moi, aime mes fantasmes. Si un jour tu peux m'apporter des faits, je serai heureuse de t'écouter ! »

Il recula bruyamment sa chaise, en essayant, de toutes ses forces, de se contrôler. « D'accord, dit-il en pesant ses mots. Je viendrai te chercher à dix heures vendredi matin », et il partit à grands pas sans se retourner. Il le fallait. Il savait que s'il était resté une minute de plus, il l'aurait frappée. Il jeta de l'argent au caissier et claqua derrière lui la porte du restaurant.

13

Le pressing, toujours là, semblait se moquer de lui. Fenton se dit, en colère : *Si j'avais le talisman d'Irielle...* et la rage le submergea. Il était à *lui*... de quel droit Garnock le gardait-il ?

Il resta là, à regarder la devanture d'un blanc austère du pressing comme si, par un simple effort de volonté, il pouvait lui substituer le petit magasin d'estampes qui devait être, soupçonnait-il, la Maisonmonde capable de le faire passer sans drogue dans l'autre dimension. Mais Garnock lui avait coupé l'accès à ce monde ; d'abord en l'écartant de l'expérimentation de l'antaril, puis en lui prenant le talisman d'Irielle.

Bon Dieu, pour qui se prend-il ?

Des plans rageurs bouillonnaient dans sa tête, mais aucun ne tenait debout. Il pouvait rester ici à épier la boutique jusqu'à ce qu'elle redevienne un magasin d'estampes. De l'eau que l'on surveille ne bout jamais. Est-ce qu'une Maisonmonde que l'on guette ne change jamais de forme ? Se transforme-t-elle seulement quand personne ne la regarde ? Pouvait-il rester ici à monter la garde jusqu'à ce que Pentarn en sorte ? Quelles sortes de lois présidaient au droit de l'identité de franchir ce seuil ? Il avait tenté de passer, tête baissée, à la suite de Pentarn et, en une fraction de seconde, la Maisonmonde était redevenue un banal pressing. N'avait-elle que l'*apparence* d'un pressing ? Derrière une curieuse interface spatiale qu'il ne pouvait voir, était-ce réellement un petit magasin d'estampes ? Mais non. Sally disait qu'elle faisait nettoyer ses vêtements là. Alors, il ne savait comment, les deux boutiques étaient réelles, allaient et venaient, l'une remplaçant l'autre. Quand le pressing était *ici*, sur Telegraph Avenue, où se trouvait la Maisonmonde ? Était-elle quelque part, cachée dans une autre dimension, ou bien de l'autre côté de ce monde-ci, déguisée en une autre échoppe quelconque, se déplaçant dans l'espace géographique comme elle le faisait entre les dimensions ? Pouvait-elle prendre l'apparence d'un fleuriste, d'un étal de marché, d'une boutique du British Museum ? D'un cinéma d'art et d'essai ? Qu'était-elle réellement, et où allait-elle apparaître ensuite ? Et cette petite librairie qu'il n'avait jamais pu retrouver à San Francisco ? Cam commençait à avoir la migraine.

Sally n'en croyait pas un mot. Maudite soit-elle. S'en souciait-il à ce point ?

Oui. C'était important pour lui. Sachant qu'il s'était aliéné Sally, il éprouvait le même vide douloureux qui l'avait accablé lorsque, Garnock l'ayant écarté du projet, il avait compris que le monde des Alfar lui était fermé.

À jamais.

Non, pensa Cam avec rage. Je ne l'accepterai pas. Irielle, qui était, comme lui, l'enfant de deux mondes. Kerridis... Kerridis à jamais hors de sa portée. Ses amis de là-bas, Findhal qui, en dépit de sa colère, avait été son ami... Il devait y avoir moyen d'y retourner, dût-il rester là jour et nuit à attendre que la Maisonmonde réapparaisse.

Mais pourrait-il traverser sans le talisman d'Irielle ?

Eh bien, pensa-t-il avec une pointe d'ironie, si tout le reste échoue, je peux toujours cambrioler le bureau de Garnock et le récupérer. Merde alors, le professeur disait que c'était un morceau de roche. Je pourrais fourrer n'importe quel gros bout de granit du campus dans son bureau et il ne verrait pas la différence !

Rester sur le trottoir à regarder d'un air morose le petit pressing ne lui ferait aucun bien. S'il *essayait* vraiment de rester là jour et nuit jusqu'à ce que la Maisonmonde réapparaisse, les flics s'en mêleraient. Il y avait encore des lois contre le vagabondage, à Berkeley. Elles n'étaient pas souvent appliquées, mais elles existaient, et s'il restait planté sur ce trottoir pendant quarante-huit heures d'affilée, ils le découvriraient. En tout cas, pensa-t-il avec le premier soupçon d'humour qu'il mettait en œuvre depuis sa sortie orageuse du restaurant, s'il tentait de demeurer là durant deux ou trois jours, il n'y arriverait pas. Il pouvait rester sans manger et même passer la tête dans le restaurant grec pour boire en vitesse un verre de quelque chose afin d'étancher sa soif. Mais il devrait uriner, tôt ou tard, et avec la chance qu'il avait en ce moment, la Maisonmonde en profiterait pour aller et venir pendant qu'il était aux chiottes !

Il pouvait retourner au restaurant, se rabibocher avec Sally et l'emmener dans la montagne afin qu'elle parle avec son oncle.

Il pouvait s'introduire de force chez Amy Brittman et l'obliger à porter un message à Pentarn. Celui-ci lui avait offert un moyen d'aller et venir par les portes, ce qui lui permettrait probablement d'empêcher ce type de tenter quoi que ce soit contre les Alfar et les avertir.

Il pouvait pénétrer de force dans le bureau de Garnock et exiger le talisman.

La soirée tirait à sa fin et Cam frissonna un peu. Un jeune couple, sortant du bar à bière de Larry Blake, regarda d'un air dédaigneux ceux et celles qui traînassaient dans la rue, et Cam prit conscience que, pour le moment, il en faisait partie.

L'un d'entre eux, celui avec de longs cheveux nattés à la mode néo-indienne, aux joues décharnées et tatouées, portant de longues boucles d'oreilles qui pendouillaient presque jusque sur ses épaules, s'avança vers Fenton. « Qu'est-ce que t'attends, mec ? murmura-t-il. Quelle sorte de contact tu cherches ? J'ai du shit de Cuba, le meilleur, pur, garanti. »

Automatiquement, Cam fit signe que non. « J'en ai pas besoin, vieux. Désolé.

– Je vends rien de *vraiment* illégal, mais je peux t'envoyer à un copain qu'a du bon LSD ou des tranquillisants. »

Fenton renouvela son geste. « Désolé. C'est pas mon truc », dit-il, mais il comprit qu'il ferait mieux de se mettre en route. Après tout, pour traiter avec les dealers, tout le monde savait qu'il suffisait d'attendre qu'ils vous abordent. Merde, s'ils voulaient passer leur vie à se shooter, il n'avait pas à les juger. Il pensa, avec un peu d'ironie, que lorsque Garnock l'avait écarté du projet, il s'était bel et bien comporté comme un drogué en manque.

Il partit d'un pas vif pour rentrer chez lui. Dans l'humeur où se trouvait Sally, elle ne répondrait sûrement pas au téléphone. Il lui donnerait le temps de se calmer, puis l'appellerait dans la matinée. Il était tard ; il ne pouvait guère se rendre à l'endroit où Amy Brittman vivait, et s'il essayait d'entrer chez elle de force à minuit, quelqu'un appellerait sûrement les flics.

En supposant qu'elle ne soit pas partie dans le monde de Pentarn, cette sycophante adoratrice, ravie d'être l'épouse du Seigneur Guide… Elle y était peut-être en ce moment. *Putain* de Garnock, comment avait-il osé lui prendre son talisman, le cadeau d'Irielle ! S'il l'avait, il n'aurait pas besoin d'attendre que la Maisonmonde revienne dans cette dimension. Il devait trouver ce sacré machin où qu'il fût caché…

Deux fois encore, tandis qu'il parcourait Telegraph Avenue d'un bout à l'autre, des vendeurs d'euphorisants l'abordèrent et lui murmurèrent différentes offres. Fenton refusa, mais le dernier avait trois anneaux à l'oreille qui lui rappelèrent le hippie au crâne rasé qui lui avait vendu l'antaril.

Son appartement était froid et vide. Il sortit l'enveloppe et resta à regarder fixement les comprimés bleus.

De nouveau, la tentation. Il lui suffisait d'avaler l'un d'eux et il pourrait sortir d'ici en passant à travers le mur ; très vite, il se retrouverait dans le monde d'Irielle et pourrait s'expliquer avec elle. Irielle était raisonnable ; ce n'était pas une parano qui haïssait les hommes, comme Sally !

Cette pensée le fit s'arrêter net. C'est exactement de cela que Sally l'accusait, de désirer une femme imaginaire parce qu'une vraie lui posait un trop grand défi. Et s'il s'enfuyait pour rejoindre Irielle à cause d'un désaccord avec Sally, cela ne prouvait-il pas que cette dernière avait raison ?

Il pouvait bien tourner en rond dans cette impasse, dans ce piège mental semblable à une cage d'écureuil, pendant toute la nuit. Il était convaincu que le monde des Alfar était réel, que le monde de Pentarn était réel. Les irighi étaient réels, eux aussi, assez pour s'enfuir en emportant une hache en acier extrêmement solide, et il s'aperçut qu'il n'aimait pas penser à ce qu'ils faisaient peut-être avec elle dans ce monde.

Pentarn avait une raison légitime d'en vouloir aux Alfar. Oui. Mais envoyer les irighi contre eux, c'était leur jouer un très sale tour, et maintenant qu'il avait commencé à mettre la pagaille, à laisser un monde se déverser dans l'autre, pourrait-il garder longtemps le contrôle de la situation ?

Il faut que j'aille voir les Alfar pour les avertir. Ils savent ce que fait Pentarn, mais ils ignorent pourquoi.

Il pensait à cela aussi, assis à son bureau, le comprimé bleu posé sur la table, devant lui. Pentarn n'était pas un méchant de conte de fées qui faisait le mal pour le plaisir. Il avait une raison d'en vouloir aux Alfar et cette affaire n'avait pas du tout été bien gérée. Cet homme croyait qu'ils détenaient son fils prisonnier grâce à la magie, à des enchantements. Si les Alfar arrivaient à le convaincre que le jeune homme ne *voulait vraiment* pas revenir… Non. De pire en pire. Cela blesserait mortellement l'orgueil du Seigneur Guide.

Je devrais accepter l'offre de Pentarn et tenter de rétablir la paix entre les mondes… cette idée lui arracha un rire amer. Il traitait toute cette histoire comme un conte qui avait un beau happy end tout prêt. Et il s'était attribué le rôle du héros qui apporte la paix à des mondes en guerre.

La meilleure chose à faire, c'était de retourner chez les Alfar et d'essayer de se réconcilier, tant bien que mal, avec Findhal qui semblait être leur chef.

Maintenant qu'il avait pris une résolution, Fenton se mit à dresser des plans. Il devrait s'habiller convenablement pour le froid. Pourrait-il emporter quelque chose avec lui ? Non, probablement pas, pas sans le talisman que Garnock lui avait pris.

Privé de son corps, il pouvait traverser les murs, les artefacts de ce monde ne pouvaient pas l'arrêter. Mais le talisman restait tangible dans tous les mondes. Pourrait-il, sous sa forme d'entremondes, entrer par effraction dans le bureau du professeur, traverser le mur et sortir l'objet de la vitrine où il était exposé ? Voilà quel devait être son premier objectif, récupérer le talisman, et ensuite se rendre tout droit à la Maisonmonde…

Le comprimé à mi-chemin de ses lèvres, il s'arrêta, consterné. Il savait d'expérience – trois séances sous antaril – que le monde qui l'entourait laissait vite place au monde forestier des Alfar. Comment dans ce monde-là – dans *n'importe lequel* des mondes – pourrait-il *localiser* le bureau de Garnock ou le talisman ? Physiquement, il était à environ dix pâtés de maisons du campus, et le temps qu'il marche jusque-là sous sa forme d'entremondes, il serait désespérément perdu dans le paysage changeant du monde des Alfar.

Peut-être que s'il avalait le comprimé à proximité du bureau de Garnock… mais alors, qu'arriverait-il à son corps ? S'il s'en détachait et le laissait reposer inconscient dans l'escalier, que lui arriverait-il ? Quand on le trouverait couché là, apparemment abruti par une drogue, devant la porte du bureau de Garnock, on le transporterait au Coswell Hospital, cette fois avec « prise de drogue non autorisée » sur son dossier médical. Cela ne ferait aucun bien à sa réputation et renforcerait l'opinion, déjà assez médiocre, que Garnock avait de lui.

Voyager hors de son corps a certainement des limites, pensa-t-il. Ce même précepte serait tout aussi valable s'il suivait sa première impulsion – avaler le comprimé devant les portes mêmes de la Maisonmonde…

Ce ne serait pas la première fois qu'on verrait un hippie écroulé sur le trottoir de Telegraph Avenue, plongé dans son rêve de drogué. Trouver une embrasure de porte confortable, où personne ne lui marcherait dessus, s'y étendre tranquillement et prendre son antaril, traverser la Maisonmonde…

Mais il s'aperçut qu'il ne pouvait imaginer avec sérénité Cameron Fenton, ex-membre du département de parapsychologie, couché quelque part dans la rue en compagnie de drogués au LSD complètement délirants… et dans son cas, hors de son corps. Et si on le ramassait pour l'emmener au commissariat avec des ivrognes ou – de nouveau – à l'hôpital ? Cela laisserait, sur son casier judiciaire, une marque infamante qu'il ne pourrait jamais effacer.

Fenton regarda d'un œil mauvais le comprimé bleu d'antaril qui semblait le narguer. Ce ne serait pas aussi facile qu'il l'avait cru.

Il n'y avait qu'un seul endroit – en dehors du labo de parapsychologie, qui lui était maintenant fermé – où son corps serait en sécurité pendant son trip sous antaril, c'était ici même, dans son appartement. Cette fois, il n'aurait pas le professeur et toute l'équipe pour surveiller son corps et l'emmener à l'hôpital s'il restait trop longtemps dehors. Il devrait simplement revenir à temps pour empêcher que son organisme ne se détériore.

N'y avait-il personne en qui il puisse se fier, et qui resterait près de lui pendant son expérience ?

Le seul, c'était son oncle Stan, dans les montagnes, et il ne pouvait s'y rendre. Il ne connaissait là-bas aucun point de repère entre les mondes. Au moins, ici, il avait une certaine conscience spatiale du palais de Kerridis ; et puis le bosquet d'eucalyptus, restait un « bon endroit » dans les deux mondes. Il devait donc le faire seul.

Autant se mettre à son aise. Il se dévêtit, enfila un peignoir chaud, s'étendit sur le sofa et regarda pensivement le petit comprimé bleu. Il n'avait aucun moyen de comparaison en ce qui concernait le dosage, il ne connaissait pas la force de ce que Garnock lui injectait, et il ne pensait pas avoir une réponse très favorable s'il l'appelait pour le lui demander ! Devait-il prendre un ou deux des petits comprimés, ou les quatre ?

Ce serait plus facile de faire face aux effets d'une dose insuffisante qu'à ceux d'une overdose. Il allait commencer avec un seul. Si cela ne faisait pas l'effet attendu, il recommencerait l'expérience plus tard, mais pour le moment, il ne fallait prendre aucun risque.

Il savait, aussi, qu'il n'avait aucun moyen de connaître précisément comment la drogue agirait prise oralement ; il pouvait même se demander si c'était bien de l'antaril. Le hippie au crâne rasé aurait pu lui refiler n'importe quoi, depuis du LSD jusqu'à du pur glucose coloré en bleu.

Eh bien, il n'avait pas d'autre choix que de tenter sa chance. S'il s'agissait de glucose, il n'arriverait simplement rien. Si c'était du LSD… eh bien, le pire auquel il pouvait s'attendre, c'était d'en tirer son propre son et lumière, plus une nuit et un jour de perdus, à condition qu'il ne devienne pas trop confiant et n'essaie pas de conduire une automobile ; et il s'en garderait bien.

Si c'était quelque chose de dangereux, comme le datura, eh bien, il pouvait seulement espérer qu'il reconnaîtrait les symptômes à temps pour vomir. La méthédryne ne le tuerait pas, pas une unique prise, mais il ne savait pas comment son métabolisme réagirait ; suivant son dosage, il pourrait rester éveillé durant les trois jours suivants et délirer, ou simplement courir dans les rues en bredouillant des âneries aux quatre vents pendant quelques heures.

Tu cherches des faux-fuyants, se dit-il sévèrement. *Tu as la frousse.* Il ne se donna pas la peine de le nier. Il avait failli y passer, la dernière fois. Le souvenir de son corps au Cowell Hospital, inconscient, avec des tubes dans le nez et la bouche, le terrifiait.

Il se leva du sofa, prit du papier et un stylo, s'assit à son bureau, nota fermement la date et tenta de retrouver son détachement scientifique. Après un bref moment de réflexion, il écrivit :

Je me suis engagé dans une expérience, en prenant un (même en esprit, il répugnait à employer le mot *drogue*) *produit pharmaceutique que je crois être de l'antaril. Si l'on me découvre inconscient et si je ne montre aucun signe de toxicité reconnaissable* (tout médecin compétent saurait aussitôt s'il montrait des signes d'empoisonnement au datura)*, il suffit de me mettre sous assistance respiratoire et de me protéger de la déshydratation avec une solution saline et du glucose en intraveineuse, jusqu'à ce que je reprenne conscience.*

Cela devrait le protéger de presque n'importe quelle éventualité.

Il hésita, le stylo à la main, prit une autre feuille de papier et écrivit avant d'avoir réellement réfléchi :

Sally chérie, je t'en prie, comprends-le, je suis obligé de faire cela. Ne t'inquiète pas pour moi...

Il regarda fixement, incrédule, le papier qu'il déchira en minuscules fragments. Il les jeta dans la corbeille à papier et posa la première feuille bien en évidence. Il mit le comprimé bleu dans sa bouche et l'avala avec un verre d'eau.

Dose insuffisante ? Overdose ? Ou rien du tout ? se demanda-t-il sombrement.

Il eut rapidement la réponse à l'une des questions : un vertige s'empara de lui, le fit trébucher, et il s'écroula sur le lit, la main tendue pour se retenir. Alors, pas de dextrose ou de placebo inoffensif comme de l'aspirine ou de la lactose. Quelque chose de puissant. Mais même le LSD le plus pur n'agirait pas aussi vite ; ni aucune des autres drogues excitantes qu'il connaissait. Tandis qu'il se reprenait rapidement, se redressait, il s'aperçut que son corps reposait sous lui, étendu moitié sur le lit moitié par terre. Il avait commis une grosse erreur ; il aurait dû installer son corps confortablement avant d'avaler ce truc ! Mais qui aurait imaginé que cela agirait plus rapidement que l'intraveineuse de Garnock ? Se souvenant qu'auparavant, durant les premiers effets de la drogue, il avait été capable de parler, il tenta de toutes ses forces de revenir dans son corps assez longtemps pour le réinstaller dans une meilleure position sur le divan, mais ses membres s'entêtaient à ne pas lui obéir. Eh bien, il ne pouvait rien y faire et, en tout cas, il savait maintenant que c'était bien de l'antaril. Et, à en juger par les résultats, une sacrée dose.

Les murs semblaient encore solides. S'il réussissait à rester assez longtemps dans la dimension physique de Berkeley, il pourrait atteindre le bureau de Garnock, ou du moins la Maisonmonde/ magasin d'estampes. Donc, plus vite il sortirait d'ici, mieux ce serait.

Il s'approcha du mur, tendit d'abord la main, puis le traversa. Déjà les artefacts de cette dimension s'effaçaient. En toute hâte, se déplaçant à la vitesse de la pensée – il se demanda brièvement à combien s'élevait la vitesse de la pensée – il eut l'impression de descendre en courant Telegraph Avenue. Maintenant, le bureau de Garnock et le talisman…

Mais déjà les rues pâlissaient et disparaissaient. Sur un pâté de maisons ou deux, il put voir encore les voitures, les façades, les boutiques, et se demanda ce qui arriverait s'il entrait dans l'une d'elles. Rien ; on ne pouvait pas le voir. *Si cette drogue se répandait*, pensa-t-il, *elle attirerait sûrement les voleurs. Il leur suffirait de traverser les murs*. Mais, bien sûr, ils ne pourraient rien emporter. Ils se retrouveraient comme lui, lorsqu'il avait voulu ouvrir la porte du cachot d'Irielle et qu'il était tombé au travers.

Mais cela pourrait servir à repérer un endroit où un gang de cambrioleurs viendrait plus tard. Et les voyeurs pourraient en tirer profit, entrer dans les appartements et regarder des femmes se déshabiller, ou quoi que ce soit d'autre qui les excitait particulièrement. Fenton se dit qu'il avait probablement un esprit de délinquant et le mettait à profit dans cette affaire.

Si le talisman est réel dans tous les mondes, et s'il est ici maintenant, quand je serai dans le bureau de Garnock, le trouverai-je alors suspendu dans les airs, sans rien autour de lui ? Cette idée le mit mal à l'aise. Les épéevrills étaient réelles dans tous les mondes, et pourtant, il n'en avait jamais vu une planer dans son propre monde. Peut-être n'étaient-elles réelles *que dans un seul monde à la fois*. Ce devait être ça. Mais alors, une fois dans le monde des Alfar, il ne pourrait pas se rendre dans le bureau de Garnock *cette fois-ci.*

Déjà, il pouvait à peine apercevoir les voitures dans la rue et des fantômes immatériels se dressaient autour de lui, des ombres de rues, de maisons et de boutiques. Sous ses pieds, il n'y avait plus de macadam, mais un doux sol sablonneux, et il percevait vaguement des formes d'arbres et de buissons étranges.

Eh bien, s'il était dans le monde des Alfar, la Maisonmonde devait se trouver quelque part dans le coin... mais il se souvint de ce qu'Irielle avait dit, que la Maisonmonde pouvait *ne pas vouloir* être trouvée. Il se demanda à quoi celle-ci ressemblait dans cette dimension, s'il la *trouvait*, et s'il serait capable de l'identifier. Peut-être serait-elle déguisée en arbre. Et n'importe comment, quel était son aspect réel ? Ressemblerait-elle à un immense réseau d'ordinateurs ou à un temple ? Une bizarre combinaison des deux, comme le Lawrence Hall de la fac des sciences de Berkeley ? Si le palais de Kerridis, la reine des Alfar, ressemblait à une cathédrale fantomatique faite d'arbres, qu'est-ce qui lui faisait croire que la Maisonmonde serait plus reconnaissable ?

Il faudrait qu'Irielle me guide, pensa-t-il, abattu. Je ne trouverai jamais mon chemin tout seul !

Parce qu'il n'était certainement plus à Berkeley. Et qu'il ne se trouvait pas dans un endroit où il pourrait voir un point de repère familier de ce monde. Il marchait sur un sol sablonneux où poussait une herbe clairsemée. Ce ne pouvait pas encore être l'aube, dans le monde de Fenton, et à son arrivée ici, il était environ dix heures du matin. Une lumière safran crue, qui faisait mal aux yeux, se levait autour de lui, pas du tout comme le soleil pâle et brumeux des Alfar, pas du tout.

Il chercha un point de repère. Bien sûr, il n'y en avait guère qu'il puisse reconnaître dans le monde des Alfar, sauf le bosquet d'arbres blancs plumeux, et l'entrée de la caverne dans laquelle les irighi avaient traîné Kerridis. Et comme dans son propre monde, il était à environ dix pâtés de maisons au sud du campus, il était incapable d'estimer à combien il se trouvait de ceux-ci dans ce paysage inconnu. La vue était différente, il devait avoir atterri quelque part ailleurs, cette fois-ci.

Après tout, Irielle disait que ce devait être fort ennuyeux de vivre dans un paysage qui ne se transformait pas. Peut-être avaient-ils, pour cette raison, modifié un peu celui-là, et pourrait-il se repérer plus tard. Il continua à marcher avec ténacité vers ce qui semblait être le Nord, et donc vers le bosquet d'eucalyptus, même s'il savait qu'ici, cela le conduirait peut-être aux cavernes volcaniques d'où les irighi pouvaient sortir d'un moment à l'autre.

Il devait y avoir, dans ces grottes, une sorte de sinistre chevauchement du monde des irighi et de celui des Alfar. Peut-être Pentarn avait-il quelque chose à faire avec cela ; c'est ce que pensait Kerridis. Il était évident que Pentarn savait tout sur ce chevauchement des dimensions, les Portes-des-Mondes, et comment y trouver son chemin.

Si je suis son analogue, je devrais le savoir aussi, non ? Puis Fenton gloussa à cette idée. Il n'avait rien d'un Seigneur Guide sur sa propre planète. Si Pentarn avait réussi à s'introduire à Berkeley, il serait devenu gouverneur de la Californie – ou du moins, chef d'un département de la fac – avant que quelqu'un ait le temps de comprendre ce qui était en train d'arriver !

Seulement Fenton ne trouvait pas cela drôle du tout. Ce raisonnement lui révélait une partie de ses propres sentiments dont il n'avait jamais été conscient et qui ne lui plaisait guère.

Merde alors, où étaient les arbres ? Le seul élément constant de ses trois visites du monde des Alfar avait été des arbres, immenses, imposants, auprès desquels les séquoias n'étaient que des nains ! Tout ce qu'il voyait ici, c'étaient des buissons rabougris et un sol sablonneux. Bien sûr, croire que les paysages changeants du monde des Alfar devaient toujours rester les mêmes, c'était penser à partir de sa propre expérience, et il savait déjà que ce genre de raisonnement était irrationnel. La plage de Malibu ne ressemblait guère aux Sierras, et pourtant elles étaient toutes deux en Californie. Seulement ceci ressemblait plus au parc national de l'Arbre de Josué, avec ces drôles d'épineux tordus et son sable ; et l'autre constante du monde des Alfar était *le froid*. Fenton se surprit en train d'essuyer la sueur qui ruisselait sur tout son corps.

Où qu'il fût, il devait probablement se résigner au fait qu'il n'était pas au pays des Alfar.

Oh, super. La dernière chose dont j'avais besoin, c'était de me retrouver dans un monde totalement inconnu.

D'où cela provenait-il ? La puissance inattendue de l'antaril des rues ? Aurait-il dû mieux concentrer sa volonté sur le monde où il voulait se retrouver ? Il l'ignorait. Cette dimension suivait ses propres lois. Mais il était là. Il n'avait pas suffisamment vu le monde de Pentarn pour reconnaître s'il s'agissait de *celui-là* ou non. La seule chose qu'il savait c'est qu'il n'était pas là où il avait eu l'intention d'arriver.

Il continuait à fouler le sable sec avec obstination, tristement, en direction du nord, du moins le pensait-il. Au-dessus de lui, la lumière s'accrut et un grand disque orange, étrange, se leva à l'horizon. Ce n'était certes pas le soleil que j'attendais, se dit inutilement Fenton, ni celui des Alfar. Mais s'il persistait dans cette direction, il pourrait, tôt ou tard, se retrouver à l'endroit qui, dans cette nouvelle dimension, correspondait au bosquet d'eucalyptus. Irielle avait dit que c'était un bon endroit dans les deux mondes. Peut-être serait-il bon aussi dans *celui-là*, bien que Fenton trouvât difficile d'imaginer que celui-là puisse *avoir* quelque chose de bon.

Cela ressemble tout à fait, se dit-il, à ce que la Bible appelle la Géhenne, un affreux désert brûlant.

Soudain, il trébucha, puis s'étala de tout son long sur le sol ; le choc lui ébranla les os. *Merde !* Il se souvint de la roche gelée qui, dans le monde des Alfar, avait failli lui arracher la peau du menton. Le souffle coupé par la douleur, il tendit la main et découvrit qu'il avait trébuché sur un rebord rocheux, une sorte de mur qui s'élevait devant lui, à un cinquantaine de centimètres.

Il ne pouvait être que naturel. L'une des règles de ces mondes était, semblait-il, qu'on ne pouvait pas toucher aux objets fabriqués. Sauf ceux valables dans tous les mondes, comme les épéevrills et les talismans changeants. Fenton regarda pourtant avec stupéfaction le mur, en se demandant comment une chose aussi régulière pouvait être naturelle. Ce mur traversait le désert d'épineux aussi loin que portait son regard – parfaitement droit, parfaitement régulier, de cinquante centimètres de haut, bien quadrangulaire ; Fenton le contempla fixement et, les sourcils froncés, tâta sa surface brûlante.

Normalement, il n'y avait pas de lignes droites dans la nature.

Ça, c'est une idiotie, bien entendu. Les cristaux se fendent selon des lignes droites ; c'est ce qui fait d'eux des cristaux. Les électrons de la magnétite s'alignent pour former une ligne plus droite que celle qu'on peut tracer avec une règle. Et ici, dans ce monde étranger, il y avait quelque chose qui ressemblait à un objet fabriqué, mais ses mollets égratignés lui disaient qu'il s'agissait d'une chose naturelle.

À moins, bien sûr, que les lois soient, ici, différentes de celles de son monde et du monde des Alfar.

Seulement pourquoi ne l'avait-il pas vu jusqu'à ce qu'il tombe dessus ? Il aurait juré n'avoir aperçu aucune ligne droite auparavant. Le mur avait-il soudain surgi de nulle part ?

Fenton se releva en regardant le grand disque orange, dans le ciel – il détestait appeler cela un soleil – dont la lumière ocre éblouissante commençait à lui faire mal aux yeux. Il mit ses mains en visière, mais il lui sembla qu'elle passait au travers. Son éclat était redoutable. *Merde, je suis en enfer. Tout ici est infernal et, si j'étais croyant, je me demanderais si je n'ai pas été puni pour avoir pris de la drogue. C'est peut-être mérité. Sally serait sûrement d'accord.*

La douleur dans ses mollets avait diminué suffisamment pour qu'il puisse remarcher, et tout désorienté, il tenta de se repérer. Où était le nord, de quelle direction venait-il ? Pourquoi s'en inquiéter ? Autour de lui, dans cette terrible lueur de haut fourneau, il n'y avait rien de visible, juste cet affreux désert plat, cette interminable étendue d'herbe rase épineuse, et ce vilain mur rocheux s'étendant de nulle part à nulle part jusqu'à ce qu'il s'efface au loin dans les deux directions.

Il n'était même pas assez haut pour lui procurer de l'ombre. Fenton regarda à ses pieds et découvrit, comme il le présumait, que lui-même n'en avait pas. Alors, il ne pouvait pas s'abriter du soleil. Mais si ce mur était un objet fabriqué – et il ne semblait pas pouvoir être naturel – il le mènerait bien quelque part.

Choisis une direction, Fenton, s'ordonna-t-il sombrement, *et mets-toi en route. Va quelque part.*

Il marcha.

Et marcha.

L'énorme soleil orange montait dans le ciel, et tout autour de lui régnait un épais silence, que troublait seulement un petit bruissement sec, comme si l'herbe épineuse murmurait sous l'effet d'une brise inexistante, ou qu'une sorte de petit insecte stridulait doucement. Il suivait le mur. Qui le menait, semblait-il, de rien à *plus* de rien.

Au fur et à mesure, l'herbe se clairsema, se raréfia, et il n'y eut bientôt plus que le sable et ce hideux mur bas, interminable, qui, aussi loin qu'il pouvait voir, s'étendait à perte de vue.

Les drogués, ceux qui prenaient du LSD ou des équivalents, disaient qu'on était sûr, un jour ou l'autre, de faire un mauvais trip. Et c'était le cas aujourd'hui. D'autre part, les étudiants qui avaient participé à des expérimentations disaient que la plupart des mauvais trips étaient dus à des conflits névrotiques non résolus ou à l'impureté de la drogue. Cette dernière cause expliquait la différence entre ses propres voyages effectués dans des conditions de laboratoire et celui-ci, sous antaril acheté à un dealer et mêlé à Dieu sait quoi.

En tout cas, pas de raison de ronchonner. Personne ne l'avait obligé à venir ici. En fait, aussi bien Garnock que Sally l'avaient averti. Fenton fut soudain en proie à une terrible peur. Était-ce la preuve que le monde des Alfar n'avait jamais existé, que tout cela se passait dans sa tête, et que maintenant, comme il avait agi illégalement, son esprit le punissait par ce « mauvais trip » ?

Il n'accepterait cette explication que s'il y était forcé. Merde alors ! il était un chercheur, pas un hippie flashant dans des univers ludiques. Si c'était un moyen de prouver la réalité de ces autres dimensions, il devait l'accepter. Jusqu'ici, le pire côté de ce trip, c'était qu'il était *barbant.* Cela aurait pu être pire. Il aurait pu, par exemple, atterrir dans les cavernes volcaniques des irighi.

Il marchait d'un pas lourd sous le soleil orange et, il avait beau savoir que son corps se trouvait en sûreté sur le parquet de son appartement, il se grattait à cause de la chaleur et maugréait et trébuchait en suivant avec résolution le mur qui se prolongeait encore et encore ; il n'entendait que les bruissements secs et les stridulations dans l'herbe. Soudain, il éprouva une espèce de fourmillement entre les omoplates, sensation qu'il avait toujours connue et qu'il n'avait appris à interpréter que depuis ses études de parapsychologie. Il en connaissait la signification.

Quelqu'un l'observait.

Fenton pivota sur ses talons, s'attendant presque à voir là une silhouette, demeurée invisible jusqu'alors.

Mais il n'y avait rien ; le désert et l'herbe s'étendaient vides et monotones, sans rien que le mur infini. Fenton détecta un infime soupçon de mouvement à la limite extrême de son champ visuel, comme si quelque chose avait filé hors de sa vue. Se sentant tout bête, il demanda : « Il y a quelqu'un ? »

Pas de réponse.

Bien sûr. Il n'y avait personne dans ce putain de désert, personne sauf lui. Et même cela était contestable, pensa-t-il en se souvenant de son corps, affalé chez lui !

Il poursuivit son chemin.

Pourquoi ? Il l'ignorait. Il n'arrivait nulle part, le mur s'étendait encore et encore, sans le moindre signe qu'il menait quelque part ou venait de quelque part. La Grande Muraille de Chine n'était rien à côté. Au moins, elle avait une raison d'être ; les Chinois étaient beaucoup trop sensés pour construire un mur tel que celui-ci, et de plus le territoire qui l'entourait était exactement le même des deux côtés. Fenton sentit de nouveau un fourmillement dans son dos, ce qui signifiait que quelqu'un le regardait. Il n'en tint pas compte aussi longtemps qu'il le put – il avait l'impression d'être un idiot s'il se retournait et ne voyait rien que le désert – mais pour finir, cela devint si insupportable qu'il se retourna encore.

Rien. Bien entendu.

Il dit tout haut. « Personne me regarde. »

Alors, où était personne ? Cela lui rappela l'astucieux Ulysse disant au Cyclope qu'il s'appelait Personne. Aussi lorsqu'il creva l'œil du monstre, celui-ci rugit : « Personne est en train de m'assassiner », et ses amis lui répondirent : « Si personne ne t'assassine, pourquoi hurles-tu comme cela ? » et ils continuèrent à s'occuper de leurs affaires.

Eh bien, personne n'était en train de le regarder, d'accord, mais il aurait bien voulu apercevoir personne.

Hier soir, dans l'escalier, j'ai rencontré
Le petit homme qui n'était pas rentré.
Il n'était pas là non plus aujourd'hui.
Mon Dieu, comme je voudrais qu'il soit parti !

Fenton marchait péniblement en se demandant si durant toutes les heures de cette incroyable overdose d'antaril, il allait continuer à avancer ainsi, dans cette effroyable étendue nue, tourmenté par la chaleur et l'impression d'être observé.

Parce qu'il n'y avait personne sauf le mur. Il avait entendu dire que les murs avaient des oreilles, mais des yeux, ça, jamais. Il pensa qu'il devrait lui donner un bon coup de pied. Si c'était le mur qui avait des yeux, peut-être qu'il lui demanderait alors, dans le style d'*Alice au Pays des Merveilles* : « Pourquoi avez-vous fait cela ? » et, au moins, il aurait quelqu'un à qui parler.

Il tendit une jambe en arrière pour vérifier sa théorie. Puis reposa le pied par terre et s'aperçut qu'il tremblait. Il ne savait pas ce qui l'épouvantait le plus : l'idée que le mur pourrait vraiment lui répondre, ou la peur qu'il ne le fasse pas.

En fait, je préférerais ne pas savoir.

Il reprit sa marche à pas lourds, se disant que s'il continuait assez longtemps, il finirait bien pas arriver quelque part.

Parce que, pour le moment, il n'était nulle part.

Tandis qu'il avançait, il commença à discerner, par-dessus la morne stridulation des grillons invisibles, un faible bruit venu de très loin. Il n'arrivait pas à l'identifier. Lentement, cela devint un martèlement étouffé, comme s'il y avait, sous terre, un gros moteur. Fenton trébucha et tomba encore, de tout son long, sur le sable, avec l'impression bien nette que la terre avait bougé sous ses pieds. Eh bien, il ne manquait plus que cela. Il aurait dû s'attendre à des tremblements de terre, en un tel lieu ; même le sol, sous ses pieds, en avait marre et voulait s'étirer un peu...

Il se remit debout. Il y avait vraiment un bruit et c'était indéniablement un rugissement de moteur, mais il ne voyait toujours rien que le désert et ce satané mur !

Ça pourrait être pire, supposa-t-il.

Et cela devint pire. Devant lui, la terre se souleva, gronda, et l'entrée béante d'une grande caverne s'ouvrit. Fenton recula, plongea le regard dans les ténèbres et une horde d'irighi jaillit de la grotte. Ils se précipitèrent vers Fenton en poussant des cris perçants.

Il s'arrêta pile, tremblant, paralysé de peur. Pas moyen d'y échapper. Il aurait dû savoir que ces petites créatures répugnantes seraient à leur place dans un paysage tel que celui-ci. Et maintenant, il allait être renversé et mis en pièces par leurs terribles couteaux...

« Vite, dit une voix criarde, grinçante. Par ici. »

Le sol glissa, bougea, roula sous ses pieds, tonna et une brèche s'élargit sous le mur. La bouche d'une caverne bâilla et, sans réfléchir, Fenton s'y réfugia. Une fois à l'intérieur, il changea d'avis ; celle-là aussi était probablement pleine d'irighi... mais comme il pivotait sur ses talons pour en ressortir, la lumière rouge orangée disparut et il se retrouva dans des ténèbres absolues.

L'entrée de la caverne s'était refermée derrière lui.

14

Fenton était là, clignant des yeux, dans la chaleur lourde et humide, incapable de voir sa main, et soudain une peur panique l'envahit. Sous terre, entouré par une roche naturelle… s'il commençait à s'effacer, serait-il piégé ici ?

Est-ce ma névrose personnelle, des cauchemars de claustrophobie ? La dernière fois, c'était la Prisonroche…

Il dit à voix haute : « Il y a quelqu'un ?

– On est ici, répliqua la voix criarde, grinçante, qui lui avait ordonné d'entrer dans la caverne. Rien échapper à grouilleurs poilus, question ? Pas bon se cacher de grouilleurs voyants, question ? Mais cet environnant est une ombre, aussi expliquer pourquoi intrusion ; permission non donnée à toute autre invasion. Grouilleurs pas demander permission, affirmer évidence. Et ombres du Monde-du-Milieu venir maintenant sans invitation… demande polie, devoir rester immobile, grinça la voix lorsque Fenton bougea les pieds. Savoir que la présence intruse est ombre, mais petites choses pas savoir, peur des pieds d'intrus. »

Fenton s'immobilisa, se demandant quelles « petites choses » craignaient ses pieds, quelles sortes de petites choses pouvaient se dissimuler dans le noir. Ce monde était-il celui des irighi, celui dont ils venaient ? Non ; dans ce curieux discours, la voix invisible avait déclaré que les « grouilleurs » n'avaient pas demandé la permission. Il supposa que ce qu'il avait entendu comme une voix était en fait une série de pensées qui ne pouvaient être traduites dans la langue de Cam, seulement transmises laborieusement en une série de concepts.

Mais la présence étrangère semblait ne pas lui vouloir de mal… sinon, l'aurait-elle invité à échapper aux irighi ?

« Qui êtes-vous ? demanda-t-il à voix haute.

– On est ici, fit remarquer la voix grinçante dans l'obscurité. Pas savoir réponse, intrus du Monde-du-Milieu toujours appeler cette présence en sons d'identité. »

Afin d'éclaircir cette déclaration, Cam se rappela le monde d'*Alice au Pays des Merveilles* où les choses n'avaient pas de nom, et il comprit que ce qu'il avait toujours trouvé légèrement faux dans ce texte, c'était que les choses en question connaissaient le concept de *noms* et étaient conscientes de ne pas en avoir. Maintenant, il avait, semblait-il, rencontré une présence qui, non seulement n'avait pas de nom, mais ne pouvait imaginer ce qu'était le concept de nom, si bien que la question : « qui êtes-vous ? » transmettait seulement un vague malaise à propos de l'identité rencontrée.

Comment dans ce monde – dans *n'importe* quel monde – pourrait-il communiquer avec une présence qui n'avait pas la notion des noms ? Il avait entendu parler, une fois, d'un langage sans substantifs ; au moins, celui-ci ne lui était pas aussi étranger. Les « grouilleurs », c'était joliment évident : le peuple-de-fer, « pas demander permission ». Lui-même avait été conceptualisé comme « intrus ». Il dit, en essayant de se penser à la manière dont avait parlé l'invisible voix : « Cet intrus regrette intrusion et n'avait pas intention de venir ici, mais ailleurs. Je ne savais pas… » Merde, ils n'avaient pas, non plus, de concept d'identité personnelle ! « Cet intrus regrette de troubler petites choses, était ignorant de leur présence. Je ne pense pas… » – il se reprit ; les habitudes de langage affectaient vraiment la parole et même la pensée ! – « Cet intrus n'était pas conscient d'une présence, en dehors du mur, et de… de celui qui parle dans les ténèbres. »

Autour de ses pieds, Fenton entendit un curieux bruissement, et il frissonna ; cela ressemblait terriblement à de minuscules griffes traînant sur la roche. Mais il resta immobile, sachant que s'il blessait l'une des petites bestioles qui l'entouraient, la voix, qui semblait avoir, pour le moment, un certain bon vouloir à son égard, pouvait brusquement refermer ce soudain refuge et probablement l'étouffer. Il ne bougea pas pendant que se poursuivaient les craquements et les bruissements qui ressemblaient à une conversation presque inaudible.

La voix criarde dit : « On n'est pas conscient des différenciations de l'intrus. On est le mur et aussi on est les petites choses, mais maintenant conscient de la différence de l'intrus, et savoir intrus faire pas partie de nous. Question, intrus pas faire partie des choses poilues ?

– Non, répondit emphatiquement Cam. Intrus pas faire partie.

– Question, alors, intrus est autre, s'il vous plaît expliquer altérité ? »

Ça, c'était raisonnable, pensa Cam Fenton, mais aussi impossible. Oubliant ses tentatives pour parler en termes que comprendrait la voix invisible, il dit : « Pas possible. Je ne sais pas où je suis, ou comment je suis arrivé ici au lieu de l'endroit où j'avais l'intention d'aller. Et je ne peux pas vous voir, aussi je ne sais pas qui vous êtes. »

Il y eut un très long silence, comme si la présence dans le noir était en train d'essayer, laborieusement, de décrypter les concepts étrangers de Fenton. Eh bien, se dit Cam, il vaudrait mieux qu'il tente de lire dans mes pensées pour savoir ce que je pense *vraiment*, et non que moi, j'essaie de m'exprimer à *sa* manière, ce qui peut l'amener à se méprendre sur le sens de mes paroles.

La voix criarde parla de nouveau, plaintive et un peu frustrée.

« Question : cet intrus est plus conscient d'entourage avec couleur du soleil révélant ditto ? »

Cam comprit, avec difficulté, qu'on lui demandait s'il verrait mieux avec de la lumière.

« Catégoriquement oui », répliqua-t-il ; une minute après, une fente s'élargit quelque part et la lumière orange, pénombreuse, commença à pénétrer dans la caverne. Lentement, au fur et à mesure qu'elle croissait, Cam vit les parois autour de lui et, sous ses pieds, une assemblée de minuscules choses pourvues de nombreuses pattes, qui ressemblaient à de petits bernard-l'hermite orange ou à des araignées revêtues d'une cuirasse.

« Question : raison pour intrus se présenter ici quand pas intention ? »

Fenton fronça les sourcils, son cerveau se dérobait à force d'essayer d'expliquer la théorie des dimensions extra-terrestres et des univers multiples à cette présence invisible – il commençait à soupçonner que c'était la grotte elle-même qui lui parlait. Tout ce qu'il put dire, ce fut : « Pas savoir. »

Il supposait que cela se tenait. Il avait pu communiquer avec les Alfar parce que, même s'ils n'étaient pas humains, ils avaient les mêmes organes de la parole que les hommes. Pentarn, autant qu'il ait pu le constater, *était* humain. Mais pourquoi supposer que *tous* les mondes seraient habités par des humanoïdes ? Ici, il était dans un univers qui prodiguait la sagesse au sol même. Était-ce ce qu'on appelait un élémental terre ? Eh bien, pire ; supposons qu'il se soit réfugié dans un volcan et qu'il soit obligé de communiquer avec *cela* ? Au moins, cette « présence » était bienveillante et plutôt lente de parole et de pensée, bien qu'elle ait ouvert rapidement l'entrée de la caverne pour le sauver des irighi.

Il dit « Question » et comprit qu'en un sens, il était *en train* d'apprendre la manière dont l'autre présence communiquait. « Le on auquel je parle… n'appartient pas aux choses poilues ?

– Catégoriquement non-appartenance, répliqua la voix que Fenton commençait à considérer comme un élémental terre. On sent colère et répugnance que intrus sans vouloir offenser suppose. Rassurer, choses poilues aucune partie de l'identité, ou de l'intrus, aussi étrangères aux deux et accord mutuel. Question, intrus partager dégoût pour choses poilues ?

– Indéniablement oui, répondit Fenton et il comprit vaguement qu'il venait de réussir la première définition de concepts dans sa communication avec la présence extra-terrestre !

– Accord bienvenu avec intrus, éprouver étonnement et demander : intrus souhaiter arriver quelque part et pas dans environnement immédiat ?

– Ce que je désirais, c'était arriver dans le monde des Alfar. » Après avoir parlé, il se demanda s'il ne venait pas, encore une fois, de brouiller leur communication. J'aimerais voir à qui je parle, pensa-t-il, et, au bout d'un moment, il s'aperçut qu'il avait parlé tout haut.

« Être agréable à intrus sentant confusion, rendre plus facile échange de pensées », gronda la voix et, après un moment, dans la lumière morne, un morceau de la paroi rocheuse se renfla et, s'avançant vers lui, ondulant en direction du haut, créa quelque chose qui ressemblait un peu au mur que Fenton avait suivi dans le désert. Maintenant, il se demandait qui avait suivi qui. Est-ce que le sol, qui faisait manifestement partie de l'élémental, s'était étendu sous cette forme, pour suivre Cam ? Cet être éprouvait-il le temps si différemment que toute cette longue marche le long du mur n'avait pour lui duré qu'une seconde ? Cam se prit la tête à deux mains, une migraine commençait à se manifester. Il se demandait s'il ne pourrait pas faire apparaître un comprimé d'aspirine dans sa poche non existante ? Lentement, la paroi rocheuse s'étendit, se transforma en un être courtaud, pourvu de deux grosses jambes, d'un petit renflement là où la tête aurait dû se trouver, de bras noueux, et d'une sorte d'esquisse de visage, d'yeux qui luisaient faiblement – des réflecteurs sensibles à la lumière, peut-être ? – et de lèvres épaisses. L'élémental avait oublié le nez. Bien entendu ; il n'avait pas besoin de respirer, ou de sentir quelque chose.

« Se présenter à l'intrus avec forme familière identique à apparence montrer », fit remarquer la petite bouche rocheuse avec une satisfaction évidente, et Fenton, clignant des yeux, comprit que c'était probablement à cela qu'il ressemblait pour l'identité rocheuse ; entité indépendante, se déplaçant sur deux jambes, ayant deux bras, une bouche et des yeux dans la tête située au sommet. Pour lui, l'élémental rocheux ne ressemblait à rien qui se trouvât sur terre. Mais après tout, il n'était pas sur terre. Où étaient-ils ? En tout cas, c'était une illusion humanoïde et on pourrait l'appeler… quel nom donnait-on aux élémentals de la terre ? Des gnomes. Oui ; c'était un gnome qui se tenait devant lui, dans la forme que celui-ci pensait la plus adéquate pour se confronter à des humains.

« Gnome », dit-il tout haut, et la chose avança une jambe courtaude ; le sol parut trembler un peu, comme s'il déplaçait une part de lui-même.

« On appelé ainsi, temps pas maintenant, dit le gnome, longue souvenance. Question, intrus est de l'endroit où soi cesse et autre roche pas comprendre parole ?

– C'est exact. D'où je viens, les roches ne parlent pas.

– Éprouver compassion, dit le gnome. Désolé pour autre d'un tel malheur. » Il tenta un autre pas, toute l'armée des petites choses détalant sous ses pieds comme de l'eau, refluant et réussissant à s'écarter de ses pas ; il faisait aussi partie d'eux, semblait-il. « Suggestion, les poilus ayant maintenant déplacé dégoût ailleurs, intrus préférer retourner à manifestation du soleil ?

– Très bien », dit Fenton, et le gnome s'avança lourdement vers la fente de lumière qui s'élargit alors. Quand ils furent dehors dans la lumière du soleil orange, Fenton remarqua que l'herbe courte ne se courbait pas sous le poids du gnome, mais semblait ondoyer sous ses pieds comme la petite armée des pseudo-araignées dans la caverne. *Bien sûr. Il en fait partie et ne se sent pas séparé d'elle du tout.*

Le mur avait disparu, remarqua Fenton à la périphérie de sa conscience. Lui aussi faisait partie de l'entité-gnome, évidemment.

Tandis qu'ils marchaient, le gnome tendit vers lui l'une de ses protubérances courtaudes, comme s'il espérait, en toute confiance que Fenton la prendrait. Elle forma quelque chose qui ressemblait à des doigts et un pouce, et, surpris lui-même de son geste, Fenton prit cette petite main courte, épaisse et brune dans la sienne. Elle n'avait pas la froideur de la roche, mais était chauffée par le soleil, et dure comme la coquille ou la corne d'un animal. Le gnome marchait à côté de Fenton en allongeant subtilement la longueur de ses pas jusqu'à ce que tous deux marchent exactement au même rythme ; cela déconcerta d'abord Fenton, puis il comprit que son compagnon avait l'habitude de sentir que tout, dans ce monde, faisait littéralement partie de lui, et qu'en ce moment ce que cet être appelait *l'altérité* le mettait mal à l'aise – si la roche pouvait éprouver un malaise. Cam se sentit plein de gratitude envers le gnome, pour son amitié. Après tout, la créature de roche aurait pu le garder infiniment dans l'obscurité.

Par l'intermédiaire de ces doigts durs, épais et tièdes, Fenton commença à *sentir*, à l'intérieur de lui-même, la chaleur du soleil, l'ondulation des petites herbes sous ses pieds, les pépiements et les stridulations qui ressemblaient vaguement à un langage à demi-perçu. Il avait l'impression de les comprendre, qu'ils parlaient de la chaleur apaisante – et Fenton s'aperçut que celle-ci ne lui était plus inconfortable. Tout, alentour – maintenant que les irighi avaient transporté ailleurs leur élément inquiétant – semblait irradier un contentement léthargique.

Le gnome lui murmura : « Question, pourquoi laisser cette meilleure de toutes les places, pourquoi désirer autre part que chaleur, soleil et bonheur ici ? »

C'était une foutue bonne question, pensa Fenton. Pourquoi désirerait-il aller ailleurs ? La tentation était presque irrésistible de se plonger dans la chaleur, de s'étendre comme un rocher au soleil, de se gorger de calme dans la musique apaisante de la stridulation des grillons et de toutes les petites bestioles qui l'entouraient, pourquoi partir, pourquoi mécontent dans chaleur... Il se sentit tomber lentement à genoux, comme s'il se dissolvait dans l'environnement rocheux...

Brusquement, Fenton prit conscience de ce qui se passait ; il commençait à penser comme la roche, à mettre le gnome à l'aise en se fondant dans son ambiance réconfortante. S'allonger confortablement comme une pierre, se contenter du temps qui passe, ne pas aller plus loin...

Secouant la tête sous l'effet d'une détermination soudaine, il lutta afin de se remettre sur ses pieds en libérant sa main de celle du gnome. La petite chose rocheuse s'arrêta pour le regarder avec, sur ses traits informes, quelque chose qui ressemblait, même pour Fenton, à de la peine.

« Question, pourquoi intrus encore autre ? Question, pourquoi malheureux ici ? »

Être autre. Il devait s'accrocher à cela. Et pourtant, il éprouvait de la bienveillance envers le gnome amical. Il s'efforça de former des mots que ce dernier pourrait comprendre.

« Heureux ici, certes, à jouir du soleil, de la chaleur et de la société des choses de roche. Mais... mais pas mon propre monde. Peur choses poilues faire mal à amis, gens d'autres mondes, gens que j'aime. Besoin partir et combattre les choses poilues, dire autres gens qu'ils arrivent... »

Le corps rocheux du gnome ondula et coula comme de l'eau, en dépit de sa substance terreuse. La voix épaisse grinça : « Comprendre. Autre monde vivant, doit aller vers autre monde, à ce on montrer où. Suivre. »

La forme humanoïde redevint un roc, une masse, une grosse pierre... Non, c'était long, épais, et cela rampait comme un gros lézard. Et pourtant, la voix était toujours celle préoccupée, criarde, amicale, du gnome. Fenton comprit : la similitude avec la roche, la métamorphose pour être *comme* Fenton, était trop tentante. Il devait préserver à tout prix ce sens de l'*altérité*, ou il se retrouverait piégé ici. Il suivit le lézard qui ressemblait maintenant à un dragon de roche qui serpentait dans le désert de sable.

Quelque chose qu'il avait lu, des années auparavant, lui revint brièvement : *les contacts avec les élémentals sont dangereux pour l'humanité...*

Il faisait de nouveau trop chaud et il se sentait poisseux, incommodé, mais bien content de l'être ; cela signifiait qu'il avait moins à craindre de sombrer dans l'état de conscience douillet de la roche élémentaire. Il avançait avec obstination, derrière les anneaux du gnome qui se contorsionnaient.

Il aperçut, au loin, un miroitement incolore, clapotant, instable, comme de l'eau à la surface du désert brûlant, et cela ressemblait aux mirages qu'il avait vus dans le Mojave[1]. De l'eau, ici, ou un mirage ? À plusieurs reprises, cela s'évanouit puis, comme le gnome lançait ses anneaux de dragon vers elle, la chose parut se solidifier, devenir un insipide mur de néant dans le sable brûlant. Le gnome-lézard se dressa, produisit des bras, des jambes, et un visage informe.

« Question, pas désirer entrer endroit des choses poilues ?

– Catégoriquement, non désirer. » Fenton ne savait pas à quoi ressemblait le monde des irighi, mais il était absolument certain de ne pas avoir envie de le découvrir.

« Où vouloir, mondes solaires, choses de monde d'eau, lequel vouloir ?

– Les Alfar », répondit Fenton sans grand espoir, et le visage rocheux informe du gnome ondula pour exprimer un semblant de perplexité, puis la compréhension.

« Monde où danser dans la lumière, monde-arbre brillant, vous vouloir ouverture pour aller, dit-il, et de nouveau il tendit sa main grosse et courte. Choses poilues venir, arracher lumières joyaux des murs du soleil, espérer que quand porte s'ouvrir pour eux, ils trouver

1. Zone désertique située au nord de Los Angeles, entre la Sierra Nevada et le désert de la Mort. *N.d.T.*

dans autre monde seulement pourritures de racine. S'affliger maintenant de séparation, mais porte s'ouvrir et devoir aller. Question, intrus reviendra à la roche au soleil partager avec ce on ?

– Je l'espère, » dit Fenton et à peine eut-il senti les doigts durs et chauds du gnome effleurer les siens que le monde ondula sous lui et *se transforma*, la lumière devint vaguement floue. Un moment, pris de vertige, il crut voir miroiter des murs, des maisons, de l'obscurité ; puis le monde glissa de nouveau sous ses pieds et il se retrouva à la lumière d'un soleil voilé, au milieu d'un cercle d'arbres blancs plumeux, dans le monde des Alfar.

Le bosquet était désert. Il n'avait pas encore assez bien les points de repère pour savoir si c'était celui qui correspondait au bosquet d'eucalyptus qu'il connaissait. Mais il lui ressemblait. Il ne vit pas le cercle d'épineux qui, la dernière fois, avait fermé la porte aux irighi. Jusqu'à ce jour, il n'avait jamais vu ce monde à la lumière du soleil ; sous la neige, dans l'obscurité, au clair de lune, oui, mais maintenant, le paysage était plein d'une luminosité vaporeuse. Néanmoins, Fenton ne voyait le soleil nulle part. Le ciel n'était que brume rougeoyante, sans une touche de bleu, et bien que la lumière ne fût pas sans ressembler à celle du soleil, ce n'était pas le soleil.

Fenton s'était déjà trouvé là ; Irielle l'y avait amené une fois, en lui disant que c'était un bon endroit. Mais là, aussi, il avait dû se débattre pour franchir le sortilège d'épineux qui avait pour but d'empêcher les irighi de passer.

Au moins, ceux-ci n'étaient pas là, pour le moment. Fenton poussa un soupir de soulagement, car maintenant il s'attendait inconsciemment à voir cette espèce un peu partout. Il était évident que lorsque Fenton les avait rencontrés dans le monde du gnome, ils faisaient route vers une autre destination. Quel dommage que le gnome ne les ait pas simplement enfermés dans la roche et supprimés une fois pour toutes !

Mais le bosquet était désert sous la lumière calme et brumeuse. Il devrait pouvoir retrouver le palais à partir d'ici... si le paysage n'avait pas trop changé depuis la dernière fois. Et si le palais *voulait bien* se laisser trouver. Le palais... ou était-ce Kerridis qui décidait s'il pouvait le trouver ? Si cela dépendait de Findhal, il était sacrément sûr de ne jamais y arriver !

À l'autre extrémité du bosquet, il entendit de douces voix. Pas les trilles chantantes des Alfar, mais des voix qui, bien que mélodieuses, étaient indiscutablement humaines. Fenton s'avança sans bruit vers elles en boitant, sentant dans ses jambes les crampes douloureuses qui, la dernière fois, l'avaient averti du danger. Il se demanda combien de temps il avait perdu dans le monde du gnome… même s'il pensait que cela en avait valu la peine ; du moins, il avait appris qu'on ne pouvait se fier à l'antaril sous forme de pilules ! Peut-être ce temps n'avait-il pas du tout été perdu. Fenton s'arrêta, se frictionna le mollet pour s'appuyer sur sa jambe, et repartit.

Il recula lorsque, dans les profondeurs du bosquet, il surprit deux amants : un homme et une femme dissimulés derrière un arbre, perdus dans un étreinte si passionnée qu'ils n'avaient, l'un et l'autre, ni vu ni entendu Fenton approcher.

Machinalement, avec la courtoisie inhérente à son propre monde, il recula à pas feutrés. Mais ils l'entendirent, et le jeune homme tourna la tête, vivement, révélant un visage brun, subtilement familier. La femme fit de même et Fenton poussa un soupir de consternation. C'était Irielle.

Un instant, pris de colère, il se sentit trahi, prêt à se laisser emporter par la rage. Irielle était *à lui*, c'était pour elle qu'il venait dans ce monde… puis, tardivement, le bon sens reprit ses droits. Il n'avait absolument aucune raison de penser que les sentiments d'Irielle envers lui étaient plus que de la gentillesse et une sorte de camaraderie.

De toute façon, c'est ma grand-tante, ou quelque chose comme cela…

Le jeune homme se détacha d'Irielle et la poussa derrière lui, en un mouvement de protection mêlé de morgue.

« Pourquoi est-ce que tu nous espionnes ? cria-t-il. Pensais-tu que je ne te reconnaîtrais pas sous ce déguisement, ou sous un autre ? Rien ne saurait t'arrêter, hein ? Je ne veux rien de toi ! Pourquoi ne me laisses-tu pas tranquille ? »

C'était le cri d'un jeune homme, dans tous les temps et sur tous les mondes, et tandis que Fenton comprenait l'erreur du garçon, et son identité, celui-ci tira une dague accrochée à sa ceinture et se précipita sur lui.

« Va-t-en ! C'est du vrill et il peut mettre fin à ta vie dans ce monde ou dans tout autre… »

Irielle le retint en mettant les bras autour de sa taille. « Non, Joel, cria-t-elle. Non, tu te trompes. Ce n'est pas Pentarn… »

Le garçon s'arrêta, la dague brandie, donnant le temps à Fenton de s'écarter d'un mouvement rapide qui manquait de dignité. Puis il s'immobilisa en regardant fixement l'homme plus âgé que lui, et finit par dire : « Chaos et fer ! Qui êtes-vous ?

– Je m'appelle Fenton. J'ai rencontré votre père. Il a dit que j'étais son… » – il buta sur le mot employé par Pentarn – « son analogue. Si cela peut vous réconforter, ajouta-t-il, je ne l'aime pas plus que vous. »

Joel Tarnsson hocha brièvement la tête. « Bien sûr, dit-il enfin. Vous ne pouvez être personne d'autre. » Il y avait une véritable ressemblance, pensa Fenton. Le visage du fils était celui qu'il voyait dans son propre miroir, quinze ans auparavant. Le jeune homme remit la dague au fourreau.

« Je vous dois des excuses, je suppose. Irielle m'a parlé de vous, mais quand vous nous avez surpris ainsi, je n'ai pas réfléchi. »

Irielle s'approcha de Fenton. Il vit qu'elle avait rougi.

« Mais vous êtes toujours un entremondes, dit-elle, surprise. Je croyais… vous aviez le talisman… »

Fenton fit signe que non, et elle dit, inquiète : « Vous n'avez pas pu l'emporter entre les mondes ?

– Oh, j'aurais pu, mais on me l'a pris… l'homme qui m'a envoyé dans ce monde, la première fois. »

Irielle était indignée. « Comment a-t-il osé faire cela ? Est-ce qu'il croit pouvoir l'utiliser lui-même ? »

Fenton se dit : *Je voudrais bien que Garnock tente de s'en servir ! Cela pourrait le convaincre, puisque moi, je n'y arrive pas.* Comment expliquer à Irielle que le professeur désirait seulement l'exposer dans une vitrine ? Cela n'aurait aucun sens pour elle. « J'ignore ce qu'il pense pouvoir faire avec », ajouta-t-il et, découragé, il demeura silencieux.

« L'essentiel, c'est que vous ayez réussi à revenir ici », dit vivement Irielle. Elle le regarda en secouant la tête, d'un air consterné. « On dirait que vous êtes passé par les terres désolées couvertes d'épineux ! Cela a été très difficile ? »

Il ne savait pas ce qu'étaient ces terres désolées, ni où elles se trouvaient, mais il était tout à fait sûr qu'elles ne pouvaient pas être pires que le monde aride de l'élémental de roche. Puis, se souvenant qu'un moment, il s'était abandonné avec contentement à son soleil et à sa chaleur, il se dit qu'il y avait probablement des mondes pires. Il espéra, avec ferveur, n'être jamais obligé de les traverser. « Je me suis perdu un moment dans un monde où il n'y avait que de la roche et un mur. Mais peu importe.

– Pourquoi êtes-vous venu ici ? » demanda Joel, de nouveau soupçonneux, et Fenton prit conscience qu'il ne le savait pas, qu'il n'en était pas sûr. Il avait voulu se prouver à lui-même que cet endroit *existait*, mais il ne pouvait pas dire cela à Joel.

« Mon père adoptif sera en colère, intervint Irielle. Il a dit qu'il espérait que nous ne vous reverrions plus. Je ne comprends pas pourquoi il se méfie de vous. » Un joli froncement de sourcils plissa son visage. « En tout cas, nous devons nous débrouiller pour que vous puissiez traverser correctement la Maisonmonde, et seule Kerridis pourrait arranger cela. Venez, il faut aller la trouver. »

Cela convenait tout à fait à Fenton et il le dit, mais Joël était peu convaincu.

« La Dame a donné l'ordre qu'on ne la dérange pas. Elle se prépare pour le Conseil. Je crois que tu ne devrais pas la déranger, Irielle. Pourquoi ne pas t'adresser à Findhal et essayer de lui faire entendre raison ?

– Cela le mettrait en colère et lui aussi se prépare pour le Conseil. S'il faut mécontenter l'un d'eux, je préfère mettre la Dame en colère, car elle a dit qu'elle avait une dette envers Fenton pour les services qu'il nous a rendus. Mon père le devrait aussi, s'il voulait bien l'admettre, mais il est bien plus entêté de la Dame, et encore moins prêt qu'elle à entendre raison.

– Il l'est quand même plus que *mon* père, dit Joel, mais il n'ajouta rien de plus et Irielle tendit sa petite main fine à Fenton.

– Venez, nous allons vous conduire à Kerridis. »

Fenton regardait attentivement autour de lui pour essayer d'évaluer quelques points de repère possibles, maintenant qu'il voyait ce paysage à la lumière du soleil. Mais la brume légère l'empêchait de distinguer plus que des contours flous, et celle-ci se déplaçait avec eux, sans se dissiper. L'air immobile était empreint d'un silence abyssal et, lorsqu'ils traversèrent la grande clairière dont les arbres ressemblaient à des colonnes, le faible son du chant des Alfar résonna, mais il restait lointain et l'on ne voyait personne dans l'espace vert et embrumé.

Irielle regarda avec compassion Fenton qui, plié en deux, se frottait les jambes. « Vous commencez à vous effacer. Dois-je vous renvoyer afin que vous reveniez par la Porte-Monde ? » Mais Fenton secoua la tête avec une détermination terriblement douloureuse. Après cet échec, il allait s'écouler beaucoup, beaucoup de temps avant qu'il ose reprendre ce satané antaril illicite ; il resterait tant qu'il le pourrait.

« Tu ne peux pas aller trouver Kerridis, dit Joel avec irritation. Je te l'ai dit, Irielle, elle se repose avant le Grand Conseil ; elle ne veut sans doute pas être dérangée et s'est retirée sous la protection d'un sortilège !

– Je le sais, dit Irielle, renfrognée, mais je sais aussi que je peux lui faire comprendre mes raisons. Je pense devoir en prendre le risque… » Elle se retourna et regarda, les yeux plissés, quelque chose que Fenton ne pouvait voir. Puis elle arracha sa main à celle de Joel Tarnsson et dit : « Éloigne-toi, Joel, il *faut* que je le fasse… »

Elle cria une phrase musicale aiguë, dans la langue des Alfar, toucha l'anneau qu'elle portait au doigt et tourna trois fois sur elle-même. De nouveau, elle cria et de toutes ses paroles, Fenton ne comprit que « Kerridis… ».

Un brillant et léger miroitement apparut dans l'air et, soudain, la terre se déplaça un peu sous leurs pieds. Ce fut comme s'ils regardaient, au travers de ce miroitement, une sorte de pièce aux murs formés de mousse verte, pleine d'une vive lumière sous-marine. Le visage de Kerridis vacillait dans cette luminescence et, pour la première fois, la sévérité éclatante de son visage effraya Fenton.

« Irielle, enfant, dit-elle, mécontente, j'avais donné des ordres ! Quand je dois affronter le Conseil, à la pleine lune…

– Je vous demande pardon, Dame, murmura Irielle, mais j'ignore quoi faire. C'est l'entremondes, celui qui est venu dans les cavernes et qui plus tard, nous a avertis que les irighi avaient franchi l'anneau de fleurs ; il est ici, il est en train de s'effacer et il souffre.

– Ténèbres et ruines ! » s'écria Kerridis, et elle poussa un gros soupir. Puis elle ajouta : « Eh bien, il n'y a rien à faire, enfant. Je ne suis pas en colère, mais je ne peux pas parler avec Tarnsson pour le moment ; c'est ton problème et pas le mien. Quant à l'entremondes… » Elle leva la tête et regarda Fenton comme s'ils étaient face à face et, pour la première fois, il comprit les histoires pleines de crainte révérencielle et de terreur qui couraient sur les fées. Avant cela, bien que dans sa tête il l'ait appelée la Reine des Fées, il l'avait toujours considérée comme une femme, un être humain, dont il n'avait rien à craindre. Maintenant, comme lorsqu'il se retrouvait en face de Findhal armé de sa grande hache, il sentait une sorte de pouvoir à l'état brut que son propre monde était incapable d'affronter.

« Entremondes, dit-elle, je ne suis pas en colère contre vous. Vous êtes arrivé à un moment inopportun, mais je sais que vous ne l'avez pas choisi, les voies des Puissances nous dépassent et leur volonté n'est pas la nôtre. J'accepte comme un signe votre venue en ces temps où je suis assaillie et ne sais vers qui me tourner, car même mes conseillers les plus chers me semblent plus ennemis qu'amis. Irielle !

– Dame… » chuchota craintivement la jeune fille. Auparavant, Kerridis avait toujours parlé à Irielle comme une mère indulgente s'adressant à son enfant préféré ; maintenant, le pouvoir à l'état pur était de nouveau dans sa voix et Irielle avait peur.

« Assure-toi que je ne serai plus dérangée jusqu'au Conseil, à moins que le chaos et la mort ne s'abattent sur nous ! Fais tout pour cela ! » Ces paroles ressemblaient à un coup de fouet et Irielle murmura : « J'obéirai. »

« Entremondes, viens. » Kerridis tendit la main ; il vit luire un grand diadème scintillant. Le visage de la Dame était plongé dans l'ombre par une haute couronne ; la lueur brilla d'un éclat plus vif, le sol vacilla et, soudain, la lumière brumeuse du soleil disparut, il se retrouva au sein de la lumière verte filtrant au travers des voiles de mousse et d'un rideau ressemblant à une chute d'eau, qui déposa sur son front desséché de froides gouttelettes.

Kerridis était assise sur un banc de mousse veloutée ; le rideau d'eau réfléchissait la lumière sur son visage si bien qu'elle semblait revêtue de gloire et que ses yeux lançaient des éclairs. Fenton recula un peu ; elle vit ce mouvement et eut un triste sourire.

« Je recueille du pouvoir pour le Conseil où j'aurai besoin de force pour affronter mes amis et mes ennemis, dit-elle, mais pour vous je n'en ai pas besoin et je n'aurais pas dû me montrer ainsi à Irielle ; elle ne me veut aucun mal. » Lentement, elle porta à son front des mains qui étincelaient de bijoux et ôta la grande couronne ornée de pierres précieuses. La lumière qui rayonnait de son visage parut se ternir et s'effacer lorsqu'elle se fut dépouillée de ce symbole de royauté, Kerridis ne fut bientôt plus qu'une femme mince et triste, vêtue d'une robe vert pâle tombant en plis lâches autour de son corps frêle. Ses cheveux, qui ne ruisselaient plus de lumière, étaient blond pâle et ombrageaient doucement ses traits. Elle soupira et dit : « Vous êtes las. Tenez – c'est du vrill ; il vous soulagera un peu. »

Les doigts de Fenton se refermèrent sur un minuscule cylindre et il sentit ses crampes diminuer. Elle lui fit signe de s'asseoir ; il se laissa tomber sur quelque chose qui ressemblait à un moelleux lit de mousse.

« Findhal pense que vous représentez un danger pour nous, car les irighi vous suivent, semble-t-il. Mais le peuple-de-fer existait avant que vous veniez dans ce monde et si quelqu'un les a amenés ici, c'est Pentarn. Je ne crois pas que vous ayez fait alliance avec lui pour nous faire du mal.

– Non, et je crains que les irighi ne soient venus, aussi, dans notre monde, mais personne ne veut me croire. »

Le sourire de Kerridis était blême. « Je pense que nous aimerions tous ne pas croire au peuple-de-fer ; si seulement cette incrédulité pouvait les faire disparaître. Il y a peut-être des mondes où ils seront les bienvenus, et je souhaite qu'ils y restent. Findhal a raison en disant que nous devons rassembler toutes nos défenses contre eux et nous assurer l'aide des mondes qui sont à notre portée. Je pense que Pentarn a encouragé les irighi à faire de nous leur objectif principal, et ils ne sont pas du tout contre cette idée, car ils estiment que nous, et nos bêtes, constituons d'excellentes proies. » Un frisson parcourut ses traits mobiles. « Ils craignent nos épéevrills autant que nous craignons le contact de la matière dont ils sont faits. Mais ils sont plus forts et plus nombreux que nous. Je ne sais comment nous faisons pour leur tenir tête, nous avons de si lourdes pertes.

– Comment Pentarn a-t-il pu faire cela ?

– Je n'en suis pas certaine, mais je pense qu'il a ouvert son monde aux irighi pour qu'ils puissent traverser sans utiliser la Maisonmonde ; ceux qui gardent celle-ci ont juré, aussi, de maintenir l'équilibre, afin que les prédateurs ne passent pas, sauf à des moments déterminés, où les Portes s'ouvrent normalement. Et s'il a ouvert celle-là, on pourrait probablement le persuader de la refermer, et je sais ce qui le persuaderait, mais je ne suis pas disposée à le faire.

– Qu'est-ce qui le persuaderait ? demanda Fenton, mais il savait déjà la réponse.

– Il veut son fils. Il veut que Joel Tarnsson revienne. Mais j'ai promis à ce garçon qu'il pouvait se réfugier ici, et je tiendrai parole. On dit couramment, à la Maisonmonde, qu'on ne peut pas se fier aux Alfar, et je crains que parfois, ce ne soit vrai ; nous ne sommes jamais deux fois les mêmes, mais c'est parce que notre monde change et que nous devons suivre les flux de notre temporalité ; nous pouvons nous protéger un peu, ainsi que les autres, avec des sorts de résistance, cependant nous bougeons tout de même, inexorablement, nous changeons, et les choses de notre monde ne sont jamais pareilles. Mais je ne duperai personne sciemment lors d'un marché conclu avec nous, ni ne manquerai à ma parole, à moins que les marées du monde ne me forcent à le faire, et j'ai juré à Joel qu'il serait ici en sécurité aussi longtemps que j'aurais le pouvoir de la lui assurer. Findhal voudrait que je lui dise qu'il n'est plus en mon pouvoir de lui permettre de s'abriter dans les bois des Alfar. Je ne le dirai pas, à moins qu'on ne m'y oblige, aussi Findhal est en colère contre moi et dit que suis de connivence avec lui pour nous détruire tous. Bien que Joel Tarnsson soit, ici, un enfant adopté, et qu'il ait tiré l'épée contre son propre peuple, et bien qu'Irielle soit promise à lui, Findhal a juré qu'il fallait rendre Joel à Pentarn pour la sauvegarde de notre peuple. »

Elle s'affaissa sur le banc de mousse et soupira. « J'ignore ce que je dois faire. Je peux recourir à la Maisonmonde, mais je crains que cela ne serve pas à grand-chose. Je n'y ai pas d'ami en ce moment. Je ne sais pas vers qui me tourner. Voyez à quoi j'en suis réduite » – son sourire était étrange, contrit – « je me confie à un entremondes !

– Je vous aiderais si je le pouvais », répliqua Fenton et elle lui tendit sa main fine ornée de bagues. Qui semblait luire faiblement, bien que Kerridis ne portât plus la couronne aux miroitements de puissance.

Il tenait toujours le vrill et, pour une raison quelconque, cela le rendit sensible au contact de cette main douce comme le pétale d'une fleur inconnue. Kerridis se leva en lui faisant signe de faire de même. « Je suis lasse de rester là dans ma retraite secrète à attendre de mauvaises nouvelles et à essayer de rassembler en moi assez de pouvoir pour imposer ma volonté aux conseillers qui sont déterminés à se conduire en ennemis avec moi. Fenton, venez marcher un peu sous les arbres, on va venir me chercher bien assez tôt pour la lutte ! Dites-moi comment cela se passe, pour vous, dans votre monde. Comment êtes-vous revenu ici, entremondes ?

– Je vois pas bien comment vous l'expliquer », répondit Fenton qui demeura silencieux tandis qu'ils sortaient du boudoir de feuilles à la lumière verte. Les grands arbres de la clairière, à l'écorce ivoirine et aux grandes branches pendantes, étaient chargés de feuilles et de mousse pâle à l'aspect maladif ; ils ne ressemblaient pas à ceux que Fenton avait vus auparavant et il souhaita vaguement être naturaliste pour savoir s'ils appartenaient à une espèce poussant dans une partie de sa propre planète qui ne lui était pas familière, ou s'il s'agissait d'arbres inconnus, extra-terrestres. Il commençait à éprouver beaucoup de sympathie, plus qu'il n'en avait jamais eue en tant que parapsychologue, pour ceux et celles qui, ayant vécu un épisode extraordinaire, étaient incapables de le partager. La mythologie et les légendes parlaient de gens qui s'étaient égarés dans le royaume des fées et qui, une fois de retour, n'arrivaient pas à se faire comprendre ou croire par leur entourage. Formé comme il l'était à accepter ce que d'autres avaient appris à ne pas croire, Fenton se retrouvait confronté, pour la première fois, à la nature totalement subjective de la réalité. Le conseil traditionnel : « Il faut garder l'esprit ouvert », n'était d'aucun secours dans une situation comme celle-ci.

« À quoi pensez-vous, Fenn-ton ? » La faible hésitation qui imprégnait ses paroles, le fait qu'elle n'ait jamais été tout à fait capable de bien prononcer son nom l'enchantaient mais, en même temps, lui rappelaient Pentarn, le fils de Pentarn, et sa quête.

« Je pensais que personne, dans mon propre monde, ne croirait cela. »

Elle sourit. Pourquoi son sourire était-il si enchanteur ? Était-ce seulement l'étrangeté, le charme du bizarre, le souvenir faible, si faible, qu'elle n'était pas humaine, pas tout à fait humaine ? « Je trouve cela difficile à comprendre, dit-elle. Je n'ai pas passé beaucoup de temps dans les planètes solaires ; la lumière est, très vite dangereuse pour nous. » Voulait-elle dire que les rayons ultra-violets ou actiniques de la lumière solaire ordinaire lésaient leur peau ou leurs yeux, comme c'était le cas pour les albinos et quelques malheureux mutants ou sportifs de son monde ? Ou était-ce quelque chose de plus subtil, de plus mystique ? Il s'aperçut qu'il voulait savoir et était, en même temps, certain que Kerridis ne pourrait pas le lui expliquer en expressions terriennes.

« Et pourtant », dit-elle d'un air songeur en levant les yeux vers lui, car elle était grande, mais Fenton plus encore, « au long des années et des siècles, les peuples de notre monde et du vôtre se sont rencontrés de nombreuses fois. Vous êtes des êtres de légende pour nous, oui, mais depuis des temps plus récents, nous savons qui vous êtes, et nous savons, un peu, comment empêcher vos gens de souffrir quand ils viennent chez nous ; nos changelins ne meurent plus. Peut-être Irielle vous a-t-elle raconté que Findhal insistait pour qu'elle passe plus de temps au soleil de son propre monde, surtout lorsqu'elle était encore en pleine croissance, afin que la perte de son astre ne lui fasse pas de tort. Votre peuple a certainement des légendes et des contes sur notre peuple, datant de l'époque où les portes entre nos mondes étaient plus proches et plus accessibles ?

– Oui, mais maintenant, les gens croient que qualifier un récit de légende, c'est dire qu'il s'agit d'un mensonge, d'un… d'une histoire racontée pour divertir. »

Elle sourit. Il comprit alors qu'il avait tenté de la faire sourire, qu'ayant vu une fois ce sourire, il n'aurait de cesse de le revoir. « Mais c'est de la folie, dit-elle. Comment quelqu'un pourrait-il se divertir, ou tirer profit, de quelque chose qui n'est pas vrai ? Comment quelqu'un pourrait-il parler d'un événement qui n'est pas arrivé ? Pentarn était comme cela, un peu. Mais nous avons découvert qu'il pouvait dire des choses qui n'étaient pas vraies, qui n'étaient pas arrivées, qu'il n'avait pas vues ; c'est une étrange maladie que nous n'avons pas comprise. Est-ce comme cela dans votre monde, les gens peuvent-ils parler d'une chose qu'ils n'ont pas vue ou connue ?

– Oui, ils le peuvent », dit sombrement Fenton, et Kerridis secoua la tête. « Comme leur esprit doit être étrange ! Il fut un temps où, dans notre langage, il n'y avait pas de mot pour quelque chose qui n'était pas arrivé, qui n'était pas vrai ; maintenant, nous sommes obligés de croire que certaines personnes le font. Oh, je pourrais dire, pour rire, que telle ou telle chose se passera quand la neige s'élèvera de la terre vers le ciel, ou quand les feuilles des arbres prendront la couleur des violettes, ou quand les grenouilles chanteront dans la langue des Alfar, mais je parlerais sérieusement ; notre langage n'en a pas la possibilité. »

D'après nos contes et légendes, pensa Fenton, disant que les êtres féeriques connaissaient un grand nombre de tours. Ne sachant pas mentir, ils devaient trouver d'autres manières habiles de se protéger, et cela expliquait la vieille croyance selon laquelle, si l'on arrivait, par exemple, à attraper un farfadet, on pouvait l'obliger à raconter ses secrets. Même si les êtres féeriques étaient incapables de se soustraire à vos questions, ils ne pouvaient pas dire un mensonge, et ne donnaient leur parole qu'à contrecœur, puisqu'ils devaient toujours la tenir.

Et ceci expliquerait, par exemple, pourquoi ils n'abordaient qu'avec prudence les humains, qui mentaient et falsifiaient la vérité et inventaient des choses qu'ils n'avaient pas vues…

« Kerridis, je n'essaierai jamais de vous mentir, dit-il, et il s'aperçut que sa voix n'était pas aussi ferme qu'il l'aurait souhaité.

– Je le sais. Je sais que vous n'êtes pas Pentarn. Je vous crains un peu parce qu'il est vrai que vous lui ressemblez énormément ; mais je sais que vous n'êtes pas lui, et même que vous ne lui ressemblez pas tant que cela, lorsque je vous regarde de près. » Elle lui tendit de nouveau la main, et il la prit, mais la magie de cet instant avait été troublée par le nom de Pentarn. Il se souvint de la paix des montagnes, chez son oncle Stan, et de l'irighi qui avait soudain surgi des arbres et s'était enfui avec la hache.

« Vous m'avez dit, un jour, qu'autrefois les Portes entre nos mondes s'ouvraient plus souvent que maintenant…

– C'est vrai. Je pense qu'au cours des saisons, nos mondes se sont progressivement éloignés et qu'il devient de plus en plus difficile de passer de l'un à l'autre. Il y a quelques entremondes, qui ne nous visitent qu'en rêve ; il y a surtout les êtres qui empruntent légalement les Portes, car ils possèdent des clefs et des talismans valables. Ou ceux qui, comme Pentarn, ont appris à traverser ce gouffre et utilisent cette connaissance pour réaliser leurs propres plans. Il fut un temps, quand j'étais jeune, où beaucoup, beaucoup de gens parcouraient notre monde pendant leurs rêves en laissant leur corps dans leur monde, et existaient ici comme vous le faites, en tant qu'ombres, existant pour eux-mêmes et, en un sens, pour nous, mais capables de traverser les choses solides comme des ombres. Il y a toujours eu ceux qui franchissaient les Portes quand le soleil, les étoiles et la lune étaient favorables, et qui erraient dans notre monde comme dans un rêve, sachant qu'ils étaient éveillés, mais ne croyant pas ce qu'ils voyaient. Des fous, certains d'entre eux, des faiseurs-de-chansons – ceux qui savaient où étaient les Portes et comment faire pour les ouvrir – les ont toujours empruntées. Mais cela n'arrive pas souvent maintenant. Pentarn a été le premier, après beaucoup, beaucoup de générations de votre peuple, je pense. À l'exception de nos changelins.

– Pentarn n'est pas de mon monde, mais son peuple ressemble au mien. Irielle est de mon monde. Elle m'a dit que Findhal l'avait enlevée parce que son épouse ne pouvait pas avoir d'enfant. Avez-vous pris le fils de Pentarn comme cela ?

– Non. C'est lui qui est venu nous trouver, mais nous l'avons traité comme s'il était l'un de nos changelins. Il était maladif, faible ; et je pense que son père estimait que son fils n'avait pas beaucoup de valeur dans son propre monde. Mais Pentarn était permissif avec lui – indulgence qui peut nous coûter très cher ! » Elle parlait avec véhémence, puis elle ajouta, avec un faible sourire : « Je ne devrais pas dire cela. Je fais confiance à ce garçon. Je pense que cela s'est passé ainsi : Pentarn lui a appris à ouvrir les Portes pour le distraire durant une longue maladie, et quand l'enfant est venu ici, nous lui avons fait bon accueil, voyant en lui un compagnon de jeu pour Irielle – la mère adoptive de celle-ci était ma meilleure amie. Parfois, il venait en entremondes, pendant que son corps dormait et qu'il était malade, mais ici, il allait toujours bien et il était vigoureux, si bien qu'il a fini par nous supplier de lui permettre de rester à jamais. Cela ne nous dérangeait pas car nous l'aimions bien, mais Pentarn a été fou de rage et a voulu forcer le garçon à revenir dans son propre monde où il était maladif et malheureux. Nous avons tenté de faire entendre raison au père, mais il voyait seulement que nous avions son fils et que celui-ci n'avait pas envie de rentrer. Aussi a-t-il juré de nous obliger à le lui rendre, comme s'il s'agissait d'une chose, une épée ou une coupe, qui passe de main en main sans en avoir le choix. Je pense que c'est pour cela qu'il m'a enlevée et laissée maltraiter par les irighi, dans l'espoir que nous lui rendrions Joel en échange. Comme si l'un découlait nécessairement de l'autre ! »

Et Pentarn était prêt à détruire tout monde qui ferait obstacle à son ambition et à sa vengeance, pensa Fenton. « C'est pour cela, dit-il brusquement, que je suis venu ici aujourd'hui. J'ignore comment fonctionnent les Portes dont vous parlez ; j'ai cru comprendre que certaines conditions devaient être remplies sinon elles ne s'ouvraient pas, sauf à certains endroits ou à certains moments. Mais j'ai vu deux fois des irighi là où ils n'avaient pas de raison d'être. Pensez-vous que Pentarn est mêlé à cela ?

– J'en suis certaine. Il a trouvé le moyen d'obliger une Porte à s'ouvrir quand il le désire, et je crains que cela n'affaiblisse la structure de l'espace ou du temps entre les mondes. Vous étiez dans les cavernes quand il a ouvert une Porte et disparu. Où avez-vous vu ces irighi… étaient-ils près de la Maisonmonde ?

– Je l'ignore. Je n'ai jamais vu la Maisonmonde depuis que je sais ce que c'est. Je l'ai seulement vue disparaître une fois, quand j'ai tenté d'y pénétrer…

– À un mauvais moment, termina Kerridis comme si cela n'avait rien d'étonnant. Parfois, elle n'a simplement pas envie d'être trouvée et, à moins que vous ne portiez le talisman qui convient, vous ne pourrez probablement pas l'atteindre. Mais peut-être devrais-je me renseigner moi-même à ce sujet. Les autres membres se préparent aussi pour le Conseil et je répugne à faire ce qu'ils veulent… fermer les Portes, renvoyer tous nos changelins afin de ne plus avoir de lien avec vos mondes, détruire tous les talismans et nous couper définitivement de vous. Je ne vois pas comment nous pourrions faire cela. Nous dépendons de votre monde ; ce sont des liens qui remontent à notre préhistoire. Comment pourrions-nous renier la sagesse d'innombrables générations d'Alfar, qui dit que vous êtes nos enfants, même si nos modes de vie et nos mondes sont devenus différents ? Mais je ne suis pas certaine de pouvoir l'emporter contre mon propre Conseil. » Elle le regarda avec une soudaine et vive inquiétude.

« Vous commencez à vous effacer. Serrez fort le vrill ; cela vous soulagera un peu. »

Fenton se frictionna les jambes pour essayer de calmer ses douloureuse crampes. Était-il resté assez longtemps ici pour nuire à son corps ? Celui-ci avait-il encore été transporté à l'hôpital ? Mais il ne pouvait pas rentrer, pas au moment où il était sur le point de découvrir le secret de la Maisonmonde des lèvres mêmes de Kerridis ! Il serra le petit cylindre avec une détermination déchirante.

« Fenton, j'ai peur pour vous. Peut-être devrais-je vous renvoyer tout de suite…

– Non. Je vais bien. »

Elle sourit, et c'était un sourire très doux, plein de compassion. Ses petits doigts immatériels se refermèrent sur les siens et bien que cette étreinte fût presque impalpable, il en tira chaleur et réconfort. « Je voudrais pouvoir vous secourir, dit-elle, mais peut-être ferais-je mieux d'aider nos deux mondes en acceptant cette vaillante contre-vérité. Car je pense, comme Pentarn, que vous m'avez menti, mais vous l'avez fait sans malice et avec bravoure. Venez, Fenton, je vais vous emmener à la Maisonmonde. »

Il ne put s'empêcher de demander : « Est-ce très loin ? » Il n'avait aucune idée de l'endroit où il était par rapport à son propre monde. Mais Kerridis parut embarrassée.

« Elle est où elle est, mais vous n'avez pas besoin de voyager loin pour y arriver, si c'est ce que vous voulez dire. Je pense… » – elle jeta autour d'elle ce curieux regard évaluateur qu'avaient certains des Alfar – « …je pense que je peux obliger ce chemin à nous y emmener. Venez… » Il sentit de nouveau le toucher presque impalpable de ses doigts. « Il faut rester très près de moi, si je dois vous emmener par ce moyen. »

Il faillit dire : « Ce sera un plaisir pour moi. » Mais pouvait-on dire cela à la Dame des Alfar, à la Reine des Fées ? Il resta silencieux et la prit par la main.

Ils marchèrent durant un moment, et Fenton eut l'impression que le sentier à peine tracé entre les arbres devenait plus perceptible, comme si des pieds plus nombreux et plus forts l'avaient parcouru. Puis, après un tournant, il aperçut devant lui la chose la plus étrange qu'il ait vue dans le monde des Alfar, plus étrange encore que la Prisonroche.

Les arbres, moins nombreux, s'écartaient pour former une vaste clairière tapissée de l'herbe la plus verte qui fût, constellée de minuscules fleurs dorées. Au centre s'élevait une porte : deux piliers dorés, délicatement sculptés et ciselés, qui s'élevaient à l'infini. Il ne pouvait voir leur sommet car ils se perdaient dans une douce brume.

« C'est la Porte-Monde, et de l'autre côté, il y a la Maisonmonde », dit Kerridis, mais inutilement. Fenton ne pouvait imaginer que ce fût autre chose.

Entre les piliers – le vide. Le néant. Quand Kerridis le tira entre eux, un instant il éprouva une impression de *chute* – l'horrible cauchemar bien connu, le plongeon en absence de gravité, bras et jambes étendus, membres épars, sans respirer ni même crier – et découvrit qu'il était toujours à côté de Kerridis, les pieds plantés sur l'herbe, en train de regarder d'un bout à l'autre une salle spacieuse dont le plafond s'élevait trop loin au-dessus de sa tête pour en estimer la hauteur.

Des ombres bougeaient tout au fond, trop loin pour qu'on puisse les fixer. Mais, comme cela arrivait si souvent dans le monde des Alfar, ils se déplacèrent tous deux presque à la vitesse de la pensée vers l'endroit où une silhouette en robe grise était assise entre les piliers.

C'était le premier Alfar barbu que Fenton voyait. Et quand les Alfar laissent pousser leur poils, ce n'est pas à moitié, pensa-t-il, car des cheveux blancs comme neige ruisselaient sur ses épaules, encadrant des yeux verdâtres très enfoncés et un front plissé, pensif.

Le vieillard leva lentement la tête pour les regarder, et le front déjà ridé comme une vieille pomme se fronça encore plus.

« C'est la Dame, dit-il, énonçant cette évidence d'une manière qui agaça immédiatement Fenton. Nous ne vous avons pas vue ici, dans la Maisonmonde, depuis de nombreux jours. Vers quel lointain devez-vous vous rendre, Kerridis ?

– Je quitte rarement mon propre monde », répliqua Kerridis, et ses sourcils droits se rapprochèrent en un froncement qui rappela Sally à

Fenton, le poussant à se demander s'il avait été attiré par la jeune femme uniquement parce que, d'une manière indéfinissable, elle lui rappelait un peu Kerridis.

« Qu'en est-il de la Porte, Myrill ? Vous, le Gardien des Portes avez juré de veiller à l'équilibre, cependant voilà un homme des mondes solaires qui vient de m'apprendre que les irighi se déversent dans son monde où ils ne devraient pas être. Si ceux qui gardent les Portes ne peuvent empêcher qu'elles soient employées à mauvais escient…

– Ils ne sont pas passés par cette Porte, Dame, et c'est tout ce que j'ai à vous dire, répliqua Myrill d'un ton agressif. Je n'ai rien à faire avec les autres Portes, ou avec des gens qui se mêlent de ce qui ne les regarde pas, ouvrant des Portes là où il ne doit pas y en avoir ; ce n'est pas de mon ressort. »

Kerridis fronça les sourcils et dit : « Mais qu'allons-nous faire de ceux qui laissent traverser des créatures mauvaises ?

– Je n'ai rien à voir avec cela, Dame », répéta obstinément le vieil homme, tandis que Fenton pensait que ce problème survenait dans tous les mondes : comment empêcher les mauvaises Portes de s'ouvrir et les vilaines personnes de les franchir. « Je dois vous prévenir, poursuivit Kerridis en tapant du pied de frustration, que Findhal et Erril veulent fermer définitivement la Porte ; fermer la Maisonmonde dans ce sens afin que personne ne puisse ni entrer ni sortir.

– Ils ne peuvent pas faire cela, Dame. La Maisonmonde existe pour de bonnes raisons, croyez-moi. Si elle est fermée, ceux qui ont *besoin* de passer le feront au mauvais endroit et au mauvais moment. Comme ce Pentarn. Quand Findhal a fermé la Porte de la Maisonmonde contre lui, il a trouvé moyen de passer, voyez-vous, et ces choses qu'il a apportées avec lui, il n'aurait jamais pu les faire passer par une Porte normale ou par la Maisonmonde. »

Fenton regarda la salle qui s'étendait derrière le vieil homme. Il y avait des ombres, et des formes indistinctes, et des portes, non pas des portes ordinaires avec un seuil, un chambranle, des montants, un linteau, mais des arches et d'étranges ouvertures donnant sur le néant. Au-delà de chaque porte, il y avait le vide, mais tandis qu'il en fixait une, il comprit qu'il regardait quelque chose qui ressemblait à un centre informatique ; par une autre porte, il voyait des contours qui lui rappelèrent le petit magasin d'estampes qui abritait un club de Donjons et Dragons. Était-ce, alors, la Maisonmonde centrale où donnaient les autres ? Ou était-ce simplement l'apparence qu'elle avait *ici*, et était-elle différente dans un autre monde ?

D'une manière ou d'une autre, Pentarn avait réussi à créer des Portes mobiles pour son propre usage – et Fenton le croyait après ce qu'il avait vu de la technologie du monde de cet homme. Irielle lui avait dit qu'à certains moments, les Portes s'ouvraient naturellement entre les mondes... Était-ce l'origine des nombreuses légendes sur les dangers de la pleine lune ou des éclipses, où les Portails entre les différents niveaux de réalité s'affaiblissaient et où les gens pouvaient passer d'un monde à l'autre ? Les rêves dont on se réveillait sous le choc d'une *chute* cauchemardesque... Était-ce le passage par une Porte-monde, en rêve ? Les rêves existaient-ils aussi à un niveau concret de réalité *quelque part ailleurs* ?

Qu'est diantre la réalité, de toute façon ?

« Alors, Myrill, viendrez-vous parler au Conseil, donner votre opinion sur la fermeture des Portes ? demanda Kerridis.

– Oh, Dame, ce genre de choses, ce n'est pas pour moi... face à tous les grands Alfar..., protesta le vieil homme.

– Ils ne me croiront pas », dit Kerridis. Fenton n'aurait jamais cru que sa belle voix pouvait transmettre une telle amertume. « Ils me doivent hommage et allégeance. Mais je n'ai plus de véritable pouvoir sur eux.

– Vous êtes notre Dame, s'entêtait Myrill. Nous ne vous obéissons pas parce que nous le souhaitons, ou même parce que vous nous commandez à bon escient. Nous vous obéissons parce qu'il faut obéir à la Dame. »

Elle sourit tristement. « Je voudrais qu'ils pensent tous comme vous, mon vieil ami. Peut-être faudrait-il que vous le leur rappeliez. Si je vous ordonne de venir, viendrez-vous ?

– Vous savez bien que je dois faire tout ce que vous m'ordonnez », répondit-il en grommelant, et cette fois, Kerridis éclata de rire et dit : « Pouvez-vous charger quelqu'un de garder la Porte ?

– Laissez-moi voir qui est libre d'aller et venir », dit Myrill, et il parcourut lentement la pièce des portails pendant que Kerridis, profondément inquiète, se tournait vers Fenton. « Que puis-je faire pour vous ? Dois-je vous renvoyer par une Porte ? Non, car vous n'êtes pas dans votre corps ; vous pouvez retourner à partir de n'importe où. Non, gardez le vrill. Ce sera un lien entre nous si vous décidez de revenir. »

Fenton ouvrit la main avec difficulté et regarda la pierre verte qui ressemblait à un morceau de silex éclairé de l'intérieur, le vrill dont étaient faites les lames des épées. Le morceau était cylindrique, gravé du sceau de Kerridis, et il se demanda s'il restait le même dans tous les mondes. Ses doigts se resserraient convulsivement. Il regarda sa main, et vit, avec effroi, qu'il voyait la pierre au travers. C'était terrifiant.

Myrill revint en parcourant lentement le long couloir des portes et derrière lui marchait une jeune femme, celle que Fenton avait vue dans le petit magasin d'estampes qui s'était évanoui sans raison apparente. Alors, c'était bien la Maisonmonde. *Je le savais*, pensa Fenton avec un étrange sentiment de triomphe.

« Tu veux que je garde ta Porte, Myrill ?

– C'est la Dame qui le souhaite. » Il ronchonnait et Kerridis dit, d'une voix douce : « Me rendras-tu ce service, de garder l'Entrée ici pendant que Myrill sera au Conseil avec nous ? »

La jeune fille fit une profonde révérence, ce qui étonna Fenton – cela semblait en désaccord avec sa robe moderne – jusqu'à ce qu'il comprenne que la boutique était fréquentée par des Anachronistes, et qu'elle avait appris leurs manières aristocratiques.

« Mais, et ta propre Porte ? demanda Kerridis.

– Elle est fermée pour le moment, et gardée autrement », dit la jeune femme avec un sourire. Elle jeta un coup d'œil à Fenton et il vit ses sourcils se lever. Il se demanda si elle le reconnaissait, mais sa détresse était trop profonde pour que cela lui importe vraiment. « Qu'il en soit ainsi, Myrill, je garderai ta Porte », dit la jeune femme, puis elle repartit vers le fond du hall.

« Myrill, on se revoit dans la chambre du Conseil, tout à l'heure », dit Kerridis en le congédiant. Puis elle ressortit avec Fenton dans la lumière voilée du soleil.

« Vous vous effacez, lui dit-elle avec une profonde inquiétude. Je dois trouver un moyen de permettre de venir vous voir dans votre corps. Il n'y a pas de raison que vous ne puissiez pas aller et venir à votre gré. Si Pentarn le peut, c'est de la folie de vous l'interdire, à vous qui n'avez aucune intention de nous faire du mal !

– J'ignore quand je pourrais revenir, répliqua Fenton avec une grande amertume, ou comment, ou si même cela me sera possible. » Ce ne serait pas de sitôt qu'il oserait reprendre cet antaril illicite ! Et il commençait à penser que venir ainsi, en entremondes, c'était pire que de ne pas venir du tout. Tout son corps était en proie à d'atroces crampes. Comment était-ce possible alors que son corps ne se trouvait pas *ici*, il ne le comprendrait jamais ; les lois de ce monde ne cessaient de le déconcerter.

Kerridis s'arrêta et leva les yeux vers lui ; la lumière verte diffuse des bois éclairait avec douceur ses jolis traits, les rendant plus étranges, moins humains que jamais, mais par il ne savait quelle raison perverse, plus attirants encore. « Je serais très triste si je ne devais plus jamais vous voir, Fenn-ton, même si mes conseillers se scandalisaient de me l'entendre dire. » Soudain, elle baissa les yeux comme si elle ne pouvait pas croiser son regard, cependant elle lui toucha de nouveau la main. Il ne sentit rien et cela l'épouvanta. Il se demanda s'il reviendrait jamais au monde des Alfar, s'il la reverrait jamais. Il entendit sa propre voix se briser lorsqu'il dit : « Si vous fermez les Portes-Mondes et que le chemin qui mène au monde des Alfar m'est barré…

– Non, dit-elle, nous ne pouvons pas faire cela. Quoi que dise Findhal, nous ne pouvons pas en courir le risque. Autrefois, peut-être, les Alfar ont pu survivre sans la traversée des mondes. Mais maintenant, je ne crois pas que nous puissions rester seuls ; nous avons besoin de tant de choses venues d'ailleurs. Notre monde est vieux, épuisé. Nos changelins mourraient s'ils ne pouvaient pas aller et venir dans les mondes solaires, et cependant la plupart d'entre eux n'y ont plus leur place, ils ne pourraient plus y vivre. À moins que les Alfar ne pensent que le temps est venu pour eux d'accepter leur destin et de mourir, à moins que nous ne nous laissions exterminer par les irighi, je pense que nous n'oserons pas fermer nos Portes. Nous ne pouvons clore l'entrée dans notre monde sans fermer aussi les sorties. Si nous ne donnons pas aux autres mondes ce que nous devons leur donner, nous ne pourrons pas leur prendre ce dont nous avons besoin. Les échanges doivent avoir lieu ; nous ne pouvons pas vivre en pillards et en charognards des autres mondes, ou alors nous serions pires que les irighi.

– Oui, ce ne serait pas bien.

– Et même si nous le voulions, je ne suis pas certaine que nous puissions fermer nos Portes. Nous serions obligés de nous battre pour les défendre ; et même ainsi, il y a ceux qui, comme Pentarn, ont trouvé moyen d'en ouvrir d'autres à leur gré. Il peut ouvrir des Portes où il n'y en a jamais eu auparavant. Je suis sûre qu'il lancerait le peuple-de-fer sur nous et il en découlerait carnage et mort. Nous avons beaucoup de braves guerriers, mais je pense que la guerre avec le monde de Pentarn serait pire que celle contre les irighi.

– Certainement. » Fenton frissonna – que ce fût de douleur ou à l'idée des Alfar en guerre avec le monde de Pentarn, il n'en savait rien. Les irighi étaient repoussants, mais ils se battaient corps à corps, comme les Alfar ; dans la mesure où une guerre pouvait être juste, ce seraient des combats équitables. Mais le monde de Pentarn était à même de mener une guerre moderne, et la pensée de ces armes tournées contre les Alfar donnait littéralement la nausée à Fenton. Ce serait une tuerie, un massacre insensé. Et les irighi y seraient comme des poissons dans l'eau.

« Je souhaite que vous puissiez venir au Conseil avec moi, Fennton. » Il vit qu'elle tremblait. « Il faut qu'ils sachent que les irighi font aussi irruption dans votre monde.

– Je tenterai de rester, si vous croyez qu'ils m'écouteront.

– Si seulement vous n'aviez pas une telle ressemblance avec Pentarn, dit-elle d'un air malheureux, je suis certaine qu'ils vous écouteraient. Tout de même… » De nouveau ses mains se refermèrent sur les siennes. Ces doigts, ainsi que le vrill qu'il tenait à deux mains, étaient la seule chose réelle dans son univers en train de s'effacer, la seule chose vraie qui ait jamais existé. Son corps douloureux semblait creux, immatériel, et il se demanda, désemparé, s'il devrait retraverser le monde du gnome avant de retrouver le sien. Il avait envie de rester là, aux côtés de Kerridis ; il savait qu'il était un véritable enjeu dans le monde des Alfar, et s'il se laissait ramener brusquement, réussirait-il jamais à revenir ?

Et pourtant, tandis que son esprit essayait de trouver un moyen de s'accrocher au monde des Alfar, son corps n'était plus que douleur, en proie au besoin de revenir là où il était vraiment, de ne plus être séparé de son moi matériel. Il vit que la main de Kerridis, légèrement posée sur son épaule, semblait *pénétrer* dans son corps ; il n'était plus dans le monde des Alfar où les choses de la nature étaient tangibles pour lui. La voix de Kerridis tremblait, et semblait lui parvenir de très loin.

« Je souhaiterais que vous puissiez rester. Quand vous êtes ici, j'ai l'impression d'être moins seule, chuchota-t-elle. Depuis la première fois où je vous ai vu, dans les cavernes des irighi, je ne me suis sentie en sécurité que lorsque vous étiez près de moi. Fenn-ton, Fenn-ton, restez, ne partez pas !

– Je voudrais bien rester », dit-il d'une voix voilée. Kerridis l'avait pris dans ses bras et il l'étreignit, doucement, avec l'horrible sensation qu'il passait *au travers* de son corps, et il se retrouva serrant le vide. Pour la première fois, elle n'était pas lointaine, elle n'était plus la froide Reine des Fées, mais une femme, en dépit de sa majesté et de la couronne chatoyante de pouvoir, une femme frêle, vulnérable, tremblante de douleur et de peur. Elle avait toujours été ainsi, il l'avait vue pleurer au sein du peuple-de-fer, mais il n'en avait pas pris conscience. Il se pencha et les lèvres de Kerridis touchèrent les siennes, mais c'était comme d'embrasser une ombre, ce fut le plus faible des effleurements, le lointain frisson d'un contact onirique en train de s'évanouir. Il cria de désespoir : « Je veux rester ! Kerridis, Kerridis, je m'efface. Je ne veux pas partir. » Mais il parlait encore qu'elle disparut, ainsi que les arbres et la lumière verte de la forêt des Alfar, et il se retrouva dans une petite pièce ; quatre ou cinq jeunes gens, assis autour d'une table, secouaient des dés curieusement sculptés. Sur la table, devant eux, il y avait le tracé d'un labyrinthe, sur un étrange tableau de jeu plein de petites figurines qui *luisaient*. Du vrill. Les figurines étaient faites de vrill, et le labyrinthe n'était pas plat, semblait-il, il miroitait, il bougeait, comme s'il avait une vie propre, son propre niveau de réalité… Fenton, hors de son corps, immatériel, était atrocement tiré par le cordon ombilical gris argent de son fantôme, et à travers tout cela, il avait la curieuse illusions d'*être* l'une des pièces de l'échiquier, et que son sort dépendait de la chute des dés… L'un des joueurs leva les yeux.

« Il y a un entremondes ici. Je peux presque le voir. Salut, dit-il en regardant droit vers Fenton, êtes-vous perdu ? Vous ne devriez pas l'être, si vous portez du vrill.

– C'est un invité de la direction », dit la jeune femme qu'il avait vue dans le hall des portes, la libraire du magasin d'estampes. D'une façon ou d'une autre, elle était là, ou n'y était *pas* ; il pouvait voir *au travers*. « Kerridis des Alfar l'a laissé passer par ici. »

Le jeune homme eut un rire impoli. « Un ami de la Dame ? Je suppose qu'il est traité comme une personnalité de marque, n'est-ce pas, Jennifer ?

– Aucun entremondes n'est une personnalité de marque », dit-elle en regardant Fenton par-dessus ses lunettes de grand-mère et, s'adressant à lui, elle ajouta d'une voix ronchonneuse : « Vous feriez mieux de retourner dans votre corps. Filez, maintenant », exactement comme s'il était un petit garçon trop jeune pour rester dehors après la tombée de la nuit dans un quartier inconnu. « Si vous devez transiter par ici, vous feriez mieux d'apprendre les règles, vous entendez ? »

Fenton commença à protester que rien ne pourrait lui convenir mieux, mais le jeune homme aux dés gloussa. « Oh, il fait partie du projet du département de parapsy. Ils parlent beaucoup et jouent avec des cartes, avec leurs ordinateurs et s'adonnent au calcul des probabilités, mais ils ne savent rien et ne le croiraient pas si on le leur disait. Laisse-les faire leurs pitreries, ils n'inquiètent personne. Filez, monsieur. »

Piqué, Fenton ouvrit la bouche pour répliquer, mais juste au moment de parler, il fut tiré ignominieusement hors de l'arrière-salle de la Maisonmonde, par une secousse du cordon, et il s'accrocha désespérément au vrill – il n'allait pas perdre *ça* ! Il ne le montrerait pas non plus à Garnock…

Brusquement, avec une torsion atrocement douloureuse, choc aussi aigu qu'une chute, il se retrouva dans son appartement, au-dessus de son corps affalé inconfortablement sur le sol ; puis à genoux, à demi-écroulé contre le divan, les doigts engourdis et douloureux. Comme il s'étirait avec précaution pour lutter contre les crampes, cherchait à retrouver son équilibre et se redressait avec précaution à cause des douleurs qui lui poignardaient le dos, le petit cylindre de vrill échappa à ses doigts gourds et tomba bruyamment par terre. Il le saisit à tâtons, pressé de voir à quoi il ressemblait dans ce monde, à du lapis-lazuli, du jade, de l'or, du cristal ?

Incrédule, il vit qu'il serrait dans sa main un petit prisme de plastique transparent.

Du plastique !

Du plastique ? Il n'arrivait pas à y croire !

15

Il avait mal aux genoux, ce qui lui rappela sévèrement qu'il était resté trop longtemps sans bouger, accroupi par terre. Il réussit à se relever en trébuchant ; la douleur le transperçait par tout le corps, des fourmis picotèrent ses pieds engourdis lorsqu'il commença à bouger, et il mourait de soif. La première chose qu'il lui fallait, c'était de l'eau. Il se rendit à la kitchenette, tel un robot, ouvrit le robinet et se pencha pour boire sans même prendre un verre. Quand il put penser à autre chose qu'à étancher sa soif, il se redressa, consterné.

Car on avait tout bouleversé de fond en comble.

Des boîtes de conserve, des emballages en carton, étaient éparpillés sur la table de travail, et un paquet de spaghetti gisait, crevé, dans l'évier. Du sucre en poudre s'écrasait sous ses pieds et collait à ses semelles : un sac de deux kilos retourné s'était répandu sur le sol. Déjà des fourmis grouillaient tout autour. La fenêtre dessinait un carré gris que rougissait un peu l'aube naissante ; la pendule affichait cinq heures et demie. Cinq heures et demie de quel matin ? Était-ce le lendemain ? Ou était-il resté inconscient pendant deux ou même trois jours ?

Et qui avait saccagé ainsi son appartement ? On avait sorti les tiroirs du buffet et jeté leur contenu par terre, pêle-mêle. Revenant, bouleversé, dans la salle de séjour, il vit que les tiroirs du bureau, aussi, avaient été fouillés, les papiers gisaient en désordre, les coussins du fauteuil étaient dispersés un peu partout, les étagères à livres vidées. Les pilules d'antaril restées sur la table avaient disparu, on avait tout jeté, en tas, sur le tapis. Fenton revint dans la cuisine, repêcha un verre en plastique, le remplit d'eau et but. Il se demanda s'il allait rester assoiffé pendant le reste de sa vie. Il regardait fixement la pagaille de ses biens éparpillés.

Alors, il avait été réellement absent, mort au monde. Ces gens, quels qu'ils fussent – et Berkeley était plein de voleurs à la petite semaine – avaient pu disparaître en emportant tout. Mais la machine à écrire électrique reposait toujours sur son bureau, une feuille de papier engagée dedans – un rapport qu'il avait commencé à rédiger. La lettre, détaillant les précautions à prendre si on le découvrait inconscient, était toujours sur le divan où il s'était évanoui après avoir pris l'antaril. Sa chaîne stéréo était là, ainsi que les disques de la Callas – hérités de son père – et quelques originaux des Beatles, d'une grande valeur. Ce n'était donc pas un cambriolage ordinaire.

Un bruit, venant de la chambre, fit sursauter Fenton ; il ne lui était pas venu à l'esprit que les voleurs puissent encore être là. Sa première idée fut de se cacher, il posa le pied sur un coussin et trébucha ; Amy Brittman sortit de la chambre. Elle tenait un revolver à la main.

« Alors, vous êtes revenu. » Elle affichait un rictus de mépris. « Qu'avez-vous appris cette fois, *Monsieur*. Et croyez-vous avoir plus de chance que moi de faire la preuve de tout cela ? »

La bouche et la gorge de Fenton étaient encore sèches. Il passa la langue sur ses lèvres.

« Amy, vous feriez mieux de ranger cette arme. Le coup pourrait partir tout seul. Et blesser quelqu'un. » Il prit conscience qu'il serrait dans sa main le morceau de plastique de ce qui, dans l'autre monde, avait été du vrill. Il le laissa retomber dans sa poche. Il était sûr, certitude bien irrationnelle, que si Amy Brittman le voyait, elle s'en emparerait. La présence de sa machine à écrire et de sa chaîne stéréo prouvait qu'elle n'était pas venue ici pour le cambrioler. Mais que cherchait-elle ? Autant qu'il le sache, il n'y avait qu'un seul lien entre Amy Brittman et lui : ils avaient été, tous deux, impliqués dans le projet antaril, et d'une manière ou d'une autre, dans le conflit opposant Pentarn et les Alfar.

« Est-ce Pentarn qui vous envoie ? »

Le visage de la femme se tordit. « Je devrais vous abattre ! Cela éviterait pas mal d'ennuis à tout le monde, surtout au Seigneur Guide ! » Les articulations de ses doigts refermés sur la gâchette avaient blanchi et Fenton se figea sur place. Il avait fait des stages de thérapie, au cours de ses études ; il reconnaissait une hystérique quand il en voyait une, et il était clair que Pentarn s'était servi de la névrose de la jeune fille. Il resta silencieux un moment, puis dit, d'un ton amical : « Pourquoi ne pas m'en parler, Amy ? Qu'est-ce que vous cherchiez ?

– Je ne vais pas vous le dire !

– D'accord, vous n'y êtes pas obligée. » Fenton continuait à parler sur un ton apaisant.

« Non, je ne le suis pas ! cria-t-elle. Rien ne va plus depuis que vous êtes apparu dans notre monde !

– Vous avez traversé beaucoup d'épreuves, hein ? acquiesça Fenton, d'une voix toujours gentille et apaisante, mais il avait commencé à avancer, à pas furtifs. Parfois, rien ne va plus, n'est-ce pas ? Pourquoi ne pas vous asseoir et me raconter ça ? Qu'est-ce qui a tourné mal, cette fois ? »

Elle commença à se détendre et parut prête à s'effondrer dans un fauteuil ; à cet instant, Fenton, d'un mouvement vif, la plaqua, comme au foot. Le coup partit, la balle s'enfonça dans le mur sans provoquer aucun dégât. *Qu'est-ce que je vais dire au propriétaire ?* Telle fut la pensée stupide qui lui traversa l'esprit. Oubliant toute galanterie, il saisit le poignet d'Amy et le tordit pour lui arracher l'arme, puis la poussa dans le fauteuil.

« Asseyez-vous et restez tranquille. Racontez-moi tout. Vous vous sentirez mieux après. »

Amy l'injuria, disant des grossièretés que Fenton ne connaissait même pas quand il était au lycée ; puis elle craqua et se mit à pousser des cris hystériques.

Fenton s'assit et écouta tout en regardant l'arme. Il n'y connaissait pas grand-chose – elle ne ressemblait à rien de qu'il avait appris à utiliser dans l'armée, et il ne s'était jamais intéressé aux fusils, estimant que c'était un hobby bien trop coûteux pour un homme qui ne chassait pas. Mais ce pistolet-là était étrange. La crosse n'était, apparemment, ni en bois ni en plastique, mais faite d'un matériau semblable à de la céramique, brillant et ciselé avec minutie ; le canon était plus long que celui d'un revolver ordinaire. Il ressemblait, pensa-t-il, à une sorte de jouet, un fuseur sorti d'un *space opera* ; pourtant la balle qui avait pénétré dans le mur était un vrai projectile.

« C'est un des joujoux de Pentarn ? demanda-t-il. Allons, Amy, dites-moi ce que vous cherchez et pourquoi. »

Elle continua à sangloter et à gémir d'une voix nasillarde. Fenton n'esquissa aucun mouvement vers elle. Il était convaincu que s'il portait la main sur elle, elle deviendrait encore plus hystérique, et il n'avait vraiment pas besoin d'une accusation de viol en ce moment. Il ne croyait pas qu'elle soit assez habile pour trouver ce genre d'astuce – toute femme qui adoptait passivement le rôle que Pentarn lui avait attribué, celle de *l'épouse du Seigneur Guide*, ne pouvait pas être très brillante – mais au cas où elle y penserait, Cam Fenton ne souhaitait pas lui fournir la moindre excuse.

« Peut-être devrais-je appeler la police, dit-il d'un ton pensif. Leur montrer l'appartement, l'état où il est, et ce petit jouet. Je suis sûr que cela les intéresserait. Pentarn pourrait essayer de vous sortir de la maison de détention pour femmes. » Il alla au téléphone, décrocha le combiné et composa un numéro.

« Police de Berkeley, dit une voix indifférente.

– J'ai trouvé une cambrioleuse en rentrant chez moi. Je la retiens en braquant sur elle son propre pistolet. Pouvez-vous m'envoyer quelqu'un ?

– Oh, mon Dieu ! s'écria Amy. Non ! Non ! Il ne faut pas qu'ils aient l'arme. Je vous en prie ! Je vous en prie, Monsieur Fenton, par pitié… »

Sans tenir compte de ses cris, Cam donna son nom et son adresse à la police. On lui promit d'envoyer une voiture sur-le-champ ; Fenton raccrocha et Amy se jeta sur lui si violemment qu'il dut la retenir pour ne qu'elle tombe pas.

« Je vous en prie, oh, mon Dieu ! je vous en prie, donnez-moi le pistolet, laissez-moi partir. Je vous le promets… je vous le promets… je ferai tout, tout ce que vous voudrez…

– Ne soyez pas idiote, Amy », dit-il en la tenant à distance, avec dégoût. Il devait y avoir plus de différence entre Pentarn et lui qu'ils ne l'avaient tous deux supposé, si c'était cela que Pentarn désirait chez une femme. « La police ne vous fera pas de mal si vous n'avez rien pris. Pourquoi ne pas me dire pourquoi Pentarn vous a envoyée ici et ce qu'il voulait ?

– Je ne peux pas. Je ne peux pas. Il me tuerait. Si la police s'empare de l'arme… » Elle bafouillait, plongée dans une terreur panique. Elle se jeta sur lui et tenta de la lui arracher, mais Fenton était sur ses gardes et réussit à la tenir éloignée, facilement, d'une seule main.

« Asseyez-vous, j'ai dit, et soyez sage. »

Elle se remit à l'injurier grossièrement. Puis, trébuchant sur une pile de vêtements, elle tomba contre la porte, l'ouvrit à la volée, sortit et se précipita dans l'escalier. Fenton vint sur le seuil pour la regarder partir, fit mine de la poursuivre, puis s'arrêta. Des voisins avaient passé la tête dans l'embrasure de leur porte pour voir la cause de tout ce bruit, et il décida qu'il n'avait aucune raison d'essayer de la rattraper. Il revint et, contemplant l'épouvantable désordre, décida qu'il ferait mieux de ne pas y toucher avant l'arrivée de la police. Il retourna dans la cuisine, trouva la cafetière dans la pile d'ustensiles tirés du placard et se fit du café. Il avait faim aussi.

Le temps que la police arrive, il avait terminé son troisième toast et sa troisième tasse de café. Il n'avait retrouvé qu'un seul œuf intact. Il fit entrer les flics et leur raconta l'histoire qu'il avait concoctée : après une nuit passée dehors, en rentrant – *c'était vrai qu'il avait passé la nuit dehors, merde alors, hors de ce monde, comme on dit* – en rentrant il avait trouvé son appartement sens dessus dessous et surpris une voleuse qui avait tiré sur lui, puis s'était enfuie, car il n'avait pas eu envie de la tuer.

« Vous feriez mieux de nous confier le pistolet, dit l'un des policiers en l'examinant avec un certain intérêt. Je crois pas en avoir jamais vu un comme ça.

– Moi si, dit l'autre, l'air blasé. Y a pas mal de pistolets étrangers dans le coin. Un truc coréen que ça me surprendrait pas. Peut-être japonais. »

Fenton dissimula un sourire. Amy s'était affolée à l'idée du revolver de Pentarn tombant entre les mains de la police, mais elle surestimait apparemment l'intérêt, ou la curiosité, de ses membres. Aucun agent n'admettrait qu'il puisse y avoir une arme de poing si extraordinaire qu'il ne l'ait jamais vue auparavant. L'idée même d'une armée fabriquée ailleurs que sur Terre ne leur viendrait pas à l'esprit. Fenton avait été présent lorsque un groupe de scientifiques avait enquêté sur un cas tout à fait authentique de poltergeist dans une vieille maison de San Francisco. Ils avaient décidé, avant même d'y entrer, que la cause en était le fils des propriétaires, un gamin de quatorze ans. C'était bien le cas ; mais les scientifiques restèrent convaincus que s'ils avaient été un tout petit plus malins, ils auraient pu surprendre le jeune Stuart Maynes en train de jeter les assiettes par terre et de briser les vitres. Le fait que des caméras cachées prouvaient qu'il dormait à l'autre extrémité de la pièce quand les vitres avaient éclaté, les laissa simplement convaincus que le garçon était trop malin et trop rapide pour eux... et non que des pouvoirs parapsychologiques étaient en œuvre. Après tout, Cameron Fenton savait, avec certitude, que l'enquêteur moyen préférait se croire fou plutôt que d'admettre qu'il existait une chose qu'il ne pouvait comprendre. S'ils avaient vu Pentarn et une douzaine d'irighi apporter cette arme dans son appartement, ils seraient restés convaincus qu'il n'y avait là rien d'inhabituel.

« Vous l'avez bien vue ? demanda l'un des policiers. Pouvez-vous nous dire son âge, sa couleur de peau, sa taille, ce genre de chose ? Pourriez-vous la reconnaître si vous la voyiez de nouveau, peut-être lors d'une séance d'identification ?

– Une jeune femme blanche, brune, avec quinze kilos de trop. Pour les yeux, je ne suis pas sûr, mais je peux faire mieux que cela. Je connais son identité. C'est une étudiante du département de parapsychologie de l'université.

– Vous êtes enseignant ? Et cette fille fait partie de vos élèves ?

– Non, répondit patiemment Fenton. Je n'enseigne pas pour le moment. Je travaille avec le professeur Garnock – ou du moins je l'ai fait récemment – dans un projet de recherches particulier, et Amy Brittman participe aussi à cette expérience. »

Il leur fallut un bon moment pour comprendre cela et ils lui demandèrent d'épeler le mot parapsychologie. Pour finir, l'un d'eux dit : « Oh, j'ai vu une émission là-dessus à la télévision ; vous faites partie des gens qui cherchent des fantômes. Dites, Professeur, y a du vrai là-dedans ? C'est truqué, hein, et votre boulot, c'est de démasquer les tireuses de cartes et tout ce genre de trucs bidon, pas vrai ? »

Fenton n'allait pas expliquer la recherche parapsychologique à des agents de police à cette heure matinale. Il y avait sans doute quelques officiers instruits qui en savaient presque autant que lui là-dessus, mais eux ne lui auraient pas demandé d'épeler ce mot.

Aussi dit-il que, oui, les télépathes malhonnêtes étaient la plaie des parapsychologues, et il leur donna l'adresse d'Amy Brittman. Il éprouvait des scrupules à la livrer ainsi à la police. Après tout, elle ne lui avait rien volé qu'il puisse mentionner, et en ce qui concernait l'antaril, il lui souhaitait, à elle ou à Pentarn, bien de la joie à l'utiliser. Mais elle avait mis son appartement sens dessus dessous et méritait au moins un mauvais quart d'heure à essayer d'expliquer où elle avait trouvé ce pistolet. Il aurait parié son doctorat qu'elle n'avait rien ressemblant à un permis de port d'arme. Si la police ne le lui rendait pas, et si Pentarn était dans l'obligation de se débrouiller sans, il n'allait pas en perdre le sommeil.

« Et elle n'a rien volé, à votre connaissance ?

– Laissez-moi vérifier quelque chose dans la chambre. » Mais son magnétophone portable et la montre de cheminot en or de son père étaient toujours là, ainsi que ses états de service et ses autres papiers personnels, bien que le classeur ait été renversé sur le sol ; *idem* pour son carnet de chèques, son portefeuille et ses cartes de crédit.

« Je ne pense pas qu'elle ait pris quelque chose ; je l'ai peut-être surprise avant qu'elle ait trouvé ce qu'elle cherchait. » Il aurait bien voulu savoir ce que c'était. Ils déclarèrent qu'ils l'interrogeraient à ce sujet et il signa une plainte en bonne et due forme, tout en écoutant leurs interminables commentaires sur les étudiants ; quand ils furent partis, il se mit à ranger, d'un air maussade, le désordre où Amy avait mis son appartement. C'était dur de se dire que quelques heures auparavant il marchait avec Kerridis à la lueur du soleil elfique.

Il allait descendre son troisième sac d'ordures et envisageait de passer chez l'épicier lorsque le téléphone sonna. Il maudit en silence la personne qui l'appelait dans un moment pareil, décrocha et aboya : « Fenton à l'appareil.

– Cam, qu'est-ce qui se passe ? » Sally semblait soucieuse. « Je t'ai réveillé ? As-tu oublié ? N'est-ce pas aujourd'hui que nous devions aller rendre visite à ton oncle ? »

Fenton cligna des yeux en regardant le mur. Au bout d'une minute, il dit : « Désolé, chérie. Je pensais que c'était demain. J'ai dû perdre le compte des jours. » Au moins, il savait maintenant combien de temps il avait passé dans les autres mondes.

« Tu peux toujours ?

– Bien sûr que je le peux. Seulement, c'est toi qui devras prendre le volant. » Tous ses muscles étaient encore endoloris. « J'ai eu... j'ai passé une mauvaise nuit. »

Et c'était bien le moins qu'il pouvait dire, pensa-t-il.

« Je viens te chercher dans une heure. Il faut que je fasse le plein et que j'achète quelque chose pour le déjeuner.

– Bien. Je vais appeler mon oncle pour lui dire que nous arrivons, d'ac ? »

Quand Sally se pointa, elle jeta un bref coup d'œil sur l'appartement et demanda : « Qu'est-ce qu'il y a eu ? Une tornade ? »

Il éclata de rire. « Tu aurais dû le voir il y a deux heures.

– Des cambrioleurs, Cam ?

– Un seul. Une femme, qui s'appelle Amy Brittman. Je suppose que maintenant, elle est au poste et j'espère bien qu'ils vont lui foutre la trouille. Je ne lui veux aucun mal », ajouta-t-il en tapotant l'égratignure encore enflammée qui lui restait de leur lutte pour le pistolet, « mais je pense qu'on devrait lui donner une bonne fessée et la renvoyer chez sa maman, ou quelque chose comme ça.

– Amy ? » Sally le regardait, atterrée. « J'ai toujours pensé qu'elle était instable, mais elle a dû devenir complètement folle ! C'est elle, aussi, qui a envoyé cette balle dans le mur ?

– S'il s'agit d'une balle. Elle a tiré avec une espèce de pistolet. La police l'a gardé. » Tout en parlant, il se demandait si les agents l'avaient trouvée chez elle, ou si elle avait franchi en vitesse l'une des portes de Pentarn et ne remettrait jamais plus les pieds dans ce monde-ci.

« Cessons de parler d'elle, dit-il en portant le déjeuner jusque dans la voiture de Sally. Pensons à nous aujourd'hui. »

Elle dit d'une voix douce, en levant le visage vers lui : « Cela me convient tout à fait. »

Ce geste, une fois de plus, souligna sa ressemblance avec Kerridis. Se pourrait-il que, dans l'autre monde, la Dame des Alfar soit l'analogue de Sally ? Se souvenant que quelques heures auparavant, selon le temps de *ce* monde, il avait embrassé Kerridis sous les arbres, près de la Maisonmonde, il fut frappé par l'étrangeté de la situation et se demanda, avec anxiété si elle s'était bien comportée au Conseil, parmi ses conseillers et ceux qu'elle considérait maintenant comme ses ennemis. Il la leur avait livrée ; ce n'était pas de sa faute, mais il avait dû la laisser seule face aux problèmes qui l'assaillaient, et il se sentait coupable.

« Cam, tu as l'air fatigué. Peut-être ferais-tu mieux d'essayer de dormir pendant le trajet. » Elle écarta ses objections d'un ton cassant : « Ne fais pas l'idiot, Cam ! Quand mon genou me handicapait, tu t'es donné du mal pour m'aider. Maintenant, c'est à mon tour de m'occuper de toi, pour changer. Relaxe-toi et fais un somme. »

Fenton ne discuta plus. Son abondant petit déjeuner lui avait rendu un peu de vie, mais il se sentait toujours épuisé et la logique de Sally lui parut tout à fait juste. Il monta en voiture, se cala en arrière et sombra presque aussitôt dans le sommeil.

Il dormit pendant des heures et, lorsqu'il se réveilla, la voiture gravissait lentement la montagne. Il demeura immobile un moment pour contempler le profil de Sally éclairé par le soleil. Oui, elle ressemblait à Kerridis, mais sans la vulnérabilité qu'il avait remarquée en premier chez la Dame des Alfar. Il se dit que cela en disait long sur lui, psychologiquement, et qu'il était sans doute attiré par les femmes fragiles, timides, plongées dans la détresse. Sally semblait coriace et pleine de confiance en elle, mais il avait percé ses défenses. Maintenant, elle était prête à admettre que lui aussi avait droit à ses propres faiblesses, et besoin que l'on s'occupe de lui.

Cela ramena ses pensées à Kerridis et à sa situation critique. Comment lui venir en aide ? Et qu'est-ce qui lui faisait croire qu'il en était capable ? Il se dit, dans une bouffée de colère et d'apitoiement sur son sort, qu'il n'était qu'un pauvre idiot d'entremondes, pénétrant maladroitement dans celui des Alfar sous forme d'ombre, incapable de participer aux événements qui se déroulaient autour de lui. Prenait-il plaisir à ce genre d'impuissance ? Avait-il une propension au masochisme ? Si Sally avait raison, si le monde des Alfar et ce que l'antaril lui avait fait vivre n'étaient qu'une hallucination singulièrement cohérente née de ses désirs névrotiques, il ne pouvait pas en vouloir à Garnock d'estimer qu'il n'était pas assez stable pour prendre part à de telles expériences.

Mais ce raisonnement le menait à une impasse et il se souvint d'Amy Brittman, peut-être actuellement aux mains de la police. Cela avait été suffisamment réel, le trou que la balle avait fait dans son mur en était la preuve. Ainsi que le pistolet extra-terrestre saisi par la police de Berkeley. Et cela le ramena à ce qu'il avait su depuis toujours, c'est-à-dire que Kerridis et les Alfar existaient réellement, ainsi que Pentarn et les irighi, et le monde où il aurait été heureux de végéter comme un rocher au soleil.

Il devrait expliquer tout cela à Sally. Il soupira et elle se tourna brièvement vers lui en souriant.

« Réveillé ? J'allais justement essayer de te tirer de ton sommeil. À partir de là, je ne connais pas le chemin et il faut que tu me dises où je dois tourner.

– Pourquoi ne pas me laisser reprendre le volant ? Tu dois avoir un peu mal au genou », répondit-il, satisfait de cette possibilité d'éviter l'inévitable confrontation. Il était certain qu'elle allait de nouveau se quereller avec lui. Tout en changeant de place, il fourra la main un instant dans la poche où se trouvait le petit prisme de plastique, celui qui, dans le monde de Kerridis, était un précieux morceau de vrill. Du plastique, parmi toutes les matières qu'il aurait pu adopter dans ce monde ! Du plastique ordinaire, présent partout, *bon marché* ! Quel était le lien ? Et s'il y en avait un, est-ce que *tout* plastique redeviendrait du vrill dans le monde des Alfar ? Ou était-ce par hasard que le vrill avait choisi une matière banale et indétectable, tout comme l'avait fait l'exquis talisman ciselé devenu un morceau de roche très ordinaire ?

Une chose était absolument certaine. Il allait reprendre le talisman à Garnock, dût-il pour cela cambrioler son bureau, comme Amy Brittman avait cambriolé son appartement !

« J'envie ton oncle qui vit dans cette belle campagne, dit Sally en lui souriant – ses cheveux voletaient dans le courant d'air des vitres ouvertes. Nous y serons bientôt ?

– En haut de cette route. C'est la maison au toit d'ardoise grise ; on peut la voir maintenant – ça monte sec par ici. Et regarde, mon oncle est dans la cour, en train de nourrir les chèvres. »

Il tourna dans le chemin et s'y gara, ils se précipitèrent hors de la voiture et grimpèrent jusqu'à la cabane des chèvres.

Stan Cameron se montra expansif ; il serra la main de Sally avec un grand sourire.

« C'est la jeune femme dont tu m'as parlé, Cam ? Content de vous connaître. Venez m'aider à nourrir les chèvres et à les rentrer pour la nuit. » Ils le suivirent dans la cabane et Fenton, observant Sally qui souriait aux chèvres, gratouillait leurs têtes maigres et nerveuses, les écartait gentiment de sa jupe, voyait de nouveau la femme heureuse, détendue, qu'il n'avait aperçue que brièvement et rarement. C'était la vraie Sally qu'il avait devinée sous sa dureté mordante, protectrice. Même la façon bon enfant dont elle repoussa d'une tape un biquet qui commençait à mordiller ses vêtements, le ravit. Elle posa à l'oncle Stan des questions intelligentes sur les bêtes et sur ses randonnées sac au dos avec les étudiants, et se délecta du bon repas qu'il avait préparé, couronné par du pain fait à la maison.

« Encore un peu de café ? » demanda-t-il à la fin du dîner en inclinant la cafetière au-dessus de la tasse de Sally.

Elle rit en secouant la tête. « Mon Dieu, non. Je ne pourrais plus fermer l'œil de la nuit.

– Je ne voudrais pas discuter avec une psychologue, dit Stan. C'est votre métier, mais j'ai toujours pensé que ça, c'était dans la tête des gens. Tout les jours de sa vie, mon père a bu, juste avant d'aller se coucher, une tasse de café bien serré, avec du sucre et du lait. Il disait que ça l'aidait à dormir. Et comme il n'a jamais connu de problème d'insomnie, sauf pendant les trois semaines qu'il a passées à l'hôpital pour un mal de dos, j'ai tendance à le croire. L'esprit humain est un drôle de machin. »

Sally rit et hocha la tête. « J'ai oublié le nom du savant qui a dit que l'univers est non seulement plus étrange que nous ne le croyons, mais plus étrange que nous ne *pouvons* l'imaginer.

– C'est vrai. Dans votre métier – Cam m'a dit que vous travaillez aussi pour le département de parapsychologie – vous en savez sûrement, plus que quiconque. Vous devez en avoir terriblement assez des sceptiques qui ne croient pas ce qui se passe sous leur nez. Et presque autant, j'imagine, des gens qui croient toutes sortes d'inepties sans une ombre de preuve. Dans votre profession, vous devez être forcés de marcher sur le fil du rasoir, hein ? Le scepticisme d'un côté et la crédulité de l'autre, tous deux complètement aveugles à la logique et aux preuves rationnelles.

– Oh, vous avez raison, répondit Sally. C'est pourquoi nous nous efforçons de n'intégrer, dans notre département, que des gens plutôt stables, pour commencer. Prenez un sceptique ignorant, imperméable à la logique, ouvrez une brèche dans son scepticisme et il se transforme en un croyant tout aussi ignorant et imperméable à la logique.

– Je vois d'où ça vient, reconnut oncle Stan. Regardons les choses en face, ce que la plupart des gens désirent c'est seulement se sentir en sécurité, se fier à ce que la personne en qui *eux* ont confiance leur dit, ne pas avoir à prendre de décision ou à faire *fonctionner* leur cerveau rouillé. Il suffit d'allumer la télévision et de voir ce qu'ils regardent, la plupart du temps – ce qu'ils peuvent absorber sans avoir à penser. Des comédies. Des films policiers. Des discours politiques. De mignons animaux. Aussi lorsqu'il leur faut cesser de se fier à ce qu'ils croyaient, ils ont la frousse et se dépêchent de croire à une autre chose tout aussi sécurisante, même si c'est exactement l'opposé de ce qu'ils avaient été amenés à croire. Je pense que le scepticisme ouvert et un examen rationnel des faits sont probablement les choses les plus rares au monde, et c'est pourquoi les programmes d'éducation populaire que l'on a tenté d'implanter n'ont pas marché. On a cru qu'offrir un enseignement supérieur à un rustre ignorant et défavorisé culturellement, lui accorder une chance d'accéder à un enseignement supérieur, en ferait un penseur instruit, cultivé et rationnel, quelles qu'aient été son origine et sa scolarité antérieure. Sur cinq mille rustres ignorants et défavorisés culturellement, ils en ont peut-être obtenu une centaine qui, mis pour la première fois en situation de penser par eux-mêmes, se sont jetés sur l'occasion comme une chèvre sur un carré de luzerne, et quatre mille neuf cents rustres ignorants et privés de culture qui ont acquis un nouveau lot de préjugés et un nouveau jargon pour les défendre. J'ai eu pas mal d'ennuis quand, au lycée, je disais qu'on ne pouvait pas transformer du chiendent en orchidées. On m'a traité de raciste et pire encore, pour avoir dit que tout ce qu'ils pouvaient faire, c'était découvrir quelques orchidées déguisées en chiendent afin de pas être persécutés à mort par les piétineurs de fleurs qui les entourent. »

Sally sourit d'une oreille à l'autre. « C'est tellement vrai. J'ai grandi dans une ferme, aux environs de Fresno, en essayant de prétendre que j'étais une orchidée dans une classe de lycéennes incapables d'imaginer que l'ambition d'une fille pouvait ne pas se limiter au mariage avec le gars de la ferme voisine, qui se ferait cent mille dollars par an lorsqu'il aurait trente ans, à remporter quelques rubans à la foire du coin – oh, oui, cela se faisait encore – en cousant des courtepointes et en faisant des confitures, à élever un contingent de bons citoyens chrétiens, et ne jamais faire de vagues. Elles pensaient qu'*elles* étaient les orchidées et moi, le chiendent dégoûtant qui voulait quelque chose de bizarre, comme mener sa propre vie. Aussi j'ai joué le jeu, jusqu'à ce que mon enfant meurre et que nous divorcions, mon mari et moi. Maintenant, j'ai cessé de faire semblant. Seulement, il y a beaucoup plus de femmes comme *elles* que comme *moi*, alors qui a raison ? »

Oncle Stan acquiesça d'un signe de tête. « Peut-être que personne n'a raison. Peut-être que les gens doivent emprunter des voies différentes, et que le crime c'est d'essayer de tirer des orchidées d'un carré de chiendent – ou, d'ailleurs, d'essayer de transformer des orchidées en chiendent, même si elles ont poussé dans un terrain vague. Gagner ma vie en élevant des chèvres, ce n'est pas vraiment ce que ma famille voulait pour moi. Ils pensaient que je devrais être médecin, ou avocat, quelqu'un d'intelligent quoi. Seulement, je préfère la compagnie des chèvres à celle de la plupart des gens. » Il sourit pour adoucir ses dernières paroles et Sally réagit aussitôt en faisant : « Bêê-êê-êê. »

Lorsque les rirent se furent éteints, Stan Cameron demanda en posant sur la table un plateau de petits gâteaux encore tièdes du four : « En parlant de croyants et de sceptiques ignorants, as-tu eu d'autres ennuis, Cam, avec l'histoire que tu m'as racontée ? » et Fenton sentit que le bref répit avait pris fin. Maintenant, il allait être obligé d'en parler à son oncle et d'affronter le mépris ou l'hostilité de Sally.

Bon, Stan Cameron ne se contenterait pas de quelques réponses évasives.

« La situation n'a pas changé. Seulement, quelque chose est arrivé, hier soir, qui m'a ennuyé. Tu as dit que nous devions essuyer des fiascos dans notre département – avec les gens instables. Eh bien, l'une d'elles est une jeune fille appelée Amy Brittman. » Et il raconta tout à Stan, depuis sa première rencontre avec elle – il ne savait pas alors, qui elle était – dans le monde de Pentarn, en tant qu'épouse du Seigneur Guide, jusqu'à sa présence, dans son appartement, et sa propre tentative de la livrer à la police.

Le café refroidit dans les tasses et personne ne toucha aux gâteaux, pendant que Stan Cameron écoutait.

« On dirait, Sally, qu'en disant que l'univers était plus bizarre qu'on ne pouvait l'imaginer, vous avez tapé dans le mille, remarqua-t-il en lui souriant. Quelle impression cela fait de se retrouver sur le fil du rasoir entre ce que l'on sait et ce que l'on commence à découvrir ?

– C'est inconfortable », répondit Sally en appuyant ses coudes sur la table. Elle prit la main de Fenton et la serra. « Cam, je suis désolée. Je me suis rendue coupable de ce dont j'accusais les autres – juger sans preuve. Je n'ai jamais cru que tu mentais et j'aurais dû supposer que tu disais la vérité jusqu'à ce que j'aie des raisons de penser le contraire.

– De quoi parlez-vous ? » demanda Stan Cameron en regardant les deux jeunes, mais ni l'un ni l'autre ne l'écoutaient.

« Qu'est-ce qui t'a fait changer d'avis, Sally ? » dit Cam.

Elle répondit, en souriant à Stan Cameron. « Ton oncle, et la manière dont tu lui parles, la relation que vous avez. Tu pourrais, pour une raison que je suis incapable de deviner, me mentir ou me duper. Mais je n'arrive pas à imaginer que tu puisses dire à ton oncle autre chose que la vérité, ni que tu te sois bercé d'illusions en lui parlant.

– Je pense, dit l'oncle de Fenton, que c'est une sorte de compliment que vous me faites là.

– Quoi qu'il en soit, je t'en suis reconnaissant, Sally. Mais la question, maintenant, c'est : qu'allons-nous faire ?

– Je voudrais bien le savoir, répliqua-t-elle. Il va me falloir du temps pour m'y habituer. Je vais devoir remettre de l'ordre dans mes pensées. » Elle leva les yeux vers lui et, de nouveau, elle lui rappela Kerridis. C'était la seule chose dont il n'avait rien dit... ses sentiments pour la Dame. Il n'avait pas de raison d'en parler à son oncle, et il n'était pas prêt à l'avouer à Sally.

Et une fois de plus, tous ses sentiments étaient en révolution, car, de nouveau, il était conscient de la nature désespérante de toute véritable relation avec Kerridis ; après tout, elle était la Dame des Alfar, sa Reine des Fées, lointaine, inaccessible. Sally était toute proche, et réelle, et chère, et il venait d'avoir la preuve qu'elle l'aimait assez pour affronter, avec un esprit ouvert, des choses qui la perturbaient profondément.

Sally s'était resservi de café. « Je pense que tu ferais mieux de tout me redire, Cam ; raconte-moi l'histoire du début à la fin. J'ai l'impression que la première fois où je l'ai entendue, je ne l'ai pas vraiment *écoutée* ; j'avais l'idée, bien arrêtée, qu'il s'agissait d'une hallucination.

– J'aimerais bien, moi aussi, entendre tout depuis le commencement », dit Stan Cameron, et Fenton s'appuya au dossier de sa chaise et commença par narrer son premier séjour dans le monde des Alfar.

Quand il parla de Pentarn dans les grottes souterraines, Sally s'agita comme si elle voulait dire quelque chose, mais quand il se tut en la regardant, l'air d'attendre sa réaction, elle secoua la tête.

« Non, continue, Cam. Je te dirai tout plus tard. »

Fenton poursuivit son récit en terminant par l'agent de police notant le nom et l'adresse d'Amy Brittman et emportant le pistolet, que lui soupçonnait d'appartenir à l'arsenal de Pentarn. Cette fois-ci, il ne cacha rien – sauf le baiser qu'il avait donné à Kerridis comme à une femme qui hante un rêve. *Ça*, il n'en parlerait pas ; il ne le dirait jamais à personne, pensa-t-il.

« Je me demande ce que la police va faire de l'arme ? dit Stan Cameron.

– Dieu seul le sait, fit remarquer Sally. Je ne m'inquiète pas à propos du pistolet. Ce qui me chagrine, c'est ce que Pentarn pourrait faire à Amy s'il apprend qu'elle a échoué. Cette fille est une idiote, mais c'est mon étudiante, je me sens responsable d'elle. Je l'ai recommandée à Garnock pour ses expériences sous antaril. Et j'ai l'impression d'avoir manqué à tous mes devoirs envers elle car, lorsqu'elle est venue me déclarer qu'elle s'inquiétait de ce que Pentarn pouvait préparer, je l'ai traitée comme toi, Cam… Je l'ai rayée du projet en disant qu'elle était devenue psychologiquement dépendante de la drogue. Pentarn l'obsédait, émotionnellement, sexuellement, de toutes les manières ; et comme je croyais que ce personnage était imaginaire, il me semblait qu'il s'agissait d'une réaction malsaine. Le syndrome de l'incube. »

Stan Cameron pinça les lèvres. « Je ne sais pas, dit-il, mais si cette Amy Brittmann était ma sœur ou ma fille, je préférerais de beaucoup qu'elle soit obsédée par un Pentarn imaginaire que par un vrai. Au moins, un démon imaginaire ne pourrait pas lui faire de mal, physiquement.

– Il y a quelque chose de cela. Elle est obsédée par Pentarn, oui. Mais aussi terrifiée par lui.

– Il ne l'appelle pas la Femme du Seigneur Guide pour rien, fit remarquer Cam. Je ne pense pas qu'il lui fera du mal. L'obsession, si c'est ainsi que tu veux nommer la chose, paraît mutuelle.

– Je n'en suis pas certaine, répliqua Sally d'un air sceptique.

– Je ne m'inquiéterais pas de cela, dit Stan Cameron. Pentarn ne peut rien lui faire si elle est emprisonnée pour avoir cambriolé l'appartement de Cam. Il pourrait probablement pénétrer dans sa cellule sous forme de… comment tu appelles cela… d'entremondes, mais alors il ne pourrait même pas la rouer de coups. Et s'il vient ici avec son corps matériel, il ne pourrait pas pénétrer dans la cellule… Je parierais que les flics de Berkeley enferment à double tour ceux qu'ils veulent mettre sous les verrous. Ils appellent ça la détention provisoire.

– C'est déjà ça, j'imagine », dit Sally soulagée, mais Fenton n'en était pas si sûr. Il s'aperçut, avec irritation, qu'il avait maintenant un autre souci ; non seulement il avait peur pour Kerridis et Irielle, mais il se sentait responsable du sort d'Amy Brittman. Aurait-il *voulu* que Sally se montrât sans cœur vis-à-vis d'une étudiante ? Certainement pas.

Stan Cameron jeta un coup d'œil à l'horloge.

« Minuit, et demain ne sera pas de tout repos. J'ai un groupe qui va débarquer sac au dos. Mieux vaudrait aller vous coucher. » Il les regarda franchement. « Un lit ou deux ? Je ne sais pas où vous en êtes. Vous pouvez prendre la chambre d'amis, Sally, et Cam peut pieuter par terre, s'il en a envie. Mais si vous voulez êtes à votre aise, le lit est assez large pour deux, et régenter la vie privée des gens ne m'intéresse pas. »

Sally n'hésita pas. Elle sourit à Cam.

« Un seul lit. J'ai été idiote, Cam, et je ne veux plus perdre de temps. »

Le lendemain matin, Stan Cameron partit tôt avec ses randonneurs ; Fenton et Sally n'oublièrent pas de nourrir les chèvres et de les conduire jusqu'à l'enclos, tirant plaisir de cette tâche simple, si éloignée des préoccupations de la ville. Fenton conduisit la jeune femme à la clairière où l'irighi s'était emparé de la hache de son oncle. Bien entendu, les traces de pas avaient disparu depuis longtemps, mais Sally étudia le sol, les sourcils froncés. « Je suppose que la hache n'a pas reparu ?

– Je pense que mon oncle nous l'aurait dit, et je ne l'ai pas vue dans la cabane à outils. »

Pendant le retour à la maison, Sally resta plongée dans ses pensées. « Peux-tu te souvenir exactement de ce que Kerridis t'a dit – ou était-ce Findhal – à propos de l'époque où les irighi ne pouvaient venir que lorsque les deux pleines lunes étaient synchronisées ? Je me demande si cela ne pourrait pas être à l'origine d'une ancienne croyance astrologique – l'idée qu'il ne faut pas oublier les cycles parce qu'il y a des moments où des Portes s'ouvrent entre les mondes pour laisser passer de vilaines créatures. »

Fenton répéta leurs propos aussi bien qu'il le put.

« Ainsi, les Portes s'ouvrent plus souvent maintenant, et Kerridis pense que Pentarn y est mêlé, dit Sally d'un air songeur. Je me demande si, dans son arsenal, il n'a pas une arme qui ouvrirait les Portes de force ? Cela pourrait expliquer… » Elle resta silencieuse en transportant son nécessaire de voyage à la voiture. « Crois-tu pouvoir pénétrer dans la Maisonmonde, maintenant ? »

Fenton sourit sans joie. « Si je peux la *trouver*. » Il lui répéta ce que les jeunes gens de la Maisonmonde, ceux qui jouaient à Donjons et Dragons, avaient dit sur le département de parapsychologie. Elle répliqua, avec un petit haussement d'épaules, qu'il y avait toujours des différences entre la recherche théorique et ceux qui travaillent sur le terrain. « Demande au thérapeute d'un foyer pour enfants attardés mentaux ce qu'il pense de la psychopédagogie ! Ou, mieux encore, à un instituteur qui enseigne dans une zone prioritaire !

– La différence, c'est que, jusqu'à ces derniers temps, il n'y avait aucun travail sur le terrain en parapsychologie appliquée. Sauf, peut-être, ces gens qui essaient de rencontrer les fantômes qui sont censés hanter certaines maisons, afin de les psychanalyser et de leur faire comprendre qu'il sont morts et n'ont aucune raison d'ennuyer les vivants. » Il glousse en jetant son sac à l'arrière de la voiture. « Écoute-moi. On dirait Garnock parlant de la Maisonmonde. »

Sally s'installa derrière le volant. « Tu dois y faire face, Cam. Accepter ces choses-là, cela prend du temps. On vient de me rappeler que, objectivité scientifique ou pas, je crois ce qu'on m'a appris à croire. Le fait que *moi* je te crois ne va pas impressionner Garnock. Il pensera seulement… » – elle se retourna et sourit de nouveau, de ce sourire stupéfiant qui la rendait si belle – « que je suis comme Amy Brittman, victime d'une obsession sexuelle qui déforme mon jugement scientifique ».

Il lui prit la main et la serra tandis qu'elle posait l'autre sur la clef de contact. « Ça me va très bien aussi, chérie, et merde pour Garnock. »

Mais cela n'allait pas être aussi facile, et ils le savaient. Pendant tout le retour, ils discutèrent des moyens de convaincre le professeur. La première chose, c'était de retrouver la Maisonmonde, mais Sally eut beau se risquer dans l'intense circulation de voitures et de piétons du haut de Telegraph Avenue, il n'y avait là que le pressing. Sally paraissait désappointée ; Fenton savait qu'elle avait espéré pouvoir y jeter un coup d'œil.

Elle voulait le ramener chez elle, mais Fenton refusa en disant qu'il avait encore beaucoup de travail pour remettre l'appartement en ordre. « Je reviendrai plus tard », promit-il, et elle dit, les joues un peu rosies : « Tu as peut-être raison, Cam. Nous devrions penser à nous mettre en ménage. Juste y penser. Je ne sais pas encore si je suis prête. »

Il demanda à quelle heure il pourrait venir. « Il faut que je prépare mon cours pour demain. Je t'appellerai quand j'aurai terminé, d'accord ? » Elle se pencha et l'embrassa, puis le déposa devant son immeuble. Fenton monta les escaliers, réfléchissant sombrement à ce qui lui restait à faire. Il devrait acheter une autre serpillière et du détergent. Et puis des éponges, certainement des éponges. Et des gants en caoutchouc ; il y avait des débris de verre partout sur le sol.

Mais la porte de son appartement était ouverte. Une bouffée d'adrénaline se déversa en lui tandis qu'il se demandait : Qu'est-ce c'est encore que ça ? Pentarn ? Amy Brittman qui revient me rendre visite ? Des irighi ? Il se contracta, prudent, prêt à se défendre, bien content des quelques leçons de karaté qu'il avait prises, même s'il n'était pas certain que cela puisse lui servir à grand-chose contre ces petites horreurs poilues !

Il franchit le seuil en jetant de rapides coups d'œil dans la salle de séjour.

« Bon, dit une voix tendue, maîtrisée. Plus un geste, Fenton. Les mains sur le mur et penchez-vous. »

C'était un agent de la police de Berkeley en uniforme. Pistolet braqué droit sur son cœur.

16

Il y en avait deux. L'autre, également en uniforme, était une femme petite et vigoureuse, l'air bien plus coriace que son compagnon. Abasourdi, mais coopérant machinalement, Fenton leva les mains, se posta devant le mur, s'y appuya, se soumettant au policier qui le tapota des pieds à la tête, à la recherche d'une arme, puis retourna ses poches.

« Il n'est pas armé, dit le policier. Pas d'armes, sauf peut-être… Qu'est-ce que c'est que ce petit truc ? »

Il tendit sa paume ouverte à Fenton et celui-ci répondit : « C'est une aiguille de vétérinaire. J'ai recousu la blessure d'une chèvre de mon oncle Stan, ce matin. » Hébété par le brusque changement, il pensa à Sally en train de traire une vieille chèvre, écartant un chevreau folâtre de son chemin. « Qu'est-ce qui se passe, monsieur l'agent ?

– Asseyez-vous, Fenton, dit la femme sans s'occuper de répondre à sa question. Vous êtes bien Cameron Fenton ?

– Oui, mais que…

– C'est votre appartement ; vous êtes le résident légal de cet endroit ? » Elle lui lut l'adresse.

Fenton l'admit, désorienté. Il commençait à subodorer que quelque chose avait dû tourner très, très mal. Pas besoin d'être un génie pour subodorer cela, pensa-t-il sombrement. La police de Berkeley était surchargée de travail et il n'aurait probablement pas effectué une seconde visite pour un cambriolage ordinaire où rien d'important n'avait été pris. Peut-être voulaient-ils qu'il accuse Amy

Brittman sous serment, mais même dans ce cas, il ne voyait pas pourquoi ils ne l'auraient pas simplement convoqué au commissariat.

« Cameron Fenton, dit le policier, vous êtes en état d'arrestation pour homicide volontaire. Il est de mon devoir, selon les lois de l'État de Californie, de vous prévenir que vous n'êtes pas obligé de répondre à nos questions, et que si vous le faites, vos réponses seront enregistrées et pourront être utilisées contre vous lors de toute procédure judiciaire ultérieure. Vous avez le droit de téléphoner à un avocat, et si vous n'avez pas les moyens de vous en offrir un, on vous fournira une assistance juridique. Avez-vous tout compris ? Vous n'êtes pas obligé de répondre aux questions et vous pouvez avoir un avocat, tout de suite ou lorsque vous nous en demanderez un. C'est clair ?

– Oui, mais j'aimerais que vous me disiez de quoi il s'agit. Je veux bien répondre à vos questions. Je n'ai rien fait.

– Non ? Je suppose que vous allez nous dire que vous n'avez jamais entendu parler de la fille, qu'elle n'est pas venue ici pour dévaster votre appartement ? Que vous n'êtes pas venu payer la caution pour la faire libérer, et que vous ne l'avez pas laissée dans son appartement morte et mutilée ?

– Oh, mon Dieu. Amy Brittman ?

– Il connaît son nom. Note ça », dit le policier à la femme. Elle le fit.

« Bien sûr qu'elle a saccagé mon appartement, dit Fenton, je vous ai appelés et je l'ai livrée à vos collègues. Mais je n'ai payé aucune caution pour la faire sortir. Et je ne suis jamais allé chez elle. » Il se reprit. « Non. J'y suis allé une fois, mais je ne suis pas rentré. Elle a ouvert la porte, m'a vue et m'a fermé la porte au nez.

– Et vous prétendez ne pas l'avoir revue depuis ?

– Non. Je ne l'ai pas revue depuis qu'elle s'est enfuie d'ici en descendant cet escalier. J'ai donné son pistolet à la police et je ne l'ai pas revue. Elle est morte ?

– Oui, elle est morte, et nous avons une douzaine de témoins disant qu'un homme qui vous ressemble en tout point, mais vêtu d'une espèce de costume d'Anachroniste et portant une fausse barbe, est venu la faire sortir en payant la caution ; et il a donné votre nom. Vous voulez modifier vos déclarations, Fenton ? »

Il fit signe que non. Mais il avait reçu un coup de poing dans l'estomac. *Pentarn !* « Non, je vous ai dit la vérité. J'ai quitté la ville trois heures après avoir téléphoné à la police et je suis allé voir mon oncle qui a un élevage de chèvres dans les montagnes. Je m'y suis rendu avec une collègue de l'université – Miss Lobeck, du département de parapsychologie. Vous pouvez lui téléphoner et vérifier mes dires.

– Vous inquiétez pas, on l'a déjà fait ; elle est à la morgue en ce moment, j'imagine, pour identifier le corps. Si vos histoires coïncident, vous n'avez probablement pas de raison de vous inquiéter. Amy Brittman n'avait pas de famille dans le coin, aussi nous sommes allés à l'université et nous avons découvert que Miss Lobeck était son tuteur.

– Ils ont peut-être fait ça ensemble, dit la femme policier.

– Comment aurais-je pu la tuer ? Je vous ai donné son pistolet.

– Qu'est-ce qui vous fait penser qu'elle a été tuée par balle ? Écoutez, c'est nous qui posons les questions.

– Puis-je téléphoner ?

– Vous le ferez au commissariat après que nous vous aurons incarcéré. À moins que vous ne nous donniez le nom de votre avocat et alors nous l'appellerons tout de suite de votre part.

– Je ne connais pas d'avocat. Je n'en ai jamais eu *besoin*.

– On dirait que maintenant, il vous en faut un, mon pote, dit le policier sans malice, mortellement sérieux.

– Quand vous m'aurez incarcéré, j'appellerai le professeur Garnock et il me dira si notre département emploie un avocat », dit Fenton, mais ensuite, à bord du panier à salade, il se demanda si Garnock aurait envie d'impliquer son service dans une affaire de meurtre.

Ils l'emmenèrent au centre ville et enregistrèrent son inculpation. On le laissa téléphoner à Garnock, qui fut choqué et insista pour venir tout de suite avec un avocat et un délégué du département qui pourrait se porter garant, si nécessaire. Peut-être le professeur pensait-il que l'antaril l'avait tellement détraqué qu'il était capable de tuer. Après son incarcération, on lui demanda s'il acceptait de se soumettre à des analyses médicales ; on lui préleva des poils pubiens, des cheveux, les micro-particules qui pouvaient se trouver sous ses ongles, on examina attentivement son corps à la recherches d'égratignures et de contusions ; on lui demanda un échantillon de son sperme et à quand remontaient ses dernières relations sexuelles. Il le leur dit, sachant que dans une situation telle que celle-ci, Sally n'hésiterait pas à confirmer ses dires. Amy Brittman avait-elle été aussi violée ? S'il s'agissait de Pentarn, le viol n'aurait pas été nécessaire, pensa-t-il avec un détachement ironique.

Puis, enfermé dans une cellule, il se demanda avec terreur ce qui allait lui arriver. On ne pouvait pas être libéré sous caution en cas de meurtre. Il quitta sa cellule une fois encore ce jour-là, quand ils l'escortèrent à la morgue et ouvrirent un tiroir pour lui montrer le corps d'Amy Brittman.

Elle ne portait plus que quelques lambeaux de vêtements terriblement tachés dont certains avaient servi à l'étrangler. Une grimace d'horreur était figée sur son visage ; des meurtrissures marbraient son corps livide. Mais le pire, c'étaient les marques de griffes, ou de dents, ou d'une lame, qui avaient tranché à moitié l'une de ses mains et lui avaient lacéré la gorge. L'un de ses seins avait été arraché et quelque chose avait *mâchonné* – il n'y avait pas d'autre mot pour décrire cela – le haut de sa cuisse, près de l'aine.

« Bon Dieu, dit Fenton et il se cacha la tête dans les mains. Bon *Dieu* ! Ce n'est pas un humain qui a fait ça ! Un loup, peut-être. Un animal qui s'est échappé d'un zoo. Mais, elle a été violée – et étranglée – et *lardée* de coups de couteau. Et *mutilée*. Qu'est-ce que vous croyez que je suis ? Jack l'Éventreur, ou quoi ? »

Mais personne ne répondit. Il ne s'attendait pas à ce qu'on le fasse. Ils se contentèrent de le ramener dans sa cellule où on lui donna à manger un ragoût à base de protéine hydrolysée, et une boisson qui ressemblait encore moins à du café, et on le laissa avec une ampoule qui brûla faiblement toute la nuit.

Pendant longtemps, il ne put dormir ; le corps mutilé d'Amy Brittman flottait devant ses yeux, hideusement tordu et déchiqueté. Il aurait dû la retenir jusqu'à l'arrivée de la police. Il aurait dû lui rendre le pistolet et la laisser partir afin que Pentarn n'ait pas à se venger ainsi de son échec. S'il s'agissait de Pentarn. Pas plus que lui, cet homme n'aurait réussi à lui infliger d'aussi terribles blessures. Le corps de la pauvre fille était à moitié mangé ! Et alors, au moment de plonger dans un sommeil cauchemardeux, il revit les irighi déchiqueter les chevaux des Alfar et fourrer la chair dégoulinante de sang dans leur bouche.

Les irighi ! Est-ce que le peuple-de-fer était venu assassiner la pauvre Amy ? Il se remémora leurs crocs, leurs armes qui ressemblaient grossièrement à des machettes, leurs ongles démesurés. N'auraient-ils pas totalement dévoré cette pauvre fille ?

Cela signifiait que les irighi pouvaient s'introduire dans ce monde, mais cela, il le savait déjà puisqu'il avait vu l'un d'eux s'enfuir en emportant la hache de son oncle !

Était-ce une coïncidence si invraisemblable que la première victime du peuple-de-fer en ce monde – autant qu'il le sache, bien entendu, des meurtres de psychopathes non résolus pouvaient peut-être leur être imputés – soit forcément une femme en relations aussi intimes avec Pentarn qui, d'une manière ou d'une autre, réussissait à les contrôler ?

Je savais que c'était un méchant homme. Son propre fils le croyait si répugnant qu'il avait renoncé à son héritage. Mais même Pentarn lâcherait-il les irighi contre une femme qu'il avait aimée, ou déclaré aimer ?

Pentarn avait lâché le peuple-de-fer sur Kerridis et Irielle. N'était-ce pas une réponse suffisante ?

Il se retourna nerveusement afin de ne plus avoir la lumière dans les yeux, et tira sur sa tête la mince couverture. Il prit conscience qu'il se sentait coupable. D'une manière ou d'une autre, il aurait dû réussir à avertir quelqu'un de la menace que représentaient les irighi.

Oui. Je vois ça d'ici. Aller au commissariat de Berkeley pour les avertir que de petites horreurs poilues, venues d'un monde parallèle, se baladaient dans le coin pour manger les gens. Il espérait qu'Amy Brittman était déjà morte lorsqu'ils lui avaient fait tout cela, mais cet espoir était bien mince. Il n'avait éprouvé aucune sympathie pour cette fille, n'avait eu aucune raison pour cela, mais elle n'aurait pas dû mourir d'une manière aussi horrible. Il se demanda si ses assassins étaient en proie à une terreur comparable à la sienne. Ce n'était guère probable, non plus.

Pour finir, il sombra dans un sommeil agité, criblé de rêves où Irielle, derrière une barricade, le regardait mélancoliquement, et où Joel Tarnsson, en proie à une fureur parricide, s'emparait d'une épéevrill et chargeait Pentarn qui, au centre d'un cercle d'irighi, essayait en vain de faire taire les farfadets, et où Kerridis le conduisait à la porte de la Maisonmonde. Kerridis. Comme s'en était-elle tirée, face au Conseil ? Dans les affaires de ce monde, il l'avait, semblait-il, quasiment délaissée, ou abandonnée.

Mais qu'aurait-il pu faire pour elle ?

Encore et encore, ces rêves se répétèrent, ou d'autres très équivalents, aussi quand le matin arriva, et que les geôliers lui apportèrent ce qu'ils appelaient en riant du café et quelque chose qui ressemblait vaguement à du porridge, ne put-il rien avaler, mais il resta assis sur sa couchette, nauséeux et frissonnant, à attendre ce qui allait se passer. En milieu de matinée, on lui rendit sa ceinture, ses chaussures, sa cravate et son portefeuille, on lui fit signer un reçu pour son argent, ses clefs et l'aiguille de vétérinaire de son oncle, et on le conduisit dans une pièce où l'attendaient Garnock, Sally et Stan Cameron.

« Bon, Fenton, dit l'inspecteur, votre alibi a été vérifié ; vous pouvez partir. Je suppose que vous n'avez pas pu tuer la jeune fille. » Il avait l'air malheureux et cela ne surprit pas Fenton ; sa mine disait, aussi clairement que s'il avait parlé, que maintenant, il allait devoir trouver qui *avait* tué Amy Brittman. C'était une tâche fort désagréable de chercher un psychopathe qui avait violé, étranglé et mutilé ainsi une jeune femme. Fenton se sentit de nouveau coupable de ne pas avertir l'inspecteur qu'il y aurait probablement d'autres meurtres semblables, mais il avait déjà eu assez d'ennuis comme cela. Il venait de l'échapper belle et n'allait pas se jeter à nouveau dans la gueule du loup.

Il n'enviait cependant pas l'inspecteur. La police n'allait trouver aucun psychopathe Il pouvait leur dire qui avait tué Amy Brittman. Mais ils auraient beau prendre en chasse, jusqu'à ce que l'enfer gèle, le grand Anachroniste barbu chaussé de bottes qui avait tiré Amy de prison en versant une caution, ils ne le retrouveraient jamais.

Et s'ils le retrouvaient, Pentarn pourrait toujours sauter dans ce trou mobile, bien pratique, qu'il emportait partout avec lui, le refermer et disparaître !

Cela semblait complètement fou, même à Fenton, qui savait que c'était vrai. Il imaginait aisément ce qu'en penserait un inspecteur de police. Aussi il se tut.

« Ce que nous devons faire me semble très clair », dit Stan Cameron. Ils étaient revenus dans le bureau du professeur où Fenton avait raconté de nouveau toute l'histoire. Il n'était pas certain que Garnock le croie totalement, mais celui-ci était si bouleversé par ce qui était arrivé à Amy – il n'avait pas été, comme Sally, obligé de voir le cadavre mutilé pour l'identifier, mais il avait lu les horribles comptes rendus parus dans les journaux – qu'il était prêt à entendre ce que Fenton avait à dire sur le peuple-de-fer.

« Nous avons le devoir très clair, répéta l'oncle Stan, de mettre les gens en garde contre les irighi.

– Ils n'y croiront pas, dit Garnock. Faites-moi confiance, Monsieur Cameron. En tant que directeur du département de parapsychologie, je suis tenu de croire à ce que les gens jugent impossible, et il m'a fallu l'horrible mort d'une étudiante pour que j'y croie à moitié. Si même moi je n'y crois pas, comment *diable* pouvez-vous vous attendre à ce que quelqu'un d'autre le fasse ?

– Qu'ils y croient ou non, répliqua Stan Cameron, inflexible, il est de mon devoir de les avertir. »

Sally le regardait avec des yeux brillants. « Quel bien pourriez-vous faire à quelqu'un si vous êtes enfermé dans un asile psychiatrique ?

– Il faut tout de même que j'essaie. C'est de *mon* devoir. Qu'ils y croient ou pas, c'est *leur* affaire. »

Rien de ce qu'ils dirent ne le dissuada et, pour finir, il se rendit seul au commissariat. « Si l'on m'enferme comme psychotique, envoie quelqu'un s'occuper de mes chèvres, d'accord ? » rappela-t-il à Cam.

Garnock secoua la tête lorsque le vieil homme sortit du bureau. « J'admire son courage, mais je ne pense pas qu'il arrivera à quelque chose. Cela a l'air complètement fou, Fenton. J'ai déjà du mal à me tenir au courant des luttes de pouvoir de ce monde-ci ; comment serions-nous censés suivre ce qui se passerait dans une douzaine de mondes ?

– Je pense que la Maisonmonde est tenue de s'assurer que les affaires intérieures d'une dimension n'interfèrent pas avec celles des autres, dit Fenton. Mais on dirait que quelque chose a dérapé. Les responsables de la Maisonmonde ne font pas bien leur travail. » Il se souvint du vieil homme, Myrill, qui ne cessait de répéter que rien n'était passé par *sa* Porte et qu'en ce qui concernait les autres, il n'avait rien à y voir. Si c'était à ce genre de personne que Kerridis – ou ses agents – confiait la Maisonmonde, eux seuls étaient à blâmer si des monstruosités la traversaient.

À quel genre de personne devait-on confier la Maisonmonde ? La seule qu'il ait jamais vue sur sa planète, c'était la jeune femme appelée Jennifer et les jeunes rassemblés autour du tableau de Donjons et Dragons. Comment s'étaient-ils qualifiés pour ce poste de haute responsabilité ?

« Il courait jadis d'anciennes légendes au sujet de sociétés secrètes qui détiendraient les clefs des autres mondes. Peut-être la Maisonmonde leur a-t-elle toujours été confiée…

– Mais la plupart des prétendues sociétés secrètes sont surtout des combines pour échapper aux impôts, dit Fenton. Peut-être ont-ils perdu le contact avec ce qu'ils étaient *censés* faire. Perdu la connaissance secrète qui permet de gérer convenablement la Maisonmonde.

– Cela pourrait arriver dans un monde, peut-être, objecta Garnock, mais pas dans tous en même temps. Et on dirait que ça va joliment mal dans toutes les dimensions, d'après ce que vous me dites.

– Le problème, dit Fenton, c'est, semble-t-il, que la plupart des intrus qui perturbent le monde des Alfar – et celui-ci, aussi – ne *passent* pas par la Maisonmonde, ni même aux moments appropriés où les Portes sont censées s'ouvrir. Tous les ennuis semblent venir du monde de Pentarn. Peut-être y a-t-il eu si peu d'ennuis, pendant très longtemps, que ceux qui gardent les Portes sont devenus négligents, et quand quelqu'un comme Pentarn s'est mis à essayer de créer des ennuis, ils n'y étaient pas préparés et n'avaient aucune défense contre cela. On a laissé Pentarn faire entrer des choses comme les irighi dans le monde des Alfar.

– Crois-tu qu'ils viennent de son propre monde ? demanda Sally.

– Je pense que non. En m'en rapportant au gnome, je dirais même catégoriquement non. Je pense que Pentarn a trouvé le moyen d'ouvrir une Porte dans le monde du gnome par laquelle le peuple-de-fer passe, même quand les Portes normales donnant dans le monde des Alfar sont fermées.

– Pourquoi le gnome l'a-t-il laissé faire ? demanda Sally.

– Je ne crois pas qu'il ait vraiment su ce qui arrivait jusqu'à ce que je vienne. Je vous ai dit qu'il semblait seulement sentir deux sortes de choses, lui-même et *les autres*, et s'il ne pouvait transformer la chose, quelle qu'elle soit, en lui-même, il voulait uniquement s'en débarrasser aussi vite que possible – aussi, sans aucune malveillance envers les Alfar, a-t-il ouvert une Porte dans leur monde pour se débarrasser des irighi.

– Tu pourrais essayer de retourner dans le monde du gnome, suggéra Sally, avec cet antaril illégal qui t'a amené là-bas... »

Garnock et Fenton protestèrent d'une seule voix.

« N'importe comment, ajouta Fenton, Amy me l'a volé. Elle l'aurait probablement donné à Pentarn si elle avait vécu assez longtemps ; je n'en ai plus. Je pourrais retrouver le trafiquant, mais ces gens-là vont et viennent et je ne pourrais pas m'assurer que leur antaril provient du même lot. Cela pourrait m'envoyer ailleurs, pas dans le monde du gnome.

– Mais si le gnome *savait* ce qu'il faisait, demanda Sally, ne serait-il pas prêt à t'aider ?

– Comment savoir ? As-tu déjà tenté de parler à un gnome ? dit Fenton en se souvenant de la frustration qu'avait engendrée cette expérience particulière. Il me semble que la seule chose à faire c'est d'essayer de trouver la Maisonmonde et de parler à la personne qui est vraiment responsable de ce lieu. Pas les gens qui gardent ou entretiennent les Portes, mais leur supérieur hiérarchique, s'il y en a un. »

Garnock fronça les sourcils. « Cela va à l'encontre de mes principes de vous donner de l'antaril pour quelque chose comme cela, mais s'il vous envoie directement dans le monde des Alfar... »

Fenton secoua la tête et protesta. « Cela ne me servirait à rien d'y aller en tant qu'entremondes. J'en ai soupé d'être une victime impuissante des circonstances, et sous cette forme, je ne pourrais être que cela. »

Quoi qu'il arrive, il ne retournerait *pas* dans le monde des Alfar – ou dans tout autre – impuissant et ballotté à tous les vents du hasard, immatériel, fantôme traversant les murs, sans aucune possibilité d'intervenir dans les événements qui se déroulent autour de lui ! « Monsieur, rendez-moi le talisman. » Et comme Garnock le regardait fixement sans comprendre, il expliqua : « La pierre. L'apport. Quel que soit le nom que vous lui donnez. Cette fois, je veux y retourner dans mon corps, en tant que randonneur-de-mondes, ou je n'irai pas du tout. »

Garnock commença par protester. Fenton serra les dents et répliqua : « Écoutez, monsieur. Comme dit mon oncle Stan, que les autres y croient ou non, c'est leur affaire. Ça, c'est *la mienne*. C'est moi qui pars, et je vais le faire avec le talisman afin d'y aller en randonneur-de-mondes. Allez me le chercher tout de suite. » Et comme Garnock hésitait toujours, il se leva et se dressa, menaçant, devant l'homme plus âgé.

« Monsieur, je ne plaisante pas. Je n'ai pas envie de discuter avec vous, mais je dois l'avoir, un point c'est tout. Allez me le chercher, ou je brise cette putain de vitrine et je le *prends*. Ou bien je reste ici et je l'*appelle* – et découvrirai ainsi si je dispose d'assez de télékinésie pour le téléporter. Choisissez. Mais je préférerais que vous me le donniez. »

Garnock ne bougea pas. Il resta un moment les yeux levés vers son étudiant. Puis il dit lentement : « D'accord, Cam. À vos risques et périls. Il est à vous. » Il se dirigea vers la vitrine, choisit une clef de son trousseau et l'ouvrit. Il prit la pierre en la tenant à contrecœur.

« Vous voulez vraiment partir comme cela ?

– Je n'ai pas le choix.

– Qu'allez-vous faire ?

– Je vais descendre Telegraph Avenue jusqu'à ce que je trouve la Maisonmonde, ou du moins le petit magasin d'estampes qui est l'une de ses portes, j'y entrerai avec cela dans ma main et demanderai à passer dans le monde des Alfar. La jeune fille qui est là, Jennifer, m'a vu avec Kerridis. Mais j'ai compris ce qu'ils pensaient des entremondes ; je ne peux rien exiger sous cette forme. Je dois y aller avec un talisman pour y pénétrer en randonneur-de-mondes. »

Garnock lui tendit la pierre. « D'accord. Je suis prêt à miser sur vous ; je suppose que je vous le dois, après avoir laissé assassiner la petite Brittman. Voilà votre talisman… et je vais descendre Telegraph Avenue avec vous. J'aimerais bien voir la Maisonmonde.

– Moi aussi », dit Sally, mais Garnock se tourna vers elle, l'œil mauvais.

« Oh, non, pas vous. Deux fous à la fois dans le département de parapsychologie, cela suffit. Vous allez rester ici et faire mon cours sur la validation scientifique en parapsychologie ! »

17

Ils gardèrent le silence tandis qu'ils traversaient le campus jusqu'à la Sather Gate et sortaient sur Telegraph Avenue. Fenton s'aperçut qu'il tremblait d'impatience, le talisman semblait dur et froid dans la poche de son pantalon. C'était un morceau de roche grise sans intérêt, dépourvu de tout signe distinctif, mais dont il imaginait les fines ciselures. Il le sortit et le regarda. Non, c'était juste une pierre, mais ne percevait-il pas faiblement les contours de la gravure ?

Un pâté de maisons, puis un autre. Il prit conscience qu'il était nauséeux et faible. Et si la Maisonmonde avait disparu ? Et si le pressing remplaçait de nouveau le petit magasin d'estampes ? Il aperçut la boutique, de l'autre côté de la rue, et son cœur se serra car il vit une plate façade d'un blanc stérile sur laquelle était écrit NETTOYAGE À SEC…

« Est-ce le magasin d'estampes en question, Fenton ? » demanda Garnock. Cam cligna des yeux, et elle était bien là, avec les illustrations de Rackham en vitrine, la petite pile de jeux, de livres, d'albums d'art fantastique, et de dés multi-faces de Donjons et Dragons. La Maisonmonde. Il avait une curieuse boule dans la gorge. Il serra le talisman dans sa main lorsqu'ils franchirent le seuil et sous ses doigts, il sentit les arêtes, les ciselures…

« Monsieur ! Regardez ça. »

Dans sa main, le talisman *se transforma* – se tortilla entre ses doigts. Ce n'était plus une pierre ronde ; c'était un morceau plat et dur de roche verte, peut-être du jade, finement gravé de runes. Tandis qu'il le regardait, il redevint la pépite scintillante, ornée de filigranes, qu'Irielle lui avait donnée. Les yeux de Garnock semblaient lui sortir de la tête.

« Donnez-moi ça, Cam. Je n'arrive pas y croire ! »

La jeune femme aux cheveux longs et aux lunettes de grand-mère s'avança lentement vers eux.

« Que puis-je pour vous, messieurs ? »

Cam voulut reprendre le talisman à Garnock ; l'homme plus âgé le serra plus fermement et continua à l'étudier, si bien que Fenton lui prit le poignet et le leva vers la femme. Il se rappela son nom.

« Jennifer. Vous savez ce que c'est. »

À son visage, il put voir que oui. « Par ici, je vous prie, dit-elle. Franchissez la Porte. »

Le sol s'inclina sous les pieds de Fenton. Avec un hurlement, Garnock, qui tenait toujours le talisman, disparut. Fenton, pris de vertige, désorienté, tenta de s'accrocher au professeur, sa main se referma sur le vide. Il cria, tournoya et entrevit une grande salle nue, un long couloir avec des portes, quelque chose d'étrange, au loin, qui ressemblait à une grotte de cristal. Il entendit une voix éloignée dire : « Non, Kerridis l'a dit. Pentarn ne doit pas traverser cette porte. Elle donne sur le monde des Alfar. » L'espace tournoya d'une façon vertigineuse pendant que Fenton essayait de crier que c'était une stupide erreur, qu'il n'était *pas* Pentarn, mais il savait que personne ne l'entendait.

Son esprit s'éclaircit enfin. Il était debout, sur un sol ferme, dans l'obscurité. Il n'avait pas la moindre idée de l'endroit où il se trouvait. Est-ce que Garnock, armé du talisman, s'était retrouvé dans le monde des Alfar ? Et lui, pris pour Pentarn à cause de cette ressemblance absurde, avait-il été envoyé ailleurs ? Si oui, où ?

Chose certaine, il n'était plus dans le petit magasin d'estampes de Telegraph Avenue, station ou terminus de la Maisonmonde dans cette partie de la Terre. Il était quelque part hors des Portes ; il y faisait froid. Ce n'était pas le monde du gnome. Il s'efforça de percer les ténèbres, à la recherche d'une lumière, mais sans succès ; l'obscurité était si dense que, pris de panique, Fenton se demanda s'il n'était pas aveugle, ou bien dans une grotte souterraine. Il lança timidement : « Houhou ? » Il n'y eut pas d'échos ; ce n'était pas une caverne et, d'après la qualité du son, il devait se trouver en plein air.

Ses yeux s'habituant à l'obscurité profonde, lentement il commença à voir. Des formes vagues autour de lui, plus noires que le reste, au loin des murs de bâtiments ou des parois de montagnes – difficiles à distinguer, mais qui l'empêchaient d'apercevoir l'horizon. Haut dans le ciel, un semis d'étoiles. Eh bien, cela éliminait une hypothèse ; il n'avait jamais vu d'étoiles dans le monde des Alfar, donc il était ailleurs.

Mais où ? Il pouvait choisir une direction et marcher jusqu'à ce qu'il aperçoive une lumière, mais c'était s'en remettre au hasard. Il pouvait demeurer là jusqu'à ce qu'il passe dans un autre lieu, ou que le sortilège qui l'avait amené ici le renvoie. Ces deux possibilités étaient également dépourvues d'espoir.

Il ne pouvait pas se contenter de *rester* ici. Mais pourquoi pas ? Cela semblait presque aussi fructueux que de marcher dans une direction inconnue – car il n'y avait ni soleil, ni lune, ni étoiles grâce auxquels s'orienter. Et après avoir mûrement réfléchi qu'il n'y avait pas de raison d'aller quelque part ou de faire quelque chose, il étudia ce qui semblait la plus proche des formes qu'il distinguait dans l'obscurité, et se mit en route vers elle.

Tandis qu'il marchait, il eut tout le temps de cauchemarder sur sa situation. Cette fois, il n'avait pas pris d'antaril, aussi n'était-il en rien certain que s'il attendait en se préservant de tout ennui, il se matérialiserait quelque part, rattaché par le cordon argenté à l'endroit où il avait laissé son corps. Il se pouvait que, le prenant pour Pentarn et lui refusant l'accès au monde des Alfar, on l'ait envoyé dans un monde inconnu de lui dans lequel Pentarn allait et venait librement. Lui-même se trouvait peut-être n'importe où ; certainement pas dans des conditions qui lui permettraient d'avertir Kerridis ou les Alfar. Non qu'ils aient besoin d'avertissement. Ils connaissaient déjà la menace des irighi et en savaient plus long que *lui* sur la traîtrise de Pentarn.

Qu'arrivait-il à un randonneur-de-mondes non désiré qui pénétrait sans avoir été annoncé dans un monde inconnu, dans *n'importe quel* monde ? Qu'est-ce qui se terrait ici ? N'importe quoi, pensa-t-il sombrement, y compris des dragons mangeurs d'hommes. Dans un cosmos qui, soudain, abritait des irighi, des gnomes et le Seigneur Guide, impossible de dire que les dragons n'existaient pas, ou même que leur existence était improbable. Sally avait raison ; l'univers n'était pas seulement plus bizarre que Fenton ne l'imaginait, mais plus bizarre qu'il ne *pouvait* l'imaginer. Déprimé, et conscient que la plus grande partie de ce qu'il éprouvait était simplement de l'apitoiement sur soi, il avança à pas lourds de nulle part à nulle part. Qu'en était-il de sa courageuse résolution de prendre les choses en main, de ne plus être l'instrument impuissant des circonstances ! Maintenant, il se trouvait dans une situation infiniment pire qu'avant ; quant à Kerridis et aux Alfar, ils n'étaient pas mieux lotis.

Puis, il aperçut une lumière.

Elle brilla soudain, éclatante, sortie de nulle part. Et il y en eut deux, puis d'autres encore, qui se rapprochaient lentement de lui, il entendit des voix d'hommes, rudes mais humaines ; ce n'étaient ni le ton chantant des Alfar, qui évoquait des clochettes, ni les grognements discordants des irighi.

« Dans le coin, je pense. Quelque chose est passé par la trappe. Des troubles en perspective. L'un de ces maudits Alfar, ça ne m'étonnerait pas, qui viennent nous voler.

– De toute façon, qu'est-il arrivé aux Portes pour que des choses les traversent ainsi ?

– Si tu veux mon avis, dit quelqu'un en parlant bas avec circonspection, sans vouloir manquer de respect envers le Seigneur Guide, tout ce bricolage avec les Portes pourrait être dangereux. Une Porte, c'est une chose, mais bricoler des trappes dans le tissu même de l'espace pour entrer et sortir sans s'embêter avec une Porte, je dis que c'est dangereux, et je souhaite qu'il trouve un autre moyen de faire son boulot, tu comprends ?

– C'est pas à des types comme toi et moi de critiquer le Seigneur Guide », répliqua la première voix ; Fenton comprit soudain qu'il était dans le monde de Pentarn et que ces gens étaient des hommes du Seigneur Guide, qui passaient avec lui dans les autres mondes.

Puis les lumière des torches – pas des flammes, mais plutôt des lampes électriques – se posèrent sur lui, l'éblouissant.

Les hommes s'inclinèrent et l'un d'eux dit : « Nous ne savions pas que c'était vous, Seigneur Guide », et ils lui firent solennellement signe d'avancer. Mais tandis que Fenton comprenait l'erreur qu'ils faisaient, et avant qu'il ait pu imaginer un moyen d'en tirer avantage, l'un des hommes se rapprocha de lui et fit la grimace.

« Arrêtez vos salamalecs, les copains. Ce n'est pas le Seigneur Guide. C'est ce satané entremondes. Il faut le renvoyer à coups de pied dans le derrière, par la trappe. »

Cela lui épargnerait pas mal d'ennuis, pensa Fenton.

Aussi, bien entendu, ils ne le firent pas. L'un d'eux écouta les autres pour s'avancer et examiner le visage de Fenton. « C'est l'un des analogues du Seigneur Guide. Il nous a donné l'ordre, si l'un d'eux se pointait de nouveau, de le lui amener sur-le-champ. Grouillez-vous ! »

Ils l'encadrèrent et le poussèrent en avant, à la lumière des torches. Fenton était en partie soulagé de savoir qu'il n'était pas dans une région inconnue d'un monde inconnu où il traînerait jusqu'à ce qu'il meurre de faim ou d'autre chose, mais arriver par surprise dans le monde de Pentarn ne paraissait pas vraiment préférable. Au bout d'un certain temps, ils se retrouvèrent entre de grands bâtiments, dont certains ressemblaient à des entrepôts, d'autres à des immeubles pleins de personnes endormies. Il y avait d'énormes constructions pourvues de nombreuses fenêtres, mais quelle était leur fonction, Fenton n'en avait pas la moindre idée. Peu à peu, les routes mal entretenues firent place à des chaussées lisses. Les hommes parlaient entre eux, à voix basse, mais aucun ne se donna la peine d'adresser un seul mot à Fenton. Enfin, ils arrivèrent à un bâtiment plus grand que les autres ; de la lumière s'en échappait par une porte ouverte.

« Entrez, s'il vous plaît », dit l'un d'eux qui le poussa dans ce qui devait être un corps de garde avec des bancs, des avis affichés aux murs, et des hommes en uniforme qui attendaient de prendre leur service. Cela ressemblait beaucoup à un commissariat pendant les heures creuses, mais au lieu de lire des journaux, de remplir de la paperasse et de boire du café, l'un d'eux était en train de démonter une arme et de la graisser, un autre s'acharnait sur une sorte de puzzle en ficelle qui rappela à Fenton le jeu de l'échelle, et un troisième dormait franchement, la tête sur une table en bois. Un autre cassait des noix aux formes bizarres et les croquait à grand bruit.

Ce dernier se leva et dit : « Tiens, tiens, qu'est-ce que tu nous ramènes à cette heure, l'ami ? »

L'homme qui avait arrêté Fenton répliqua : « L'un des analogues du Seigneur Guide, on dirait. Le Grand Homme a dit que si celui-là se pointait, il voulait le voir.

– Ah bon ? Je suppose que c'est ça qui a traversé la trappe, il y a un petit moment ? À quoi pensent ces types à la Porte ?

– La Porte n'a rien à voir, et tu le sais aussi bien que moi, dit l'autre d'un ton lugubre. C'est toutes ces trappes errantes. Crois-moi, un de ces jours, l'espace autour de la Porte va céder, et *alors*, qu'est-ce qui va se mettre à passer par là ? Je te le demande ! Les Alfar, c'est une chose ; en général, ils ne font pas grand mal, et s'ils se mettaient à balancer leurs grandes épées dans le coin, eh bien, tant que j'aurai *ça*, je m'inquiéterai pas. » Il posa la main sur un pistolet qui, Fenton le nota sans surprise, était la réplique exacte de celui dont Amy Brittman l'avait menacé. « Mais ces irighi, ils me fichent la frousse, et il y a des trucs encore pires de l'autre côté de ces Portes et de ces trappes ! Si *n'importe quoi* peut aller et venir, ça me plaît pas.

– Arrête de râler, dit l'autre. Tu étais bien content de piller certains de ces endroits où le Seigneur Guide nous a emmenés. Je me rappelle certaines des femmes, dans cette ville aux rochers rouges...

– Je suis soldat ; sûr que je prends ce qui me tombe sous la main. Mais assez, c'est assez, et j'aime pas penser à ce qui est en train d'arriver aux Portes.

– Le Seigneur Guide peut s'en charger mieux que les anciens rois, dit un troisième plein de confiance. Cela a été une bonne chose pour notre peuple, le jour où il a épousé la princesse, et les choses vont mieux maintenant que lorsque les rois étaient sur le trône. Le Seigneur Guide, il sait prendre soin de l'armée.

– Et il en a rien à battre des autres, dit sombrement le premier. Demande aux gens de la ville ce qu'ils pensent. Et où est le gamin ? Je te le demande. Où est le Prince Joel qu'il nous a promis de remettre sur le trône quand les gros ennuis seraient passés ? Je pense que le gamin est mort et que le Seigneur Guide n'ose pas nous le dire de crainte que les partisans de l'ancien roi ne se soulèvent et fomentent une révolution !

– J'ai entendu dire que le garçon était fiancé à une princesse Alfar, que ce serait un lien entre les deux peuples », suggéra un autre, mais cette remarque fut accueillie par des huées moqueuses et l'homme qui cassait des noix déclara : « Assez jacassé. Essayons de prévenir le Seigneur Guide – s'il est au palais et pas en train de se balader quelque part, de l'autre côté des Portes. »

Il se servit d'une sorte d'interphone, puis se retourna vers ses camarades.

« Je n'ai pas pu joindre le Seigneur Guide, mais l'un de ses assistants m'a dit qu'il était au Palais. J'ai entendu dire qu'il avait une nouvelle femme, il est probablement avec elle, mais si nous envoyons l'analogue, il trouvera probablement le temps de s'en occuper ce soir. » Il regarda Fenton d'un air un peu préoccupé, et dépourvu de toute hostilité.

« Vous semblez avoir fait une longue marche. Vous avez faim ?

– Ne sois pas idiot, dit un autre. Les entremondes ne mangent pas.

– T'es incapable de reconnaître un randonneur-de-mondes quand tu en vois un ? Regarde son ombre. S'il essaie de filer, on pourrait lui mettre des menottes, et il le sait, dit l'homme qui s'était servi de l'interphone. Mais pas la peine de le bousculer avant qu'on y soit obligé. Donne-lui une ration. S'il est l'analogue du Seigneur Guide, il est probable que le Patron aura besoin de lui et on doit le lui remettre en bon état. Tenez, dit-il en tendant à Fenton un gros morceau moelleux non identifiable. C'est rien que du gradou, mais c'est mieux que d'avoir le ventre vide. Et, Jem, va lui chercher une chope de bière au magasin. »

L'homme auquel il s'était adressé franchit une porte et revint avec une timbale en fer-blanc pleine d'un liquide fort et un peu amer, proche de la bière à la pression. Il but et, suivant le conseil de celui qui le lui avait donné, mâchonna le « gradou » pendant qu'on le faisait ressortir de la salle de garde pour replonger dans la rue silencieuse. C'était de la nourriture tout à fait tangible et qui, à l'inverse de la boisson, au goût plus agréable, qu'il avait bue chez les Alfar, étancha sa soif et calma sa faim. Le gradou ressemblait à du pemmican que l'on aurait fait en comprimant du corned beef froid avec des miettes de pain et des raisins secs. C'était indéniablement un genre de ration militaire. Sans doute nourrissante, mais dont le goût n'inspirait pas de commentaires épistolaires destinés à la famille.

Cette fois, il ne parcourut que quelques pâtés de maisons et reconnut leur destination : l'arsenal aux murs couverts d'immenses portraits du Seigneur Guide. De nouveau, Fenton trouva une faible ressemblance entre eux. S'il se laissait pousser la barbe, il serait le double de Pentarn. Il pensa avec dégoût : *je veillerai à ne jamais me laisser pousser la barbe.*

« Le Seigneur Guide est trop occupé pour recevoir quelqu'un, dit un autre officier en uniforme, posté derrière le bâtiment. Il a donné l'ordre qu'on ne le dérange pas. Asseyez-vous là et attendez, pourquoi pas, jeune homme ? »

Fenton s'assit à l'endroit indiqué ; il termina les dernières bribes de « gradou », plutôt satisfait d'en avoir eu. Cette attente allait sans doute durer. Tout compte fait, sa venue ici lui avait appris quelque chose, se dit-il. Les hommes de Pentarn – gardes du corps, soldats, policiers, quel que fût leur nom – l'avaient traité humainement ; et maintenant, il savait que Garnock et lui n'étaient pas les seuls à s'inquiéter de ce qui était en train d'arriver à la structure minutieuse conçue pour protéger les Portes.

Depuis combien de temps la Maisonmonde fonctionnait-elle ? Probablement de toute éternité – si le temps avait une signification dans la nouvelle image du Cosmos que l'existence même de la Maisonmonde lui avait apportée. Et à un moment donné, la maîtrise des Portes leur avait échappé. Dans le monde de Pentarn, elles étaient tombées sous le contrôle d'un dictateur mégalomane qui les utilisait imprudemment pour son compte sans réaliser les conséquences possibles. Et dans le monde de Fenton, on avait oublié leur existence, ou on l'avait gardée secrète, et elles avaient fini par tomber aux mains d'amateurs et de bénévoles parce que la communauté scientifique était de moins en moins prête à accepter une telle chose. Le temps se mesurait aussi en millénaires. Les Portes et la Maisonmonde n'étaient certainement plus connues depuis les temps historiques. Mais d'après quelques théories nouvelles, ceux-ci ne représentaient qu'une fraction de l'existence de l'humanité sur cette planète… à moins que l'on n'adhère à la théorie selon laquelle cette histoire avait commencé en 4004 av. J.-C., lorsque Dieu avait créé le monde en six jours, fossiles et tout, pour confondre les athées.

La nuit descendait en douce, lentement. Il se demanda si Pentarn s'était déjà consolé de la mort d'Amy avec une nouvelle femme. Et ce que Sally faisait ; elle attendait sans doute en assurant les cours de Garnock. Comment celui-ci s'en tirait-il à l'endroit où il avait été envoyé, et était-ce le monde des Alfar ? Est-ce que Irielle et Kerridis étaient saines et sauves, ou bien les irighi étaient-ils en train de franchir de force les « trappes », pour exercer la vengeance de Pentarn à l'encontre de son fils passé à l'ennemi. Et il se demanda, avec colère, pourquoi il se posait tant de questions sur des situations où il ne pouvait intervenir.

Ce n'était jamais facile d'estimer le temps dans les dimensions extra-terrestre, mais en tant que randonneur-de-mondes, Fenton était maintenant aidé par les rythmes internes de son propre corps. On devait être aux premières heures de l'aube – le ciel pâlissait avec le jour naissant – et Fenton commençait à sentir que la chope de bière et le morceau de « gradou » devaient remonter à pas mal de temps et qu'un repas substantiel serait le bienvenu, lorsque, enfin, la porte des appartements privés de Pentarn s'ouvrit.

Celui-ci, l'air fatigué, apparut sur le seuil. Il regarda Fenton avec curiosité et lui demanda : « Qu'est-ce que vous faites ici ?

– Il est passé par une trappe, Seigneur Guide, dit le garde. Nous pensions que c'était *vous* qui l'aviez envoyé chercher. »

Pentarn fit signe que non. « Des choses passent sans autorisation par les trappes. Eh bien, puisque vous êtes là, entrez », dit-il à Fenton et il lui fit signe de s'exécuter. Quand la porte se referma, il lui indiqua un siège et, une fois de plus, Fenton fut frappé par l'aspect spartiate de cet appartement. Ce n'était certainement pas le luxe que Pentarn avait cherché en devenant Seigneur Guide. Les fauteuils et le lit étaient à peine aussi confortables que ceux de Fenton et guère plus beaux que les bancs de la salle de garde des baraquements.

Le Seigneur Guide semblait plus âgé que la dernière fois où Fenton l'avait vu. Avait-il réellement vieilli ? Le temps s'écoulait-il si différemment en ce monde ? Ou bien, le fardeau d'un souci ou d'un grand chagrin pesait-il sur lui ? Pentarn regarda Fenton sans parler pendant une minute et dit : « Comment êtes-vous arrivé ici ? »

Cam haussa les épaules. Il n'avait pas l'intention d'expliquer qu'il était parti avec un talisman qui aurait dû l'envoyer dans le monde des Alfar. Mais il put répondre avec précision à la question de Pentarn parce qu'il n'avait pas la moindre idée de la raison pour laquelle il était *ici*. « Je n'en sais rien.

– Je vois que cette fois-ci, vous avez réussi à venir en randonneur-de-mondes, fit remarquer Pentarn. C'est plus facile, hein ? J'ai été entremondes un certain temps, mais pas volontairement, je vous l'assure. Bien, avez-vous pu m'apporter de la drogue ? Un bon échantillon que mes chimistes pourraient analyser ?

– Elle envoie seulement les gens sous forme d'entremondes.

– Les entremondes me sont utiles. Ils peuvent espionner pour moi et on ne peut pas les tuer, à moins que quelqu'un n'ait un morceau de vrill à portée de main et sache comment s'en servir. Cette drogue pourrait me rendre service et je vous offrirais quelque chose en échange. Je trouverais bien à utiliser un double et vous me ressemblez assez pour qu'un peu de poils sur votre visage suffise. Je paie bien mes complices et ferai mieux encore lorsque je circulerai librement entre les mondes. »

Fenton ne put résister. Il dit : « Recevrai-je la même récompense qu'Amy Brittman – être mis en pièces par les irighi ? Merci bien, j'ai vu comment finissent vos amis. »

Pentarn parut las, épuisé. « De quoi parlez-vous ? Amy ? Je suis allé la sortir de prison – je me suis présenté sous votre nom ; cela ne vous causait aucun tort – et la seule punition que je lui ai infligée, ç'a été le refus de la ramener avec moi, temporairement. Elle a pleuré et gémi, comme font les femmes, mais ce n'était qu'un petit châtiment. Qu'est-ce qui vous fait croire qu'elle est morte ? Vous a-t-elle dit que j'allais la tuer ? Je ne tuerais pas une femme à cause d'un échec aussi minime.

– Je sais qu'elle est morte parce que j'ai vu son cadavre », dit Fenton sans ménagements.

Pentarn le regarda d'un air horrifié. « Non ! », s'écria-t-il. Et de nouveau : « Non ! » Il fronça les sourcils, en colère, l'air soupçonneux. « Vous feriez mieux de me dire ce que vous savez !

– Plus que je ne le souhaiterais, croyez-moi. » Fenton expliqua qu'il avait passé une nuit en prison pour le meurtre d'Amy.

« Par chance, à l'heure du crime j'étais à deux cents kilomètres de là, sinon j'aurais été obligé de les convaincre que je n'étais pas un fou furieux capable de violer une femme, de l'étrangler, de la mutiler et de mâchonner son cadavre ! » Il n'avait pas envie d'y aller par quatre chemins avec Pentarn.

« Mais c'est horrible, horrible ! » Fenton s'aperçut, à sa grande surprise, que cet homme était en larmes. « Pauvre petite Amalie, pauvre enfant, si seulement je lui avais permis de revenir avec moi ! Je n'aurais pas dû la punir aussi sévèrement ! »

Des larmes de crocodile, pensa Fenton soudain plein de rage. *Il* avait laissé les irighi pénétrer dans notre monde. Heureusement que c'était sa propre femme qui avait été tué par eux. S'il s'était agi d'une autre étudiante innocente, Pentarn s'en serait totalement fichu.

« Ne pouvez-vous maîtriser vos alliés ? demanda Cam plein de colère. Si vous n'avez aucun pouvoir sur le peuple-de-fer, il ne vous restera plus beaucoup d'amis – si vous en avez, ce dont je doute. Tout homme qui lâche des irighi contre des innocents…

– Vous ne comprenez pas. C'est la seule arme dont je dispose contre les Alfar et, comme cela ou autrement, je *dois* les détruire… tous, jusqu'au dernier !

– À cause d'une rancune personnelle, vous avez lâché les irighi sur les Alfar !

– Vous ne savez rien de ce peuple, dit méchamment Pentarn. Ils méritent pire que cela… bien pire ! Vous auraient-ils dupé, vous aussi, avec leur musique et leur danse, leur beauté et leur or ? »

Il ne gagnerait rien à mettre Pentarn en colère. Fenton se rappela, avec un frisson, que cette fois, il était un randonneur-de-mondes, et qu'il pouvait être mis à mal par ses ravisseurs. « C'est ce que vous m'avez déjà dit.

– Croyez-moi, je suis horrifié par ce que vous me racontez sur la pauvre Amalie ; choqué, horrifié, accablé. Je vais m'assurer que ceux qui ont fait cela paieront. Mais rien ne pourra ramener la pauvre fille en vie, et nous devons simplement continuer. Je souhaite que vous voyiez cela sous l'angle de la raison. Je peux vous réexpédier avec un talisman afin que vous reveniez à votre gré, sans passer par mes gardes du corps ; vous pourrez arriver tout droit dans mes appartements privés. Seuls quelques gardes sauront que j'ai un double… on dira aux autres que je me suis débarrassé d'un intrus qui avait tenté de se faire passer pour moi. Vous vivrez dans le luxe, si c'est ce qui vous intéresse, vous aurez toutes les femmes que vous voudrez. Mais il me faut de l'antaril, et le mode d'emploi afin de l'utiliser en toute sécurité. Je ne veux pas l'acheter aux trafiquants de votre monde ; les impuretés qui y sont mêlées le rendent peu fiable. Et son dosage est parfois si fort qu'il envoie celui qui le prend vers des mondes trop éloignés dans la ligne temporelle pour qu'ils me servent à quelque chose. Mais si vous me trouvez de l'antaril pharmaceutique, je pourrais le faire synthétiser. »

Fenton hocha la tête en faisant semblant de réfléchir. S'il se sortait vivant de cette aventure, avec un talisman qui le ramènerait chez lui, il pourrait rendre Pentarn responsable de la mort d'Amy Brittman. Le reste de ses promesses, il n'y prêtait pas attention. Vivre dans le luxe, avoir accès à des femmes… c'était peu probable. Il subirait le sort que le garde du corps lui avait promis – celui d'un intrus qui, essayant de se faire passer pour le Seigneur Guide, serait sommairement exécuté.

« Je pourrais sans doute vous procurer la drogue pure, injectable, du labo de parapsychologie. » Il ne pensait pas pouvoir faire une chose pareille, même s'il le voulait – ce qui n'était pas le cas.

Pentarn sourit, et ce sourire rappela à Fenton un tigre affamé.

« Bien ! Bien ! Quand ?

– Peut-être dans trois jours, dit Fenton au hasard. Quand je l'aurai, comment vous le faire savoir ? »

Pentarn prit une petite bande de métal, posée sur un bureau nu. « Mettez ça à votre poignet. Vous voyez ce bouton ? Appuyez dessus quand vous voudrez passer par la trappe et cela vous amènera directement ici. Vous avez l'air fatigué ; il faut que je vous renvoie. Plus vite vous repartirez, plus vite vous reviendrez avec la drogue, et comme le bruit court qu'on va fermer toutes les Portes du monde des Alfar, il faut que j'aie un entremondes qui puisse s'y rendre sans être vu et en revenir sain et sauf. » Fenton se demanda si Pentarn connaissait l'existence de la Prisonroche, qui pouvait enfermer même un entremondes. Il espérait ardemment que non.

« Se hâter est très important, je pense… » Pentarn s'interrompit et se retourna vivement, comme un animal prêt à bondir. « Qu'y a-t-il, Malar ? J'ai ordonné qu'on ne me dérange pas… »

Ce n'était pas Malar. Dans le coin de l'appartement où Pentarn avait dit qu'il y avait une Porte – Fenton supposa que c'était ce que le garde de Pentarn avait appelé une « trappe » – l'air s'était mis à tournoyer et à s'assombrir, tel un nuage épais. Puis il entendit le baragouin criard qui lui était maintenant familier, et une voix grommelante cria : « Pentarn ! » Une bonne douzaine d'irighi surgirent soudain dans la pièce.

Pentarn les affronta, le visage grimaçant de mécontentement.

« Comment êtes-vous entrés ? Vous savez quels sont les termes de notre accord : vous attendez que je vous appelle et ne devez, jamais, jamais, venir ici directement. Nous ne nous rencontrons que dans le Monde-du-Milieu.

– Nous sommes las d'attendre votre bon vouloir, Pentarn, gronda l'un d'eux. Nous avons conclu un marché et nous voulons notre part maintenant. Qu'avons-nous eu jusqu'ici ? Deux raids sur les Alfar et quelques chevaux ! Nous voulons plus – bien plus que cela !

– Que voulez-vous de plus ?

– Nous voulons des femmes et du butin, hurla un autre. Et nous les aurons. Nous voulons des talismans comme ceux que vous donnez aux autres, afin de pénétrer à notre gré dans le monde des Alfar ! Et pas seulement quand vous avez besoin de nous ! Nous vous ramènerons votre précieux garçon si vous nous donnez carte blanche, mais en échange, nous voulons les Alfar, et tout de suite ! Vous nous avez dit que nous les aurions… »

Pentarn leva la main. « Écoutez, écoutez, toutes les promesses seront honorées en leur temps, mais vous devez attendre le moment…

– Le moment, c'est *maintenant* », hurla l'un des irighi, et alors, cacardant et baragouinant et croassant, ils encerclèrent Pentarn. Fenton ne comprenait pas tout ce qu'ils disaient, mais l'essentiel de tous ces hurlements, c'était : « Des femmes et du butin ! Nous voulons les Alfar ! »

« Attendez, attendez… », réclamait Pentarn.

Il avait fort à faire. Cam s'avança, sans être vu, vers le bureau où Pentarn, quand ils avaient été interrompus, avait reposé la bande de métal brillant qui devait ramener Fenton ici. Un autre pas, et le bracelet se retrouva attaché à son poignet. Maintenant, restait la part la plus dangereuse du plan ; s'ils le voyaient, il imaginait aisément ce qu'ils pourraient faire pour le lui retirer. Fenton pivota sur ses talons et courut à toute allure vers la « trappe ».

Pentarn le vit ; il cria, plus fort que les hurlements des irhigi : « Attrapez-le ! Arrêtez-le ! Deux haches de fer à celui qui me l'apporte ! »

Les irighi interrompirent leurs réclamations stridentes et se précipitèrent à la poursuite de Fenton en hululant. Celui-ci frissonna de terreur, sachant que s'il s'était trompé, au sujet de la Porte, ou de la trappe, il mourrait d'une mort lente et douloureuse, et que cette fois, il n'était pas un entremondes invulnérable. Un moment, il crut s'être jeté dans le mur, être acculé, mais alors que les griffes des irighi se tendaient pour le saisir, qu'ils lui soufflaient leur haleine puante sur la nuque, le sol tourbillonna sous ses pieds et il trébucha, tournoya, *franchit* la Porte d'un saut puissant, et tomba de tout son long sur un sol dur.

Derrière lui, la trappe pétilla faiblement et disparut. Il se retrouva sain et sauf, hors d'haleine, sur une corniche qui surplombait le Théâtre grec du campus. Le soleil venait juste de se coucher. Fenton en avait assez d'essayer de saisir le rythme des changements de temps entre les différents mondes. Il contempla, à ses pieds, les lumières de Berkeley, la baie scintillait comme un métal brûlant sorti d'une forge. Mais cette fois-ci, il n'y avait pas de cordon argenté pour l'aider. Il devrait marcher jusqu'au centre du campus.

Il jeta un coup d'œil à son poignet. Il portait encore le bracelet qu'il avait enfilé dans la salle de Pentarn. Ce n'était plus du métal brillant, mais une étrange substance verdâtre rouillée – Cam n'était même pas certain que ce fût du métal. Cependant, au milieu, il y avait une petite chose ressemblant à un bouton blanc en caoutchouc qui, si on le pressait, l'amènerait tout droit à l'appartement de Pentarn, le Seigneur Guide.

Il ne savait pas quel usage il allait en faire. Pas encore. Mais, dans les ennuis qui les accablaient à présent, c'était une très bonne chose à avoir.

18

Il fit une courte halte au campus, mais le bureau de Garnock – et tout le bâtiment de parapsychologie – était sombre et désert. L'horloge du campanile lui apprit qu'il était plus de deux heures du matin. Il se demanda si Garnock était dans le monde des Alfar, ou complètement piégé entre des dimensions. Mais il n'allait pas s'apitoyer sur le sort de Garnock qui, après tout, détenait le talisman d'Irielle et s'en tirerait bien. Il se demanda s'il devrait rentrer chez lui pour manger un morceau, prendre une douche et dormir un peu, mais c'était encore un capharnaüm après la fouille d'Amy Brittman, la pauvre gosse, puis la descente de la police. Il trouva un restaurant encore ouvert et consomma, en hâte, un hamburger et deux tasses d'un café médiocre, puis se dirigea vers l'appartement de Sally.

Quand il arriva devant l'immeuble, il faillit renoncer. Ouvrirait-elle la porte à trois heures du matin ? Mais lorsqu'il appuya sur le bouton, sa voix sortit aussitôt de l'interphone : « Qui est-ce ? C'est vous, monsieur Garnock ? »

Alors, elle était restée debout à les attendre, ce qui lui apprit que le professeur n'était pas encore revenu, pour Sally non plus qui, si elle n'avait pu le joindre à Smythe Hall, connaissait certainement son numéro personnel. « C'est Cam, dit-il.

– Oh, Dieu soit loué. » Elle déclencha l'ouverture de la porte. Quand il eut grimpé l'escalier, elle tomba dans ses bras et l'étreignit.

« Où étais-tu ? Que t'est-il arrivé ? »

Il lui fit un bref résumé. Elle l'interrompit au milieu pour lui dire : « Tu dois mourir de faim. » Elle commença à s'activer dans la kitchenette, cassa des œufs dans un bol.

Sur le point de dire qu'il avait pris un hamburger, il comprit qu'elle était trop agitée pour rester assise tranquillement et qu'elle non plus n'avait probablement pas mangé en l'attendant. Il dit que c'était formidable et qu'il n'avait rien eu de valable depuis des jours ; ce qui était vrai, car ni ce qu'on lui avait donné en prison, ni le morceau de « gradou » du monde de Pentarn, ni la nourriture du fast food, ne valaient la peine d'être mentionnés, surtout comparé à l'une des omelettes de Sally. Quand elle revint s'asseoir en face de lui, il dit : « J'espère, chérie, que tu ne négligeras jamais ton travail parce que tu crois qu'il faut cuisiner pour moi. Mais me traiteras-tu de mâle exploiteur si je dis que je vais retenir mon souffle et économiser mon appétit pour les moments où tu auras vraiment envie de cuisiner ? »

Elle se pencha et l'étreignit si fort qu'elle l'empêcha de respirer. « Je n'ai pas très souvent envie de cuisiner. Mais quand je le fais, j'aime bien qu'on apprécie le résultat. »

Elle s'adjugea une portion substantielle de l'omelette et se versa un verre de lait. Quand ils eurent vidé leurs assiettes, elle resta assise en face de lui, les sourcils froncés.

« Alors, le tripatouillage des Portes commence à retomber sur le nez de Pentarn, on dirait ?

– Je crois que oui. » Il se souvint du Seigneur Guide entouré d'irighi cacardant, criant, hurlant leurs revendications. « Je dirais qu'il perd aussi le contrôle du peuple-de-fer. Je n'éprouve guère de compassion pour lui ; il mérite ce qui lui arrive ; mais je crains qu'il n'essaie de se conserver la loyauté des irighi en leur livrant les Alfar – et honnêtement, je ne pense pas que ces derniers puissent résister à une invasion à grande échelle, pas plus qu'à l'appareil militaire de Pentarn. Tu ne connais pas les Alfar, mais ils ne sont pas méchants, ce sont des gens bien. J'ai l'impression de voir des sections de combat nazies s'en prendre aux membres d'une tribu de la Polynésie. Je ne peux pas rester sans rien faire alors que leur monde est livré à de tels monstres !

– Bien sûr que non, acquiesça-t-elle aussitôt. Aucun type bien ne le pourrait, s'il y a un moyen d'y mettre fin. Je me sens vraiment coupable, Cam. Si je vous avais pris tous deux au sérieux, et mis bout à bout ce que tu disais des Alfar et ce qu'Amy disait de Pentarn, peut-être aurais-je pu convaincre Garnock. Je pense même qu'il aurait appelé cela une vérification objective.

– Ne te culpabilise pas, dit-il pour la réconforter. Tu ne pouvais pas savoir ; tu pensais en termes d'inconscient, et qui t'en blâmerait ? L'univers est plus étrange que nous ne *pouvons* l'imaginer ; ne te reproche pas d'être simplement humaine.

– Tu as raison ; la culpabilité ne sert à rien. Ce qui est fait est fait. Et même Garnock – bon sang, il pensait expérimenter une nouvelle méthode pour obtenir des séries parfaites de cartes Zener, et non se trouver mêlé à la politique d'une demi-douzaine de mondes extra-terrestres ! Je me demande où il est ? Crois-tu que *lui* ait une possibilité d'avertir les Alfar ?

– Il le peut, mais il n'a pas mon expérience. Il n'a pas *vu* les irighi ; il ne sait pas à quoi ils ressemblent. Il n'a même pas vu le corps d'Amy Brittman. » Regardant la main fine de Sally posée sur la table devant lui, il pensa aux doigts de Kerridis desséchés et noircis, puis marqués de cicatrices qui ne s'effaceraient jamais à cause du simple contact de leurs mains griffues. Et qu'arriverait-il à la Dame si Pentarn devait renoncer à l'ordre implaccable qu'il leur avait donné de ne pas lui nuire, s'il n'avait plus envie de la garder en vie pour l'échanger contre son fils ? Ce que les irighi avaient fait à Amy Brittman, ce qu'ils pouvaient faire à Irielle – car il ne pensait pas que Pentarn la protégerait simplement parce qu'elle était aimée de Joel, et, en tout cas, les irighi se moquaient de cela – était déjà assez terrible. Mais ce qu'ils pourraient infliger à Kerridis, dont la main avait noirci comme sous l'effet du feu simplement parce qu'ils l'avaient touchée… c'était l'horreur au-delà de l'horreur. Cette idée suffit à lui donner la nausée, l'impression qu'il allait s'évanouir. Il ferma les yeux, en proie à un délire d'abomination.

« Cam… chéri, qu'y a-t-il ?

– Kerridis. D'une manière ou d'une autre, nous devons les avertir, nous devons franchir une porte et leur dire que… que Pentarn ne peut plus contrôler les irighi, que même s'ils font la paix avec lui, même si Joel accepte de rentrer, il ne peut plus arrêter le peuple-de-fer. Je préfère ne pas penser à ce qui pourrait arriver à Kerridis si elle tombait entre leurs mains…

– J'ai vu ce qu'ils ont fait à Amy Brittman. Et si personne ne les arrête, cela pourra arriver à toute femme de notre monde, dit Sally pendant que Fenton se souvenait des voix grinçantes des irighi réclamant *des femmes et du butin !* D'une façon ou d'une autre, nous devons avertir les Alfar. Mais comment ?

– Pourrais-tu te procurer de l'antaril au labo de parapsy ? demanda-t-il.

– Oui, s'il faut en arriver là. J'ai les clés de Garnock. Je peux me rendre dans leur monde pour tenter de les avertir. Mais ils ne me connaissent pas et n'ont aucune raison de me faire confiance ; pour eux, je ne suis qu'une femme qui viendrait peut-être du monde de Pentarn… n'as-tu pas dit qu'ils étaient tous humains là-bas ? »

Il fit signe que oui d'un air morne. « Dieu sait que Pentarn l'est, humain ; une honte de plus pour notre race ! Et toi aussi, tu pourrais tomber aux mains des irighi… »

Sally recula, puis recouvrant son courage, elle dit : « Je serais un – comment tu appelles ça – un entremondes, mon corps resterait ici, alors ils ne pourraient pas me faire *gravement* mal.

– Je n'en suis pas si sûr », dit-il, se souvenant des marques que les calamiloups avaient laissées sur sa jambe, douloureuses et persistantes, même si ce n'étaient que les répercussions des blessures infligées à ce corps, quel qu'il fût, qui avait été envoyé dans la dimension extra-terrestre.

« J'en prendrais le risque, si tu veux bien, Cam. Nous pourrions y aller ensemble.

– Je préfère garder cela en tout dernier recours, mais il ne faut pas perdre trop de temps. » Il jeta un coup d'œil sinistre au bracelet bizarement coloré qu'il portait au poignet. « En dernier ressort, je pourrais appuyer sur ce bouton, pénétrer dans les appartements privés de Pentarn et le tuer d'un coup de pistolet. Cela pourrait peut-être nous aider.

– Mais cela n'arrêterait pas les irighi, fit-elle remarquer. S'ils peuvent s'introduire chez Pentarn sans y avoir été invités, ils ont dû apprendre à aller presque partout. En outre, une fois les Alfar avertis, j'ignore si nous pourrions arrêter une invasion du peuple-de-fer. Comme tu l'as dit, même bien préparés, ils ne pourraient probablement pas tenir contre une invasion à grande échelle, ou contre l'appareil militaire de Pentarn. Nous devons avertir les Alfar, oui, mais surtout trouver le moyen d'arrêter les irighi. Pentarn aussi, mais surtout les irighi.

– Je pense que peut-être la source de tous les ennuis réside dans la Maisonmonde, dans l'utilisation usurpée des Portes, et dans le bricolage de Pentarn, sa création des "trappes".

– Si les gens de la Maisonmonde pouvaient l'arrêter, ne l'auraient-ils pas déjà fait ? » demanda Sally, et Fenton hocha tristement la tête. « Ce serait trop facile de dire, nous allons dénoncer Pentarn à la Maisonmonde et "ils" – des "ils" superpuissants englobant tout, les Maîtres Secrets ou les Gardiens de l'humanité – tendraient la main et, d'une tape, l'enverraient sur les roses pour avoir violé les règles. » Mais il y avait tout de même une chance. Qui était-il, lui, Fenton, pour déclarer qu'*il n'y avait pas* de superpuissance gardant l'humanité ? Après tout ce qu'il avait vu depuis ces derniers jours, qui était-il pour dire que *quelque chose* était impossible ?

Mais ayant vu les gens qui *semblaient* responsables de la Maisonmonde, il n'y croyait pas. S'il y avait eu une autorité supérieure importante, elle n'aurait pas confié les portes des Alfar à ce vieux Myrill hostile et incompétent !

Sally jeta un coup d'œil à l'horloge à carillon trônant sur le manteau de la cheminée et dit : « Quatre heures du matin. Je suppose que nous pourrions aller voir si la Maisonmonde est là. Mais si le magasin d'estampes est ouvert, n'attirerait-il pas le genre d'attention qu'ils ne souhaitent pas ? Ne devraient-ils pas maintenir un horaire régulier d'ouverture ? »

Fenton se dit, sombrement, qu'ils trouveraient probablement, sur le site de la Maisonmonde, un pressing fermé. Mais s'ils attendaient l'heure où, normalement, les magasins de Telegraph Avenue ouvrent, le magasin d'estampes pourrait l'être sans attirer l'attention et ainsi, ils ne perdraient qu'une demi-journée. Il bâilla et dit : « Je suppose qu'on ferait mieux d'aller déterrer une Maisonmonde ouverte. »

Ce n'était pas une bonne plaisanterie, mais à cette heure de la nuit, elle arracha un faible sourire à Sally qui était allée prendre son foulard.

La seule chose agréable, à cette heure matinale, c'est qu'ils trouveraient *forcément* une place de stationnement dans un rayon de dix pâtés de maisons du campus embouteillé. La main de Sally se glissa dans la sienne tandis qu'ils descendaient la rue. C'était bon de l'avoir ainsi, à ses côtés, prête à l'écouter.

« Au moins, dit Sally en se rapprochant encore de lui, ce n'est pas le pressing. Cam, c'est effrayant. Je t'ai cru, j'ai cru chaque mot que tu m'as dit, cette fois, mais malgré tout, au plus profond de moi, je *savais* que le pressing serait là, qu'il *devrait* y être, et il n'y est pas, et je ne sais pas si » – sa voix trembla – « si je peux vivre avec le fait qu'il n'y est pas.

– C'est fermé, dit-il en regardant la porte close et les gravures de Rackham en vitrine. Fermé à double tour.

– Mais il y a de la lumière à l'intérieur, fit-elle remarquer.

– La moitié des boutiques de cette rue restent éclairées, Sally. La lumière, la simple lumière électrique, c'est encore la protection la moins chère qu'il y ait contre les voleurs.

– C'est vrai, dit-elle en pressant le nez contre la vitre, mais je crois qu'il y a quelqu'un à l'intérieur.

– Je ne *vois* personne.

– Moi non plus, mais j'ai une sorte d'intuition, Cam. Je n'arrive pas à croire qu'un endroit aussi important que celui-là reste fermé et que personne ne puisse l'atteindre. Il *doit* y avoir un moyen d'entrer en contact avec la Maisonmonde quand on en a besoin. »

Il fronça un peu les sourcils. Évidemment, il prenait ses intuitions au sérieux ; Sally était une parapsychologue expérimentée et elle pouvait sûrement faire la différence entre une intuition valable et un vulgaire souhait. Mais il se souvint et répéta ce qu'Irielle lui avait dit. Et qu'il n'avait pas compris à l'époque.

« La Maisonmonde se déplace ; on ne peut pas la trouver à moins qu'elle le veuille bien, et y penser peut la pousser à se cacher. Je ne crois pas qu'Irielle disposait du vocabulaire technique, mais elle possédait le concept. Veux-tu parier qu'en ce moment, cette boutique est un magasin d'estampes tout à fait ordinaire, et que la Maisonmonde est ailleurs, qu'elle se cache parce qu'elle ne veut pas qu'on la trouve ?

– Je ne gobe pas ça, Cam. Cela signifierait qu'elle ne serait jamais à la disposition de quelqu'un de l'extérieur… qu'elle ne dépendrait que des gens qui sont à *l'intérieur*. » Fenton dut reconnaître que cet argument tenait. Mais il se sentait toujours aussi pessimiste.

« Je te parie que les gens qui pourraient avoir affaire ici ont un numéro de téléphone, ou quelque chose comme le talisman d'Irielle. Ou bien, ils savent peut-être où se trouve la Maisonmonde quand elle n'est pas ici, probablement dans un endroit qui peut rester ouvert toute la nuit, comme une station-service ou un restaurant.

– Cam, on ne va pas renoncer maintenant. Nous devons *essayer* » et elle se mit à tambouriner sur la porte. Il n'y eut pas de réponse. Elle frappa plus fort. « Cam, essaie, toi aussi !

– Les flics vont se pointer et nous arrêter pour tapage nocturne », ronchonna Fenton. Puis il cligna des yeux, en apercevant ce qu'il n'avait pas vu avant. Est-ce que cela avait toujours été là ? Sous une minuscule lumière, rien qu'un bouton faiblement éclairé, il y avait une petite carte. Il dut se pencher pour la déchiffrer.

LA NUIT ET EN CAS D'URGENCE
APPUYER SUR LA SONNETTE

« Là, regarde. Je n'avais pas vu cette sonnette, et toi, Sally ?

– Je ne l'ai pas vue parce qu'elle n'était pas là, affirma-t-elle très calmement, mais d'un ton tranchant qui donna la chair de poule à Fenton. Fais-le, Cam. Il fait nuit *et* c'est un cas d'urgence. »

Il appuya sur la sonnette, une fois, une seconde. Rien ne bougea dans le magasin éclairé et désert ; mais dans l'arrière-boutique quelque chose s'agita et bien que Fenton ne vît pas de lampe s'allumer, il lui sembla que la lumière devenait plus vive.

Puis la porte s'ouvrit, Jennifer passa la tête et fronça les sourcils en voyant Fenton et Sally. « Oui ? demanda-t-elle d'un ton cassant.

– Jennifer, il faut nous laisser entrer. Nous devons parler à un responsable quelconque, dit calmement Fenton. Pentarn a tripatouillé les Portes ; des gens sont passés illégalement.

– Je ne…

– Pour l'amour du ciel, ne me dites pas que cela ne vous concerne pas ! dit-il d'un ton féroce. J'ai entendu cela de la bouche du vieux Myrill, et je me demande comment Kerridis a pu confier un tel pouvoir à cet incompétent… »

Jennifer secoua la tête. « Il n'a aucun pouvoir. Depuis des siècles, il n'y a plus de vrai Gardien dans le monde des Alfar. Entrez vite. »

Elle leur fit traverser le magasin vide et les introduisit dans l'arrière-boutique. Il n'y avait pas de joueurs de Donjons et Dragons, rien que le labyrinthe rougeoyant du plateau de jeu, et quelques figurines immobiles qui luisaient faiblement. Jennifer jeta dessus un regard pragmatique et déclara : « Autant que je puisse le dire, tout semble paisible. Qu'y a-t-il, Monsieur le Professeur Fenton ?

– Je ne suis pas professeur, répliqua-t-il d'un air irrité.

– Je ne pense que vous nous appeliez au milieu de la nuit pour discuter de cela, dit Jennifer en haussant les épaules. Vous dites que Pentarn a tripatouillé les Portes. Asseyez-vous, ajouta-t-elle en montrant la table, mais ne touchez à rien ; ce n'est pas un jeu. Parfois, c'est seulement un plateau de jeu, mais la nuit nous branchons le moniteur. Il ne semble pas y avoir de trappes non autorisées, mais c'est difficile à dire. Pentarn a découvert la plupart d'entre elles, et nous ne pouvons pas garder le contact avec toutes. La plupart n'ouvrent pas sur notre monde, et même si nous fermions hermétiquement celles qui existent, nous ne pouvons rien faire avec celles qui donnent sur d'autres mondes. » Elle revérifia soigneusement le tableau. « Aucune n'est ouverte pour le moment, certainement aucune sur ce continent.

– Pouvez-vous nous laisser passer pour que nous avertissions les Alfar de ce que fait Pentarn ?

– Impossible, répliqua Jennifer en secouant la tête. Cela serait considéreré comme une ingérence dans les affaires internes d'une autre dimension. Si quelqu'un de *ce* monde-ci commettait cette infraction, je devrais en rendre compte… non qu'il y ait vraiment quelqu'un à qui rendre compte, mais je pourrais fermer la Porte où l'interférence aurait eu lieu, et les autres gardiens fermeraient aussi les leurs et essaieraient de s'assurer qu'aucune trappe n'a été ouverte. Mais je ne peux pas prendre parti entre Pentarn et les Alfar, même si j'en avais envie – ou même entre Pentarn et les irighi.

– C'est un effroyable déni de justice ! déclara Sally d'un ton cinglant. Voulez-vous dire que vous resterez là sans bouger et laisserez le peuple-de-fer anéantir les Alfar ? Savez-vous qu'hier, il y a eu un meurtre, que les irighi ont violé, mutilé et tué une étudiante à moi, ici, dans *ce* monde ? »

Le visage de Jennifer se durcit. « Je le sais. Nous avons fermé ce passage et ils le gardent encore. Voyez. » Elle montra du doigt le tableau de jeu qu'elle avait appelé le moniteur. En se penchant dessus, Fenton distingua un groupe de petites silhouettes – des figurines peintes ? – assises autour d'un cristal qui répandait une lumière bleue. « Je vous en donne ma parole, par le Serment des Gardiens, dit Jennifer, aucun irighi ne passera plus par là. Regardez. » Suivant des yeux le doigt de la jeune femme, Fenton vit, vaguement esquissé sur le tableau, le Théâtre grec où il était arrivé quelques heures plus tôt. « Nous vous avons vu franchir ce passage, mais nous ne savions pas que c'était vous. Nous savions seulement que vous veniez du monde de Pentarn. Mais rien ne passera plus par *cette* trappe, ni irighi ni rien. On l'a *fermée*. Comment l'avez-vous franchie ? Est-ce que Pentarn vous a envoyé grâce à l'un de ses détestables gadgets ?

– Non. Je me suis envoyé moi-même. Des irighi hurlants étaient à mes trousses, dois-je préciser. »

Elle hocha la tête. « Nous les avons vus et nous l'avons refermée derrière vous. Vous êtes d'ici ; vous aviez le droit d'entrer, même par une trappe, mais eux non. Donnez-moi cela, ajouta-t-elle en tendant la main vers le bracelet qui entourait le poignet de Fenton. Tant qu'il existera, cette trappe pourra être rouverte. Nous pourrons la fermer pour de bon si nous avons le gadget. »

Fenton hésita, peu désireux d'y renoncer. Tant qu'il l'aurait, il pourrait, en dernier ressort, se rendre dans le monde de Pentarn pour tuer celui-ci, et mettre fin à son tripatouillage des Portes. Jennifer le regarda d'un air furieux, derrière ses lunettes de grand-mère et dit : « Vous voulez le garder ? Vous êtes aussi mauvais que Pentarn ! Vous voulez le pouvoir qui vous permettrait de violer toutes les règles, de jouer le rôle de Dieu !

– Vous-même, ne jouez-vous pas le même rôle en disant que je n'ai pas le droit d'aller là-bas pour empêcher Pentarn de commettre le mal ? »

Elle secoua la tête. Elle semblait très jeune, mais en l'entendant parler, Fenton se demandait quel âge elle avait. « Ce n'est pas la même chose, répondit-elle calmement. Nous voulons enfermer Pentarn dans son propre monde, non pas interférer avec ce qu'il fait dans un autre. Nous avons le droit total de le garder *hors* du nôtre. C'est aux autres à dire ce qu'ils veulent dans le *leur*.

– Mais les Alfar sont impuissants devant lui...

– Vous ne comprenez pas et, franchement, j'ignore comment vous l'expliquer ; vous n'avez pas eu la formation nécessaire. Les Alfar peuvent l'empêcher de pénétrer dans leur monde s'ils en ont le courage. S'ils viennent nous demander de l'aide, nous fermerons tout accès passant par *notre* monde. Mais nous ne devons pas nous en mêler. Comprenez-vous cela ? Nous ne devons pas intervenir. Si nous intervenons pour une petite chose, nous le ferons pour les grandes. On devient facilement dépendant du pouvoir. Nous n'avons pas le droit de nous interposer pour protéger, pas plus que pour punir. *Nous ne devons pas intervenir*. Toute la vilenie de Pentarn vient du fait qu'il a cru pouvoir intervenir. Il n'a pas pu ramener son fils chez lui, ou il ne lui a pas permis de rester avec les Alfar ; il a introduit un tiers dans cette histoire ; il s'est servi des irighi. Et l'équilibre s'est mis à échapper à tout contrôle.

– Vous resterez là à regarder les Alfar mourir de la main du peuple-de-fer ?

– Si une chose pareille arrivait, cela me briserait le cœur, dit-elle, et il ne mit pas sa sincérité en doute. Moi aussi, j'aime beaucoup les Alfar et j'ai peur des irighi. Mais j'ai juré de ne rien faire – *rien* – qui puisse affecter un autre monde que le mien, et je respecterai ma parole. C'est ma tâche. Ce que font les Alfar et les irighi, c'est *leur* affaire. » Pour je ne sais quelle raison, ce qu'elle dit me fit penser à mon oncle Stan. Cette femme avait la même intégrité inflexible et rien ne pourrait l'en faire démordre. Fenton baissa la tête et ôta de son poignet la bande de métal que Pentarn lui avait montrée. Il la déposa dans sa main.

« J'espère que vous savez ce que vous faites ! » dit Sally avec amertume.

Jennifer la regarda. En dépit de sa jeunesse, Fenton eut soudain l'impression qu'elle était bien plus vieille que Sally. « Oui, répondit-elle d'une voix douce, je sais ce que je fais. Je dois empêcher l'utilisation de cette trappe afin que le peuple-de-fer, ou Pentarn, ne pénètrent plus dans notre monde. »

Elle posa le bracelet sur le tableau moniteur et prit quelque chose qui ressemblait à une tige de verre. Elle prononça quelques mots dans une langue que Fenton ne put identifier ; ils résonnèrent et réveillèrent des échos dans la pièce silencieuse, les petites figurines de cristal taillé se mirent à bouger et à parcourir le plateau rougeoyant, ce qui envoya un frisson tout le long de l'épine dorsale de Fenton. Elles se rassemblèrent en se déplaçant lentement, mais inexorablement vers le bracelet.

Celui-ci se mit à rutiler, rouge, blanc, bleu, si vivement que Fenton mit les mains sur ses yeux. Quand il se risqua à regarder entre ses doigts, tout était fini ; seule une fine poussière qui ressemblait à du verre broyé restait sur le tableau qui se figea, ne luisant plus que faiblement. Les silhouettes n'étaient plus que des figurines sculptées, immobiles, sans vie.

Jennifer dit gentiment : « Personne n'utilisera plus cette trappe. Le tissu de l'espace est guéri en cet endroit. Maintenant, si Pentarn veut traverser, il devra passer par *ici*.

– Mais il y a en encore dans d'autres mondes », fit remarquer amèrement Fenton.

Jennifer lui toucha la main durant un moment. Il y avait une intonation nouvelle dans sa voix ; choqué, il comprit que c'était de la pitié.

« Vous avez encore beaucoup à apprendre, monsieur Fenton. Je suis désolé de vous avoir pris pour Pentarn ; je ne suis pas parfaite, ni surhumaine. Mais j'essaie de tenir ma parole du mieux que je peux ; personne, ni vous ni quelqu'un d'autre, ne peut faire plus.

– Est-ce le seul accès aux autres mondes qu'il y ait sur cette planète ? demanda Sally.

– Non, répondit Jennifer. Celui-ci fut découvert il y a quelques années seulement, aussi nous avons construit une Maisonmonde pour le dissimuler ; c'est ce que nous faisons s'il y a une Porte non gardée ou une trappe qui apparaît et ne se referme pas d'elle-même en quelques jours. Les Portes… dérivent. Il y a aussi des Maisonmondes abandonnées. Tôt ou tard, elles adoptent un rôle banal. Stonehenge, par exemple. Elle est fermée. Aucun touriste n'est passé par *là* depuis une centaine d'années. Il n'y a même pas de Veilleur, encore moins de Gardien. La plupart des anciens temples sont le site d'une Maisonmonde, ou l'ont été autrefois. Nous n'avons pas assez de personnel. » Elle fit un petit sourire à Sally. « J'ai assisté, un jour, à l'un de vos cours de parapsychologie. Vous avez parlé de la difficulté de trouver des gens qui ne soient ni sceptiques ni croyants aveugles. Vous savez,

Miss Lobeck, je comprends *cela*. J'ai parlé, une fois, avec Amy Brittman. Avant qu'elle ne s'amourache de Pentarn. » Sa voix était dure, mais Fenton vit les muscles de sa gorge bouger lorsqu'elle déglutit. « Elle n'aurait pas dû mourir ainsi. Et c'est arrivé parce que des gens font preuve de négligence en ce qui concerne les ingérences. Ou parce qu'il n'y a pas assez de gens capables de bien faire leur travail. Je... » – sa voix se brisa – « ... je ne peux pas être partout et je ne suis qu'un Veilleur. Nous manquons de personnel et c'est pour cela que les irighi passent dans d'autres mondes.

– Je pensais que vous n'auriez aucun mal à trouver des bénévoles.

– Des bénévoles, oui. Mais des gens capables de tenir leur parole, de ne jamais intervenir quelle que soit la provocation... *ça*, c'est difficile », dit-elle, et il y avait des larmes dans ses yeux. « Alors Amy est morte. Et les... les Alfar ne pourront peut-être pas tenir contre les irighi. Mais si nous intervenons pour essayer de changer la situation, nous ignorons si ce que nous ferons ne détruira pas l'équilibre ailleurs. La seule chose sûre consiste à garder nos propres Portes, à s'assurer que personne ne peut passer par elles pour faire du mal aux Alfar... et à attendre. » Elle eut un sanglot. Juste un. « C'est cela qui est dur. Attendre.

– Vous dites que tout ce que nous pouvons faire c'est rentrer chez nous et attendre... sans savoir si les Alfar survivront ou non ? Sans les avertir de ce que peuvent faire les irighi ?

– Je ne dis pas cela du tout. Quelqu'un du monde des Alfar peut venir vous voir. Je peux dire aux Alfar de fermer leurs Portes à toute entrée non autorisée. Il y a peut-être quelque chose que vous pourriez faire ; je ne peux pas vous le dire. Si elle se présente, vous le saurez. Mais je ne peux pas moi-même intervenir dans les affaires d'un troisième monde, ou agir en médiateur. Quand j'ai accepté ce poste, j'ai juré de ne jamais intervenir, et je ne le ferai pas. Je suis désolée, monsieur Fenton », ajouta-t-elle. Poussé par une étrange impulsion, il s'avança vers elle et la serra brièvement dans ses bras. Elle s'accrocha à lui un instant, puis le laissa se dégager.

« Il faut que vous partiez, dit-elle en jetant un rapide coup d'œil au tableau moniteur ; les marées s'inversent. Vous n'avez sûrement pas envie d'être enfermés dans le pressing, n'est-ce pas ? Vous avez à peu près dix secondes pour sortir. »

Elle les poussa vers la porte et comme ils franchissaient le seuil, l'espace tournoya vertigineusement sous leurs pieds et ils se retrouvèrent sur le trottoir, devant une façade aux volets fermés qui disait :

BLANCHISSERIE ET NETTOYAGE À SEC

La boutique était fermée, on ne voyait aucune lumière à l'intérieur.

Tandis qu'ils rentraient chez eux en voiture, Fenton s'aperçut que Sally semblait abattue. « Nous aurions aussi bien pu économiser notre temps, dit-elle. Cela ne nous a menés nulle part. Nulle part !

– Je n'en suis pas si certain. Elle a dit qu'elle allait envoyer un avertissement aux Alfar pour qu'ils ferment toutes leurs Portes. Et elle a dit aussi… » – il fronça les sourcils, sachant que c'était une chose importante, même s'il ne l'avait pas bien comprise – « que nous pourrions peut-être faire quelque chose. Ou que… que quelqu'un venu du monde des Alfar pouvait venir me voir. Nous voir. Que si nous pouvions faire quelque chose, nous le saurions.

– Je me demande ce qu'elle entendait par là ?

– Je l'ignore, autant que toi, dit Fenton en mettant le bras autour des épaules de Sally, mais je pense qu'elle voulait dire que nous le saurons quand le temps sera venu.

– C'est totalement idiot ! Tu crois à ces imbécilités mystiques ? »

Fenton répondit d'un ton las, sans nulle intention de reproche, énonçant seulement la vérité littérale, telle qu'elle lui venait à l'esprit : « Sally, après tout ce que j'ai vu et entendu ce soir, je ne vais pas exclure de croire à *quelque chose* avant d'avoir pu la prouver, d'une manière ou d'une autre. Pour le moment, je vais supposer que Jennifer savait de quoi elle parlait. Elle en savait assez pour détruire la trappe de Pentarn, n'est-ce pas ? Eh bien, alors, je vais supposer que s'il y a quelque chose que je puisse faire, je le saurai. Et jusqu'à ce que je le sache, je ne ferai rien. »

Cela arracha un pâle sourire à Sally. « Moi aussi. Et pendant que nous attendons de savoir ce que nous devons faire, je vais dormir un peu. Et je te suggère de te joindre à moi. »

Ils se couchèrent dans le convertible déplié de la salle de séjour, sans même enlever leurs chaussures.

19

Quelque part, une sonnerie retentissait avec un bruit discordant à vous déchirer le tympan. Fenton avait le soleil dans les yeux et un torticolis. En se retournant, il entendit Sally murmurer : « Arrête le réveil, je n'ai pas de cours… » puis soudain, bien réveillée, elle cria : « Cam ! C'est le téléphone ! » Elle se précipita.

« Mademoiselle Lobeck, parapsychologie, dit-elle, oh, mon Dieu ! Monsieur, quel… oui, il est ici ! » Elle lui passa le combiné et chuchota, le visage blanc, « Garnock. Pour toi. Il a l'air d'être dans un drôle d'état !

– Cam… » La voix de Garnock était rauque et saccadée. « Je suis là… Sally… une ambulance. Je vais… couvrir ça. Dire que c'était un… une expérience de labo. Illico. Faut se serrer les coudes jusqu'à…

– Où êtes-vous ?

– Au labo du Smythe Hall. Dépêchez-vous… » La voix empreinte de souffrance, se brisa, se tut. Fenton dit : « Monsieur… Monsieur Garnock… » une ou deux fois, puis lâcha le téléphone sans se donner la peine de raccrocher. « Sally ! Tes clefs de voiture, vite ! Il faut y aller ! Le professeur est blessé ! » Il était en pleine confusion : les irighi, Pentarn, les Alfar, les épéevrills, n'importe quoi aurait pu arriver à Garnock parti en randonneur-de-mondes. « Tu prends le volant. C'est toi qui connais le plus court chemin pour aller au labo. » Il était conscient que ses vêtements, dans lesquels il avait dormi, devaient être fripés. Cela importait peu.

Sally les mena tout droit dans un parking du campus, derrière Dwinell Hall. Elle jeta un coup d'œil à la pancarte : STATIONNEMENT RÉSERVÉ, dit avec violence qu'elle paierait l'amende si elle se faisait épingler et merde pour les contraventions, et partit en courant ; Fenton la suivit. Il gravit deux à deux les marches de Smythe Hall, Sally sur ses talons. Ils firent irruption dans le labo et trouvèrent Garnock couché par terre. Il était visiblement tombé de son fauteuil tournant, derrière le bureau, et Fenton eut le souffle coupé lorsqu'il se pencha sur l'homme plus âgé.

Ses vêtements étaient déchirés, découpés et carbonisés, l'un de ses souliers était à moitié calciné et révélait sa chair brûlée. Il poussa un faible cri lorsque Fenton le toucha.

« Que s'est-il passé ? Monsieur, que s'est-il passé ? » demanda Fenton d'un ton suppliant. Une grande brûlure à la tête, peu profonde, devait le faire tout de même horriblement souffrir ; ses cheveux étaient roussis.

« Le feu… dans la roche, murmura-t-il. Au fond des grottes, les Alfar. Les irighi – un piège pour les irighi. Les Alfar – y résisteront jusqu'à la mort. » Et Fenton se souvint des cavernes dans lesquelles les irighi avaient traîné Kerridis.

« Ils sont passés par un monde de roche, chuchota Garnock. Fermer… la roche. On ne peut pas fermer la roche. Irielle… j'avais son talisman. Je le lui ai apporté. Elle dit qu'elle vous rencontrera où les… où les arbres forment un cercle. Elle a dit que vous sauriez. Un bon endroit dans les deux mondes. Où elle a écrit son nom. Portez-lui le talisman. Elle… elle me l'a rendu parce que j'ai été brûlé en essayant de traverser pour fermer la roche… » Il ouvrit sa main brûlée, poussa un cri de douleur lorsque quelque chose se détacha de la chair roussie. Fenton l'avait attendu, espéré : le morceau de roche ciselé, devenu sur *cette* planète une simple pierre plate, sans aucun signe distinctif, qui dans le monde d'Irielle était le talisman permettant de voyager entre les mondes.

« Monsieur, supplia Sally, vous êtes blessé. Laissez-moi appeler l'ambulance !

– Appelez… l'ambulance, chuchota-t-il. Dites-leur… un accident de labo. »

Ses yeux se fermèrent. Cam sauta sur le téléphone. Sally le lui prit des mains.

« C'est ce que Jennifer a dit que tu devais faire. Elle a dit que tu saurais quand le temps viendra. Va et fais-le, Cam ! Je m'occupe de Garnock !

– Il va s'en tirer ?

– Je crois. Son cœur bat. » Et tandis que Fenton hésitait, elle dit : « Cam ! Il a risqué sa vie pour t'apporter ce talisman ! Il a attendu que tu sois là pour le samu... il aurait pu faire venir l'ambulance il y a dix minutes ! Tu ne vois pas ce que cela signifie pour lui ? » Elle commença à composer le numéro, sans plus s'occuper de lui.

« D'accord. » Calmé, Fenton se releva en regardant, consterné, Garnock tombé dans le coma, mais il savait aussi que Sally avait raison. C'était ce qu'il devait faire ; il le *savait* avec un sentiment de certitude plus fort qu'aucun pressentiment jamais éprouvé dans sa vie. « Je connais l'endroit auquel Irielle fait allusion. Je m'y rends tout de suite. »

Il s'empara du talisman, hésita en regardant Sally. Il avait l'étrange et bouleversant pressentiment qu'il ne la reverrait pas avant longtemps, très longtemps, et cette idée était effrayante, mais il n'y pouvait rien. C'était quelque chose qu'il *devait* faire et il le savait, tout comme elle. Il dit : « Sally, je t'aime », puis se retourna et partit en courant. Descendit quatre à quatre l'escalier de Smythe Hall, traversa en trombe Sproul Plaza. Même avant de franchir les portes, il entendit le hululement de l'ambulance remontant l'avenue, mais n'y prêta pas attention. Il traversa le campus en courant, sans tenir aucun compte des étudiants qui se rendaient aux cours de huit heures du matin ; ni des militants dressant des tables et distribuant des tracts de la Jeunesse conservatrice, de la Jeunesse socialiste et des Libertaires ; ni d'un groupe d'Anachronistes agglutinés sur une pelouse autour de deux duellistes masqués, gantés, qui combattaient avec des épées de bois tandis que leur arbitre ou leur témoin, quel que soit le nom qu'ils lui donnaient, tournait lentement autour d'eux. Il heurta de plein fouet un jogger qu'il fit tomber, s'excusa en hâte et continua à courir tandis que sa victime l'injuriait, plein d'une juste indignation. Il fallit renverser un cycliste et celui-ci l'invectiva aussi, lui demandant pour qui il se prenait en rentrant comme ça dans tout le monde, mais Fenton l'ignora.

Enfin. Le bosquet d'eucalyptus. Désert sous le soleil matinal. Il se souvint des joueurs de Donjons et Dragons qui s'étaient installés ici, il y avait des mois de cela, quand il était novice au voyage intermondes. C'étaient probablement de vrais joueurs, et non le personnel de la Maisonmonde et leur jeu était parfois un échiquier, parfois un moniteur ésotérique des Portes-mondes.

Le jeu de Donjons et Dragons était-il un matériel pédagogique utilisé en vue d'aider les gens à visualiser les autres mondes, à jouer des rôles dans d'autres dimensions ? Un nouveau concept culturel qui, un peu comme les Anachronistes, permettait à une société prosaïque de s'exercer à l'idée de mondes et de cultures en perpétuel changement ? Fenton l'ignorait et comprit, avec une humilité inhabituelle, qu'il ne le saurait peut-être jamais. Pourquoi présumer qu'il pourrait savoir *quelque chose* ?

Il pénétra dans le bosquet d'eucalyptus et se laissa tomber sur l'un des rondins de séquoia disposés en cercle. Il tenait le talisman à la main. Il le sentit frémir, comme si les ciselures qu'il portait dans le monde des Alfar étaient juste sous la surface de la roche, mais il ne se transforma pas. Pourtant Irielle lui avait dit que cet objet l'emmènerait dans le monde des Alfar.

« Non, dit une voix douce, presque fantomatique, il ne peut pas vous emmener dans notre monde, pas en ce moment ; on a fermé les Portes. Je suis venue… j'ai *pu* venir vous trouver… parce que ce monde a été autrefois le mien et que même Findhal ne peut pas le nier. Joel » – il leva les yeux et vit Irielle marcher vers lui. Son visage était pâle et mouillé de larmes – « Joel est reparti dans le monde de son père. Il a dit… il a dit qu'il n'avait pas le droit de rester ici si cela devait provoquer une guerre ; il m'a juré qu'il reviendrait s'il le pouvait, mais il sacrifierait même mon amour si l'autre terme de l'alternative était la guerre et le chaos. »

Elle sanglotait de désespoir. Fenton lui tendit les bras et elle s'y précipita. Elle semblait immatérielle, une sorte de fantôme. Elle était venue en entremondes, avait pris ce terrible risque, pour le supplier de les aider ; il le savait et se demandait ce qu'il pourrait faire.

« Oh, Fenn-ton, Fenn-ton, je sais qu'il a raison, mais je ne peux pas le supporter ! Il a fait ce qu'il devait faire, je le sais, mais je sais aussi qu'il se suicidera plutôt que de devenir le chef de l'armée de Pentarn, une armée qui n'apporte que morts et ruines ! Il a juré qu'il préférerait mourir, et je sais qu'il disait la vérité ! »

Il la prit doucement dans ses bras et lui mit le talisman dans la main. Elle referma les doigts dessus et, étrangement, il la sentit se matérialiser, devenir chaude, femme de chair dans ses bras, et comme elle aussi le sentit, elle recula un peu, timide et de nouveau pleine de pudeur.

« Pourquoi êtes-vous venue ici, Irielle ?

– Pour le talisman. Je dois me rendre dans la Maisonmonde et leur demander de m'aider à fermer une Porte qu'ils ont laissée ouverte – la Porte qui passe par la roche. Les irighi la traversent encore, sous les grottes, là où aucune Porte ne devrait être. Toutes les Portes qu'ils connaissent, dans la Maisonmonde, ont été fermées ; le vieux Myrill le jure ; mais il y a une Porte qui n'est pas à nous et il faut que je trouve le moyen de la fermer. »

Fenton comprit aussitôt que c'était la Porte qui donnait dans le monde du gnome. Personne venant de la Terre ne pouvait intervenir ; mais les Alfar souhaitaient fermer leurs Portes, et Irielle, un changelin Alfar, avait le droit de pénétrer dans le monde du gnome et d'exiger qu'il ferme cette Porte.

Le gnome n'avait rien contre les Alfar. Et il détestait les irighi. Il serait sûrement disposé à accueillir une telle requête. Fenton demanda : « Irielle, tu ne peux pas traverser la Maisonmonde ici ?

– On a fermé les Portes, répondit-elle en tremblant. Lebbrin, Erril et mon père adoptif ont forcé Kerridis à le faire ; et Myrill ne fera pas d'exception, même pour m'envoyer par la Porte illégale qui traverse les roches. Nous avons essayé d'y descendre, l'homme courageux de ton monde et moi, pour forcer la Porte à se fermer ; mais il a été brûlé quand les roches se sont ouvertes et ont craché du feu, et je lui ai fait garder le talisman pour qu'il puisse revenir, encore vivant, dans ton monde. Findhal aurait pu le guérir, comme il a guéri ma jambe, mais il n'a pas voulu. Il a dit qu'il ne ferait plus jamais confiance à un homme de ton espèce. » Irielle pleurait de nouveau, tout en essayant de se maîtriser. « Oh, il souffrait tellement ; j'ai cru qu'il allait mourir là. Je lui ai dit d'utiliser le talisman pour rentrer, mais je n'ai pas pu venir avec lui. J'aurais bien voulu me cramponner à lui pour passer, mais ses brûlures étaient si graves que je ne pouvais pas ; cela lui faisait trop mal… »

Ainsi Irielle avait risqué de perdre à jamais le talisman, et peut-être la dernière chance des Alfar, parce qu'elle ne voulait pas voir mourir un homme courageux. Elle poursuivit sans pouvoir s'arrêter : « Findhal est en colère contre moi ; il ne veut plus me voir. Il a dit que je faisais passer les mondes solaires avant les Alfar parce que je voulais pas laisser le professeur mourir. Mais cet homme n'était pas venu dans notre monde de son plein gré. Il n'y avait pas de raison qu'il sacrifie sa vie pour nos querelles. » Elle leva les yeux vers Fenton et dit d'une voix suppliante : « Vous me conduirez à la Maisonmonde ?

– Bien sûr. Bien sûr, mon amie. » Fenton lui prit les mains ; elles étaient de chair maintenant, mais froides et tremblantes. « Venez. »

Tandis qu'ils passaient devant la faculté, quelques étudiants regardèrent fixement le jeune homme aux habits fripés et la jeune fille en robe longue à l'étoffe épaisse, enveloppée dans des châles et des écharpes. Elle avait ôté sa cape brun roux doublée de fourrure et la portait sur le bras ; Fenton comprit, tandis qu'ils croisaient le groupe d'Anachronistes, qu'elle ressemblait simplement à l'un d'eux. Elle s'accrocha à son bras en entendant le cliquetis des épées.

« Oh, qu'est-ce qu'ils…

– C'est un jeu. Un simulacre de bataille », dit-il et elle frissonna en répliquant : « J'ai vu beaucoup trop de batailles, je ne serais plus jamais capable de regarder des simulacres de guerre avec plaisir ! » et elle détourna les yeux. « Même ceux avec le dragon sur le tableau de jeu ! »

Ainsi les Alfar menaient aussi des batailles sur un tableau de jeu et il se demanda si c'était une variante de Donjons et Dragons. Irielle eut un mouvement de recul devant la foule lorsqu'ils s'engagèrent sur Telegraph Avenue. Il entrevit le hippie à la tête rasée qui lui avait vendu l'antaril et se demanda si, lui aussi, faisait partie du drame qui se déroulait, puis se dit, avec fermeté, qu'il ne devait pas s'abandonner à la paranoïa ; après tout, il *doit bien* y avoir des piétons innocents.

Ils passèrent devant le bar à bière, et la librairie, et le restaurant grec, et le pressing… merde ! Le pressing ! Il pivota sur ses talons, Irielle à son bras, et revint sur ses pas. Le pressing était bien là.

« L'eau qu'on surveille ne bout jamais, dit-il à voix haute.

– Pardon, Fenn-ton ? »

Pas besoin de se défouler sur Irielle. « Que faites-vous quand vous ne trouvez pas la Maisonmonde ?

– Généralement, je la trouve, répondit-elle innocemment. Du moins, dans le monde des Alfar. Ici, je ne sais pas.

– Eh bien, vous devriez commencer à chercher, parce que c'est là qu'elle devrait être. Seulement, elle n'y est pas.

– Là ? La… la façade blanche ? »

Il se souvint qu'elle ne pouvait probablement lire que quelques mots ; elle avait su écrire son nom, mais aussi maladroitement qu'un enfant de la maternelle. « Oui. Là. Parfois c'est une petite boutique qui vend des gravures. *Alors*, c'est la Maisonmonde. Seulement maintenant, ce n'est pas elle. »

Elle s'accrocha à son bras. « Qu'allons-nous faire ?

– Je ne sais pas. Prier, peut-être. Ou essayer de la localiser quelque part. » Il se souvint de la petite pancarte sur la porte, qui disait : LA NUIT ET EN CAS D'URGENCE ; SONNER. C'était plus qu'une urgence et il ne voyait aucun bouton sur lequel appuyer. Il s'approcha de la porte du pressing pour en inspecter soigneusement le chambranle, à la recherche d'une petite sonnerie d'urgence. Il devait y avoir un moyen d'obliger la Maisonmonde à revenir lorsqu'on en avait absolument besoin, bon sang ! Seulement, elle fonctionnait selon ses propres lois et il ne les connaissait pas encore toutes.

Aucune pancarte. Aucune sonnette de nuit. Aucune sonnerie d'urgence. Rien. Il resta le regard fixe, désirant ardemment qu'elle soit là, se souvenant que lorsque Sally et lui étaient venus ici, ce matin, elle n'était pas là non plus, la première fois qu'il avait regardé. Mais dix minutes plus tard, il dut admettre son absence ; de plus le petit vieux qui tenait le pressing commençait à les regarder vraiment d'un air bizarre.

Le mieux, décida Fenton, est de partir d'ici en vitesse, avant que quelqu'un appelle les flics et nous fasse arrêter pour vagabondage ou tout autre motif.

Alors quoi ? Accepter la défaite et dire qu'il ne pouvait rien faire si la Maisonmonde n'était plus là où il s'attendait à ce qu'elle soit ?

Non, merde alors ! Irielle avait dit que la Maisonmonde pouvait se cacher quand quelqu'un qui n'avait rien à y faire la cherchait. Par la même occurrence, un réel *besoin* de la Maisonmonde pouvait la forcer à être là. Fenton surfait sur la vague de l'une des plus fortes intuitions de toute sa vie. « Viens, Irielle, dit-il, je crois savoir où nous devons aller. »

Il l'entraîna jusqu'à son appartement ; cependant, il n'entra pas chez lui, mais sortit ses clefs de voiture de sa poche et ouvrit la portière à Irielle.

Elle hésita un peu, effrayée. « Je ne suis pas montée dans une voiture depuis que j'ai été blessée à la jambe », dit-elle et lui, pensant à ses cicatrices, la rassura gentiment : « Je veillerai à ce qu'il ne vous arrive rien, cette fois. Montez, Irielle. » Il se pencha et attacha sa ceinture de sécurité. « Avec cela vous ne craignez rien, vous voyez ? »

Il jeta un coup d'œil à la jauge. Puis démarra et enfreignit toutes les limitations de vitesse pour rejoindre Bay Bridge. Irielle resta bouche bée en voyant San Francisco se profiler à l'horizon et Fenton comprit que la jeune fille était stupéfaite. Si elle était jamais allée à San Francisco, ce qui semblait improbable, c'était probablement bien avant le tremblement de terre de 1906 – mais, tout entier à la circulation, il n'eut pas le temps de la rassurer.

Il dut se garer bien avant North Beach ; heureusement, la ruée des gens se rendant au travail était passée et il était trop tôt pour la cohue de la pause déjeuner. Il supposait que des milliers et milliers de passants brouilleraient les moyens de PES qu'il devait mettre en œuvre pour envoyer le genre de message nécessaire. Cependant, pensa-t-il en s'efforçant d'y croire, s'il pouvait mener à bien des expériences de PES dans les conditions de surpopulation du campus universitaire, où il y avait plus d'étudiants que d'habitants dans la plupart des villes moyennes, il pouvait faire pareil n'importe où. Mais ce serait la plus importante expérience de sa vie.

Allons. Où, des années auparavant, avait-il vu deux ou trois fois cette petite librairie, alors qu'elle était fermée et son store descendu ? Pas dans Grant Street, mais dans l'une des petites impasses qui la coupaient, là où les rues principales descendaient vers Broadway et le quartier touristique tapageur du Fisherman's Wharf. « Prenez le talisman, Irielle. Et pensez de toutes vos forces qu'il nous faut trouver la Maisonmonde. »

Elle le regarda, troublée, mais son front se plissa de concentration. Fenton chevauchait toujours la crête de l'extraordinaire intuition qu'il avait eue. *Il y a peut-être quelque chose que vous pouvez faire… vous le saurez.* C'était ce que Jennifer avait dit. Et il était absolument certain qu'elle avait eu raison.

Il pensa, brièvement, que c'était ridicule de circuler dans des rues inconnues en essayant d'émettre cet appel, comme s'il s'agissait d'un chien perdu : *Ici, Maisonmonde, viens Maisonmonde…* il retint un gloussement. Mais *bien sûr* que cela semblait stupide, présenté ainsi. Y avait-il rien de plus stupide que l'idée d'un petit magasin d'estampes qui était parfois un pressing, ou de la jeune fille mise en pièces par de vilaines petites créatures poilues, sorties d'une illustration de Rackham ? Cependant, ces monstres étaient réels, effroyablement réels, et il en était de même de la Maisonmonde, et aussi du pouvoir qui pouvait amener celle-ci à lui. Il formula fermement sa pensée.

C'est d'une urgence extrême. Il faut que je passe par la Maisonmonde. Des vies sont en jeu, perdues par ignorance.

Il ne cessa de répéter cela mentalement, ne laissant rien le distraire. Irielle, qui serrait le talisman, marchait à côté de lui, comme en transe.

Remonter une petite rue d'un côté, la redescendre de l'autre. Une fois, il crut apercevoir la boutique, mais c'était un fruitier. L'ennui, c'était qu'il n'arrivait pas à se rappeler clairement à quoi elle ressemblait. Cependant, il était certain de la reconnaître en la voyant. Remonter une petite rue, la redescendre, et puis une autre…

« Fenn-ton…

– Oui, Irielle ?

– Le talisman. Il a remué dans ma main. »

Il pensa avec un peu d'exultation, *Tu chauffes*. Mais il était trop tôt pour se réjouir. Il chuchota : « Bon. Si cela se reproduit, dites-le-moi. »

Une librairie ouverte, avec des livres dans une corbeille, défraîchis, tachés, de seconde main, marqués un dollar. Un petit resto italien, un ado maigrichon qui lave le sol et une femme grasse qui marque les prix du déjeuner avec une craie sur un tableau noir. Des odeurs alléchantes. Un petit supermarché avec, suspendus à l'entrée, des chapelets d'ail et de longs salamis phalliques bottelés. Une devanture où était écrit en lettres peintes négligemment à la gouache : ÉGLISE DE LA LUMIÈRE D'OR, SERVICE LE DIMANCHE SOIR, PRIÈRE, BIENVENUE À TOUS. Un marchand de magazines d'occasion.

Nous sommes à la recherche de la Maisonmonde. C'est urgent, des gens perdent la vie par ignorance, parce que des Portes ont été bidouillées. Nous devons passer par la Maisonmonde...

« Le talisman, chuchota Irielle. Il luit... »

Elle le tenait caché dans ses mains, mais il le voyait rayonner au travers de ses doigts. La Maisonmonde, pour être une Porte efficace entre les dimensions, devait être le foyer d'une incroyable puissance. Comment les gens du coin pouvaient-ils vivre si près d'un pivot entre les mondes sans jamais savoir qu'il était là ? Ou peut-être le savaient-ils ? Ressemblaient-ils aux jeunes joueurs de Donjons et Dragons de l'arrière-boutique du magasin d'estampes, qui était aussi la Maisonmonde ?

Il sentit quelque chose de chaud dans la poche de son pantalon, y mit la main et en sortit une sorte de cylindre de plastique bon marché... le vrill que Kerridis lui avait donné. « Est-ce que vous avez du vrill sur vous ? chuchota-t-il à Irielle.

– Ma dague. Au cas où je rencontrerais des irighi, murmura-t-elle.

– Sortez-la. Nous pouvons en avoir besoin. »

Dès qu'elle tira l'arme de son fourreau, Fenton commença à se sentir attiré par une force... ou avait-il été tout simplement sensibilisé au vrill ? Il n'avait pas besoin de lever les yeux ; il s'engagea simplement en toute hâte dans la rue voisine et ce n'est qu'arrivé sur le seuil de la boutique qu'il leva la tête pour voir l'enseigne et les livres dans la vitrine : un vieil exemplaire, sûrement hors de prix, de *The King in Yellow*[1], un exemplaire défraîchi de *Our Lady of Darkness* de Leiber[2], *The Queen of Air and Darkness* d'Anderson[3], une demi-douzaine de curieux volumes. À l'intérieur, il sentit l'air picoter du pouvoir qu'elle contenait, il vit le grand vieillard mince,

1. Roman (1895), jamais traduit en français, du très prolifique écrivain populaire américain Robert William Chambers (1865-1933). *N.d.T.*

2. Roman gothique et en grande partie autobiographique (1977), jamais traduit en français, du célèbre Fritz Leiber. *N.d.T.*

3. *La Reine de l'air et des ténèbres*, J'ai Lu, 1973. *N.d.T.*

dont le visage évoquait un chameau intelligent, et sut qu'il était en présence de ce que Jennifer appelait un Gardien.

Il ne perdit pas de temps et se contenta de brandir le cylindre de vrill et le talisman.

« Vous savez ce que c'est. Nous avons besoin de traverser.

– Par ici », dit le vieil homme qui les tira dans l'arrière-boutique. Il regarda Irielle avec intérêt. « Vous appartenez à ce monde, mais vous êtes une changeline Alfar. Vous voulez entrer ? Les Portes donnant dans le monde des Alfar sont fermées, mais vous avez le droit d'y aller.

– Je dois passer dans le monderoche, répondit-elle en secouant la tête. Une Porte y a été ouverte là où il ne devrait pas y en avoir, et les irighi passent par là pour envahir les Alfar. Je dois, d'une manière ou d'une autre, persuader ceux du monderoche de fermer la Porte qui les relie au monde des Alfar. »

Le vieil homme parut troublé. « Vous connaissez la loi, mon enfant. Je suis Gardien. Nous, qui servons les Maisonmondes, ne pouvons pas intervenir ou même intercéder en faveur d'un monde.

– Vous avez raison, dit Fenton, surpris lui-même par l'argument qu'il venait de trouver, mais vous dites aussi qu'on ne doit permettre à aucune tierce partie d'intervenir, et le gnome est en train de le faire, par ignorance. Il laisse des choses passer par son monde en direction de celui des Alfar, sans même savoir qu'il contribue à la mort de ces derniers. Il a le droit de choisir, d'agir librement, en sachant ce qu'il fait. Il a le droit de *savoir*. Alors, s'il choisit d'aider les irighi contre les Alfar, on n'y peut rien. Mais il a le droit de connaître la vérité.

– Ce que vous dites est vrai, reconnut le vieil homme, toujours troublé. Mais je n'ai pas le droit de pénétrer dans le monde du gnome sans y avoir été invité…

– Cela, je l'ignore, mais moi, on m'y a invité, répliqua Fenton. Le gnome m'a demandé de revenir. » Il craignait, de toute son âme, ce retour au monderoche où il avait perdu son identité, heureux de se transformer en pierre au soleil, en roche de la société rocheuse, sans désir d'être autre chose que ce qu'il était. Et cependant, pour les Alfar, et pour le gnome inoffensif, il y retournerait. Il savait qu'il devait le faire, tout ce qui lui était arrivé depuis qu'il avait décidé de prendre l'antaril illicite l'avait poussé inexorablement dans cette direction. Si je pouvais faire quelque chose d'autre, je le saurais. Il surfait toujours sur la crête montante de cette connaissance. Les yeux d'Irielle, écarquillés par la peur, croisèrent les siens, mais il lui sourit, pour la rassurer, sans tenir compte de son regard épouvanté.

« Vous êtes conscient des risques que vous courez », dit le vieil homme.

Fenton fit signe que oui.

« Ce monde est dangereux pour les humains. Moi-même, je m'y suis aventuré une fois, quand j'apprenais mon métier, et je n'ai jamais osé y retourner.

– N'empêche que j'ai le droit de choisir les risques je vais prendre. » C'est ce qu'il avait fait, sciemment, depuis qu'il avait décidé de devenir parapsychologue – d'abord, le risque de renoncer à la profession respectable de psychologue, puis celui que faisait courir la pratique de talents étranges, de drogues, d'expériences mettant en cause les fondements mêmes de l'esprit. Il se demanda si on ne lui avait pas fait courir tous ces risques pour le préparer à cet instant décisif.

« Je ne suis pas sûr que vous les connaissiez tous. L'une de mes fonctions, c'est d'empêcher l'ignorant d'entrer. »

Fenton dit, avec une certitude absolue : « Vous n'avez pas le pouvoir d'empêcher un hôte invité de traverser, afin de pénétrer dans le monde qu'il a choisi, s'il y va sans aucune intention de nuire. » Il ne savait pas s'il lisait les pensées du vieil homme, ou bien si c'était de l'intuition ou de la clairvoyance. Peut-être que dans l'univers où il vivait maintenant, il n'y avait pas de différence entre tout cela. Simplement, il *savait.* Jennifer avait su qu'il était prêt pour cette connaissance. Cameron Fenton avait pratiqué la parapsychologie pendant dix ans. Et il savait maintenant qu'il ne faisait que commencer à appréhender ce domaine. C'était une porte ouverte, un nouveau monde dans lequel il pénétrait, un nouvel univers.

Le vieillard hocha la tête, admettant son argument. Il dit alors une chose étrange. « Je vous reconnais. » Puis il prit une baguette de verre comme celle que Jennifer avait utilisée, ce matin, pour détruire la « trappe ».

« Par là. La Porte n'est pas facile à trouver.

– Mais Irielle… » et avant que le vieil homme ait pris la parole, il sut la réponse.

« Irielle a le choix entre rester ici ou retourner dans le monde des Alfar. Je ne peux pas la laisser pénétrer dans le monderoche. Elle n'est pas prête.

– Fenn-ton... » Ses mains s'accrochèrent à lui ; ses yeux exprimaient l'épouvante. Il la serra brièvement dans ses bras, en une étreinte presque paternelle, avant de la repousser gentiment. « N'ayez pas peur, Emma », dit-il. Il ignorait pourquoi son nom de terrienne lui était venu aux lèvres. « Je vais m'en tirer. Attendez ici ou retournez auprès de Kerridis ; elle a besoin de vous, je crois. Vous avez fait pour le mieux. Je vais tenter ce que je peux et si je ne le peux pas... eh bien, alors, c'est que la chose n'est pas possible. Si cela ne marche pas, nous devrons accepter ce qu'il adviendra, je suppose. » Gentiment, pour la première et la dernière fois, il baisa ses lèvres douces. « Si... s'il arrive quelque chose, si je ne réussis pas, dites à Kerridis... » *Non*, pensa-t-il. *Au diable cela. Pas encore, pas maintenant.* « Dites à Kerridis... dites-lui que j'ai fait ce que j'ai pu. J'irai vous voir, mon enfant, si cela m'est possible. » Il tourna les talons et suivit le vieil homme, résolument, sans jeter un regard en arrière, mais sachant qu'elle pleurait.

20

Le soleil orange, brûlant, le cuisait. Il était au cœur de la roche, le mur bas s'étendait à l'infini des deux côtés, aussi loin que l'œil pouvait voir, les bestioles bruissaient sous ses pieds. Mais il y avait aussi le gnome. *On est roche. On est aussi petites choses.*

« Gnome », dit-il à voix haute, et devant ses yeux la roche bougea, se tordit, se souleva lentement pour faire pousser une tête tronquée, des doigts gros et courts.

« On se réjouit du retour, d'être ensemble. Chaud le soleil, on est joyeux dans luminescence. On accueille dans bonheur. »

Fenton pensa : *Je suis content de vous voir, moi aussi, gnome.*

« Autre est inquiet, fit remarquer la voix. Devoir dire cause altérité pas se réjouir. »

Dans son esprit, Fenton dessina une image nette des irighi ; et tandis que le gnome prenait forme, son esprit parut s'ouvrir au sien, si bien que Cam vit la Porte par laquelle le peuple-de-fer, non demandé, non invité, avait pénétré dans le monde-de-roche, ce raccourci pour le monde des Alfar où, normalement les irighi ne pouvaient entrer qu'au moment adéquat.

« Vus comme intrusion. Pas désirés. »

Et ils semblèrent se déplacer à la vitesse de la pensée dans ce monde, si bien que Fenton vit la Porte béante, et les irighi surgir à pas lourds de leur monde en poussant de grands hululements. L'écœurement et le désarroi du gnome le paralysaient, envahissaient également l'esprit de Fenton, si bien que celui-ci sentit son identité même sombrer dans celle du gnome, dans la paix de la roche, avec le dégoût et l'horreur de ces intrus qui s'imposaient dans son monde, le violant, le souillant ! Le gnome ouvrit tout grand un trou et les y précipita, et Fenton vit les froides collines couvertes de neige des Alfar, les entrées des cavernes d'où le peuple-de-fer pouvait fondre sur les Alfar et leur tendre une embuscade, les grottes profondes se remplir d'irighi…

« *Non !* » Ce fut un cri d'angoisse, qui fendit la roche de consternation, et Fenton vit la forme courtaude onduler de souffrance, se dissoudre dans le mur informe. Puis, très lentement, le gnome se reforma, en commençant par la tête massive, puis il se débattit pour s'extraire de la roche et ébaucha une petite main que, plein de perplexité, il tendit vers Fenton.

« Ami est dans peine tracas ?

– Vous ne savez donc pas ce que vous faites avec ces irighi ? Vous ne savez pas que vous les lâchez sur les Alfar, que vous les laissez entrer dans le monde des Alfar pour qu'ils tuent, brûlent et pillent ?… » L'esprit de Fenton forma une image angoissée des irighi qui sortaient comme un essaim des cavernes, fondaient sur les Alfar en dépit des épéevrills, les massacraient à coups de haches et de couteaux, débitaient leurs chevaux en lanières qu'ils fourraient, encore palpitants, dans leurs gueules bavantes, entraînaient Kerridis dont la chair noircissait à leur contact…

Il sentit la consternation du gnome pénétrer son esprit, prise de conscience horriblement douloureuse à laquelle il ne pouvait échapper, si bien que tout son corps souffrait le martyre. « Pas savoir. Comment arrêter ?

– Renvoyez-les d'où ils viennent ! Mieux encore, ne les laissez pas entrer ! Mais ne vous en débarrassez pas sur les Alfar ! Les Alfar ne vous ont jamais fait de mal ! »

Un spasme de souffrance ébranla le gnome, et Fenton, bien sûr. « Pas savoir. Arrêter. Pas vouloir faire mal au monde de danse, monde de lumière, monde d'étoiles. » Et de nouveau, il lui sembla que ce monde-ci s'ouvrait tout grand, béant autour d'eux, se remplissait des hululements et caquètements du peuple-de-fer, d'une faim frénétique, d'une soif sauvage et insatiable de sang, si bien que Fenton sentit ses yeux s'exorbiter et ses reins se gonfler de luxure, comme s'il courait et cacardait et hurlait comme eux : « *Des femmes et du butin !* » Le temps se télescopa et il tomba en criant, il ne faisait qu'un avec cela, et en même temps il éprouvait une répulsion nauséeuse pour ces autres, ces horribles intrus…

Une voix – celle, rauque, du gnome – pénétra sa conscience et son horreur des irighi. « Arrêter. »

Puis le monde pris de convulsion se souleva, crachant du feu, un flot de feu torride et de roche fondue. Il déferla sur les irighi, les ébouillanta, les grilla, les engloutit dans un vaste chaos dévastateur. D'innombrables cris d'agonie le firent frissonner jusqu'au tréfonds de son être, les hurlements de douleur qu'ils poussaient à leurs mort lui déchirèrent la gorge. Il les sentit mourir ; il sentit qu'ils étaient avalés vivants.

Et il mourut avec eux.

Longtemps, très longtemps après, Fenton prit conscience qu'il était couché, tranquillement, dans le silence, baigné de paix et de soleil, détendu, en train de dormir pelotonné contre la douce chaleur du mur. Quelque part, très loin, son esprit restait meurtri des souvenirs d'une souffrance atroce et de beaucoup, beaucoup de morts, mais pour le moment, il n'y avait que la paix, le soleil, la roche chauffée par l'astre brûlant et le mur à l'ombre duquel il était étendu. Mais tandis que la mémoire lui revenait lentement, la roche remua contre son flanc et recommença à se soulever pour reprendre, une fois encore, la forme vaguement humaine qu'elle avait adoptée auparavant : le gnome.

La tête épaisse, les petites mains disgracieuses, et une touche de quelque chose d'autre, une *forme* différente – maintenant, dans le gnome : il y avait un peu de la morphologie du peuple-de-fer.

« Oui, les intrus poilus maintenant faire partie de substance-soi où, rendus inoffensifs, me changer un peu. Changer en beaucoup douleur et mort et la roche maintenant jamais aussi paisible, mais jamais ceux-là revenir. Fermer, arrêter éternellement, jamais ceux-là revenir. Fermeture à jamais. Autres ayant oublié que toute vie est une, et voulant nuire au monde de danse, au monde d'étoiles, au monde du soleil. Alors les faire, dans la douleur, un avec substance-soi en leur montrant que toute vie est une. »

Fenton tendit la main pour prendre celle, petite, chaude, calleuse, du gnome. Il se sentait ébranlé, incapable de saisir tout cela. Le gnome avait pris en lui le peuple-de-fer – pour leur faire prendre conscience que toute vie était une. Fenton, aussi, avait ressenti cette monstrueuse apocalypse dans sa propre substance.

Toute vie est une.

« Et maintenant, retourner, dit le gnome. Connaître seulement une manière envoyer vous, et fermer la Porte après pour aucun intrus troubler la paix de la roche. Savoir toute vie est une toujours. » Sa petite main dure serra, très fort, celle de Fenton ; la roche miroita et…

… et, la neige craquant sous ses bottes, Fenton se retrouva sur la route du haut sommet où il était arrivé, pour la première fois, dans le monde des Alfar, et où il avait vu les irighi sortir en masse des grottes pour enlever Kerridis. Deux grandes sentinelles Alfar montaient la garde à l'ouverture de la caverne.

L'un d'eux se retourna, le vit, le reconnut.

« Chaos et fer, dit-il. C'est cet entremondes qui ne cesse d'apparaître comme un cheveu sur la soupe ! Hé, vous, qu'est-ce que vous faites là ? Findhal a donné l'ordre de ne laisser entrer personne des mondes solaires ! Vous allez devoir en répondre, entremondes.

– Je ne suis pas un entremondes », répliqua Fenton qui avait pris conscience, en voyant son ombre noire et bien réelle se dessiner à la faible lueur de la neige, qu'il était matériellement là, cette fois, en tant que randonneur-de-mondes. « Et j'ai de bonnes nouvelles pour Kerridis. Conduisez-moi à elle.

– *Conduisez-moi à elle*, répéta le guerrier, en colère. Vous croyez que la Dame des Alfar est à votre entière disposition, qui que vous soyez ?

– Je l'ai convoqué », dit Kerridis. Elle sortit lentement de la caverne. Il ne s'étonna pas qu'elle soit là, à l'attendre. Rien n'étonnait plus Fenton, maintenant. Il savait qu'il n'avait qu'à suivre la ligne de conduite décrétée pour lui. Elle s'approcha de lui et, dans son vrai corps, il sentit pour la première fois le contact de sa main ferme et délicate dans la sienne.

« Fenn-ton. Dites-moi ce qui s'est passé.

– Les Portes du monde de roche sont fermées », dit-il et il chancela, soudain conscient de son immense lassitude. Combien de temps s'était écoulé depuis que, ne faisant plus qu'un avec la roche, il avait connu la mort hurlante des irighi ? « Le peuple-de-fer ne repassera plus par *cette* Porte. Plus jamais.

– Ils sont arrivés dans notre monde, réclamant à grands cris des femmes et du butin, puis, soudain, il n'en est plus entré d'autres. Nos guerriers se sont rassemblés pour un ultime affrontement. Venez. » Elle l'entraîna dans les cavernes. Il entendait, venant d'en bas, les bruits d'une bataille où résonnaient les cris de guerre des Alfar et ceux du peuple-de-fer. Ils se postèrent sur une corniche au-dessus de la grande caverne où Kerridis avait été emprisonnée ; armés de leurs épéevrills, les Alfar massacraient les irighi.

« Ce n'est plus la bataille-suicide qu'Irielle avait prévue, dit Kerridis en s'appuyant contre lui. Comme les irighi n'arrivent plus en hordes innombrables, nous pouvons leur résister… Ah, regardez ! Regardez ! Ils sont vaincus, ils sont en déroute… ruine et mort ! Pentarn est là, il est parmi eux… »

Fenton vit la silhouette du Seigneur Guide, entouré d'irighi ; il était trop loin pour bien entendre. Pourtant il saisit des fragments de son discours qui les exhortait à attaquer, à charger de nouveau… mais ils ne l'écoutaient plus. Ils s'étaient retournés contre Pentarn, ils le forçaient à reculer, reculer jusqu'au bord de l'abîme ; fous de colère, ils lui reprochaient visiblement de les avoir entraînés dans cette bataille qu'ils ne pouvaient gagner, eux qui avaient toujours gagné auparavant…

L'air miroita autour de Pentarn ; une fois de plus, il allait fuir dans sa distorsion spatiale portable, le trou dans le tissu de l'espace, la « trappe » qu'il ouvrait où et quand il le désirait. Et soudain, sous l'effet du savoir qui s'était éveillé en lui depuis qu'aujourd'hui, il était passé par la Maisonmonde, Fenton comprit ce qu'il devait faire. Le cylindre de vrill était toujours dans sa poche. Les Alfar se servaient de cette matière comme d'une arme. Mais le vrill, que l'on trouvait dans tous les mondes, était plus qu'une arme, plus, même, qu'une pierre qui pouvait guérir les blessures que les irighi infligeaient aux habitants des autres dimensions de l'espace-temps. Cela pouvait guérir les Portes elles-mêmes. Fenton le sortit et, comme Jennifer avait fait avec la baguette de verre – qui, il le savait maintenant, était aussi du vrill – il se concentra farouchement.

Le miroitement de l'espace s'effaça ; la trappe grésilla et mourut. Pentarn, sa voie d'évasion coupée, se retourna sans espoir pour affronter le peuple-de-fer qu'il avait mené à une ignoble conquête, au massacre des Alfar. Sa voix se noya dans leurs cris ; il tomba sous leurs griffes ; il disparut sous leurs pieds qui le foulèrent. Kerridis cria d'horreur et se cacha le visage contre la poitrine de Fenton ; il la serra dans ses bras en lui murmurant des paroles consolatrices et, lorsqu'il releva la tête, il ne vit plus que des taches rouges sur le sol, là où les Alfar massacraient le reste des envahisseurs. De Pentarn, il ne restait que du sang, mêlé à celui des irhigi morts ou mourants.

Fenton ne put retenir un frisson. Mais il se dit que cette mort avait été plus rapide, plus miséricordieuse que celle infligée par Pentarn à ses victimes – plus rapide que celle d'Amy Brittman.

Il regarda, hébété, le vrill qui, en détruisant les trappes illégales que Pentarn avait bricolées dans l'espace, l'avait piégé en ce lieu pour qu'il y affronte son destin. Maintenant, seules demeuraient les véritables Portes.

Kerridis le prit par la main et l'entraîna hors des cavernes de la mort, pour le replonger dans la lumière du monde des Alfar.

« J'aimerais rester à jamais avec les Alfar, dit Joel Tarnsson. Mon seul bonheur est ici. Mais on a besoin de moi dans le monde de mon père. Ma mère était la fille de l'ancien roi. Il est de mon devoir d'y régner en son nom, pour un temps du moins, jusqu'à ce que l'armée de conquête que mon père avait constituée se consacre à des tâches plus utiles. » Il regarda Findhal, le menton levé en un geste de défi, mais le regard suppliant.

« Je ne peux pas faire cela sans Irielle. Pour le bien de nos deux mondes, la laisserez-vous m'épouser et revenir avec moi sur ma planète ? »

Le géant soupira, puis posa les deux mains sur les frêles épaules du jeune homme. « Qu'il en soit ainsi, fiston. Elle va me manquer, mais tout père qui élève une fille bien-aimée sait qu'il devra la laisser partir un jour ou l'autre, et puis vous êtes tous deux des changelins venus des mondes solaires. Je pense qu'elle sera heureuse là-bas. » Il sourit et ajouta : « Je vous la donne avec ma bénédiction, Joel Tarnsson ; mais laissez-la venir nous voir parfois, quand la lune est pleine et que les Portes sont ouvertes, afin qu'elle danse avec nous dans les forêts. »

Joel sourit et attira Irielle à lui. « À condition je puisse venir, moi aussi. »

Kerridis prit la jeune fille dans ses bras et la baisa au front. « Et reçois aussi ma bénédiction, chère enfant. Viens chanter avec nous, de temps en temps. Sois heureuse avec ton amant dans les mondes solaires. »

Se tournant vers Fenton avec un sourire, la Dame dit : « J'ai d'abord pensé que ce serait vous qui nous prendriez Irielle pour la ramener dans les mondes solaires où est sa destinée. »

Il fit signe que non, en souriant. « Peut-être l'ai-je cru, moi aussi, un moment. » Et il pensa que c'était vraiment étrange qu'Irielle, qui était sa grand-tante, ou peut-être son arrière-grand-tante, soit devenue sa fille.

« Et votre destinée est aussi dans les mondes solaires, dit Kerridis avec un triste sourire. Venez, je vais vous ramener à la Maisonmonde. Mais vous aussi, reviendrez-vous ? »

Elle leva le visage vers lui et soudain, il comprit ce qu'elle désirait de lui, bien qu'elle fût la Dame des Alfar. Il l'attira à lui et l'embrassa ; ce fut un long baiser qui s'attarda, promesse et commencement. Ils se séparèrent, elle lui sourit et ils partirent, main dans la main. Tandis qu'ils pénétraient à l'ombre du bosquet où, savait-il, s'ouvrait la grande salle des portes, elle dit, en hésitant : « Je peux tout ordonner à mon peuple, mais à vous, je ne peux que demander, comme à un ami. Vous savez comment je suis servie, dans la Maisonmonde. Findhal a commandé mes armées trop longtemps, sans en être récompensé ; j'ai l'intention de faire de lui un Gardien. Mais je sens que j'ai aussi besoin d'un ami, en ces lieux. Je n'ai pas le droit de vous demander cela, mais, Fenn-ton, poseriez-vous votre candidature comme Veilleur, et peut-être un jour, comme Gardien ? » Elle avait posé ses petites mains sur les épaules de Cam et levait les yeux vers lui. « Quand vous êtes là, Fenn-ton, je me sens en sécurité. Je sais qu'aucun mal ne nous viendra, du moins, de *votre* monde…

– J'aimerais cela plus que tout », répondit Fenton d'une voix douce en tenant les mains de Kerridis serrées dans les siennes, tandis qu'ils pénétraient dans la Maisonmonde.

« Ici, vous serez près de nous et vous reviendrez nous voir, parfois…

– Je le ferai, » promit-il.

Myrill était là et, sur un mot de Kerridis, il convoqua Jennifer, qui arriva et jeta un coup d'œil à Fenton.

Celui-ci dit, d'un ton quasi provocateur : « Quand le moment est venu, j'ai su.

– Évidemment, dit-elle d'un air presque insouciant. Eh bien, vous allez être l'un de nos Veilleurs ? Nous manquons toujours de personnel, vous le savez, car c'est une rude tâche. Et tout ce que vous recevrez, ce sera le genre de paiement que l'on tire d'un magasin d'estampes ; il vous faudra vendre des livres et des gravures aux gens qui entreront uniquement pour cela, afin d'être présent lorsque d'autres auront *vraiment* besoin de la Maisonmonde. Qu'en dites-vous ? J'ai compris que Dame Kerridis voulait que vous soyez ici.

– Je… » Soudain, Fenton sut qu'il devait le faire, qu'il était né pour cela, que la longue route de la parapsychologie n'avait été qu'une étape préparatoire qui devait l'amener là, à cet endroit attitré.

Le lieu de sa destinée, la maison entre les mondes, l'endroit où se dessinait la vraie nature de l'univers.

« J'accepte.

– Il faudra que vous prêtiez le serment du Veilleur », dit Jennifer. Fenton s'aperçut qu'elle l'avait guidé pendant qu'ils parlaient et que, sans avoir éprouvé l'impression vertigineuse de mondes tournoyants, il était de nouveau dans l'arrière-boutique du magasin d'estampes, près de la table de jeu qui était également un moniteur des univers mouvants. « Et, un jour, le serment du Gardien. »

Les jeunes gens assis autour de la table déplaçaient leurs petites figurines. « Qu'est-ce que vous nous amenez là, Jenny ?

– Monsieur Fenton », dit-elle, et Fenton la reprit :

« Cam. »

Le jeune homme haussa les épaules. « Les noms sont tous affaire de tradition. Quel que soit votre nom, celui que vous aurez dans la Maison doit être un nom de Gardien. Moi, je suis Lancelot. Voici Arthur. Et Keu, et celui-là, c'est Gahériet, et elle », – il montra du doigt la jeune fille assise de l'autre côté de la table – « c'est Morgane.

Elle est nouvelle, elle aussi, mais c'est un analogue, et nous avons tout de suite compris qu'elle était de ce monde. »

Stupéfait, il reconnut Sally, et elle lui adressa un sourire éblouissant.

« Bienvenue – ou plutôt bon retour, Cam », chuchota-t-elle.

Il regarda la table. C'était maintenant un plateau de jeu, mais il savait que, le moment venu, les mondes se déplaceraient et que cela deviendrait un écran de moniteur surveillant les multiples univers qui allaient et venaient, de place en place, dans l'espace et le temps.

Il regarda l'endroit où la salle des portes des Alfar s'était évanouie. Il n'avait pas eu le temps de dire adieu à Kerridis. Mais il savait que cela n'aurait pas été un adieu ; il changerait de nouveau de mondes, de nombreuses fois, et la promesse demeurait, en attendant le moment propice. Pour l'instant, il y avait Sally, qu'il aimait, et il lui fallait découvrir comment se portait Garnock, et ce qui avait ramené Sally ici. Mais pour cela aussi, il avait tout le temps.

« À vous de jouer, Cam », dit Gahériet, assis en face de lui, et Fenton regarda les petites figurines qui luisaient sur le plateau devant lui. « Maintenant que vous nous connaissez, et que vous avez rencontré Jennifer – parfois, nous l'appelons Guenièvre – choisissez votre univers. »

Cameron Fenton sourit à Sally, à ses nouveaux associés, et accepta sa destinée. Il aurait tout le temps d'apprendre les tâches d'un Veilleur. Et en attendant, il pouvait tout aussi bien apprendre à jouer à Donjons et Dragons.

C'était ce qu'ils faisaient tous, pendant qu'ils attendaient. Et ils avaient dû le faire, sous une forme ou une autre, depuis l'époque du roi Arthur… et même avant.

Il prit place à la Table Ronde et lança le dé que Gahériet lui avait tendu. Bientôt, ils lui diraient son nouveau nom.

Impression réalisée sur CAMERON
par BRODARD ET TAUPIN
La Flèche
en octobre 2002

Imprimé en France
Dépôt légal : octobre 2002

N° d'impression : 15209